SELF

自我

YANN MARTEL

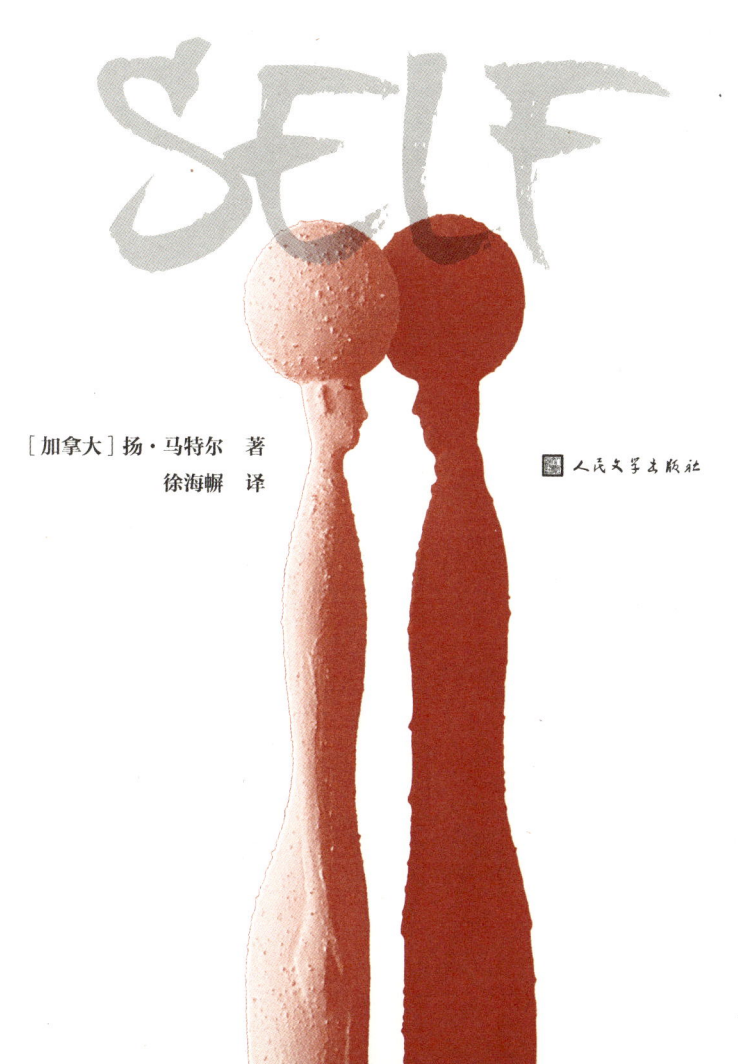

［加拿大］扬·马特尔 著

徐海幭 译

人民文学出版社

著作权合同登记号　图字 01-2018-4714

Copyright © 1996 Yann Martel
This edition arranged with Westwood Creative Artists Ltd.
through Andrew Nurnberg Associates International Limited
Simplified Chinese translation copyright © 2019 People's
Literature Publishing House Co., Ltd.
All rights reserved.

图书在版编目(CIP)数据

自我/(加)扬·马特尔著;徐海嫦译. —北京:人民文学出版社,2018
ISBN 978-7-02-014313-9

Ⅰ.①自… Ⅱ.①扬…②徐… Ⅲ.①自传体小说—加拿大—现代 Ⅳ.①I711.45

中国版本图书馆 CIP 数据核字(2018)第 117669 号

责任编辑	陈　黎
装帧设计	李思安
责任校对	杨益民
责任印制	徐　冉

出版发行	人民文学出版社
社　　址	北京市朝内大街 166 号
邮政编码	100705
网　　址	http://www.rw-cn.com
印　　刷	三河市延风印装有限公司
经　　销	全国新华书店等
字　　数	234 千字
开　　本	880 毫米×1230 毫米　1/32
印　　张	10　插页 3
印　　数	1—8000
版　　次	2019 年 6 月北京第 1 版
印　　次	2019 年 6 月第 1 次印刷
书　　号	978-7-02-014313-9
定　　价	39.00 元

如有印装质量问题,请与本社图书销售中心调换。电话:010-65233595

第 一 章

我醒了过来,母亲就在跟前。她的两只手落在我的身上,把我拎了起来。好像那时候我有点便秘。她把我放在我的便盆上,便盆就摆在餐厅的饭桌上,然后在我面前坐了下来,轻声地鼓励着我,手指在我的脊背上上下下地划拉着。

我并不领情。现在我还清楚地记得当时我觉得这个女人太烦人了。

她停下了手。胳膊肘杵在桌子上,两只手撑着脑袋。紧接着就出现了一阵五味杂陈的沉默,我看着她,她看着我。我的情绪很模糊。气愤吧,就在心里涌动着。还有顺从。心头还笼罩着滑稽感。还泛起了一丝不开心。什么都有可能,一切又都不确定。

我就像罗德斯巨像一样猛地站了起来,朝前略微俯下身子,一口气就拉出来了。母亲非常高兴。她笑着喊叫了起来:

"Gros caca!"　　　　　"好大一坨尼尼!"

我扭过头。都是什么东西啊!都是什么气味啊!好壮观的一条屎,一开始还不成形,就像是没来得及成形的砾岩,还是深褐色的,接近于黑色,接着它就自动化成了一泡浓浓的深栗色的东西,还盘卷成很迷人的样子。一开始它直接坠入了便盆的深处,绕了一两圈之后它又像一条被催眠的眼镜蛇那样挺了起来,然后抵在了我的小腿肚子上。直到现在我依然记得当时小腿肚子感到非常非常暖和,那就是我对温度最初的记忆。最终它垒成了一座完美潮湿的小山峰。我看着母亲。她仍旧淡淡地笑着。因为这个事情我的脸都红了,还冒出了汗,我感到很得意。我心想,让别人开心,自己也开心。我用两只胳膊搂住了她的脖子。

*　　*　　*

最初的其他记忆都模糊不清了,顶多也就是一种恍惚的感觉,偶尔有几个片断能捕捉得到,大部分都不行。那么模糊,或许是因为都是最早的记忆吧。

渐渐地我觉察到我的脑袋里有一个声音。什么东西?我自问。声音,你是谁?你什么时候才能闭嘴?我记得当时自己有些恐惧。直到后来我才意识到这个声音就是我自己的思想,痛苦的那一刻正是我第一次隐隐约约地感觉到我就是困在自己心中的一篇没完没了的独白。

*　　*　　*

后来的记忆越来越清晰,越来越连贯。比方说,我记得花园里发生过一场灾难。那时候我以为太阳和月亮就是截然相反的两个部分。月亮是熄灭了的太阳,就像灯泡一样;月亮是正在睡觉的太阳,表面坑坑洼洼的地方就是巨大的眼皮上的毛孔;月亮是太阳炭,白日里那堆火焰留下的苍白暗淡的遗留物。无论如何,反正它俩就是互不相容。我在花园里待到很晚。那会儿是夏天,太阳正在落下去。我看着太阳,一会儿眨一下眼睛,一会儿眯缝一下眼睛,就那样炙烤着自己的眼睛,还微微地笑着,想象着高温和火焰,周围全都被烧得噼噼作响。然后我转过头,它就飘在天空中,灰蒙蒙的,恶狠狠的。我跑掉了。当时我最先碰到的权威人物就是我的父亲。我提醒他看一看这个景象,还把他拽到了花园里。可是由于成年人的固有思维,他没有领会到那幅奇异的景象彻底颠覆了我对天体物理学的理解。

"C'est la lune. Et alors?" Je me cachais derrière lui pour me protéger de la radioactivité. "Viens, il est tard. Temps de faire dodo."

"是月亮。那又怎么样?"我躲在他的身后,免得自己受到光的辐射。"好啦,已经晚了。该睡觉了。"

他抓起我的手,把我拖进了屋里。我最后又瞟了一眼月亮。天哪,它可真是一个无边无际的大圆盘,在宇宙里随意地挪动着,就像太阳一样。总有一天它俩得撞在一起!

* * *

我最美的最初认识产生自一个小小的透明塑料瓶,那个瓶子是用来装青苹果香味的泡泡浴液。对于我的父母而言,它只是他们在超市里随手接过的免费样品而已,可是对我来说它却是我在母亲帮我洗澡时觅获的一件宝物。它那永不消失的绿色的油腻腻的液体,还有妙不可言的气味完全控制住了我。我开心得一时说不出话来。

一个星期后不知是谁想都没想就把它给用掉了。我看到已经被倒空的心头宝的时候——至今那一幕依然历历在目:母亲擦着我的屁股,我漫不经心地盯着浴盆——突然间我尖叫了起来,大发雷霆,那是我在孩提时代发的最大的一次火。

* * *

人们认为有关我的幼年时代的其他一些因素也很重要——我于一九六三年出生在西班牙,当时我的父母都还是学生——这都是我后来从别人嘴里听说的。对于我来说,我最初的记忆开始于我的祖国,确切地说是这个国家的首都。

* * *

除了通常父母对孩子的管教以外,我母亲和父亲谁都不会在不必要的情况下侵入我的世界。这个世界无论是真实存在的,还是我想象中的,无论是浴盆,还是咸海,无论是我的卧室,还是亚马逊丛林,他们都对此表现出了尊重。我想象不出自己还能碰到比他们更棒的父母。有时候一转过头我就看到他们正看着我,在他们直勾勾的目光中我看到的只有纯粹的爱和忠诚,以及他们要让我健康、幸福地成长的坚定。这样的爱令我欣喜。世上没有哪一座悬崖我不敢跳,没有哪一片海我不敢下,没有哪一处外太空我不敢去穿梭——父母为我张开的网无处不在。在我生活的边缘世界里他们占据着最中心的位置。对我来说他们就是体贴又专职的仆人。

在超市里我开心逍遥地到处蹦跶着,拿起一盒盒麦片玩,把一大瓶又一大瓶的漱口水摇来摇去,打量着滑稽的人们——只要母亲在我的视野之内。可是,一旦——很关键的"一旦"——一旦她出人意料地突然闪到其他货架,而我当时还在盯着一盒肉,寻思着那头牛这会儿成了什么样子——一旦她冲向水果区,而我还在仔仔细细地看着一罐罐的泡菜时——换句话说就是,一旦她在我的眼前消失了,那一切可就天翻地覆了。我全身都发紧了,胃里感到一阵轻飘,不安地震颤着。眼泪一下就涌到了眼眶。我狂乱地跑来跑去,忘掉了一切,也根本注意不到其他人,整个人都只顾着寻找母亲。等再看到她的时候——谢天谢地,总是能重新看到她——土崩瓦解的世界顷刻间就恢复了正常。恐惧这种情感中的蟒蛇立即荡然无存。我的心中迸发出一阵火辣辣的情感,那是对温柔的母亲的爱、敬慕、崇拜和温存,其中还夹杂着一闪而过的痛恨,我恨她让我经历的这场被她遗忘的小风波。当然,母亲从来都不曾意识到她的小不点的内心实实在在地起伏跌宕着——用德语说就是一阵"狂飙"。她平静地穿行在超市里,根本不在乎我究竟在哪里,她确信当她结账的时候她就会看到我出现在她的身旁。巧克力就摆放在那里。

*　　*　　*

我不记得小时候我曾注意到父母之间存在着差异,就是我所说的性别上的差异。我十分清楚他们不是同一种东西,但是他们并没有通过固定的角色展现出自己有别于对方的特质。从他们身上我都得到了关爱,至于说惩罚,他们也都分别教训过我。早些年在渥太华的时候出去上班的是父亲,他在外交部上班,在我听来这个单位太令人敬畏了;母亲则待在家里,忙着写她的硕士论文,论文是有关语言学和哲学的。我不知道白天父亲在外交部都在做些什么事情,所以他的工作对我来说遥不可及。而母亲每天都在费劲地啃着一摞又一摞的大部头,那些书还都是西班牙文的,然后没完没了地写满一页又一页稿纸,她的字迹很清晰。我亲眼目睹着她繁重的工作。她的论文论述的是西班牙哲学家何塞·奥特嘉·伊·加塞特。有一次她拿来一把榔头,然后把锤子举在我面前,向我解释锤子的属性——它的**本质**(这是她的原话)——是由它的功能所定义的。也就是说,锤子之所以是锤子是由于它能锤东西。她跟我说这就是奥特嘉最核心的见解,是他的哲学思想的根本,德国哲学家马丁·海德格尔窃取了这一思想成果。我心想在我看来这完全就是显而易见的大白话,我完全可以给你讲出这个道理,尽管如此,她的话还是给我留下了一些印象。当时母亲考虑的显然是更深刻,更难以认知的事情。我抓起锤子,走出了屋子,在家里的车道上狠狠地砸出一个个的小坑,就这样增强着那把锤子的性质。

母亲坐在家里,对着锤子冥思的时候,父亲大概正坐在办公室里,对着螺丝刀苦想吧。不管怎么说,这种状况,这么泾渭分明的生活只是暂时的,几年后母亲也进入了外交部。

在其他方面我父母也都相差无几。就我所知家务活是他们两个人一起干,不过我这个证人不太靠得住,毕竟只要看到出现了一星半点的家务活我就逃之夭夭了,唯恐自己也摊上什么活儿。我父母做饭也都很一般。公平地说,对于有些菜母亲还挺拿手的,她比父亲表现得更有想象力,后者在我的整个童年时代始终会把鸡蛋煮老,不过他做的墨西哥玉米面薄饼很好吃,他能做出一种超级棒的 tortilla de papas,也就是土豆鸡蛋煎饼。我觉得在后来的几年里大部分时间都是他在做饭。在被派驻墨西哥和古巴期间他们都有一位常住在家里的厨师,这令他们很开心(去探望他们的时候我也很开心)。

至于惩罚的问题:只有干下了十恶不赦的坏事我才会挨巴掌,其实我挨的巴掌并不重,更像是轻轻地拍一拍,而不是狠揍一顿。就算这样我还是会嘶喊起来,我清楚这就是最狠的惩罚了,这种惩罚需要的就是最惨烈的哀号。我确信这一辈子我被这样揍过三次。除此以外,父母就再也不曾对我动过一根手指,顶多也就是父亲在气急败坏的情况下到处追我,把我举起来,举过胳膊肘的高度,好让我把注意力都集中在他的身上。有时候他还会掐一掐我,把我掐得有点疼。母亲很少真的冲我发火,真发作的时候她就眯起眼睛,两只眼睛死死地盯着我,下颌咯咯作响,嘴巴里还发出嘶嘶的声音。这才是真正令我恐惧的,直到这时我才意识到用理发剪把卢娜妈妈的狗给剃光、把邻居家的篱笆烧掉的确太过分了,我的心会隐隐作痛,只要能有所弥补我甘愿做任何事情。好在她被我气成这样的次数并不多。

我的父母相亲相爱,事实上我从来没见过能像他俩那么和谐而互补的夫妇。母亲口才很好,父亲则是有作品问世的诗人;母亲思维清晰,做起事来非常专注,而且具有面向世界的眼光。我父亲在自己十岁的时候没了父亲,他是一个非常情绪化、非常脆弱的人,很容易陷入忧郁,不过他有能力在平凡世事中发现奇迹。母亲天性乐观,喜爱艺术,艺术滋养着她的灵魂,也为她赋予了智慧,她的情绪从来不会出问题。父亲则和我一起发现一位又一位作家,比如说了不起的迪诺·布扎蒂①。我俩都喜欢高尔夫球,不过我们几乎没有打过高尔夫球。有一张很早以前在法国拍的黑白照片,照片里我俩站在海滩上,他用手臂环绕着我,我俩的四只手一起握着一根高尔夫球球杆,他在为我示范挥杆的技术。照相机捕捉到了我看了一眼镜头的瞬间,我的脸上挂着一抹微笑,一头长发被风吹乱了,一只眼睛透过发梢瞄着镜头。后来,母亲被任命为加拿大驻古巴大使。她比父亲更世故,更善于找到更有成效也更务实的折中方案。有时候父亲充满了勇气,十分渴望抓住眼前的机会。

我还记得小时候我曾幻想过自己陷入了不得不在父母二人之中做出选择的境地。他们受尽了折磨,我不得不做出决定,只能跟其中的一个人生活。或者说我也受到了折磨,因为我被迫面对着这样的选择。如果说最终我真的做出了选择,那我现在也不记得当初选的是谁了。

做着翻译、文字和版式编辑工作的父亲最终还是决定陪母亲一起前往墨西哥城,母亲去那里是为了参加加拿大使团领导区域会议。从哈瓦那起飞后还不到一刻钟飞机就变成了一个火球,一

---

① 译注:迪诺·布扎蒂(1906—1972),意大利作家,记者,剧作家,歌剧剧本作家和画家。

头扎进了墨西哥湾。这种突如其来的悲剧会让人意识到命运之轮的存在。不过,我还是挺了过来。首先我得对付的就是胡萝卜、洗衣机,还有很多其他的东西。

* * *

虽然世上不乏明显的例外,不过通常我们都记不清楚第一次的经历,甚至某一次与众不同的经历也不太记得住,能记住的就只有一而再、再而三的事情,就只有我们反复做过某件事的念头。我和煮胡萝卜这件事情就是这么一回事儿。当时我一个下午接着一个下午地盯着泡在水里的胡萝卜。我们在渥太华租的房子井然有序,我站在炉灶前的一把椅子上,只要一回头我就能看到趴在写字台前忙碌的母亲(或者这么说吧,我们在渥太华租的房子井然有序,母亲坐在写字台前的椅子上,只要一回头她就能看到盯着那口锅的我)。胡萝卜终于煮软了——我用一把吃奶酪火锅时用的长柄叉就能判断出——这时我就大喊一声,母亲就来到了厨房。她把锅里的水倒进水池,再给锅里装满凉水,把锅重新放回到灶头上。然后她就又忙她的工作去了,离去之前她还会在我的脸上亲一口。那时我已经长大了,做事也十分小心,从来没有出过岔子,所以父母会把令人兴奋的差事交代给我,也就是从一大塑料袋胡萝卜里挑拣出那些结实、肥大、橙红色的,然后我再把挑拣出来的胡萝卜丢到水里,这样壮观的景象就重新上演了。在这样的一个个午后,我的想象力也沸腾着,就像充满活力的热水一样咕嘟嘟地冒着泡。我认真琢磨着,试图找出二者之间更内在的联系。后来母亲说过令我着迷的是从硬到软的这种转变。实际上,自打儿时起"转变"这个概念就一直在我的生命中占据着核心的位置。我想,对于外交官的孩子来说这种状况是很自然的事情。童年时期我不停地转校、改变语言、去不同的国家、去不同的大洲，每一次这些东西改变时我就有机会重新塑造自我、展现新面貌、埋葬过去的错误和过失。有一次我还偷偷地把锤子煮了一下，我想知道锤子的基本属性，也就是它的本质（用母亲的话来说）会不会改变。当我开始掉牙，他们告诉我牙床会长出更大更耐久的牙齿后，我将这个变化视作自己作为人类的第一次清晰可见的变形证据。在那之前我已经收集了一大堆有关变形的证据，白昼与黑夜、天气、季节、食物和粪便，甚至是生命与死亡，等等，但是我的牙齿比这些事物更接近本质，它们是那么清晰，那么无可辩驳。我想见到生命就是一连串变形的过程，一次接着一次，无穷无尽。

*　　*　　*

发现了洗衣服这件事情之后我就将煮胡萝卜的事儿抛之脑后了。低头盯着被机器清洗的衣服上下翻腾的经历是我这辈子对教堂最有归属感的一次，这一次也让我了解到了博物馆。我认认真真地看着脏衣服一步步得到宽恕，看着呈现着从肮脏到得到救赎的每一幅画面，看着一堆现代艺术博物馆的陈列品。首先我的母亲会在洗衣机盖子的背后塞一枚硬币，这样就把机器的安全停止功能给糊弄过去了——这就是参观展览的入场费，是丢进募捐箱里的善款。然后我就赶紧去抢占烘干机上的"座位"。脏衣服被塞进了机器里，就如同许许多多的恶灵被塞进了地狱。洗衣粉就像雪花一样落了下来，有些地方的洗衣粉就像落在平地上的积雪一样深，另外一些地方的则像悬崖峭壁上的雪一样零零星星。这是我最初看到的风景画。热水缓缓地涨了起来，这是一场轻柔的接受上天恩典的洗礼。我觉得这个过程非常私密，因为我就是以这样的方式洗澡的。我在寒冷中哆哆嗦嗦地坐在空空的浴盆里，热水缓缓地升上来，没过了一排又一排的鸡皮疙瘩。相比于冰冷制造的悲哀,温暖带来的安慰越发温暖了。①涨着涨着水就不再涨了,有那么一瞬间一切都停止了,好让我们镇定下来,咔嗒一声,然后满满当当的一大堆衣服就急切地转动了起来。脏衣服在接受训诫,在这样来来回回的运动过程中我体会到了一种狂喜。这是一片被暴风雨掀起巨浪的汪洋大海,我的小船,我的灵魂正在泡沫翻飞的海浪中勇往直前。这就是让一个个水手葬身的海底,在这里我这个受到唾弃的约拿跟一大堆袜子一起嬉戏着。接着它又变成了一幅画,一幅最纯粹、最短暂的抽象表现主义作品。在整个过程中我会一直看着这位更善良,笔触更豪放的杰克逊·波洛克在自己的画室里狂热地画着画。②他先是抹出一道道的绿色,接着再泼溅上一点点红色,突然再喷上一大片白色,完全盖住了原先的一片片紫色。这五种颜色混杂着,一起舞动着,然后便消失在了蓝色中。这场好戏很充实,很公开,完全具有普世意义。当洗衣服的全过程完结后,圣水会通过洗衣机滚筒的孔隙退去。这时我就会看到一座空洞的雕塑,空空如也。接下来脏衣服就要飞快地旋转起来,我能感觉到水一点点渗了出来,从我的身体里渗了出来。接着一股凶猛的热带风暴开始抽打我。这是试探么?接着又来了一场风暴! 不过这一场我也能平安无事地挨过去。最后响起一声咔嗒,一切就结束了。这时我就会喊母亲过来。短袖、裙子、衬衫、内衣、外裤、袜子和我都焕然一新地从洗衣机里出来了,我们的

---

① 译注:这句话参见《圣经·哥林多后书7:15》(中文简体和合本)。
② 译注:杰克逊·波洛克(1912—1956),美国画家,抽象表现主义运动的主要力量,以独创的滴画而著名。在一生中他同时享有相当的盛名和恶名:在大部分时间里都过着隐居的生活;喜怒无常,大部分时间都在与酗酒作斗争。

罪孽都得到了宽恕，我们都散发着生命力的潮气，就像耶稣基督在受难后的第三天那样闪烁着微光。洗衣机盖子背后的那枚硬币归我了！

* * *

小孩子会照镜子么？除了察看一下自己那一头乱蓬蓬的头发是否达到了父母对整洁的规定以外，他们会打量自己么？我不会。镜子有什么意思呢？它能映射出我，映射出一个小孩子——那又怎么样？我根本就没有一点自我的意识。世界这个游乐场太大了，根本容不得浪费一点时间看一看镜子映射出来的某个角落，或许只有做鬼脸的时候除外。用两根手指扯开下眼皮，一根手指把鼻子顶起来。

就像智慧一样，孩子就是一种感性的东西。各种感觉无非是在深刻地展现出一个人儿时的经历。眼睛所捕捉到的，也就是各种感觉的视觉因素则位居其次。所以说，我对镜子没有什么印象，对衣服、肌肤、四肢、躯干，对我自己小时候在身体方面的自我毫无印象。矛盾的是，仿佛当时我只是一只巨大而饥渴的眼睛，一只感性的眼睛，向外张望着，永远都向外张望着，根本不知道自己的存在。

说到我的童年就不能不提到电视（在我的一生中宗教始终不曾扮演过重要角色。跟其他场合一样，早些年发生的一件事情正好适合讲述这个问题。我最初是在一首歌里听到了上帝这个概念，那是一首童谣，父母唱给我听的。歌里这样唱道：

Il était un petit navire	从前有一艘小船
Qui n'avait jamais navigué	小船从未出过海
Ohé ohé!	喂,喂!

Il entreprit un long voyage
Sur la mer Méditerranée
Ohé ohé !

Au bout de cinq à six semaines
Les vivres vinrent àmanqué
Ohé ohé !

On tira à la courte paille
Pour savoir qui serait mangé
Ohé ohé !

Le sort tomba sur le plus jeune
C'est donc lui qui sera mangé
Ohé ohé !

O Sainte Mère, O ma patronne
Empêche-les de me manger
Ohé ohé !

这一次它要远航了
要去地中海
喂,喂!

过了五六个星期
船上颗粒不剩,
喂,喂!

他们决定开始抽签
看看该把谁给吃掉
喂,喂!

最年轻的那个小伙子大难临头
他们要把他给吃掉
喂,喂!

噢,圣母啊,我的守护神
不要让他们把我吃掉
喂,喂!

唱到这里歌就结束了。等我渐渐地理解了歌词的含义,等我真的开始用心听这首歌的时候,令我震惊的并不是吃人的水手们竟然会唱出喜气洋洋的大合唱,而是这首歌的结尾结得那么莫名其妙,居然会留下一个充满悬疑的乞求。这乞求是说给谁听的呢?神圣的守护神是谁?乞求得到了回应么?那位年轻的水手得救了,还是被烹掉了?后来宗教渐渐地变得对我毫无意义了,而在此之前宗教对我所具有的意义正在于这一点:在关键时刻得到拯救的可能性。后来的经历让我明白世间压根就没有救世主,也没有什么特殊的恩宠,能够宽恕人类的就只有人类自己,痛苦始终会持续下去,也会消退,如果能消退的话,那也是时间的力量。就这样上帝在我的心中变得毫无意义,它就只是一条患有阅读困难症的狗,既不会喊叫,也不会咬人。我是一个天生的无神论者);实际上,我认为在谈到我这一代人的时候是不能不提及电视的。

就在搬家到哥斯达黎加之后没多久我就遇见了这头野兽。我想当时我刚满五岁。电视机不是我父母的,是大使馆借给他们的。这个东西就是一件家具:硕大、沉重、木质、吵闹,令人无可躲避。它整整占了书房里三分之一的空间,将这里当作自己的老窝。以前书房是我最喜欢的角落。我刚一看到这头野兽,它就醒了过来。当时我刚好大步流星地进了书房,还不知道有人霸占了这里。这个杂种感觉到了我的存在,把头转向了我。我纹丝不动地愣在那里,盯着它那张平板、宽大又活泼的面庞。要不是刚刚安装好电视机的父母正并排坐在它的身前,一副顺从又无所畏惧的样子,那我肯定立即就跑掉了。他们看着我,冲我微笑,说了些什么,可是我没有听清。我将电视机也视作一种四条腿的动物。一头蹲在那里的硕大无朋的狗,它长着一对尖耳朵,还有一条很长的细尾巴(按照我的理解运动,也就是生气,这些东西必然会制造出生命。面对吸尘器——大象的远亲——和洗衣机——浣熊的亲戚——我都怀着极大的敬意,母亲对这些东西的冷漠和唐突令我打心眼里感到恼火。等她走掉后我就会抚摸它们,亲一亲它们,还要小声说一些感谢它们的话)。绝大多数动物我都很喜欢,但是对于电视机这头野兽,随着时间的流逝我才慢慢对它有了感情,而且心中一直没有打消对它的疑虑。它的尺寸和行为总是有些令我感到不合适的地方。跟洗衣机不一样,我感到电视机是一个自私无情的家伙。直到很多年后我才跟电视机亲近了起来,其间只有两次例外——那两次我完全被它给迷住了。我更喜欢坐在摇椅上摇晃着,听听音乐,做做白日梦。我可以一连好几个钟头这样待着,手里抱着一只当宠物养的兔子。

* * *

小时候我被电视迷住的第一次:

(1)我不记得什么时候我意识到了爱这个概念,也不记得第一次清楚地意识到在人类生活中存在着这种力量。显然,在我没能对其他人投之以爱的时候我就已经获得了爱,在我还不知道它也有自己的名字时我就已经开始用爱回应其他人了。可是,究竟是在什么时候我感觉到了这些情感——*噢,给你! 我很开心。你笑一笑,我就会笑一笑;我想摸一摸你,我想跟你在一起,别放手*——究竟在什么时候这种情感失去了无名无姓的外衣,钻进了我心中的那本字典,我却记不得了。但是我的确记得帮助我形成爱这个概念,将我围绕着这个概念产生的各种迥异的想法整合为一个完整而统一的体系的正是电视。

这件事情大概就发生在我认识电视机的一两个月后。当时对于看电视我仍旧十分慎重。我会说"我要看那台电视"——还是要特意地指出是那台电视。我会拿着我最钟爱的毯子(实际上就是一条毛巾),再把摇椅搬到合适的位置,然后慢慢地扯一扯那个塑料摁钮,一开始塑料摁钮并不听话,不过最终它还是会随着一声巨响突然蹦了出来,我总是会被它吓一大跳。随即电视机就发出了声响,声音的传播速度高于光,玻璃屏幕上先是闪现出一个光点,一溜光,然后哆哆嗦嗦地闪上一阵,最终光就变成了一块实实在在的没有色彩的长方形,长方形越变越大。这时我就坐下来,摇晃着摇椅,就像之前说过的那样,开始看起了电视。看人类如何对待其他人类,看屋里的世界,看屋外的世界,听的是一种当时我还不太了解的语言(西班牙语)。我觉得这种活动太无聊了。等意识到在不太好对付的滑轮式旋钮的帮助下我就能够改变这头野兽的思维后,看电视就变得有趣了——比之前也就强了一点点。尽管如此,我想一次我顶多也就看上两个钟头,对无聊的孩子来说的两个小时,也就是说,也就十分钟吧。直到整整一年后,在发现了不真实的、灵活多变的卡通世界之后,同时我的西班牙语也够用了,我才养成了经常看电视的习惯。

不过,就在我眼下正在讲述的那一次,也就是小时候我第一次对电视着迷的那一次,我之所以看电视仍然是出于一种对于技术的责任感,一分钟就足够了。绰绰有余。打开电视机,看上几秒钟,留下了一辈子都抹不去的印象,然后再把它给关掉。

当时我的身边没有别人,我心情平静,情绪不错,能够接纳新的观念。我首先看到了一幅固定不动的画面,一只眼睛的剖面解剖图。接着就出现了变化不停的画面,许许多多的银鱼成群结队地在水里游着。它们就像是魔法墙上的一块块砖,交替向我展示着它们最宽的一面,或者遮挡住我的视线,然后突然一转身,向我亮出它们最窄的一面,让我得以透过它们的身体看过去。

我太惊讶了。眼睛……眼泪……咸……海水……鱼。

我来到花园里,在一棵树底下坐了下来,我的各种感觉都膨胀开了。我突然对各种事物有了认识,随之而起的各种念头让我的脑袋飞速地运转着。我们的眼睛里的清水是海水,因此我们的眼睛里有鱼,海水就是鱼的天然介质。蓝色和绿色是饱和度最高的海水的颜色,所以蓝色和绿色的眼睛最具有鱼的性质。黑眼睛里的鱼就有点少,白化病的眼睛里根本没有鱼,这很可悲。不过,眼睛里的鱼是多是少并不意味着什么。一条虎鱼就跟海里的一大群金枪鱼一样漂亮,一样强大。科学始终不曾观察到眼睛里的鱼,这个事实并不能驳倒我提出的猜想;恰恰相反,科学支持了这个关键性的假设:爱是眼睛之鱼的食粮,只有爱能让它们现身。怀着冷冰冰的,完全建立在实际经验基础上的兴趣仔细打量着别人的眼睛就像是用手指粗鲁地叩击着鱼缸一样,这种做法只会把鱼吓跑。同样,在波动不安的青少年时期当我仔细地打量着镜子里的自己时,我在自己的眼睛里什么也没有看到,就连最小的孔雀鱼和蝌蚪都没看到,这个事实在一定程度上说明那个时候我过得很不开心,对自己也没有信心。

在我的一生中这个猜想始终伴随着我,就像一个小小的朋友栖居在我的肩头一样,也像是一个袖珍的上帝。此刻我详详细细地交代这个猜想,可是当年五岁的我在花园里的那棵树下,在电视令我瞬间开悟的时候,我对这个猜想只有着粗浅的认识。渐渐地我有了自己的见解,获得了知识,这个猜想也随之日臻成熟了。比方说,有一天我匆匆走过一群十几岁的男孩,无意中听到他们讲了一个笑话,其实我没有听懂这个笑话,我也很害怕那群男孩,只是那个笑话说到女孩们跟鱼的气味有关联,它让我明白了爱的鱼腥气不只存在于眼睛里。经年累月这个猜想变得极其复杂,事实上已经成了一套有着无数分支的体系,很可能只有小孩子和阿尔伯特·爱因斯坦才能完全理解的科学奥秘。

现在我已经不再相信眼睛之鱼的存在,不过我还是相信这种象征是有意义的。在充满激情的拥抱中,当呼吸,也就是气流最喧嚣,肌肤最咸的时候,我还是几乎相信自己能够让万事万物停下来,聆听和感觉大海的翻滚。时至今日我依然几乎百分之百地确信在我和爱人亲吻的时候,看到我们的眼睛里浮现出天使鱼(又名神仙鱼)和海马时我们就受到了神的祝福。对于我们的爱来说这些鱼类是最确凿的证据。不管怎样,至今我依然深信爱是某种跟海洋有关的东西。

* * *

我当兔子的那段时期和所谓的"睡眠"这种奇怪的状态有着密切的关系。我躺在床上,看着天花板,心里寻思着:"太荒诞了。我躺在这儿,那么清醒,干等着。可是我在等什么?"我左右看一看,"这里除了我就没有别人了!没有什么事情可以做。我应该起来了。"

可是我不会起床。在灯光恰到好处的黑暗中躺在平展、柔软的地方,身上盖着暖和的毯子,这一切令人感到一种妙不可言的舒服。我会继续等下去,听之任之地等着它(一个不确定的"它"),不过内心感到很急切。接着我就漫不经心地向下看过去,看到我的手成了毛茸茸的白爪子。"天哪!我睡着了。"我心想。这时我就醒了过来。至今我依然清晰地记得在哥斯达黎加的那个晚上我变形了。我记住的不是过程,例如身体缩小了,或者是耳朵和腿长长了,尽管只要我闭上双眼,集中精力,我几乎还能感觉到身体上长出柔软厚实的毛皮的感觉,但是我没有记住那个过程。我记住的只是结果:一只中等个头的兔子,除了耳尖,全身上下都是棕白夹杂的,只有两个耳朵尖是黑色的。我立即从床上蹦了下来。两只强有力的后腿蹦得很高,我从床上一下就蹦到了柜子那里,然后又弹了回来。接着我就站起身,一、二、三,连续打了三个滚。我跳起了舞,喜悦而狂躁地跺着铺了地毯的地板。我无所不能,尽管我又瘦又小,可是我的身体对我十分忠诚(一贯如此),对我言听计从。只有冰箱挫败了我,当时我想要打开冰箱,拿一根胡萝卜,不过这也不是因为我没有力气,只是因为个头不够高。(在我睡觉前还要给床垫下塞一根胡萝卜的时代我的手脚能够到的范围也很有限。我把胡萝卜放在了自己那双兔爪子够不到的地方,然后就把这件事情给忘记了。三年后被人找到的时候那根胡萝卜已经很绿了。)

我们家在花园里养了一群兔子,是真的,不会变形的兔子,为了哄我开心父母买给我的。可是我从来不会冒险以兔子的形象跟它们嬉戏。有一次我走到客厅的后门,透过玻璃门望着花园。咸盐、胡椒、靴子和蝴蝶都来到了门跟前,我们站在那里,前脚隔着玻璃对在一起,互相盯着对方。看着它们黝黑的眼睛,当时我就意识到这些兔子对我来说都是陌生人,小孩子是不会让陌生人陪伴自己的。真高兴我们之间隔着一层玻璃。

我对自己作为兔子的那个时期印象最深的就是用前爪挠自己的耳朵这个动作。不,不是挠。更像是张开,耳朵张开。我会让两只耳朵直挺挺地竖起来,耷拉下脑袋,然后用前爪在耳朵上划来划去,将耳朵捋直,先是右边的,接着是左边的,然后同时捋一捋两只耳朵。我的动作很快,来回往复着,这个动作我要重复好几次。捋完之后耳朵感到警觉了起来,同时也感到一阵惬意。我还要把耳朵抽动几下,好让它们听得到最细微、最遥远的动静,比如餐厅的窗帘沙沙作响、客厅地板就像关节出了毛病一样断裂开、睡梦中的父亲突然呼出一口气……哎哟,甚至是星星闪烁的声音。没有什么声响能比最轻微,甚至几乎听不见的声音更能让你感觉到生命炽烈的律动了。

* * *

1968年,我在小蟋蟀吉明尼幼儿园开始接受正规教育了。这所幼儿园采用英语教学,可是我的父母没有选择的余地。当时圣何塞就只有这么一所教育质量不错的幼儿园。

"Tu seras bilingue. Même trilingue," qu'ils me dirent. "Très canadien." "你要说两种语言了。甚至三种,"他们对我说,"这很加拿大。"

我上的是英语授课的学校,放学后跟别人一起玩的时候说的是西班牙语,回家后又用法语跟父母讲述这些事情,从地理学的角度来看这种状况很任性。我会自然而然地想起每一种语言,对于每一种语言我也有特定的聊天对象。就像我压根不会考虑用法语做算术心算一样,我也根本不会想着在父母面前讲英语。英语成了最能让我准确表达想法的语言,可是用它表达出来的思想总是莫名其妙地带着一股拉丁语的味道。

* * *

小时候我最先遭遇到的暴力事件就发生在"小蟋蟀吉明尼"。一个不适应幼儿园生活的男孩无缘无故地攻击了我。他扯我的头发,咬我的脖子。那时候我还太小,不可能成为一个胆小鬼,所以我俩狠狠地干了一仗。后来老师把我们两个人拉开了,至今我还清楚地记得当时我们俩都吊在半空中,就挂在她的手臂末端,像钟摆一样晃悠着。我们被放到了床上,强制午休。睡梦中我尿了,结果老师给大使馆打了电话,父亲就赶来接我了。

攻击我的男孩不仅跟我在同一所学校又待了三年,而且跟我还是同班同学。在"小蟋蟀吉明尼"的下半年,后来在亚伯拉罕·林肯学校的一年级和二年级我俩一直是同学,不过他再也没有像那一次那样接近过我了。他长着一头金发,这个星期又长又乱,下个星期就被剃成了平头。他还长了一双直勾勾的褐色眼睛。他是一个阴郁的孩子,总是自己一个人待着,没有朋友。在他的想象中我们之间隔着一只笼子,他透过栅栏望着笼子另一边的我,一个劲地盯着我,一盯就是三年,尤其是我跟诺亚在一起的时候。有时候我俩的目光会碰到一起,不过直到现在我也无法肯定自己当初是否看透了他的眼神。先垂下目光的总是他,就在我们对视一两秒之后。不过,我很清楚,只要我一转身他就又开始打量我了。没准他是爱上我了。

*　*　*

我的父母属于很早一批男女平等主义者,在提到两性的时候他们不会使用"相对"这个字眼。实际上,这两种性别为什么会被认为是相对的呢?这个词太具有挑衅意味了,用否定形式来定义,几乎没有表达出多少内涵。我的父母说两性是互补的——这个词太复杂了,他们打着比方向我解释了这个词的含义。男性和女性就如同雨水和泥土。我认为他们说的是爱,他们只是在详细论述我早就知道的事情,然而他们实际上谈论的是性,客观而详细的生物知识。宇宙被安排设计得那么完善,这一点令我感到震惊。试想一下,就在宇宙的某个角落存在着一个跟我完全没有联结,完全生自另一个来源,但是被打造得完全与我的性器官相契合,与我相契合的性器官。我要去寻找跟我互补的那个性器官,我的真爱。

没有什么比弗洛伊德所说的"情感贯注"更神秘的事情了。为什么有的人能让我们的眼睛里充满鱼,而其他人却让我们的眼睛里连一条鱼都出现不了?爱是只用来喂养我们的眼睛之鱼的特殊食粮么？还是当我们的眼睛之鱼饥饿了时恰好就在鱼儿嘴边的食物都算是爱？我不知道当初为什么会跟诺亚·拉宾诺维奇相爱，这件事情过去太久了。记忆有时候像是一个置身事外的旁观者，它说得出当初都出现了哪些情感，可是却无法传达那些情感，现在我的情况就是这样的。可以肯定的是，在某些方面诺亚就是跟我互补的那个人。独自一人的时候我很开心，我是完整的，不过当我们俩在一起的时候我就更完整了。万事万物格外鲜亮了，我的视角更加宽广了，认识也更加深刻了。不过，对于其他人，甚至是动物和没有生命的物体我也可以这么说，只不过不那么强烈而已。其实不止如此，只是我不知道究竟除了这些还有什么。我想至今我依然记得诺亚走路的样子。当时他在走路，就这样我爱上了他。

一天，母亲来幼儿园接我，我告诉她我找到未来的妻子了，然后我骄傲地指着诺亚让她看，那时候诺亚才刚刚来到"小蟋蟀吉明尼"。他的父亲是以色列的外交官，年中的时候他们才刚来到哥斯达黎加。诺亚走到我的母亲面前，伸出手，说见到未来的岳母自己很高兴。（诺亚礼貌得令人发指。）接着他又放肆地补充说我会成为他的妻子，于是我们俩又争执了起来。为了这个无聊的话题我们已经争论了整整一个上午，我还以为问题已经解决了。不知为何我俩谁都不想当妻子。

母亲打断了我俩，她问我为什么我觉得诺亚会成为我的妻子。在有些场合下你是不能脱口而出，"Parce que je l'aime！""因为我爱他！""¿Porque le amo！"①这些话的，当时我说的比这个更为具体：诺亚的性器官跟我的是互补的。母亲说真的啊，说这句话的时候她的脸上浮现出一抹难以自抑的微笑。我的第一反应

---

① 译注：这两句话分别为法文和西班牙文的"因为我爱他！"

就是自己漏掉了什么。她抓起我的手,用英语跟诺亚说了声再见,然后我俩就朝轿车走去了。我清楚地记得离开之前我转过身,悄悄地说了声"拜拜,诺亚",我的声音里充满了悲伤,因为当时我模模糊糊地意识到自己好像失去了丈夫。在还没有给我打开车门的时候母亲弯下腰,毫无必要地抱了抱我,又亲了一下我。在回家的路上她给我讲了一些有关我的性形象的事实,这是我第一次听到这些事情。万事万物比我开放的大脑所能想象到的要有限得多,事实上世上只存在着两种性别,性别不是无穷无尽的。在我做过的各种各样"我给你看我的,你给我看你的"的练习中我看到过的那些小屁股和小指头就是我们所说的互补的性器官,都是两两互补,一个小屁股对一个小指头。对此我感到很惊讶。对于互补的这个问题难道仅仅指的就是生命机理的下流的一面,有关人体结构的古怪念头?眼睛之鱼的菜单上就只有两道菜吗?选择项早已确定了吗?是小屁股,还是小指头,究竟是牛排,还是鸡肉?妈妈,这是什么样的餐馆啊?实际上当时我只注意到了小屁股和小指头的存在,尽管如此,我还是觉得对于我这个样本来说这种说法只能反映出微缩版的我的情况。(同样的,尽管我在"小蟋蟀吉明尼"的绝大部分同学都是白人,但是根据少数几个人的肤色,再加上我在电视和杂志上看到的,我确信世上还有黑人、棕色的人、黄色的、红色的、蓝色的、橙色的,甚至或许还有皮肤带有斑纹的人。)噢,不是的。妈妈坚持说世上只有两种人。更令我感到震惊的是,她说只有在女孩的身上才能找到小屁股,只有在男孩的身上才能找到小指头。按照定义,"女孩"就是具有小屁股,将来只能成为妻子的女性。按照定义,男孩就是具有小指头,将来只能成为丈夫的男性。我应当记住这些排列,因为世上再也没有其他的排列方式了。不,丈夫不能是女孩。不,妻子不能娶妻。不,不,不。

那一次,就在短短的路途中我成了一个身份清楚无误的男孩,我发现自己拥有的一个确切属性和宇宙一分为二了,而直到那之前它们还多得无可计数。我悲伤极了。

"Est-ce que je peux toujours aimer Noah?" je demandai, éclatant en sanglots.

"我还能爱诺亚么?"我问道。眼泪已经夺眶而出。

"Bien sûr," repondit ma mère doucement, me passant la main dans les cheveux. "Aime-le autant que tu veux. Il est important d'avoir des amis."

"当然可以了。"母亲一边说,一边抚弄着我的头发。她的回答令我感到安慰,"想怎么爱就怎么爱。拥有朋友很重要。"

朋友?噢,妈妈。我得到了允许,可以去爱了,可是我能够感觉到海洋已经被困在了鱼缸里,我无法解释自己怎么会有这种感觉。我心想她肯定弄错了。我不依不饶地纠缠着母亲,我坚信她肯定理解错了。不过我自己也极其困惑,所以只能从小问题着手,从生物学上最微不足道的方面继续探究这个话题。

"Femelle et mâle? C'est tout? Même sur les autres planètes?"

"女性和男性?仅此而已?就算在其他星球上也都这样?"

"Nous sommes seulement sur cette planète-ci, mon amour, la planète Terre."

"亲爱的,咱们只生活在这个星球上。咱们只生活在地球这个星球上。"

"Pourquoi elle s'appelle Taire? Ça veut dire quoi, Taire?"

"它为什么叫'地九'?'地九'是什么意思?"

"Ça veut dire 'ici' en grec et en latin."

"Et nous sommes seulement sur cette planète-ci?" je dis, regardant par la fenêtre, comme si le bord de la planète était juste passé le champ.

"C'est très grand, tu verras."

"Il n'y a personne sur aucune des étoiles?"

"Pas que nous sachions."

"Et il n'y a personne sur la lune?"

"Non."

"Seulement ici?"

"Seulement ici."

"La Taire?"

"La Terre."

"Femelle et mâle?"

"Mâle et femelle."

"Alors elle est femelle ou mâle, cette voiture?"

"Euh…façon de parler, elle——non, non. Mâle et

"这是希腊文和拉丁文中表示'这里'的词。"

"咱们只生活在这个星球上?"我一边说,一边望着窗外,仿佛这个星球的边缘就在田野的那一头。

"这个星球很大。将来你会明白的。"

"任何一颗星星上都没有人么。"

"据我们所知是没有的。"

"月亮上也没有人?"

"没有。"

"只有这里才有?"

"只有这里。"

"地九?"

"地球。"

"女性和男性?"

"男性和女性。"

"那么这辆车呢,它是女性,还是男性?"

"呃……好吧,比方说——不,不。男性和女性

femelle s'appliquent seulement aux êtres vivants. Cette voiture est une simple machine. Elle n'a pas de sexe."

"Ahhh."

Un moment de réflexion.

"Alors il est femelle ou mâle, cet arbre?"

"Non. Seulement les êtres vivants —— et qui bougent."

"Mais il bouge, l'arbre. Et tous les autres. Regarde."

"Qui, mais c'est le vent ça. Ils doivent bouger d'euxmêmes. Vivants, et qui bougent d'eux-mêmes."

"Il est quoi, le vent? Femelle ou mâle?"

"Non, non, non. Le vent n'est pas un être vivant."

"Mais il bouge!"

"Qui, je sais. Mais il est invisible. Pour être mâle ou femelle, une chose doit être vivante, bouger d'elemême, et être visible."

只用来指活物。这辆车只是一部机器。它没有性别。"

"噢!"

一阵耐人寻味的沉默。

"那么那棵树呢,它是女的,还是男的?"

"不。只有活物——能动弹的东西。"

"可是它会动啊。其他的树全都会动。瞧啊。"

"没错,可那是风。它们必须靠自己动起来。活的,靠自己运动的东西。"

"风是什么?女的,还是男的?"

"不,不,不。风不是活物。"

"可是它能动啊!"

"对,我知道。可是它是看不见的。男性和女性必须是活的,自己能动的,而且还得是看得见的。"

"Alors c'est pour ça, les microscopes? Pour voir le sexe des petites choses?"

"Tiens, regarde, une vache."

"Elle est femelle ou mâle, cette vache?"

Ma mère regarda. "C'est une vache femelle."

"那么显微镜就是用来干这个的？发现小东西的性别？"

"噢，瞧啊，一头牛。"

"那头牛是女的，还是男的？"

母亲看了看。"是母牛。"

母亲笑了笑。她把问题说清楚了。她觉得自己说清楚了。

在日后上过的很多堂生物课上我知道了植物其实也有性别之分，我也完全理解了雌蕊、雄蕊和花粉这些术语的含义，我还欣喜地发现了大自然缓慢而强烈的性活动。难怪春天是那么性感的一个季节。在春天里树木不再冷酷暴躁，它们默默地勃发着性欲，以我们未开化的耳朵难以听到的低音呻吟着。花朵迅速释放着性高潮，就像在淋浴中做爱一样。

至于诺亚·拉宾诺维奇和犹太人的那些奇奇怪怪的残害身体的风俗，过了好久我才明白了他被切割过的包皮可以同其他东西形成互补。其他的东西指的并不是我的阴茎。

第二天在课间休息的时候我俩躲在拐角处，我立即开心地提出做他的妻子。

"好的。"他说。他的态度随便得就好像我刚才给他的只是一颗弹珠，而不是我的一生似的。"嘿，瞧瞧我搞到了什么，"他接着说道，一边从自己的口袋里掏出一个崭新的可口可乐悠悠球，"咱们玩这个去吧。"说完他就走开了，他那位满心失望、快快不乐的妻子跟在他的身后。

不过,我同诺亚的爱情令人心满意足。在外人面前我们表现得顶多也就是最要好的朋友(用母亲的话来说),但是内心里我能感到那种美妙而灼热的感觉,那就是一切爱情都具有的基础——共谋。

诺亚突然在我的生活中消失了,就像当初他同样突然地出现在了我的生活中一样。一九六九年二月二十六日,以色列总理列维·艾希科尔①因心脏病发作去世了,果尔达·梅厄②接了班。在这一事件引发了一连串充满骨牌效应的人事变动,与漩涡中心相距甚远的地方也随之发生了变化,而且这个改变令人感到痛苦。一九七〇年的夏天,也就是一年级期末的时候,在新岗位任职刚满一年半的外交官伊坦·拉宾诺维奇被召回了耶路撒冷。

我以一个寡妇的身份度过了在哥斯达黎加的最后一年,陪伴我的就只有电视那头野兽和之前攻击过我的那个男孩。我热衷于看电视,但是我会坐在远离电视的地方,用这种方式表达我对电视的厌恶;至于攻击过我的那个男孩,我在操场上玩,那个野蛮人就一直待在操场边上。

我对其他人的性别问题感兴趣,可是我不记得小时候我对自己的阴茎产生过好奇。它是我用来排尿的器官,是我的特征中临时存在的一部分,仅此而已。渐渐地,通过几乎难以察觉的耳濡目染我明白了它是一个"私密的"部分,不过这也没能让它引起我的兴趣,更不用说令我感到害臊或者感到尴尬。它的私密性很接近卧室的私密性。客人被请进客厅里坐下,大家在这里聊着天,要是能被主人带着参观一下整座房子,看一眼卧室的话,他们才

---

① 译注:列维·艾希科尔(1895—1969),以色列第三任总理(1963—1969),任内因心肌梗死去世。1952—1963年任财政部长。
② 译注:果尔达·梅厄(1898—1978),以色列创国者之一,她曾经担任以色列劳工部长、外交部长及第四任以色列总理(1969—1974)。

获得了一次跟主人如此亲密的机会。到了青春期我对阴茎的兴趣明显增强了，我十分关注自己的阴茎，它带给我的快乐那么强烈，我甚至把它叫作了外星人。尽管如此，在那个时候我还是不曾感觉到建筑学、组织架构图，或者其他任何事物会受到这个小部件——事实就是如此——的启发。

我有一张自己小时候的黑白照片，照片里的我年龄很小，大概只有三岁。那是一个阳光灿烂的大热天，我待在屋外，光着身子站在一处木台阶的最上面，手里拿着自己最喜爱的那条破毛巾。摄影师是我母亲，她站的位置低于我，我庄严地望着她。我站得很端庄，但是丝毫没有做作的感觉，我身上的每一寸肌肤都同样漂亮。对于我的个头来说我的性特征似乎太明显了。或许性器官有着独特的生长速度吧，或者它们比别的身体部位发育得早一些。不过我的性器官当时还是很小，阴囊就像半扇核桃壳那么大，连在上面的阴茎顶多也就是一根矮壮的皮筒子而已。真正令我感到惊讶的是这两个东西漂浮在我的身体表面的那副模样。在依然有些婴儿肥的身体之上，它们看上去脱离了我的身体，而且无足轻重。它们待在那里，其实它们也完全可以待在别处。它们就像一颗硕大的痣，事实上看起来也的确像是一颗真正的大痣那样，一旦恶化，就可以通过一次小手术被祛除掉。看不出来它们在我的身体里扎了多深，也看不出来为什么说在某种程度上它们就等于半个我，为什么它们出现在我身上的那一刻成了我这一辈子的支点。

*　　*　　*

那次同母亲一起回家的经历对我来说非常重要，事情过后我拿着一条我在花园里捉到的肥厚多汁的蚯蚓去给她看。

| "Il est femelle ou male, ce ver de terre?" | "这条蚯蚓是女的，还是男的？" |

母亲是一个处变不惊的女人,在承受着压力的情况下她也总是表现得很优雅。看到蚯蚓她几乎毫不动容。她小心翼翼地拿起自己还在撰写的稿子,我的蚯蚓就悬在那些稿子上方。她看了看蚯蚓,然后看着我。

"En fait, les deux. Le ver de terre est à la fois mâle et femelle. C'est une exception à la règle."

"唔,事实上是雌雄同体。蚯蚓既是雄的,又是雌的。对于大自然的定律来说这是一个特例。"

既是雄的,又是雌的!我仔细地打量着这个非凡的褐色生物,它就在我的指头上无力地扭动着。雌雄同体!太牛了!

"Qù sont ses organes sexuels?"

"它的性器官在哪儿?"

"Je ne suis pas sûre. Ils sont très petits. Tu ne peux pas les voir."

"我不清楚。它们很小。你看不到的。"

"Eh bien, son nom est Jésus-Christ et elle est ma meilleure amie!"

"呃,他叫'耶稣基督',她是我最要好的朋友。"

"Et aucun des deux ne reste pas dans la maison. Ils seront plus heureux dans le jardin."

"无论是他,还是她,都不得待在屋子里。在花园里他们会更开心的。"

我拿着这个宇宙间的奇迹走开了。每一次这个词——"雌雄同体!"——出现在我的脑海中的时候,我都会再一次感到惊奇。倘若上帝真的存在——?——他,她,它必定长着能够蠕动的圆滚滚的蚯蚓脑袋。这是铁定无疑的。我仰望着天空。我能清楚地看到它：一条巨大的有魅力的蚯蚓盘旋在大地上，优雅地四处挪动着，穿行在白色的云朵间。我拿着"耶稣基督"玩了几分钟，然后用一把锋利的小刀把他俩切碎了。我想找到他们的性器官。雌雄同体。这真是难以置信。

* * *

小时候我在折磨虐待方面所具有的技巧令我感到不解。在那条美丽的蚯蚓被遗弃之前很久的时候我曾把一只蜗牛折磨死了。我们在哥斯达黎加住的房子有一个远离外界的花园，花园里充满了小生命。一天，就在探察花园——这是我的领地——的时候，在一堆树叶的边缘我看到了一只蜗牛，我还从来没有见过那么大的蜗牛。它正沿着墙往上爬。我用手指把它挪到了别处，结果它跌到了地上。我把它捡了起来，这个一头雾水的家伙缓缓地从壳里爬出来，它的眼睛向前突了出来，打探着周围的世界。半透明的白色触角，触角顶端长有黑点，那是它的眼睛，就跟我见到过的其他东西的眼睛一样，但是没有什么东西有这么巨大的眼睛。这双眼睛对我充满了诱惑力。世上存在着小得能在那双眼睛里游来游去的小鱼，这个想法令我感到震惊。我去屋里拿来了一把剪刀。我努力地剪着，可是在我还没来得及剪断它的时候黑点就缩进了灰绿色的肉体里，还释放出一些海水。接着，这个小动物又拼命地从壳里爬了出来，来来回回地慢慢扭动着身子，显然它想要搞明白究竟是什么东西把它抓得这么牢。就在扭动的过程中它的身体终于撞上了一片刀片，它紧紧地粘在刀片上，开始顺着刀刃往前爬。它黏糊糊的肉垫盖过了刀刃，那张古怪的豁唇嘴给身体带着路。等它爬了一两厘米后我合起剪刀，刀刃夹在它的两眼之间，就这样将它的脑袋剪成了两半。它抽搐了一阵，接着就缩回到壳里去了。壳里滴出了水，我就把那只壳丢掉了。

原本我想将它一脚踩碎,最终还是没有这么做。折磨柔软的东西是一回事儿,折磨坚硬的东西就得另当别论了。

我还用放大镜烧过蚂蚁,将两只乌龟活活饿死,把蜥蜴闷死在罐子里,用鞭炮崩过蜘蛛,往鼻涕虫的身上撒盐。我还曾试图淹死青蛙,看到它们还没死掉我就把它们朝船库的墙壁扔了过去,看着它们肚皮朝天地漂在水面上。我曾把破瓦片丢在一只肥大的蟾蜍身上,就这样把它砸死了(这个家伙再也不动了,只是猛地瘪了下去,然后就断气儿了。我并不想为它赋予人性,但是我真的想知道那一刻它在想什么,以及它在用什么样的语言思考。既不是愤怒,也不是悲痛——尽管蟾蜍的外表给人的感觉就是这样的——肯定是有机体都会产生的情绪:恐惧。"我要死了,我不想死。我要死了,我不想死。我要死了,我不想死。我要……")我独自一人犯下了这些暴行,为此我并不感到开心,但我的确是故意的。每一次残忍的举动,每一次生命尽头的抽搐,这一切都回荡在我的心里,就像水滴落在寂静的山洞里。

＊　　　＊　　　＊

我在青少年时期参与过的六种清晨恶行:

(1)从别人家的门阶上拿一瓶刚刚送来的牛奶,用小刀小心翼翼地掀开纸板盖,喝上一小口,然后往瓶子里撒点尿,撒到瓶子里的液体恢复到原来的高度。然后盖上盖子,把牛奶放回原处。这样干过七八次,最终埃克哈特丢下一瓶牛奶,瓶子摔碎了,我们全都惊恐地逃走了。

(2)把牙膏挤在汽车的锁眼里。无数次。

(3)给轮胎撒气。无数次。

(4)把糖倒进汽车油箱里。一次。

(5)在一株很气派的仙人掌的根部钻了一个洞,那株仙人掌有房子那么高。将一枚鞭炮塞进洞里,然后点燃鞭炮,仙人掌就像树一样倒下了,它的手臂断掉了,露出了汗津津的奇怪的绿色肉体。一次。

(6)放火烧了一长条L形的栅篱。一次。

* * *

小时候,在危地马拉的一处海滩上散步时我的情绪跌落到了最低点。当时我只有七岁,也有可能刚满八岁。那是一片第三世界荒无人烟的海滩,周围环绕着低矮丑陋的建筑。我的右边是海水掀起来的塑料垃圾,我的左边是人类抛下的塑料垃圾。沉重的,灰蒙蒙的天空。视野之内看不到一个活物。我有可能会淹死在那里,不会有人来救我。我在海滩上走着,当时我的心情不堪一击。前方的海滩上躺着一个模模糊糊的东西。慢慢地它的形状清晰起来。一只巨大的海龟,一米多长的海龟,仰天躺着,已经死了——哦,彻底死了。它的脑袋倒吊着,粗糙的脖子露在外面,没有嘴唇的尖嘴巴大张着,两只黑眼睛直勾勾地瞪着。谁会对这么漂亮的一个东西做这种事情?谁会故意把它翻过来,任由它这样慢慢死去?毫无意义,这又不是在熬汤。这些疑问令我越来越沮丧,就在这时我听到身后传来一声狗叫声。我转过头,一只三条腿的小狗朝我跑了过来。它的左前腿没了,剩下的部分脏兮兮的,疙疙瘩瘩的。这个畜生冲我尖叫着,同时又小心翼翼地从我身边绕了过去。它只是过去嗅了嗅那只海龟,确信这个死东西无法出拳打它,也不可能出脚踢它。我的心沉了下去,我还从未体会过崩溃的感觉。就在那一刻我生平第一次有了这种感觉,直到很久以后我才知道这种感觉叫什么:虚无、不存在、空洞、虚空——生命,也就是意识,就如同空房间里开着的电视一样成了多余的东西。这种感觉就像大草原上吹过的一阵寒冷的狂风一样席卷了我。假如我在自己的眼前擦一下,那么空中就会出现一小片黑色，我的手中就会出现现实被扯裂又被叠压在一起的表面，那就是一条残疾狗在嗅着一只死海龟的皱巴巴的画面。我无法让视线离开那只海龟的肚子。令我感到震惊的不是它看上去那么坚硬，不是它的颜色（香蕉才有的那种黑色和黄色），也不是它的花纹（古怪、柔和的长方形格子，多年后我在秘鲁的印加石墙上看到同样的图案）。令我感到震惊的是它略微内凹的曲线。我强烈地感觉到这条曲线同大地的曲线完全相契合。在我的脑海中我能看到圆圆的地球，在这个圆圆的地球上有一个隆起的海龟环抱着它。这很好，这正是万事万物的秩序。这种倒置——婴儿的曲线背对着母亲的曲线，面朝着宇宙无边无际的虚空——太残忍了。

可是，这种杀戮毫无必要吗？这个问题砸烂了幸福感在我心中铸就的一堵厚墙，砸烂了我的安全感，钻进了我的心中。我感到那一刻自己想到的就只有虚无主义，为了在不存在的事物面前确证存在的意义而蓄意毁灭存在。只是为了凌辱，否则它就不存在。为了打击这毫无成果却十分丰盈的愚蠢生命，哪怕是徒劳一场。

我得出了最终的结论："这只海龟——好在是在我来到它身边之前就翻了过来，因为我自己是没法把它翻过来的。"我放弃了，回到了我们住的酒店，那条狗跟着我走了一段，很快就消失了。两天后，在入睡前我哭号了几个小时。几个月后这种情况又出现了一次。

* * *

我们把家搬到了巴黎，在搬进重新粉刷过的公寓之前我们先住在酒店。在我们住进酒店的第二天一位法国画家和他的加拿大妻子就来拜访我们了。菲利普和莎伦是朋友的朋友，出于礼节来看望我们，他们和我的父母一拍即合，四个人很谈得来，结果他们自然而然地向我们发出了真诚的邀请，要我们住到他们家去。我的父母欣然接受了这个邀请。

两天后,傍晚的时候门铃突然响了。来的是一个男人。他看上去一副悲惨至极的模样:紧张、疲惫、尴尬,明显一副心烦意乱的样子。他没有讲法语,而是结结巴巴地讲着英语,菲利普只能听懂一点。对方是在介绍自己:他是菲利普在德国的一些熟人的朋友,他们告诉了他菲利普的名字和菲利普在巴黎的住址。这个男人举着一张纸片,纸上写着菲利普的名字和住址。他结结巴巴请菲利普帮帮他,那副吃力的神情一看就知道他不是一个习惯向别人求助的人。菲利普毫不迟疑地向对方伸出了援手。他将对方请进门,让他坐下,给他倒了一杯葡萄酒,然后这个男人就开始向我们讲起了他的故事。他是捷克人,律师,他的兄弟刚刚在某种我理解不了的情况下身亡了,他和他的家人从灾难中的捷克斯洛伐克逃了出来,把自己的财产、自己的生活,把一切都抛下了,现在他们不知道该怎么办了,他们很迷惑——他又重复了一遍现在他们不知道该怎么办了,他们很迷惑。他坐在那里,不知道该怎么办,很迷惑。他浑身哆嗦着。

局外人竭尽所能地做着一切,好让这个身陷其中的人开心起来。菲利普、我父亲和那个捷克人——帕维尔——去找后者的妻子和女儿,她们当时等在一间咖啡馆里,与此同时守在家里的人摆好餐桌,把饭菜摆上桌,开了红酒,拿出了干净床单。

我猜想在现实中她会走进房间,一副精疲力竭、闷闷不乐的样子。她会紧紧地依偎着她的母亲,她会穿着有点脏的白裙子,裙子上带有鲜艳的红色和紫色的绣花图案,她的法式辫子有些散开。结果,在我的眼中她简直就是从天而降、美轮美奂的幻影。我没有看到,也没有听到伊娃满怀愧疚的道歉和道谢,她说的大概是法语吧,也没有看到或听到帕维尔用英语说着同样的话,或是莎伦和菲利普安慰他们说他们没必要道歉,也没必要道谢。我的注意力全都集中在玛瑞莎的身上,她朝四下打量着,感觉着房间里的温暖。我不清楚自己是否也带给她一些温暖,不过她看了看我,然后把目光挪开了,看了看四周之后她又把目光转回到我这里,露出了笑容。我的胸膛绷紧了。

她放射着阳光。她长着一头浓密卷曲的金发,蜜糖色的皮肤,乌黑的眼睛,还有着一张五官清晰、神情坦诚的面庞。多年后,当铁托和我在喜马拉雅山脉徒步的时候,有一刻风向变了,突然间绽放的清晰景象直刺进我艰难的呼吸,我们看到了庞大的南迦帕尔巴特峰,完完整整,分毫不差。在那一刻最先蹦到嘴边的词就是我早已忘记的那个名字,她的名字,那也是我唯一蹦到嘴边的词。我俩同岁,遇到她的时候我们都只有八岁,按照我的理解除了用世界语叫着我俩的名字以外她说的都是人类闻所未闻的语言。我们看着彼此,说的话都令对方感到莫名其妙。不过,她又冲我露出了笑容。

匆匆地洗漱完毕,所有人——法国人、加拿大人和捷克人——就坐下来开始吃饭了。捷克人忘情地吃着;我坐在玛瑞莎身旁,几乎一点也不饿。

帕维尔和伊娃终于放松了下来,我的父母,还有菲利普和莎伦开始了大人们一贯擅长的那种没完没了的谈话。他们长篇大论着艺术、政治和生活,对此我什么都不记得了。玛瑞莎坐在我身边,我怎么还会记住那些事情呢?她不停地往嘴里塞着吃的,只要身体允许,终于把自己塞满后她坐直了身子。她先是看了看自己的父母,很快又用眼角的余光瞟了我一眼。登时我就愣住了。我俩说的不是同一种语言,不过我们还是交流了起来,尽管我也不确定我们究竟在说什么。她轻声地讲着一口甜美的中东语,我跟她讲的是法语。我觉得这种语言无比清晰,无比无聊,不过她看起来很开心,每当我说了什么她都会立即做出反应,几乎不容我说完。

我唯一听懂了的就是我的名字,在她讲的语言里这个词最有震撼力。她把我的名字说了四五次,每一次我都会恍惚上几秒钟。

尽管我俩一直在窃窃私语,大人们在大声聊着天,偶尔还会变得很激昂,可是在我听来情况恰恰相反:他们的交谈只是远处的喃喃低语,几乎悄无声息;玛瑞莎的话难以理解,可是却那么响亮,那么清晰。

帕维尔突然哽咽起来,玛瑞莎和我的亲密交谈戛然而止了。血涌上了帕维尔的脸,他咬着自己的一根食指,眼睛直勾勾地盯着桌子。他的眼睛里充满了泪水。玛瑞莎的脸上没有了喜悦,她用高了几度的音调问了她的父亲一个问题。接下来父亲、母亲和女儿就用捷克语交谈了几句,玛瑞莎看上去就快落泪了。我觉得自己已经失去她了。

按照我的理解大人情绪外露就意味着我们小孩子该去睡觉了,就在这时出现了那种能够彻底改变一生的命运转机。菲利普和莎伦的房子有着宽敞的公共区域,可是房子并不算大,要安置六个大人和两个孩子不太容易。大家很快就做出了决定,让玛瑞莎和我合用一张床。

就这样,根本没有人仔细考虑过这个提议——大概多亏了红酒的作用——强烈的欲望就这样闯入了我的生命。

我早就为她做好了准备。在一个小小的套房里,牙刷完了,头梳过了,衣服也……我躺在床上,心急火燎地耐心等待着。她在洗澡,在擦干自己。我已经不记得自己当时在琢磨些什么,很有可能就像打算做爱的成年人那样,对眼前的一切感到心满意足,除了循环往复的期待之外就没有想太多其他的事情了。

她出现在卧室门口,看上去严肃、镇定。一个穿着白色睡衣的美人,一圈炸开的卷发围绕着她。她手脚并用地从床尾爬到了既定的位置,活像一头狮子,然后钻进床单下的巢穴,来到了一头满怀期盼的兴奋的羚羊——我——身旁。她的头发摊在枕头上,完全盖住了枕头。一大群父母亲了亲我们,向我们道了晚安。通常如果少了这项礼节的话我都无法入睡,可是在那个夜晚我只希望这一套能像接力赛到了冲刺阶段的运动员在交接棒那一刹那的激情一样尽早结束。然而,这一次的速度却赶得上一幕日本能剧。

"To ale byly tri dlouhé dny, vid milácku. Ale uz to bude v porádku. Nový zacátek v nové zemi. Budes mít nové kamarády. Tak se na nás usmej. No vidís, ze to jde. Vzdyt vís, jak moc te mámc rádi. Moc a moc. Zítra pujdeme na australskou ambasádu a uvidíme, jak brzy budeme moci jet za tetou Vavou do Melbourne. Konecne uvidís opravdové klokany, to bude neco úplne jiného nez v zoologické v Praze. To se ti bude líbit, vid? Tak ted uz spinkej milácku, dobrou noc. Uz tady más dokonce kamaráda. Je príma, vid? Zítra se pujdeme podívat na Eifelovku, kdyz to vyjde. Treba by mohl jít s námi, co ríkás? Tak dobrou."

"Dors bien, chéri."
"Oui, oui."
"Demain nous irons voir la cathédrale Notre-Dame."
"Oui, oui."
"Ne dérange pas Marisa."①

---

① 译注:这段法语为"好好睡,亲爱的。""好的,好的。""明天咱们去参观巴黎圣母院。""好啊,好啊。""不要搅扰玛瑞莎。"

37

ne dérange pas Marisa——什么意思？不要打扰玛瑞莎？我眯起眼睛。要是那一秒我的父母都死掉的话我会很开心。

灯的开关咔嗒一声，门锁啪的一声，他们终于走掉了。

我能闻到她。她闻起来美妙极了。我觉得这并不是靠人工方法造出的香气——不是某种香皂，也不是某种洗发水——而是她天生就有的气息。美人的芬芳。气味能让人回到过去，这太不可思议了。我想倘若今天我还能闻到那种洗发水的气味，那我几乎能让玛瑞莎重新出现在我的眼前。

我俩并排躺在一起，身上的睡衣穿得严严实实。我们都瞪着天花板，透进窗户的月光让黑暗那么透明。她悄无声息，而我，我呢？我！——我欣喜若狂。不过我也同样一声不吭，只是静静地沉浸在狂喜中，任由自己被涤荡着，听之任之，那一切妙不可言。跟玛瑞莎靠得这么近，近得距离她那几缕大胆的头发只有几英寸的距离，我别无所求了。即便那会儿我们都睡着的话，我依然会永远记得那个夜晚。

她窸窸窣窣地拉扯了一阵自己的睡衣。折腾完她转头看着我，说起了话。

"Ich bin nicht mude. Und du?" "我不想睡。你呢？"

德国的吗？我指的并不是某种语言。在哥斯达黎加，我的朋友埃克哈特就住在我家附近，他们的房子跟我家只隔了两户人家。埃克哈特的父母都是德国移民。

我回应着她，我说的实际上算是我的第三语言，我最后学的一门语言，对我来说是最陌生的语言，因此我敢肯定它也是最接近捷克语的语言。

"Ocho años. Casi ocho y medio."

"Hier gefällt es mir überhaupt nicht."

"Tengo calor. Pero estoy bien. Estoy content."

"Ich will zurück nach Prag. Die Leute hier sind schrecklich."

"¿Te gustan los helados?"

"Mit meiner Tante Vavou, wahrscheinlich. Aber die Känguruhs interessieren mich gar nicht. Ich will zu meinen Freunden."

"Tienen buenos helados aquí. Berthillon. Tomamos helado ayer. Vainilla con miel y nueces; mi favorito."

"Ich bin ja gar nicht froh. Und der arme Onkel Tomas."

"¿A lo mejor tomamos mañana?"

"八岁。将近八岁半。"

"我一点也不喜欢这里。"

"我有点热。不过还好。我很开心。"

"我想回布拉格去。这儿的人都讨厌死了。"

"你喜欢冰淇淋么?"

"跟瓦瓦姨妈的话,也许吧。不过我对袋鼠没兴趣。我想要我的朋友。"

"他们家的冰淇淋很好吃。'贝蒂永'的。昨天我们吃了点。我最喜欢蜂蜜香草坚果味的。"①

"我不开心。可怜的托马斯姨父。"

"或许咱俩明天可以吃一点。"

---

① 译注:贝蒂永是法国最负盛名的冰淇淋店,店里制作的冰淇淋被称为全世界最美味的冰淇淋。

我紧张不安地说出了这番话。我很惊讶自己竟然会如此大胆。我要让父亲给她买双份的,一勺蜂蜜香草坚果的,一勺巧克力的。她侧躺着,撑着脑袋,几缕头发耷拉下来,遮在脸前。她把那几缕头发甩到了后面。

"Ach, die Hitze. Es ist hier viel zu warm. Wir können mal unsere Schlafanzüge ausziehen."

"噢,盖着这么多毯子太热了。咱们把睡衣脱了吧。"

她坐起身,我惊讶地看着她抓起自己的睡衣,一把从头上扯掉了。她的头发像瀑布一样飞溅了下来。

"Mir geht's jetzt besser. Zieh doch den Schlafanzug aus."

"舒服多了。你也脱掉吧。"

她的两只手摸到了我的睡衣。我坐起身,她帮我脱掉了上衣。我们俩继续坐了一会儿,看着彼此。我猜她的胸应该跟我的差不多:平坦,乳头周围有一圈淡淡的颜色。只是她的胸摸起来应该非常美妙。她笑了起来。

我们又躺下了,她将我的身子扭了过去,让我背对着她。她的手臂摸了过来,环住了我。她直截了当,毫不掩饰地搂了我,我们的身体紧紧地契合在一起,我们的肌肤摩擦着,她的皮肤非常温暖,我的脑袋靠在她柔软而不羁的头发上。我睁着双眼,但是我的嗅觉和触觉更敏感,而不是视觉。我感到头晕目眩。

"Kehr dich mal um."

"转过去。"

她的两只手意图明确。我慢慢地转过身,慢得就像地球缓缓地转向白天。当她开口说话时,当她开始呼气时,我感觉得到气息打在我的脸上。我俩继续着西班牙语系对日耳曼语系的毫无意义的窃窃私语。

半途中我们沉默了半刻,她合起双眼,向我凑过来三英寸,亲在了我的嘴唇上。

我这辈子只碰到过两次这种事情:因为眼睛里的鱼我几乎看不到她了。就在那一刻我想要时间停下来,想要那个夜晚永远不要结束,想要太阳彻底被摧毁。

"Gracias, Marisa." "谢谢你,玛瑞莎。"

我是那么幸福,闪烁着幸福光芒的眼睛睁得那么大,结果我一下就睡过去了。第二天早上醒来的时候我深信爱情就是一种失眠症,是它将我们从生命的睡梦中唤醒了。以前我会睡着,可是从今往后再也不会了。我发誓在余生里我一定要像现在这样醒着,绝对的清醒,就像装了一升水的一升透明玻璃瓶。

母亲进了我们的房间,我立即问了她一个问题。

"Est-ce qu'ils vont rester à Paris?" "他们会留在巴黎么?"

"Non, ils veulent s'établir en Australie." "不会的,他们想去澳大利亚定居。"

这个回答回荡在我的脑袋里。Non, ils veulent s'établir en Australie. 不会的,不会的,不会的。我坐在床头,差不多已经穿好了衣服。母亲给我拿来了一件干净衬衫。

有时候麻木也会令你感到疼痛,你能明白我的意思么?你不想有感觉,因为你能感到的就只有疼痛,于是你努力让自己不去感觉,只是坐在那里,一动不动,麻木着,痛苦着,你能明白么?

* * *

那一天,我们——来自三个国家的人——一起参观了巴黎圣母院,一个庞大、冰冷的地方,只有玛瑞莎和我站在散热口的时候例外。我紧紧地贴着她。她给我的感觉就像那座教堂给我的感觉,一股股寒气中散发着一股股热气。我不停地想:"她在这里……可是这种状况长久不了,她在这里……可是这种状况长久不了,她在这里……可是这种状况长久不了。"

我们回酒店住了一个晚上,然后就搬进了我们的新公寓。后来我又见到玛瑞莎好几次,但是之前的那种情况再也没有出现过。她渐渐地开心起来了,开始接受命运的安排,考虑着澳大利亚的事情,也已经能说一些基本的英语词汇了——"小船""床""字典"。最后一次见到她的时候是为了跟她道别,她走到我跟前,当着众人的面亲了亲我的左脸,又亲了亲我的右脸,然后又是左脸,接着就亲了亲我的嘴唇,就亲一下。我感到自己的一生结束了。

*　　*　　*

她是我在新学校——巴黎英文学校——遇到的新老师。那是我入学的第一天。当时坐在后排的一个男生在给她找麻烦,他一直表现得很傲慢无礼,最终他和她发展到了剑拔弩张的地步。她失控了,伸手扇了近在手边的那个男生一巴掌。那个男生恰好就是我。我发表意见了?我说什么风凉话了?干了什么勉强可以让她当借口的事情?即便我说了,我干了,这扎扎实实打在我脸上的一巴掌也立即抹去了我的记忆。我没有哭——出于自尊——只是死死地盯着她,红着脸。等我一走下校车,看到父母在等待我的时候,我就号啕大哭了起来,一时间都喘不过气了。同学们围住了我们,争抢着尖声尖气地描述着之前的那一幕。其实那位老师并无意扇我。一下课她就去厕所哭了一场,当天晚上还失眠了。第二天上午两名年轻的加拿大外交官怒气冲冲、激动不安地找到了校长,他们想要弄清楚为什么一个那么可爱的小男孩会受到体罚——他们自己绝对干不出这种事情,他们还格外强调说永远都干不出这种事情——而且还是不公正的体罚。在两名外交官找到校长之前,那位女老师(和她的男朋友)就已经去见过她了。她的眼睛红通通的,显然对之前发生的事情懊悔不已。在那一年接下来的日子里她对我格外好,期末的时候我得到了九十四分的成绩,不过我连那是什么课都不记得了。我在幼年直接遭遇过不多的几次暴力事件,其中就包括那一巴掌,其他的暴力事件都跟艺术有关。

*　　*　　*

我想要尽快讲完接下来要说的这件事情,它是我童年时代的一个错误,它带给我的遗憾至今仍然在折磨着我。我真希望那一切不曾发生过!我将这件事情视作我儿时生命之河的一个分岔口,跟其他几个阶段一样开启了我的某种模式。这件事情的细节令我感到恼怒、无聊,我频繁地回想着那一幕,可是到现在还是不得不重新讲一遍。明晃晃地出现在我面前的是我根本没有从玛瑞莎的事情中汲取教训这个事实。

十岁,还是那所学校,还是那个班,比我矮一点,笑容就像……还是不要比喻了,快一点讲完吧。我爱上了玛丽·安。我看着她——人能改变多少呢?一辈子我还凝视过其他所有人,我的父母、我的同学、我的老师、大街上的陌生人,可是什么都不会发生,全都是在造瓶厂里挪动的无数个瓶子而已。可是我怎么也看不够玛丽·安。她的身上有着我所无法理解的东西。我的目光在她的身上来来回回地徘徊着,从头发到额头,到眼睛,到鼻子,到她的微笑,她的整张脸,然后再从各个部分看起,就这样一圈又一圈地看着。玛丽·安和我是朋友,我俩始终在一起。在校车上我总是坐在她旁边,要不就是靠近她的座位上。她去过我家,至少去过一次,那一次深深地烙印在我的记忆中。

当时玛丽·安的妹妹凯利也在场。我们在我的卧室组合家具中间玩着潜水艇的游戏。负责发动机和操作导弹发射井的凯利在床底下,就在桌子那里,作为潜水艇指挥官的我和玛丽·安躺在床上,在她看不见的地方。我俩聊着天,窃窃私语着,下达着命令,笑着,看着彼此的眼睛——那东西就在半空中,唾手可得。我只需要朝前探过身子,够到它就行了。可是我却朝后倒去,就好像我已经筋疲力尽了。最终,我给凯利下达了最后的命令,"浮出水面",魔咒解除了。

有一天我会老去,如果你逼一下我,如果你刺激一下我,那我就会把这件鸡毛蒜皮的事情——一个十岁男孩没能亲吻一个十岁女孩——一股脑地讲给你听。提起它我就满腔怒火。

在潜水艇游戏过后,有一天在放学回家的校车上,玛丽·安和黛安就坐在我前面一排,她俩用外套裹住脑袋,压低声音互相倾诉着自己的秘密。透过她们俩座位之间的缝隙我听到了她们的谈话。玛丽·安问黛安她喜欢谁,喜欢哪个男孩,然后就是一阵咯咯的笑声,还有回答。我不在乎这个答案。接着黛安问玛丽·安喜欢谁,喜欢哪个男孩。答案脱口而出,毫无停顿,是什么保罗,还是什么亨利,是我一点也不想听到的名字,一时间我的耳朵失聪了。我靠在了椅背上,看着窗外,强忍着,直到回了家在浴室里才哭了出来。

那一年的夏天我在加拿大跟祖母生活了两个星期。祖母住在圣劳伦斯的一个小村子里,在那的大部分时间我几乎都在一个码头上钓鱼。城里长大的男孩子会对我在那里做的事情感兴趣,从凶险的海道——经过祖母那个村子的航道有三十五公里宽——里抓野生的鱼,这种生活意味着我可以独自待着,祖母从不跟着我。我一个人守着风,守着海道和日头。可是总得处理一下我抓到的鱼。我抓到的鱼就是泥鳅,祖母不喜欢这种鱼的味道。于是在初夏的那两个星期我每天独自一人在码头上钓鱼,回到祖母的小房子后就用鲜活的鱼给她的花园施肥。我在花园里挖出细细的沟,把泥鳅放进去,一条接一条,头尾相连,不等它们翻身蹦到别处就赶紧把它们埋住了。不过有的泥鳅还是会钻出土层,我就不得不把沟挖得深一些,埋掉泥鳅后还要在上面踩一踩,好让土瓷实一点。通过电视和我接受的其他教育我知道了男人或女人可以有很多种死法,但是它们都没有教给我杀死泥鳅的方法。否则,我是不会允许自己这么犯浑。埋掉那些鱼的时候我一遍又一遍地告诉自己"世上没有爱情,世上没有爱情,世上没有爱情,世上没有爱情",一直说得自己几乎失去意识。我怀着复仇的念头,故意将我眼睛里的鱼埋葬在了冰冷黑暗的土层下。

* * *

那时候我待在乔纳森的家里。那是一座带花园的房子,所以肯定不在巴黎市区。我们发现了一个避孕套。避孕套软塌塌,黄兮兮的,气味很恶心。乔纳森的姐姐路易丝回来了,他就把避孕套藏了起来。路易斯穿着泳衣,戴着墨镜。她带着一脸的怒气,没跟我们说话,在折叠躺椅上躺了下来。乔纳森看了看我,然后又意味深长地看着姐姐。避孕套是她的。我盯着她,心中充满了对她的敬畏。我俩都盯着她。结果她瞪着我俩,厉声说了句"滚"。我俩就走开了。

"她跟男朋友吵了一架。"乔纳森说。有个姐姐他可真幸运。他整天都在监视她。我俩上了楼,从后窗看着楼下的她,一心巴望着她能做点什么,虽然我们也不知道自己究竟希望她做什么。

她一动不动地躺着,浑身上下几乎都是棕色的(那会正是盛夏),只有蓝色比基尼覆盖的两坨圆圈和一片三角形除外。我俩断断续续地看了好一会儿,她似乎始终一动不动。突然——那一刻我看的不是乔纳森——我看到墨镜下有两行闪亮的眼泪,眼泪顺着她的面颊滑了下去。我再也不想看下去了。我感到嗓子眼发紧了。我想起了玛丽·安。乔纳森正从架子上取下他的玩具气枪。他说咱们打枪吧。他还说昨天我打中了一只鸽子。可是我不想看他的气枪,也不想打枪。我提议还不如看一会儿电视。

* * *

这种痛苦,这种得不到回应的爱带来的痛苦在我的童年和青春期时代频频出现,我都不想记述这种痛苦了。这是一种可怕持续的痛苦,你没法让它偏离你,只能忍受着它。在父母煮面的时候,我总是会注意到留在漏勺里的那一根,被抛弃的,被遗忘的那一根,它的同伴们全都相互纠缠着热气腾腾地躺在餐桌中央的大碗里。当爱情变成了痛苦,我感到自己就像那根面条。不去看看水池里的漏勺,我是绝不会开始吃饭的。我看着那根没有人爱的面条,它蜷曲着身子寻找着安慰。我会温柔地将它吃掉,用这样的方式给予它爱情。

我不想讨论单恋这个话题。如果爱情是海洋,那就让我们在陆地上走一段吧。

* * *

小时候我被电视迷住的第二次:

(2)我知道电视里就要播出禁忌的内容了,因为屏幕右下角出现了一个小小的白色长方块,它标志着"仅供成人观看"的节目时间到了。当爸爸妈妈和保姆不在场的时候——他俩去过夜生活了,她在另一个房间里看书——我只会犹豫片刻,然后就调低音量,让自己不道德的行为小声点。这时黑暗中闪现出一幅画面。

一个空荡荡的竞技场。

人们走了进来。

灯光亮起了。

一开始我几乎注意不到画面,吸引住我的视线的是那个白色的长方块。我盯着它,当初夏娃肯定也是这样盯着那个苹果的。接着电影便急不可耐地开始了。时间背景是未来,那时候已经没有战争了,因为国家的概念已经不复存在了,只剩下"多国体",人类的灰心和愤怒都被限制在竞技场内,在这里人们穿着轮滑鞋,骑着摩托车在环形跑道上开展着一场集体暴力运动。镜头记录下了一切:击打和痛苦,事故和尸体。我们久久地望着一名身亡运动员的脸,那张汗淋淋的脸上一片茫然。接着镜头又推进到了嗜血的观众身上,他们撞向塑料栅栏,高喊着再来点,再来点,再来点。我惊愕地看着画面。我又看到了白色的长方块,我想朝前探过去,把电视关掉,可是我没有这么做。我继续看着电视。至今我还记得这部电影,因为当时我的情绪在退缩和着迷之间来回起伏,在变动中保持着平衡。我能够感觉到一步步降低恐惧的底线有多么迷人。

*　　*　　*

"黑鬼"和"操"这两个词大行其道:

我在巴黎就读的学校里大部分学生都是外交官和企业驻外总经理的孩子,因此在长满雀斑的白种人、英国式血管清晰的透明白种人、澳大利亚式的古铜色白种人和纯粹单调的白种人中间夹杂着一大堆深黑色的人、中等黑色的人、浅黑色的人、深棕色的人、牛奶巧克力的那种棕色的人、浅棕色的人、黄色的人和橄榄色的人。甚至还有一个无色的——一个白化病人——和一个爱尔兰瘸子。我对一个名叫戈拉的胖女孩着了迷。她是印度人，要不就是来自西印度群岛的特立尼达岛人。她的皮肤是那种柔和的棕色，闪着微微的光芒，看上去好像很深。我想象着将手指伸进她的皮肤，看着手指消失在那片棕色里。在家里我常常拿出牛奶，小心翼翼往里面加入巧克力粉，我想调出跟戈拉的皮肤一模一样的颜色，可是我从来没有成功过，因为"雀巢"缺少那种带有黄色的淡红色。在我们那所学校里我——我们——只知道"黑鬼"这一个具有种族主义色彩的蔑称，在使用这个词的时候我们十分公平，黑人之外的任何一个人都可能得到这样的称呼。我们中间当了黑鬼时间最长的就是比阿特丽斯的哥哥，这个名叫安东尼的英国男孩其实是一个面色苍白的白人。他的脑子有些迟钝，我们常常管他叫黑鬼，到最后我们已经不记得他的真名了。有一天，坦普利先生无意中听到特里斯坦这样叫安东尼，他被气疯了。就是在那个时候我头一回听说了马丁·路德·金、美国深南方和民权运动这些事情。黑鬼这个词不再流行了，我们又开始把安东尼叫白痴了。种族主义之所以没能存活下去还有一个原因，它太局限了，而且行不通。戈拉很自大，有一次我很开心地告诉她她的肤色像大便，而尼日利亚大使的儿子托尼的颜色就很漂亮。托尼很风趣，他还有能像炸药那样爆炸的炮仗。他还是一个领袖，他的一言一行都很有分量。

当时我们都想知道"cào"这个字应该怎么写。究竟是"草"，还是"操"。我觉得无论是从生物学的角度，还是从情感角度，当时我们中间没有一个人真的明白这个字的确切内涵。这个字是神秘、禁忌和猥亵杂糅而成的爆炸物，我们沉迷于这个字，它充满了力量。谁的舌尖上溜出一句"操他大爷"或是"今天的天气真是操他妈的好啊",谁就会遭到惩罚。只有蓄意破坏公共财产和盗窃才具有更高的威望。此外,我不记得我们曾用这字来辱骂女孩子,甚至不曾把这个字和女孩子联系在一起。在男孩中间讲粗话是一件有趣的事情,但是在女孩中间这种事情基本上被认为是丑陋的,对她们来说这样的粗鲁毫无必要。女孩们会设法彬彬有礼地干出恶毒残忍的事情——例如,比阿特丽斯——真是一种巧妙的本领。"操"是一个属于男孩的字眼。

* * *

乔纳森、阿里和我喜欢在学校的车库和棚子里翻寻一番,就像是在探索银河系里一颗遥远的星球一样。结果我们就找到了一辆"索莱克斯"。"索莱克斯"是法国在工程技术方面创造的一个古老的奇迹。这些电动自行车——其中大多数被漆成黑色——的前轮上架着胖乎乎的小马达,马达看上去很突兀。我们打开那辆车的油箱盖,把锯末倒进了油里。接连几天我们继续把这个车库翻腾了一遍。车库很大,里面塞满了各种机械物品。在最后一次翻腾的时候我们找到了一辆助力车,我们开心地看到它的油箱比"索莱克斯"的大很多。我们打算给它的油箱塞满锯末,就在那时一个法国校工从一台动力割草机的后面冒了出来,刹那间我们被吓得魂飞魄散。他一直藏在那里,等着我们。他长着一对粗壮的手腕,浑身肌肉发达,毛发浓密。我们撒腿就跑,恐惧得不知所措。他缓缓地跟在我们身后。其实他认得我们,每天我们都会见到他,就算我们跑得比他快,要想逃走还是太愚蠢了。于是乔纳森和我停下了脚,靠墙站着,我们俩都吓得哆嗦起来。校工有一双棕色的大手,手上的皮肤看起来就像是兽皮。他走到我们面前,摇晃着食指,只消轻轻地敲打一下那根手指就足以敲碎我们这些生来就讲英语的小家伙的脑壳。

"C'est méchant faire ça, c'est pas gentil," il dit, sans crier, tout simplement.

"这样做太可恶了。这样做可不好,"他说。他并不是在冲我们嚷嚷,只是在陈述事实。

说完他就转身离去了。就是这样。这句话起作用了。乔纳森和我看着彼此,根本摸不着头脑。这样做可不好。这样做太可恶了。阿里一直在远处等着我们,见到他之后我俩都有些怨恨他,就好像是他用不正当的手段躲过了他这辈子最惨烈的一场失败。

第二天,当我们见到那位校工的时候我走上前去,向他道了歉。他笑呵呵地用手抚过我的后脑勺和脖颈。那只手感觉很粗糙,又很温暖。

* * *

这是发生在圣诞节期间的滑雪冬令营里的事情。滑了一天的雪之后我们已经晕头转向了。当时我们在冲澡,所有人都累坏了,迟迟不愿从雾气腾腾的热水里走出来。让-卢克——我们这伙人的头儿——朝我转过身,一言不发地就开始为我搓起了后背。促使他做出这种举动的或许不只是真诚的情谊,究竟还有什么原因我不得而知。他向来对我就很不错。我相当骄傲,毕竟是我,不是别人,荣幸地受到了他的关注。我知道所有人都在看着我俩,嫉妒地看着我俩。这种感觉太美妙了——这次强有力的脊背按摩,妙不可言——当然也有按摩本身带来的快感。好奇心冒出头了,一开始只在一个男生的心里,接着是另一个男生,最后所有人都感到好奇了。随即我们就围在了一起,互相搓着后背。后来我们从未谈起过这件事情,可是这场淋浴成了那次滑雪假期里的一次高潮。搓着搓着我们全都笑了起来,至今我仍然记得那沙哑的笑声。还有尖厉的笑声。还有一张张在狂笑中扭曲了的面孔。

在巴黎待了将近四年之后我们去了渥太华。登上飞机的舷梯，转身看着候机大厅阳台上的人们，我并没有意识到那一刻冲我挥手道别的并不仅仅只是欧洲，我的童年也在向我告别。那时候我十二岁。

＊　　＊　　＊

要想描述清楚刚刚进入青春期时发生的变化并不容易，变化太多了。对我来说一开始青春期只是身体上的变化，一些新生的浓密毛发，一次令人难为情的身体发育，一种皮肤病，对一种隐秘快乐的发现而已。我只是模模糊糊地意识到这同时也是心理上的事情。我几乎没有注意到一个崭新的世界不知不觉地出现在了我的眼前。在这个世界里最能麻痹人的焦虑和最激动人心的喜悦如影随形；在这个世界里我知道了选择这个概念，真实的、个人的选择；在这个世界里知识和困惑感都增长了无数倍；在这个世界里成功和失败、意志和懒惰、表象和现实、自由和责任、公共和私人、道德和不道德、精神和肉体这些概念代替了以乐趣为引导的简单思维。这场变化的核心是一种新的痛楚，来自性需求的痛楚，以及一种新的孤独，似乎深不见底的孤独，纯粹的折磨。于我而言青春期就是一条没有路标，也不会出现顿悟的路。我以为还是跟以前一样，毫无变化，直到有一天我意识到自己不再那么喜欢摆弄玩具，也不再喜欢守在父母身旁。

＊　　＊　　＊

我想知道——比方说——最后一次跟父亲一起洗澡是什么时候？最后一次我俩轮流站在莲蓬头下是什么时候？把肥皂和洗发水递给对方？一起走出来，两个人都不假思索地帮对方擦身子?从理直气壮地一丝不挂到面红耳赤地脱光衣服经历了一个缓慢而难以觉察的过程,但是肯定有所谓的"最后一次淋浴",也就是我们从此再也不会越界的那次淋浴。

我的注意力改变了方向。我再也不会像开弓射箭那样让问题脱口而出——天空为什么是蓝色的?《圣经》是谁写的?大象为什么长着那么长的鼻子?我的心里也有了秘密。我开始照镜子了。我首先得忙着对付不可避免的外貌问题:被堵塞的鼻子毛孔、额头上的脓疱、头发上大大小小的卷。接着我就开始认真地打量起自己了,也就是说,我会看着自己的眼睛,那对存放灵魂的仓库。在那两个小小的黑洞背后——是谁?那么变化无穷。所有人都会这样么?

我发现了自己的身体。在那之前我的精神上和肉体上的自我一直和睦相处,我从未分别考虑过它们,或者说从来不曾认为它们是可以分开的。这两者曾经就像在罗丹①的《思想者》,或者是罗杰·班尼斯特②和约翰·兰迪③的"奇迹英里赛"④中那样浑然

---

① 译注:奥古斯特·罗丹(1840—1917),全名为弗朗索瓦-奥古斯特-雷尼·罗丹,法国著名雕塑家。
② 译注:罗杰·班尼斯特(1929—   ),英国著名赛跑运动员,神经学专家。他是第一个在一英里赛跑中跑进4分钟的人。班尼斯特的运动员生涯从其于1946年进入牛津大学学习开始,在1952年夏季奥林匹克运动会上,他取得了1500米跑的第四名。
③ 译注:约翰·兰迪(1930—   ),澳大利亚著名赛跑运动员,是第二个在一英里赛跑中跑进4分钟的人,并打破1500米跑和一英里赛跑的世界纪录。
④ 译注:在1954年8月举办的英联邦运动会上,英国的罗杰·班尼斯特与澳大利亚的约翰·兰迪首次在一英里赛跑中相遇,在前一年他们先后跑进了4分钟,创造了世界纪录,因此英联邦运动会上的这次相遇在赛前被称为"世纪英里赛",在赛后被称为"奇迹英里赛"("完美英里赛")。最终罗杰斯特在距离终点仅90码的时候赶超了兰迪,以3分58.8秒的成绩赢得了比赛,兰迪也跑出了3分59.6秒的好成绩。

一体。然而眼下精神的血管开始出现不稳定的迹象，显示出它有能力在你意想不到的时候传递出它自己制造的痛苦与欢乐。结果，一个更加复杂，有着多种面目的"我"出现了，这个"我"有着更多嗷嗷待哺的嘴巴，更多等待着满足的需求。

孤独变成了一种快乐。青春期时代肯定少不了一些难以言表的时刻。你一声不吭，你望着某个地方，比如说图书馆书架上的一排书，就在这时一切突然变得那么鲜明，那么清晰，突然叮咚响了一声。这么说是不准确的。我想说的其实是，仗着年轻，仗着压倒一切的青春活力，你一直在哄骗生命忽视你，你从背后悄悄地向生命爬了过来，现在你已经爬到了生命的心脏跟前，你已经听得到生命的心跳了。你听到的并不是嘶吼般的搏动，那个地方，那排书出现了非常安静、非常缓和的颤动，那么安静，更多的是视觉而非听觉上的，微弱至极的光芒。它的心跳不会让你的思想中出现任何言语，但是你感觉得到一种扩张；在你的头脑中一扇扇大门打开了，它们通向一个个浩瀚无边的空荡荡的房间，你的思想惊呼着："天哪，没想到这个地方竟然这么大！"家具还是上一秒钟的那些家具，可是头脑这所房子突然间已经扩大了四倍。我说的叮咚一声，我说的微光，心跳，就是这个意思——青春期出现的一种模糊的意识：生命力超过了我的理解范围。

*　　*　　*

我密切留意着体毛的生长。这种进入成年期的象征物最先出现在小腿上，孩子的躯体上长出了成年人的脚踝。似乎激发了体毛生长的荷尔蒙不得不对抗万有引力，直到这些黑乎乎的毛渐渐地顺着我的两条腿悄悄地向上爬了一段之后，它们才开始在我的耻骨上冒头。接着它们在我的胸口上也冒了出来，胸骨正中出现了三四根。然后腋窝里原本面目温和的金毛也被取而代之了。到了这时候我的面颊也掺和了进来。最后,荷尔蒙万灵丹终于到达了头顶。在整个童年时期我的毛发始终很浓密,不过倒不难梳理。至今我还记得当时父亲用梳子狠狠修理我的情景,他拿着梳子拼命地扯着,直到一个个发结被打败为止。每扯一次就会伴随着一声"噢!"其实父亲扯得并不太疼,只不过这样我就可以折磨一下父亲。随着青春期的到来,我的头发开始——以缓慢的速度——打起了大大小小的卷,还纠缠在一起。这时头发就真的成了一团糟。

我很享受体毛茁壮成长的过程。那些毛发太漂亮了,很配我。胸口上的毛最令我开心,我就希望我的胸口上长出浓密的体毛,密得只能用梳子才能梳开的程度。我还记得那会在漫画书上看到过一则广告,就在邮购海马的旁边,广告讲的是一种宣称能促进毛发生长的香皂。我梦想着订购一块,可是始终没能实现,我不知道该怎么通过邮寄的方式付款,也担心父母逮到我。最终我的胸口上及时地长出了胸毛,只是一直没有长到我梦寐以求的那种浓密程度。不过,至少腹部还算令我满意。

从十四岁起我开始刮胡子了。与其说是必要的工作,不如说我过于未雨绸缪了,我脸上的毛发直到现在也没长到蔚为壮观的地步。我没有长出查尔斯·达尔文和卡尔·马克思那样飘逸的大胡子,也没有疯子弗里德里希·尼采上嘴唇那种令人过目不忘的小胡子。我的上嘴唇和两颊长的树不少,可是从来没长成一片森林,而且过几个月我才需要换一换斧子。然而我很喜欢刮胡子,在很大程度上这成了一种仪式:给脸上扑上热水,把剃须膏打成泡沫丰富的白色海洋,然后用小心翼翼握在手里的刮胡刀干净利索地把整片海洋抹掉。这个过程就像是沉浸在回忆中,而且令我感到慰藉。每个星期我要刮上一到四次,次数的多少就看我的心情了。

＊　　＊　　＊

粉刺。这个词属于青春期。就像童贞带来的焦虑一样，粉刺也是绝大多数成年人都几乎想不起来的事情。

我记得。

粉刺是我青春期的十八层地狱。一大片一大片的脓疱一开始只是令我对自己的外貌产生了好奇，只是新鲜奶酪表面的一小块霉菌。然而，这些脓疱一直没有消失，然后就像九头蛇怪一样变得越来越多，到最后就侵入了我的内心，就像是年轻战士身上长出了坏疽，阳光小镇爆发了黑死病一样。我对粉刺的恐惧就在于它对我的自我形象造成的影响。那是腐烂的丑陋在攻击一个直到那时还自认为是英俊少年的男孩。

这种疾病似乎对某些区域很偏爱。我的双颊几乎一直幸免于难，额头就没有这么幸运了。相比于左太阳穴，腐烂似乎更喜欢我的右太阳穴。鼻子也饱受折磨。下巴。上嘴唇的嘴角。下巴的边缘炮火纷飞。更令我感到羞耻的是，皮肤也变得油腻腻的，裹着一层闪闪发亮的油膜。在整个青春期，每天我都要用磨砂皂把脸洗上两三遍——又擦又刮。不要油脂，不要死皮，不要粉刺！然后再用毛巾轻轻地把脸拍干。在短短一个小时左右的时间里我的脸还能保持着干燥的状态，充满表现力，让人看得过去，随后脸上就又分泌出油脂了。这种清洁产品——针对成年人推出的广告称这种产品是用来洗掉粘在手上的润滑油之类的东西——效果非凡，我愿意向所有跟我以前一样渴望把自己的脸彻底抹掉的男男女女推荐这款产品。

我咨询了皮肤科医生——等我终于愿意承认现实，愿意跟别人谈论这个问题的时候——我一丝不苟地敷用他们开出的昂贵的乳霜,吞服着他们开出的昂贵的药片。可是没有什么效果。我开始自救了。堵塞的毛孔很快就被疏通了,一团团黑乎乎的东西被挤了出来。我喜欢大坨的黄色粉刺,因为这些东西很容易对付。给指头上缠上手纸能提高命中率,就这样我推捻着每一个讨厌鬼,直到随着脓疱爆裂时发出的那种轻微的滋水声讨厌鬼们全被捻破了才罢手。脓疱——清水混着血水——被擦掉了,留下的就只是一个个小小的坑,边缘有些泛红,仅此而已。很快这些坑也消失了(其实也不算太快!)。可是,不是所有的粉刺都这么容易对付。很多粉刺都是红色的,不是黄色的,腐烂的岩浆还没有发展到喷发的程度。这种粉刺在我的脸上慢慢地酝酿着,发炎,结块,毁了我的脸。不管怎么样我还是要挤它们,我一心指望这样就能加速它们喷发的过程。其实这么做却只会让它们变得更红,炎症加剧。

这种病总是让我落泪。我对痤疮做了了解,可是光知道荷尔蒙失衡和饮食习惯起到的辅助作用根本无法让我平静下来。我太羞耻了,太丑陋了,生物学的知识根本解释不清楚这些事情。

* * *

不过,这件事情也有着灿烂的一面。在很多同学都失去了学习的热情时,我却对学业产生了兴趣。我很幸运,在高中碰到了几位好老师,他们点燃了我对知识的热爱。因为碰到了一位优秀的地理老师,我就对地理萌生了兴趣。在拉丁文、历史、生物和数学方面也是如此。我开始如饥似渴地读起了书,在正规教育的体系中茁壮成长着。在一次次四十五分钟的课堂上我毫不费力地吸收了人类在自然科学和人文科学领域积累起来的知识。美索不达米亚为人口增长奋斗过,罗马帝国起起落落,黑暗时代熄灭了人性的烛光,中世纪又摇曳起点点微光,文艺复兴时期照亮了人类,工业革命呼啸而来,世界各国打了两架,德国人杀死了六百万犹太人,联合国成立了,月球被征服了,等等,等等——这些全都被我记在了笔记里。自流井、板块构造理论、恺撒入侵三足鼎立的高卢、威斯敏斯特条约、克雷布斯循环(柠檬酸循环)、瓦斯科·达伽马、二次方程、末日审判书、哈克贝利·芬、忏悔者爱德华、第谷·布拉赫、新石器时代——一切都在我面前显露无遗。

在那些年里只有两个季节:夏季,还有就是从九月到次年六月的神圣的学年季。其他一切都要配合这个季节循环。耶稣基督小心翼翼地让自己在节假日里降临人世,在节假日里受难;维多利亚女王选择了另外一个类似的日子当自己的生日;亚历山大大帝当然也只会在周末走遍亚洲。什么都不会扰乱学年这个季节庄严的脚步——只是偶尔预约了牙医或者体检的时候才会例外,每当这种时候我就总是坐在出租车里茫茫然地盯着大街上的行人。他们在外面像这个样子是在做什么?他们怎么能忍受四处闲逛的日子?我会匆匆赶回学校,赶着去解剖青蛙、分析莎士比亚,赶回到弗雷德里克·格兰特·班廷医生和日瓦戈医生的身边。我认为我的生命就是一段笔直向上的楼梯,教育就是我的扶手。在登上学士、硕士、博士,多伦多、牛津、哈佛这一个个司空见惯的学术梯台之后,我就要开始向我的终极梯台进发了——加拿大总理这个职位。

我没有想好自己将来要代表哪片选区,从情感上来说我最偏爱的是杰克·伦敦笔下的育空,可是那里遥不可及;我也喜欢"阿尔戈马"这个名字,那里是皮尔逊[①]的老地盘。可是我的地址是确

[①] 译注:莱斯特·鲍尔斯·"迈克"·皮尔逊(1897—1972),第十四任加拿大总理,1957年诺贝尔和平奖得主。阿尔戈马位于安大略省境内。

定的:渥太华苏塞克斯大街24号。在等着向上爬的过程中,通过阅读一切相关读物我磨炼着自己的政治技巧,这些读物大多都是人物传记和自传,此外还有汉萨德,也就是议会记录,以及皇家委员会报告之类的东西。

我尽可能地参加质询时间①,这种机会成了我在从政学徒期里最重要的事情。我沉醉在这个权力的舞台上,这个原则和立场合二为一的地方令人兴奋。众议院议员席在议长和议会媒体区的上方,旁听席就在众议院议员席的一侧。我从来不会坐在旁听席里,这里的视野不算好,而且进进出出的人群很吵闹。我从我们选区的众议院议员那里搞到了通行证,从父亲那里借来了领带和夹克,就这样我坐在了议员席上。议员席位于议会大厅两侧,一侧的席位专供执政党党员就座,另一侧由反对党和其他党派共享。我们选区的众议院议员来自进步保守党,所以我永远坐在自由党政府席的上方,面对着保守反对党(正式反对党)。因此,相比于大权在握的那伙人而言,我更了解没有实权的那些人的表现。特鲁多总理②的傲慢我只能从他的后脑勺那里目睹到,他的傲慢激起的盛怒之下的抽搐、狂喊乱叫、拍桌子、奚落、诘问和羞辱几乎到了有失议会体面的地步(有时候真的毫无体面可言了),这些景象我倒是完全从正面看到了。我非常喜欢那些没有权力的人,无论他们来自正式反对党、新民主党,还是社会信用党。我能像议长一样迅速地认出站起身以"温尼伯北中区议员阁下"、来自埃斯奎莫尔特-萨尼奇岛或密西斯科沃伊—布罗姆的身份引起

---

① 译注:质询时间,正式名称为"口头提问",加拿大众议院会议日期间举行。根据加拿大众议院的纲要,"质询时间的首要目标在于要求政府提供信息,并为自己的行为负责。"

② 译注:皮埃尔·特鲁多(1919—2000),加拿大前总理。

众人注意的某某人。

在参加质询时间坐在议员席里的时候,合法,却没有实权,或者说只拥有发言权的在野党最令我震惊,直到今天仍旧让我记忆犹新的是无论议院里的气氛发展到怎样的地步,出现怎样鬼哭狼嚎的吵闹声、愤慨和不满的喊叫声、挥舞的拳头——有时候毫不掩饰,有时候长期大权在握的人表现出的自鸣得意足以让别人失去流利清晰的口齿;有一次我还看到一本书从空中划过,那是一个因为自己的无能把脸憋得通红的议员扔出来的——无论分贝升得有多高,哪怕是恶化到了即将发生暴乱的地步——幸亏当时一名吸引到全体议员注意的议员发了言——这一切泛滥成灾的举动和表现都会以如下的开头统统被记录在汉萨德里:

某些议员阁下:噢!噢!

现场的情绪被录入员用速记的方式压缩记录了下来,每当我读到这些记录的时候现场的情绪总是能引起我的注意,让我回想起那些丧失权力的人们的愤怒和痛苦。我开始效仿起这些反对党党员,他们的愤怒成了我的愤怒。我暗暗发誓,有朝一日等我大权在握,一切一定会改变的。

所以说,你瞧,你是一名尖子生,还是未来的国家总理,所以尽管长着粉刺,尽管带着青春期的一副呆子相,你还是常常会感到幸福。

* * *

十个(种)令我浮想联翩的人:

(1)埃德蒙·珀西瓦尔·希拉里爵士,除此以外还有许许多多登山家,尽管会有可能失去手指、脚趾,尽管有可能损伤视力,甚至搭上性命,他们还是对百无一用的美充满了献身精神,这种精神令我感到敬畏。新西兰的养蜂人希拉里爵士是第一位登顶珠峰的……

（2）尼尔·阿姆斯特朗，他是……

（3）第二次世界大战及其造就的一批英雄和元凶，黑白照片和彩色电影中展现的那一切令我那个年代的男孩子们都痴迷不已……

（4）约翰·迪林杰，穿着入时的黑帮分子，我对他痴迷不已，尽管感觉到大事不妙，迅速离开了陪在他身边并将他出卖了的那位红衣女子，可还是在走出电影院的时候被联邦间谍击毙了……

（5）约翰·菲茨杰拉德·肯尼迪，在我的脑海中他永远停留在了那一天……

（6）莱纳斯·鲍林，唯一一位两度独立获得诺贝尔奖的人……

（7）鲍比·菲舍尔，1972年雷克雅未克国际象棋世界冠军挑战赛的冠军，尽管笨手笨脚、口齿不清、智力水平不明，但他创造了奇迹……

（8）三岛由纪夫，以最惊人的方式结束了自己的生命（切腹：日本武士自尽的传统方式），在自杀之前他率领自己的私家军队攻占了一处军事基地，向战士们讲了一番日本的腐败问题，在那个上午他结束了自己最后的……

（9）萨科和范塞蒂①，尽管世界各地都有人呼吁对他们宽大处理……

（10）米格尔·伊达尔戈，在1810年为墨西哥独立事业振臂一

---

① 译注：尼古拉·萨科与巴托洛米欧·范塞蒂都是出生于意大利的美国无政府主义者，于1920年4月15日在马萨诸塞州以在武装抢劫斯雷特和莫瑞尔制鞋公司的过程中杀害一名警卫和出纳员的罪名被定罪，七年后被执行电刑。他们两个人都坚定地支持着无政府运动，长期致力于反对暴力和高压政府的斗争。

呼,史学家认为这一声呼喊揭开了墨西哥独立战争的序幕。这次的呼喊被称为"埃尔戈里托",也就是"呐喊"的意思,无论是在绘画作品还是雕塑中伊达尔戈一直被描绘为一手握紧拳头,双眼喷着怒火,嘴巴大张。这样的画面令我震撼——时至今日依然震撼着我——一名男子身处祖国的腹地,远离海洋,他已经受够了,彻底受够了,他向后仰起头,发出一声呐喊,这声呐喊那么长久,那么响亮,喊声翻滚过祖国的平原,沉入每一处深谷,在每一个村镇人们都听到了这一声奇怪的叫喊,然后大家转过头,聆听着这声呐喊。米格尔·伊达尔戈最终被当局逮捕,随即就被……

*　　*　　*

我的生活中还有着另一个内容,它跟身体变化,也就是粉刺这个内容交织在一起,这就是国家总理。或许这件事情早就开始了,只是我没有意识到。在我看来,我在北美洲上学的第一天这一部分的生活就开始了。

我不敢肯定究竟更多的是因为在那个年代,也就是二十世纪七十年代中期这么做很时髦,还是出于我父母的个人嗜好,总之在那个年纪我留着一头长发,长得几乎垂肩了。要是我是拓荒者的话,那我肯定会招摇地扎起一根马尾。我对自己的这一头长发没有什么想法,在法国的同班同学们也没有什么想法。我记得很少有巴黎的店老板会从背后把我错认成女孩。

可是到了北美后很快我就发现尽管绝大多数女孩都留着长发,但是女孩有权留短发,也有权留长发,而男孩——唉,男孩——却只能留短发。这个发现令我难以忍受。上学第一天,还不到一分钟的时候,我刚一坐下班里公认的小丑就走到我跟前,问我是男孩,还是女孩。我斩钉截铁地说我是男孩,可是我的回答根本不管用,甚至也可能根本就是这个回答坏了事,与其说对方是在问问题,还不如说他是在发表自己的见解,想靠这个博得全班同学的窃笑声,他就想要这个。这时老师叫我们安静下来,那个男生在转过身的时候恶狠狠地骂了一句"基佬!"在课间休息的时候我又听到了一次这个词,还有另外一种说法,"弯男"。等我弄懂了这些词语在北美的含义后,词语背后隐含的敌意令我目瞪口呆。

要是在巴黎的某个朋友坦白自己爱上了西蒙或彼得,我会跟他交流自己的秘密,告诉他我爱上了玛丽·安。在爱情中性别的问题给我的感觉顶多也就跟冰淇淋的不同口味一样重要。我猜想我有着这种信念是由于在父母教养我的过程中我的生活不存在宗教因素。也有可能我在这个方面天生就很开放。不管怎样,我丝毫没有意识到自己一直无视北美社会的这种最基本的两极分化。

在接下来的几年里我把头发理得越来越短。那会儿我开始从男孩变成了男人,要是一步到位地处理掉头发的话或许我在别人眼中就立即树立起爷们的形象,可是我没有这么做,因为那会儿我还太年轻了,太害羞了,没法这么大胆,况且——生活不就是一连串困难的抉择么?——那一头毫无爷们气的长发能够掩盖住粉刺。尽管付出了社会成本,但是面对粉刺,我还是毫不犹豫地选择了同性恋身份。

自入学的第一天起恐惧和不幸就一直是我的生活中最惨痛的一部分。伴随而来的还有困惑。这倒不是因为这种对欲望的偏狭区分,这种事情不难应付。我完全可以怀着极大的冷漠这么想:纳粹不喜欢犹太人,三K党不喜欢黑人,北美人不喜欢同性恋。这样就完事了。这只是一种社会政治结论,以及随之而来的在着装和言行举止方面做出相应的调整。只是大量的人在墨守成规而已。我之所以没能很好地适应这种环境是因为这种令人恶心的倾向所具有的象征物和特性看上去太原始了。它们都有着同一个根源。长发、文静、发现美的眼睛、结交男孩子的渴望——这些说法完全是用来形容女孩子的。所以说,除了性别为女性之外,女孩们无论是看上去还是言行举止都比我更像同性恋。可是,似乎她们不会因此受到责难,而我却备受谴责。他——吉姆——拿我取笑,推搡我,用我的长发和公认的对男孩的渴望来恐吓我,他会低声吼道:"你这个基佬!你这个基佬!"尽管坐在我身边的那个人也留着一头长发,而且过不了多久就会对男孩产生欲望。她——索尼娅——总是能拯救我。她会冲着吉姆尖声大笑起来,将他奚落一番。

我随时随地地寻找着指引。有一段时间我求助了法语,这种语言为万事万物赋予了性别。可是它丝毫没能满足我的需要。我能够接受卡车和谋杀属于阳性,自行车和生活属于阴性的说法,可是胸部也属于男性,这也太古怪了。垃圾属于阴性,香水属于阳性也难以理解——电视,我一直厌恶地将其视为阴性,可事实上它属于阳性,这毫无道理可言。走在渥太华国会山的走廊里,经过一幅幅画像——画像中都是我未来的前任——我会告诉自己:"这就是议会,阳性。权力,le pouvoir。"我回到家,la maison,阴性,然后很可能去自己的房间,la chambré,阴性,然后开始读书,un livre,阳性,一直读到吃晚饭的时候。在吃阳性的晚餐时,我吃下了阴性的食物。经过了艰难而富有成效的阳性的白天后,我就休息一个阴性的夜晚。有一次,一连几天我甚至装腔作势地表示很厌恶待在厨房里,la cuisine,阴性。一进厨房我就摆出一副鄙夷的神色,还告诉自己:

"Les femmes font la cuisine ici, mais pour moi, une cuisine, c'est un endroit où Robert Kennedy se fait tuer."

"女人在厨房里做饭,但是对我来说这只是罗伯特·肯尼迪遇害的地方。"

可是,这一切纯属胡扯。我忠实地写下了这些东西,可是这一切纯属胡扯。住在渥太华的时候距离我家没多远的地方有一片大田,一片广阔而起伏的草场。我常常独自去那里,躺在草丛里,就像天使一样。我看着阳性的黄太阳和阳性的蓝天,闻着、感觉着女性的绿草。我还会顺着斜坡一路滚下去,一直滚到头晕眼花,身上沾满了各种颜色和各种性别为止。我感觉不到阳刚之气,也感觉不到女性的阴柔,我只感觉得到欲望,只感觉得到生命的潮气。偶尔——不对,比"偶尔"要频繁——应该是经常,我会爬到田边,不是像战场上的战士那样,我只是喜欢草轻轻地擦过我的身体的感觉,而且我会侧躺着,对着低矮的灌木丛手淫一场。我的精液会射出一道弧线,在墨绿的叶片上溅开,在我用柔软的绿色嫩芽徒劳地擦着自己的身子时落在叶片上的精液缓慢而沉重地滴落下去。我欣欣然地看着这一幕。

* * *

关于吉姆要说的一些话。成年人很信任法律的权威性以及执法者的权力,所以他们总是会忘记刑法学不适用于儿童。诸如"诽谤罪""盗窃罪""侵犯人身罪和殴打罪"这样精确的法律术语根本无法抚慰我这样一个十三岁男孩,这个男孩蠢兮兮地惧怕另一个十三岁男孩。

我想我没有能力说清楚吉姆究竟令我有多么恐惧。没有人能像他那样让我的心脏突然停下来,紧接着又以高于正常速度两倍的速度跳起来;没有人能像他那样让我的血液冻结住。我不惜一切代价地躲着他。哪怕得躲起来吃午餐,哪怕放学后得一路狂奔回家——唉,是狂奔——那也无所谓。现在我意识到只要一记重拳打过去就能让权力的天平倾斜,可是那会儿我的肉体就是一个懦夫。我的这种恐惧说不上情有可原,我担心的不是被打掉牙齿,或者被打出鼻血。令我失去行为能力的是直面对手的恐惧。

索尼娅告诉我女孩子也会这么残忍,说完这番话她就意味深长地看了看我。比方说,有一次在我的一番逼问之下她承认自己曾经和几个朋友在学校的厕所里看到一个低年级女生进来撒尿。她们注意到那个女孩在小隔间里把裙子拽到了脚踝上,而不是提起到腰部。这种事情显然只有小女孩才干得出,像她们那样成熟的大女孩是不会这么做的。她们哈哈大笑了起来,奚落了一番那个女孩,还敲着小隔间的门。那个女孩没有出来。在午餐休息的一个钟头里她一直待在厕所里,直到上课前的一分钟才出来。我心想,的确太残忍了。可怜的小女孩。这肯定是她这辈子最后一次把裙子扯到脚踝了。不过,我心里同时响起了另一个声音:"有那些野兽的喧闹声吗?有喷向小隔间的水吗?有吐唾沫吗?有试图抢过她的裙子,将其撕碎吗?有人身攻击吗?"我告诉索尼娅有一次一个男孩在打哈欠,另一个男孩从他的身旁走过,为了取乐,后者就朝他的身上吐唾沫……有一次一伙男孩为了取乐,试图把一个男孩塞进学校的储物柜里,他们几乎就要干成了,只是那个男孩的左脚还吊在外面,只是因为担心他歇斯底里的尖叫声会招来别人的注意,他们才罢手了……有一次一个男孩站在教学楼的走廊里,另一个男孩从他的身旁走过,为了取乐,后者用膝盖顶了一下他的腹股沟,然后头也不回地就走掉了,一边走,还一边取笑说他的姿势那么流畅,那么优美,而他则痛苦地弓着身子,号啕大哭起来……有一次一个男孩回到自己的储物柜,发现别的男孩透过锁眼往里面撒了尿……有一次一个男孩整整一个星期都没有吃午饭,因为每一天另一个男孩都威逼他交出自己的那袋午餐,那个男孩会在袋子里翻上一遍,然后把布朗尼蛋糕吃掉,把其他的都扔掉,直到他玩腻了这套把戏……我把这些事情讲给了索尼娅,还告诉她其他一些事情,我装作这些事情都发生在第三者的身上。索尼娅一直皱着眉头。

我从没看到过男孩攻击女孩。这是一项不成文的规定。当然,没有什么规定说不能专拣比自己弱的人,只是男孩们都把这一条奉为准则。或许这就是欲望造成的合情合理的结果——你不会殴打你想要的那个人。不管怎么样,在那个年纪就是不能打。

有一次在学校跟前的那家麦当劳,就在倒霉的内急时我跟索尼娅一起站在洗手间的门外,可爱的索尼娅啊。一扇门上写着"男",另一扇门上写着"女"。我心想:"不对,不对,这样不对。不应该写着'男'和'女',应该是'友'和'敌'。这才是事物最自然的分类法,这种分类法能准确地反映出现实。这样一来索尼娅和我就能走进同一扇门了,其他人都进另一扇门去吧。"

* * *

还是来说说海洋吧。在女孩们看来女性的月经似乎很难带给人战栗般的喜悦,也绝对不会让她们产生美和超出经验范围的体验,可是以前我却一直对月经痴迷不已。我已经想不起来自己是什么时候对这个东西有了基本的了解,我想这些东西是零零散散地钻进我的脑袋,直到了解到一定程度的时候我才突然意识到这种每个月来一次的出血是那么美好。令我感到震撼的是在激动人心的人类大事件中还没有什么事情能像这种充满生命力的流血能力一样公然地彰显出自己强大的生殖力。在我的眼中它充满了撞色效果。白中透着红,黑中透着红,褐中透着红。生活在一起的女人们,无论是不是同辈,无论是不是住在同一个房间,无论只有两个人,还是同一个宿舍的一群女孩,她们的"大姨妈"都会同步来,就像演奏莫扎特的《朱庇特交响曲》(《C大调第41号交响曲》)的音乐家刚把乐器调好音一样令我惊奇不已。我感到女人之间存在着一种潜在的团结,我竭尽全力地在男孩中间寻找着,可是从未看到过这样的团结。我们是活在姐妹中的一个个孤儿。女孩可以打架,可以下流,可以嘲笑别人,可以堕落,嘴巴里可以肆意喷出毒液,可以离群索居,尽管如此她们还是通过这首血的乐曲相互联系着。要是我也跟所有人能隔断,那我就真的只有自己一个人了。要不是我那颗心脏冥顽不化的节拍器,我和生命的其他部分之间就没有什么维系了。女性的生理周期具有一种受到控制的随意性,月经的持续时间有长有短,流量有多有少,甚至由于形形色色的因素它还可以终止。两只卵巢还是以一种奇怪的方式协同运转着,一只连续排卵三次,与此同时另一只闲待着,这种状况让我想到了我学过的那些物理知识:大爆炸理论、牛顿定律、相对论、海森堡不确定性原理。自然科学的老师们都是在提到宇宙之外的浩瀚空间时讲解这些理论的,就好像这些理论可以随便掩盖住在我看来那么清晰的事实:女性生理周期的基本原则就是天地万物的基本原则。宇宙就在那里,就在我的身旁。可悲的是,我却在这个宇宙的远处,在这个宇宙之外,在众多真空之间的真空里,顶多也只能向这个宇宙贡献出一些精液构成的白色彗星。

索尼娅的例假成了我和她之间的大事件。有一次我俩一起在一间药店里逛遍女性卫生用品区,在我的记忆中这是我这辈子唯一一次打量着一堆贴着英文标签,可是我却看不懂是做什么用的商品。每当她出现痉挛,一放学就只想回家睡觉的时候我总是跟她一起回家,躺在她的身旁,一直躺到她的父亲回家。我想要是我能弄明白月经周期的话,那我就能理解一切了。我要好奇死了。我向索尼娅问东问西,她淡定审慎地给我做着解答,她就是这样的人。月经期的痉挛尤其令我感到费解。在游泳的时候我知道了痉挛,那是在腿肚子上,可是下腹部的痉挛——这我可真的没法理解。在我的身体上,这个区域就是各个器官的交叉路口:连着躯干的大腿、位于骨盆上的肠子、挂在阴囊和阴茎边上的时满时空的膀胱。周围的区域就像城郊一样难以理解。令索尼娅难熬不得不忍受的肯定不是各种喜怒无常的独立人格。我让她给我仔细描述一下这种痉挛。她用两只手捂着肚子,仰头看着天花板,眉毛拧在一起,有时候还有点发烧,一边哭号着。"嗯,就像是……唔……在拉扯。或者撕扯。是撕扯。就像是……唔……痉挛。是痉挛。"我俩说来说去总是又回到了这个词上,对她来说这个词非常准确,可是在我听来却毫无意义。我只能自己观察着,还要保证盖在她额头上的湿手巾还是凉的。

有一次索尼娅给我看了一条棉条,是她刚从身体里拽出来的。吊在白线上的棉条在我俩中间晃悠着,活像是被人拎着尾巴的老鼠。索尼娅的脸上挂着一副厌恶至极的表情。我一声不吭地看着那个血色闪亮的压缩圆筒。我把它拉到鼻子跟前。索尼娅的厌恶变得更加强烈了。铁的气味!我太惊讶了。我对这个东西一无所知。是泥土。纯粹的前所未有的铁锈。我伸出了舌头,索尼娅倒抽了一口气,把棉条扯到一边去了。她转过身,把棉条丢进了马桶,用水冲掉了。我看着那东西消失在一阵漩涡中。

到了青春期我发现了自慰的快乐,同时也爱上了运动和锻炼。要是我的身体能产生这样的快乐,那它就值得我好好栽培一番。在好些年里,除了简单的散步之外,我还通过游泳、柔道、自行车、壁球、网球、跑步、越野滑雪、登山、徒步和独木舟这些项目进行锻炼。在十几岁的那几年里,最令我感到心满意足的还是举重。还没见识过举重室长什么样的时候我就经常把自己锁在卧室里,背上两卷百科全书,然后让我那个十四岁的身板做上五个俯卧撑。等我在基督教青年会见到肌肉训练室的时候,我立即意识到那些器械绝对远比大英百科全书更能帮我健身。我嫉妒地看着那个房间里的男人们。他们都有着线条流畅的"疙瘩肉"。我看着他们的力量在努力,在咕噜作响。我还在浴室里偷偷地打量着他们优美的身体。

后来我也冒险进了举重室。一开始我总是干等着,直到一台器械空了出来,绝对不会有人碰的时候才壮着胆子用一用。要是恰好有人出其不意地冒出来,那我就会迅速结束练习,赶紧从器械上下来。我勉强在重锤机上拉了一两块铅块,他一上来就轻轻松松地拉了二三十块。

不过我还是坚持了下来,自信心越来越强。渐渐地我有了一套适合自己的锻炼方案,我从未落下十二分钟到十五分钟的动感单车练习,我不停地重复着能让我练出"疙瘩肉"的那些动作,永远吃力地喘着粗气。我越来越了解举重室里的规矩,还有我自己的权利和职责了。用完器械后我从来不会忘记用毛巾仔仔细细地擦干净。

我的野心很大:我要那种身体,尤其是那种胸膛,就是我在浴室里见到过的那种。我什么都练,尤其在意胸肌、三角肌和腹部的锻炼。最终我拥有了一个令自己满意的胸部——不算大,但是很匀称,很有型。只有两条腿瘦得难以挽救,不管我在四头肌和腿肚子上多么努力。

在我经常去的举重室里我从来没有看到过女孩子,成年女性也不多见。这倒不会令我感到惊讶。只有男孩子才不得不靠卖苦力的方式来塑造自己的体形,女孩们似乎自然而然地就拥有了美好的体形。直到后来,在读大学的时候我才看到了女人练习举重的景象。

我得说直到今天我还从来没有为那些一个钟头接一个钟头缓慢而大汗淋漓的努力后悔过。我忘掉了自己的粉刺,忘掉了其他的痛苦,只是低头看着我感到精干又灵活、强壮又柔软的一个身体。紧凑的体形,轻盈的双脚,当你身材很棒的时候你就会产生这样的感觉——太美妙了。我举起的每一磅、跑完的每一里路、滑雪滑过的每一个钟头、游泳游下来的每一圈泳道,每一次对体能极限的挑战都让我感到我在接近生命,让我感到膨胀的不只是我的肺,不只是这块或者那块肌肉,而是我的生命力。虽然要弱很多,这种感觉还是很接近我把精液喷到纸巾上的感觉。

我是偶然间发现自慰这种罪过的。当时我自己一个人待在我的卧室里,腿面上摊着一本书,手里握着自己的阴茎。那本书是一套讲述性问题的系列丛书中的第四卷,也是最后一卷,针对的是"青春期末期"。我想那套书的作者们是在力求让自己的作品丝毫不掺杂个人感情,同时还要具有教育意义。没门儿!我的想象力将那本书变成了一本猥琐的色情图书。每一个关键词——阴茎、勃起、阴道、乳房、插入——都像淫亵的脱衣舞女一样在我的脑袋里翩翩起舞。书中最令我满意的剖面图就是男性和女性做那事儿的插图。两个人都被简化得只剩下最重要的关键部位,其他的部位都只是简单的轮廓。我太喜欢那些部位紧紧贴合在一起的样子。剖面图上不光显示了阴道和子宫,阴茎和睾丸也在上面,睾丸和卵巢一目了然,非常清晰,而且还滴水不漏,令我身上那位水管工很开心。我盯着"勃起的阴茎"那幅剖面图也看了好一会儿,那东西的尺寸和坚定的模样令我难以忘怀。我最喜欢的正面图是女性内部结构的图,清晰无误的三角形子宫,上面茁壮生长着输卵管和卵巢,到现在还能在插着残花败叶的花瓶,或者长着犄角的野兽身上看到那么令人感到抚慰的形状。美国的"旅行者1号"宇宙飞船在对木星和土星完成考察后还要飞向浩瀚无垠的空间,飞船上挂着一个小牌子,没准外星人的眼睛能仔仔细细地读一读。看了对"旅行者1号"宇宙探测的报道后,我心想除了一百五十种语言的问候之外,其中还包括鲸鱼的语言和各种科学数据,美国宇航局还应该再加上这种解剖上的黄金分割图——或许简化一些——并说:"我们是这种形状的人。"

我跑题了。我瞪大了眼睛把那卷书从头到尾读完了,心脏扑通扑通地跳个不停。我压根不再考虑跟外星人交朋友的事情了。我提到的那些说明文字和形形色色的示意图讲述的都是一目了然的事情,而它们不过是冰山一角。最令我大开眼界,最令我的心脏狂跳不止的是照片。那些黑白照,没有脑袋的,没有美感的,只能算是中等身材的身体,照片里的人体换成是躺在太平间里的尸体,也不可能更缺少感情了。尽管如此,那些男孩和女孩,男人和女人的裸体还是令我极其兴奋。直到现在我还记得"成年女性"那张照片,当时我真希望能看到"她"的脸。令我感到遗憾的是书里没有一张勃起的阴茎的照片,无论是少年人的,还是成年人的。我渴望看到这种对男性欲望最纯粹的表示,直到那时我还是无法相信世间竟然有那么非凡的东西。

我在这个阶段的快乐停留在视觉层面上。偶尔我会让阴茎也参加表演,将柔软的它顶在一张我格外喜欢的图片上。不过,基本上阴茎只是一名旁观者,仅此而已。如果说后来我让它更深入地参与到我享受那本书的过程中的话,那也只是因为它刚缓慢长出来的黑毛让它在我的眼中变得更有吸引力了。但是在它和那些图画之间还是不存在实质性的关联。

直到有一天,我的手无意中在包皮上前前后后地划拉了几下,我不知道当时我是怎么想的,怎么会这么做,我没想得到什么,绝对也没有听过什么建议。完全是灵光乍现。

这个动作清楚地让我感觉到了快感。我继续了下去,还加快了一点速度。阴茎立即就紧绷绷地挺了起来,以前还从来没有出现过这种情况。我都没有停下来想一想。我的身体感到了紧张,是剧痛,这种感觉迫使我继续了下去。我上气不接下气,心想"出大事了",根本不知道自己在干什么,也不知道这种事情会把我引向何方。

我躺在了床上,微微地闭着眼睛。"噢,真的是出大事儿了。"

手底下的动作更快了。

接着,身体紧张了起来,有生以来头一回身体激发出一种全新的,同时又像是祖先留传下来的反应。我失控地兴奋起来,一浪又一浪,一阵狂喜三番五次地涌遍了我的全身,每一次都在阴茎迅猛喷出的白色液体中达到了巅峰。

完事后我目瞪口呆地盯着眼前的一切。手上,衬衫上,书上,脸上,头发上,以及身后的墙上全都糊满了那玩意。它还有股子气味,有颜色,黏糊糊的,我还从来没见过这样的东西。

我从来不知道还能有这样的快乐。天哪,这种事情怎么会没人知道呢?

有那么一会儿我想知道这种行为算不算正常,片刻间这种想法就烟消云散了。要是这种做法是不正常的,那就让我欣欣然地走向变态的地狱去吧。我又看了看溅上了精液的那卷书。书的作者们突然成了冲我使着眼色的玩笑高手,继续严肃认真地讲解着人类生殖的事情。我哈哈大笑了起来。这也是生殖的一部分。多么神奇的事情啊!绝对是超自然的。这就是上天的启示啊。难怪地球上人口过剩呢。

我仔仔细细地清理干净了书上的精液,对皱巴巴的地方我就无能为力了,精液已经及时渗了进去。我把书放回了原处,从哪里取的就放回了哪里。然后我就去洗澡了。对这种事情必须做进一步的研究、调查,必须继续干下去。那么,何不就现在呢,就在浴室里。

发现了自慰这件事情,世界再次一分为二了。人类,狂喜。我的任务很简单:接纳二者。我终其一生一直在努力完成这项任务,大多数时候都失败了。

* * *

碰到索尼娅的时候我在学校里习惯溜着墙根走,就希望不要被别人看到。当时刚下课,我惴惴不安地走在"开心离开学校"的路上。我的手正要抓住双层大铁门的把手,我就要自由了,就在这时我听到身后有人气喘吁吁地问了我一声。

"你会说法语,是不是?"

这个女孩跟我同级,但是不同班。她留着一头棕色的短发,长着一双棕色的眼睛,一条稀薄的汗毛小胡子。她有点上气不接下气,肯定是跑过来的。

"没错,我会说。"

她笑了笑,把目光偏到了一边。"Gem le frawnsay. Say la ploo bel long doo monde."①

---

① 译注:这句话是错句,下文中关于天气的那句话是"天太冷了"。

在我住在国内的那些年里首都盛行着英语人群的偏狭,能讲两种语言的人会受到只讲一种语言(而且还讲得破破烂烂)的人的歧视,在这样的偏狭氛围中索尼娅是我碰到的唯一一个将法语视为口语炼金术的同龄人,她觉得只要一说法语,最普通、最沉闷的谈话都会变得光彩夺目。我能流利地讲这种语言,这个事实让我在她的心目中变成了至高无上的大巫师。在她的请求下,提到天气的时候我就会说"Le temps est très froid"(天太冷了)。通过更换语言我就改变了天气严寒的现实,听到我这么说她就会暖和起来了。

索尼娅宣称自己十分热爱法语,可是她讲得糟透了,糟得就好像这门语言深陷在一堆遭受酷刑的句法、犯了法的语法和不是法语的词汇中。谢天谢地,索尼娅没有碰到更出色的老师,也没有经过更多的练习,要不然她对这门语言就不会这么着迷了,或许我俩就不会相遇了。

"Oui, c'est vrai, elle est belle." je repondis.

"是的,这是一种优美的语言。"我应声道。

我记得那天我俩没有再说什么了,但是我们肯定还说了些什么,毕竟走出学校的时候我比之前度过的每个星期、每个月要开心多了,我知道了她叫什么,知道了她是我的朋友。

青春期里最开心的事情就包括索尼娅第一次给我打电话。那次是我先给她打了电话,她不在家,我忐忑不安地托她的父亲给她捎个话。听到男孩给自己的女儿打电话,索尼娅的父亲似乎不太高兴。我坚信索尼娅不会给我打回来了。当天晚上我家的电话响了一会儿,然后母亲就跟我说:"找你的。"我的心一下就跳了起来。"嗨,我是索尼娅。"听筒里传来了一个声音。我把自己锁在卧室里,我俩聊了两个钟头。

我俩总是一起走上好久,走遍渥太华的周末之旅,大多数时候都是去国会山。我们仔细地浏览着每一座雕像,从国会图书馆背后俯瞰着渥太华河;或者走进郎之万楼,特鲁多总理就在里面办公,我们这么干过一次。要不就沿着丽都运河一直走到苏塞克斯大街,经过战争博物馆和皇家铸币厂,拐一个弯就到了那片迎风的开阔地,站在高处的话你就可以看到渥太华河那段炫目的河道,还有远处的景色。我们还走过了外交部、市政大厅,一直走到苏塞克斯大街24号,在那里我俩透过金属栅栏望过去,拼命地盯着那所房子看,就希望能看到有人在里面走动,哪怕里面的人过着那么单调的生活。或者去拉克利夫,有钱人和外交官的聚居区;或者总督官邸"丽都厅"的大院,那时候大院还对外开放。或者各种博物馆,我印象最深的是科技博物馆,尤其是与地面呈三十度角的那个房间,摆在房间里的家具全都比例失调。这个房间的意义就在于给我们的透视概念来点刺激。我和索尼娅在那个房间里笑个不停。每次这样散步的时候,一路上我俩都一直不停地聊着天。

等索尼娅离去后我还是会这样散步,只是独自一个人走在路上,那时候我还没有意识到这种散步带给我的喜悦在多大程度上来源于伙伴,而不在于参观那些历史景点,或者了解来日的伟大的政治生涯。我太想念索尼娅了。达西·麦基①,为数不多的受一场典型性暗杀所害的加拿大政治家,而今他的塑像已经无法令我动容了。我在劳雷尔楼里四处溜达着,前总理威尔弗里德·劳雷尔爵士和威廉·莱昂·麦肯齐·金都在这里住过,我却一张照片也

---

① 译注:达西·麦基(1828—1865),加拿大政治家,以支持爱尔兰民族解放运动而闻名。

不看。当时我并没有意识到这些情况已经显示出一点蛛丝马迹，我不适合公务员的工作，我对政治的兴趣也就仅限于电视竞选辩论节目而已。

在索尼娅很小的时候她的母亲就过世了，她的父亲是一个大高个，秃顶，留着一大把胡子，供职于农业部。他是一个奇怪的天主教徒，一个信天主教的奇怪的人。他许诺过，只要女儿在结婚前不跟别人亲嘴的话，他就给女儿五千美元。已经是大男孩和大女孩的我们完全可以对这个有利可图的禁令一笑了之，或者被我们的荷尔蒙打败，无论如何我们都完全可以干点什么，完事后撒个谎就行了。可是我们俩都很乖，索尼娅对这件事也较真，所以我俩什么也没干。我俩无论想什么都会告诉对方，背着人的时候还会拉拉手，躺在床上的时候紧紧地凑在一起，感觉着彼此的温度。至于亲嘴，根本不存在这回事。嘴唇的接触和舌头的回应是通往激情这所房子的门廊，我俩却乖乖地坐在门槛上。

这种状态没有令我感到沮丧，毕竟那时候我还没有发现人和那种狂喜之间的联系。这两者完全是平行的。我爱索尼娅，就像她爱我一样，我俩说的话，我们的亲密都能说明这一点。与此同时，在家里我任由自己一个人沉浸在隐秘的快乐中。只是有一次，在她走后我开始在幻想中将二者联系起来。

这一切戛然而止。索尼娅的父亲出人意料地得到了升职的机会，不是在当地，是在很远的地方，就在现在——他开心地接受了这个机会——索尼娅突然就要搬家去最西部的不列颠哥伦比亚省了。当时刚刚放假，我们还以为要一起过暑假了。最后一次在私下里见面的时候我们毫不掩饰地抱头痛哭起来。她亲了亲我的嘴角，险些为了心中的一抹愁云就放弃了那五千美元奖金和他们父女俩之间的契约。我们为将来做了打算，绝望而清晰的打算。然后她就走了。

我在自己的卧室里哭泣着。我开始动不动就冲父母发火,疏远他们。我在家附近走来走去,在周围的街区,在整座城市溜达着,可是没有什么能让我开心起来。

*　　*　　*

救星,如果可以这样说的话,来自一种算是饮食紊乱症的状况。那会儿是八月初,天气很配合我的情绪,炎热,沉闷;我,百无聊赖,无精打采。我正在像往常那样在家里四处翻腾着,指望着能找到点新鲜玩意,违禁品,刺激的东西。我的父母一辈子都在搬家,所以没想过要囤积东西,我的探险通常不会发现新鲜玩意,也不会找到刺激品。这一次我却有了大丰收。地下室的一个角落里堆满了杂物,在那堆东西里我发现了三摞书——大约四十本过期的《花花公子》。看到那些杂志的时候我的心脏停止了跳动。以前我还从来没有看过一本《花花公子》,但是我很清楚这本杂志是干什么的。在六十年代末期父亲一直在读这本杂志,在那个年头这本杂志似乎很符合时代精神,那可是一个出产着伟大的音乐,政局激荡,阳光灿烂,还打着越战的时代。《花花公子》上充斥着关于各种问题的论战文章,对古巴最高领导人菲德尔·卡斯特罗、共和党总统候选人巴里·戈德华特、美国纳粹党领袖(杂志社故意安排了一名黑人记者进行采访)的专访,美国参议员们的言论,各种名人的简介,纳博科夫、厄普代克、海因里希·伯尔这些大作家写的短篇小说,围绕着各种话题展开的圆桌讨论,图片报道,当然还有年轻女人的照片,她们的裸体看起来就像是水瓶座的符号。几年过后,时代变了,《花花公子》曾经的宣言——站在性解放和其他正义事业的前沿阵地——似乎有些动摇了,这本杂志也渐渐地有了下流的名声,从那时起父亲就不再看这本杂志了。不过他一直没有把那些过期杂志丢掉，它们就那样被闲放着，最终突然在我的生活中炸开了。这就是它们对我产生的作用——一场大爆炸。伸手摸到最跟前的那一册的时候我觉得自己就像是走进四十大盗老巢的阿里巴巴，索尼娅在我的记忆中渐渐隐去了。等到看到第一张图片时一阵狂喜在我的脑袋里呼啸而过，索尼娅被忘得一干二净了。那些图片，那些杂志，成了我的伙伴。

就这样我见识到了西方世界的大毒草：美丽的女人胴体。就这样我接受了赤身裸体的纸上女人。我一直心惊胆战，唯恐父母逮到我。这项活动成了一项秘密工作，我总是疑神疑鬼的，两只耳朵一直竖着，不放过一丝风吹草动，随时提防着他们突然提前下班回家。那卷有关性的教科书中的人体没有脑袋、没有色彩，提供的燃料刚够让我的想象力离开地面，《花花公子》上的图片截然相反，它们把我送到了九霄云外。那些脱光了衣服的年轻女子展示着一种令我难以相信的美，可是她们就在那里，微笑着，哈哈大笑着，跳跃着，沉思着，讲述着自己和家人的故事，讲述着她们住在哪里、她们的职业，讲述着她们最喜欢的书籍、歌手和电影。那些"当月女郎"都来自美国的六十年代，来自一个看上去多彩多姿、至关重要的时代，这个事实为她们增添了更多的魅力。我的眼睛不光盯着她们的乳房，我还盯着她们的嬉皮士一样的举止和穿着、她们说话的方式、她们对政治的看法。一边看着那些年轻女人一边自慰无疑是我在青春期里效果强烈、最性感的体会。至今我还记得有一次，就在一次极度心满意足之后我从地下室跌跌跄跄地走出来的模样。当时我头昏眼花，躺在草地上，看着天空。突然下起了雨，一开始只是毛毛细雨，渐渐地就变成了滚滚的大暴雨。我没有动弹，就一直待在那里，直到全身被浇透了，上牙下牙咯咯地打起了战。

我的欲望周而复始。有时候我会一气摊开好几本杂志,痴迷地一连自慰三次。我就如同巡视后宫的苏丹一样翻着《花花公子》,搜寻着中意的笑容、中意的乳房,好逼着自己干点疯狂的事情。等知道了"玩伴女郎"的存在后我就更加挑剔了,翻杂志也翻得更久了。有时候看过头了我就会感到飘飘然,肚子也产生了实实在在的感觉,深深的寂寞。那样一来我就只对着一张图片自慰,或者一张都不看,完全靠着自己的想象力。

在这种对纸上女人反复无常的极度渴望中——我要很多很多!我一个也不要!——我原本应该感觉得到自己的日常饮食极度不足,这种状况足以让我意识到我的渴望正在对我产生什么样的影响,可是它带来的快感太强烈了。我一边沉溺在纸上女人堆里,一边往嘴里喂着饭,紧接着又把饭一股脑地吐了出来。现在我就是这样看待那时的自己的。你能想象得出么,一个男孩跪在马桶前,将一根手指插在喉咙里,呕吐着裸体女人的照片么?那就是我。一个饱受图片及性欲贪食症折磨的男孩。其实这样说也不准确。那时候我还是全都咽下去了。在那个时候它们吃起来太美味了,妙不可言。到现在我才把它们吐了出来。现在看着黄色图片的时候我立即就感到了恶心,恶心得令我难以自控。我的胃上下翻腾着,口水煞风景地淌着。

*　　*　　*

那会儿我很忙(要上学,要锻炼,我还要读书,看电影,我还要看很多的电视——那时候电视已经不是我的敌人了,在我孤单的时候它会陪着我——有时候在偷偷摸摸地找乐子,有时候沉浸在痛苦中,有时候无所事事,同时还意识到青春期其实就是无所事事构成的),不过我还是得说这些事情都没有占用多少时间,真正消耗我的是各种情感——我一直在回避最能让我产生情感的事情。

有一次在学校食堂排队打饭的时候卡罗琳跟我站得很紧,她的一只乳房就顶着我的胳膊,就连我那种榆木疙瘩的羞涩都能被她的乳房突破了。我假装没有注意到,等回到家我就回想着那幅情景自慰了。后来,第一次看到卡罗琳跟格雷厄姆手拉着手的时候,我体会到了破灭的爱情带来的所有痛苦。他们在储物柜跟前慢悠悠地亲吻了几分钟,两个人都闭着眼睛,头轻轻地转来转去,我在自己的储物柜前装腔作势地折腾了一会儿,其实只是在麻木的悲哀中干站着。她那么美丽,卡罗琳,如同玩伴女郎一样美丽。我很清楚在照片上的她会带给人怎样的快乐,可是我想要的是她本人能够带来的快感,她那两片柔软的嘴唇紧紧地压在我的双唇上,她那光滑的纸上胴体紧紧地贴着我的身体。

要是那时候你问我爱情是什么,那我肯定要说爱情就是对美的令人心烦的强烈渴望,它的核心——它的特性——就是欲望;我会说爱情就是我最喜欢的情感,尽管我对这种情感的熟悉程度远远不及凄凉和沮丧。

*　　*　　*

1979年,也就是十六岁那一年我进了一所寄宿男校,阿索斯山高中。当时的那届政府认为有必要增加女大使的数量。政府在矮子里拔将军,最后在一群资历不足的年轻人中挑中了我的母亲,任命她为加拿大驻古巴代表。我的生活就这样突然改变了。那时候已经对行政工作感到厌恶的父亲欣然接受了一大笔退休金,即将开始在哈瓦那创办《诗歌无国界》杂志。这本杂志致力于将魁北克诗歌翻译成西班牙文,再将拉丁美洲诗歌翻译成法语。这个生意没有什么利润可言,只是他的爱好而已。问题是卡斯特罗统治下的那个共和国没有供外国孩子就读的高中。就这样,在外交部的资助下,就读寄宿学校的选择冒了出来,虽然这种选择很不符合加拿大人的风格。一想到要和儿子分开母亲和父亲的心都碎了,我急不可耐地接受了这个提议。寄宿学校!这个概念令我浮想联翩。这得是什么样的一场冒险啊!

九月里一个阳光灿烂的午后我走进了"阿索斯山"用石块和铁铸造的大门。我带着一个旅行箱和两只手提箱,每一件衣服上都被那位驻古巴大使坚持不懈地用大红色的线缝上了我的名字。我带了三件崭新的运动夹克,一条精干的新雨衣,几条从父亲手里精挑细选出来的领带,还有美好的希望和远大的前程。

我们开车走在蜿蜒漫长的校区小路上,眼前出现了一幅灿烂的景象:一大片一大片绿茵茵的草地,运动场外全都环绕着枝叶茂密的大树,有新有旧的灰色石块和红砖校舍融为一体,有的新,有的旧,一条条整洁的卵石小径,装着彩色玻璃窗的小礼拜堂,院子正中央竖着一座巨大的石砌十字架。我们之前路过的那座村庄也是我在安大略中部见过的最美丽的村庄。

我的宿舍,也就是我的新家百分之百地对称:两个带抽屉的壁橱,两张床,两张书桌,两扇锻铁窗子,窗外是一片四楼才有的风景:从山顶上(即前面所说的阿索斯山)望过去,能看到一片绵延起伏的苹果园,远处就是安大略湖。分配给我的是宿舍的右半间。我很开心得到了这半边。我试了试自己的床。我握着一个厚厚的牛皮纸信封,信封里装着介绍学校的各种资料,这个信封预示着更美妙的前景在等待着我。

我感到自己的人生即将开始了。

*　　*　　*

我对自己在"阿索斯山"的两年时间没有多少温情的记忆。

作为学校它足够出色,我们学微积分和生物之类的课程学得很好,可是留在记忆里的主要是把一切都不放在眼里的那种校园气氛,在很多情况下这种态度会发展成残酷。在"阿索斯山"的生活唯一教会我的就是在进门出门的时候为身后的人撑着门。

令我痛恨阿索斯山高中的两个原因:

(1)我问带着我参观校园的复读生戈登我的舍友是什么样的。"格罗伊登?"他说,"呃……他人很好。"说这话的时候他的眼睛看着别处,当时我就应该注意到这一点。可是我只顾着在嘴里念叨着这个古怪的名字,还有点喜欢上了这个名字,已经将它的所有者当作自己最要好的朋友了。戈登的回答也暗示着后来会发生的事情:阿索斯山高中的男孩子们和男老师们只以姓氏称呼彼此的。"格罗伊登"是姓氏,格罗伊登就是格罗伊登,不是约翰。亲密的名字消失了,那是留给最要好、最亲密的朋友专用的,对于其他人来说你就只是一个没有人情味的姓氏,就像一个牌子,一只外壳上写着字的海龟,一堵窗户高得让别人看不到背后的墙。

我坐在自己的床上,读着信封里的介绍材料,这时两个男孩抬着一只大箱子走进了宿舍。

"你是格罗伊登?"我笑呵呵地问走在前面的那个男孩。那个男孩长着一张棱角分明的脸,一头浅棕色的头发。

"不是我。他才是。"他扬扬得意地笑着,一边冲另一个男孩仰了一下脑袋,后者哈哈大笑了起来。他们放下箱子就走了。

一分钟后,前一个男孩,也就是跟我说话的那个男孩又回来了。他打开行李箱,把行李取了出来。他一句话也没有说,看都没有看我一眼。

他就是格罗伊登。

他不想要舍友。他之前申请过设在巴克斯特府的单人宿舍。申请没通过,他得到了一个双人间,还有我。

一天,我们俩都待在宿舍里,都坐在各自的书桌前,背对背,为一场数学测验复习功课。这时我们听到走廊里克莱因汉斯在跟另一个男孩争执着,声音不大,但是我们听得清楚。我想克莱因汉斯当时有些自大,对对方很不屑。他们吵得不激烈,甚至毫无人身攻击的言论,后来我才知道他们争论的只是不同教育体系的优点,克莱因汉斯对自己的祖国——德国——杰出的高中教育非常满意。这足以促使格罗伊登一把抄起垃圾桶,朝克莱因汉斯的脑袋扔了过去,然后一拳接一拳地捣着对方的脸。格罗伊登让克莱因汉斯为自己的口音及其显露出的性格付出了代价,克莱因汉斯也竭尽所能地进行了反击,他打出了职业拳手的经典拳法,一边打,一边还蹦来蹦去。他比格罗伊登高,胳膊也更长,可是他只有十五岁,格罗伊登已经十七岁了。就算条件相当,他还是少了格罗伊登那种毫不掩饰的残忍。每一次命中目标的出拳都让我的舍友在这场拳击赛中获得了更多的快感。最终,克莱因汉斯突然转过身,顺着走廊跑掉了。我对他的印象将永远停留在接下来的日子里虐待留在他脸上的那张五颜六色的面具:青一块紫一块的眼眶,脸颊上的红肿,嘴唇上的紫色伤痕。

同其他男生一样,其中也包括一开始跟克莱因汉斯争执不下的那个男生,我只是袖手旁观地看着他们的打斗,完全被暴力迷住了。我表现得毫无道德心,这在"阿索斯山"期间不是头一回,也绝对不是最后一次。

这就是格罗伊登。不是只在"阿索斯山"作恶的流氓,只要碰到合适的环境他就是流氓。

(2)至今我还记得麦卡利斯特。在"阿索斯山"有三个阶层。精英阶层:包括最优秀的运动员、尖子生、有某种气场的、家族姓氏显赫的,这些人绝不会犯错。学校惯着他们,对他们百依百顺。浮动在这个阶层之下的是有点受压迫,但是沾沾自喜的中间阶层,在精英阶层的光芒下显得庸庸碌碌的一群人,都是些只会拍巴掌、喊加油的看客。最后就是处于底层和边缘化的一群(尽管这个阶层支付给学校同样的巨额学费)。"阿索斯山"还有一群"小人物",无足轻重的人,出于各种原因这类人没法融入同学中间。他们有的人容貌怪异,有的人很缺乏社交能力,不是缺乏这种能力,就是缺乏那种能力。

我就是一个小人物。粉刺和乱糟糟的头发就是最好的广告,我的任性也证实了这一点,法语的名字就更是为我盖棺论定了。只是不错的学习成绩和"我的母亲大使女士"的威望让我得以跻身学校的上层。

脸上挂着一副蠢相,身上穿着一身廉价蓝色西装的麦卡利斯特是小人物里的小人物。他一直饱受折磨。他的自我肯定粉碎了很多次,我都无法想象他还能够恢复自信,就像国王的兵马也没有能力拯救胖蛋先生一样。①一个顶着一头碎蛋壳的男孩,这就是我眼中的麦卡利斯特。

他们用湿毛巾狠狠地抽打麦卡利斯特,结果做完运动后他不再立即就去洗澡,而是等到晚上,他希望到了晚上浴室会安全一些。他们把刚刚倒掉的垃圾丢在他的床上,在他的书上、笔记本上拉屎,在半夜三更趁着他睡着的时候把一桶桶的冷水浇在他身上,他们对我也这么干过几次。有一次他叫了一张比萨,比萨刚一送来他们就从他的手上把比萨抢走了,后来他看到凤尾鱼出现

---

① 译注:语出自英语童谣《胖蛋坐墙头》,歌中写道:"胖蛋坐墙头,突然落了地。国王的兵,国王的马,谁都没法救胖蛋。"

在他的枕头上。

我从来没见过像麦卡利斯特那样悲哀的男孩,可怜的安德鲁·麦卡利斯特。愿他遭受的困难在此被永远铭记。

令我热爱阿索斯山高中的一个原因:

(1)在全班集体游览多伦多的时候我们看了一场在安大略艺术馆举办的展览"透纳与崇高",直到现在我都没有忘记那时的情景。我们有一位导游,他唠叨着那套有关艺术史的陈年废话,我根本没有留意他的解说,那些画作直接在跟我做着交谈。展览展出的主要是油画,还有不多的几幅水彩画。我不记得具体都是哪些作品,可是整个展览的效果却历历在目。我看着高山和峡谷、湖泊和废墟、牧场和溪流,每一幅风景都带有那种色彩,都糅合着那种光,我千真万确地体会到了"崇高"的感觉,一种从那时起就一直留在我心中的感觉,这种感觉促使我粗略地总结出一个审美原理。巨大的画布,或许比留在我脑海中的印象要小,那些画布强烈而持久地让我感觉到美是有意义的,美就是意义。

令我痛恨阿索斯山高中的另外四个原因:

(3)学校里有着"扯裤衩"的传统,就是将一名男生摁住,从他的身后抓住他的内裤,直到将其扯破为止。唉,真为内裤质量好得不容易被扯破的男生感到难过!在下手之前扯裤衩的人先要拖着长腔喊一声"裤裤裤裤裤裤裤裤衩!"好让被盯上的那个人感到恐惧,随着大家一起高喊"裤衩!裤衩!裤衩!"凶犯就下手了。大家都觉得很有趣,只有被大家盯上的那个男孩除外。这些男孩不是年纪比较小,就是身体比较弱。有人发现一直溜着墙根走的麦卡利斯特再也不穿内裤了,跟你说吧,这个消息立即传遍了全校,大家都是捧腹大笑地讲着这件事情。

(4)又高又胖的威尔福德为了开玩笑把我推倒在地,还坐在了我身上。至今我还记得当时胸口压紧的感觉,被挤来挤去的器官产生的那种恐惧。我拼命喘着气。男生和校长——这一幕就发生在午餐时间的餐厅里——似乎都觉得一个老鼠一样的男孩被压在一个大象一样的男孩身下很有趣,或许完全就是一幅幽默画。现在我依然记得当威尔福德站了起来,我坐起身的时候我的脸颊上充满了血,脑袋里一团糨糊,头晕乎乎的,除了重重敲击着耳膜的心跳声我能听到的就只有笑声了。

(5)卡洛尔和我的宿舍在四楼,这已经是我在阿索斯山高中的第二年,我换了宿舍,舍友也换了。一天夜里宿舍里的灯突然亮了起来,一睁开眼睛我就看到格罗伊登和他的那伙人站在我的床前,他们的头上全都罩着挖出了两个洞的枕套,完全是三K党的做派。要是有人事先为我倒计时拉警报的话,我就会认真考虑一下从窗户里跳出去的方案,我信任楼下的草坪,也相信自己有能力抓住树枝,在落地前缓冲一下。谢天谢地,他们的猎物是普雷斯顿,来我们宿舍只是想要看看他是不是躲在这里。

哪里都找不到普雷斯顿。那天晚上他又一如既往地躲到了球场另一头的树背后,手里还拎着两只塞满了课本、笔记本、衣服和其他值钱东西的小箱子。只要那伙人去操场展开搜捕的话,他就会立即悄悄地溜走。他们没有去操场找他。他们只是在他的房间里洗劫了一番,把家具翻了个底朝天,把他没有带走的东西全毁了。他把微积分的笔记落在了宿舍里,后来为了应付期末考试他只能管卡洛尔借笔记复习功课。至于盗窃和破坏行为,这都是"阿索斯山"的家常便饭,甚至不值一提。我们是一个群体,一个紧密团结的兄弟会——所以说,谁允许我们锁住自己的房门?这么做会显示出何等的不信任,何等的怀疑呢?这就是学校的高尚哲学,而老师们在校园里晃来晃去的时候身上的钥匙却一直丁零当啷地响动着,那些钥匙能确保他们的公寓、住宅、办公室和轿车平安无事。

(6)老师们也在肆意侮辱学生。我记得有一位老师,在课堂上有人问他"怯懦"这个词是什么意思,我们正在读的一本书里出现了这个词。他环顾了一圈,最后将目光落在我的身上,说:"唔,这就是'怯懦'的实例。"尽管还是不太明白这个词究竟是什么意思,全班同学还是哄堂大笑了起来。

令我热爱阿索斯山高中的另一个原因:

(2)环境。它一直那么美,每天都那么美。我在那里度过了两个秋天、两个冬天、两个春天,之前我提到过大片大片的绿茵茵的草地、高大的橡树、气派的老校舍,甚至还有安大略湖,可是我忘了告诉你还有一条小河流经那片地区。那条河波光粼粼,美丽非凡。就算在最野蛮的头脑中这样的美景也能激发起长久的共鸣。我们的学校规模不大,但是设施齐全,虽然有一伙伙对一切都不屑一顾的学生,有时候学校里也会出现充满情义的难忘时光。我还记得那时候到了大半夜我和卡洛尔都饥肠辘辘,我们就烤面包,抹花生酱,当烤煳的面包让烟雾报警器叫唤起来的时候我俩手忙脚乱地把烟雾报警器的电池取了出来。我还记得在一个绿意盎然的春日里我们俩一起走到了河边,我无法说清楚那一幕在我的脑海中是多么清晰。我们慢慢地滑进了平静的河水中,顺着水流游了一会儿,只把脑袋露出水面。两个脑袋一起在水面上移动着,昆虫在周围飞来飞去,阳光透过摇来晃去的树落在岸旁,鱼儿在水面上掀起阵阵涟漪。那一幕充满魔力,根本就是魔力使然。我们完全可以就那样一直游到太平洋去。我还记得我们一群人在水池里玩"砖",我所说的"砖"是用橡皮做的,刚好适合水池泄水槽的大小,我们就用这个玩进球得分的游戏。我还记得在隆冬时节沿着湖边慢跑,岸边积了雪,还结了冰,我跟跟跄跄地走在结了冰的湖面上,几乎快走到了还没有冻结实的地方,几乎等于走向了死亡。我就在那里待了一个钟头,心里想着我们的父母,一回头我看到了比我低两级的霍尔特-罗伊德。我不太认得那个男孩,那一刻他就站在我的身后。"我想你没准要跳下去。"他说。我俩毫不费力地平静地离开了那里。

正是这些记忆才能让人明白为什么那么多中学校友会在余生中源源不断地给母校捐款,即便一想到母校他们总是会首先想起一个个麦卡利斯特和普雷斯顿,就如同痛苦和羞辱是失忆这种植物的种子,而时间就是水。

令我痛恨阿索斯山高中的另外一个原因:

(7)当无礼成了气候和一种制度时,它就成了一种传染病。

我记得当一群男生扒掉普雷斯顿的裤衩,还有别的事情——究竟是什么事情我就不知道了——的时候我也站在一旁围观。普雷斯顿就像一条离开了水的鱼一样拼命挣扎着。我有点心满意足地看着,因为普雷斯顿的确是一个蠢货。当他的宿舍再一次遭灾时我也感到了同样的满足。

我之所以痛恨阿索斯山高中的真正原因其实是将凤尾鱼放在麦卡利斯特的枕头上的人就是我。

"Ante todo, el viento y el ruido. Aquel día el mar estba como un espejo sin nada de viento. Yo estaba remando. Oí algo como un grito, un grito de niña, no más, y al darme la vuelta ví un inmenso	"一开始起了风,还有吵闹声。那天海面平静得就像镜子,一丝风声都没有。那会儿我正在划船。我觉得我听到了一声尖叫声,一个小女孩的尖叫声,然后就没听到什么了。一回头我就瞧见

chorro de llamas viniendo hacia mi. Cayo del cielo azul como un volcán. Vino un viento para dejar sordo, apabullante, como el último suspiro de Dios. Tenía el color de una naranja. Aquello me echó del barco, el ruido tanto como el soplo. Pensaba morir de calor pero me salvó el agua. Nadé hacia la barca, temblando de miedo. La vela estaba en pedazos. Un trozo de algo se estaba quemando, clavado en la popa. Segundos después vinieron las olas. Enormes olas de agua ardiente. Era el infierno. La barca estaba en llamas. Una ola apagaba el fuego y la otra lo volvía a encender. Yo gritaba y gritaba y gritaba. Me tiraba al agua para salvarme y después me salvaba otra vez subiendo a la barca. Apenas si podía

一条燃烧的彩色带子朝我飞了过来，就像是一座火山一样从蓝莹莹的天上落了下来。这时就刮起了非常吵闹的狂风，就像是上帝吐出了最后一口气。是橘红色的。我被吹得从船上掉了下去，既是被风吹的，也是被那个吵闹声给震的。我心想自己肯定要被那股热浪给烧死了，结果海水救了我。我又游回到自己的船上。我害怕得浑身哆嗦个不停。我划得很吃力，船屁股上插着一块烧着了的东西。接着，不到几秒钟的工夫就起了浪。燃烧的海水掀起的大浪。我完全就是下了一趟地狱啊！我的船起了火，一个浪打来把火灭了，接着再一个浪打来又把船整个点着了。我喊叫着，喊叫着，喊叫着，一会儿跳下船才活了下来，过一会儿又得爬上船才能活下来。我喘不上气，除了火苗就什么都看不见了。完全就是在

89

respirar. No podia ver más allá de las llamas. Ya le digo, era el infierno. El infierno. No, no me acuerdo de donde venían las llamas cuando el avión estaba en el cielo. Era un humo grís oscuro, con hebras negras. Olía a petróleo y a gazolina. Y la Madera de la barca que se quemaba. No, no pienso que ha sobrevivido nadie. Nada más que cosas flotando en el agua. Me gustaría irme ya, por favor."

地狱里啊,我跟你说,完全就是地狱!不,我记不得飞机还在空中的时候火苗究竟是从哪里扑过来的。烟是深灰色的,中间还夹杂着一道一道的黑烟。闻起来就是瓦斯和汽油的味儿。还有我的船,木头燃烧的味儿。不,我觉得没有人活下来。漂在水面上的只有死物。我想走了,求求你们了。"

亲眼看到我的父母身亡那一幕的就只有一位老人和大海。他们告诉我当无力继续回答更多的问题时,那位老人跪倒在地上,不再理会任何人,只是不停地做着祷告。

Padre nuestro que estás en el cielo, santificado sea tu nombre. Venga a nosotros tu reino, hagase tu voluntad en la tierra…

我们在天上的父,愿人都尊你的名为圣。愿你的国降临。愿你的旨意行在地上……

出事的时候我们恰好正在学习《老人与海》。不久前我在萨斯卡通公共图书馆将这篇小说重新读了一遍,它让我的内心一片茫然,又混乱不堪,毕竟在我的记忆中这部杰作同我父母的死亡交织在一起。我想象不出飞机坠入大海那一刻的景象。那些喧闹声、各种颜色、燃烧的火苗、散开的尸体和行李,这一切都超出了我的想象范围。但是我能想象得出一条大鱼被绳子吊在一条小船的船舷外。我能想象得出它遭受着鲨鱼和其他各种鱼的攻击,直到尸骨无存的情景。我能想象得出桑提亚哥老人爬上岸,扛着烧毁的桅杆,就好像那是一座十字架一样,嘴里还在咒骂着,他还是那么 salao。①有时候我不得不将自己的记忆呵斥一番,提醒它我的父母不是淹死的,他们的尸体也没有被一位渔夫找到,他们在飞机坠毁的时候就死了,谁都没有找到他们的尸体。

那是将近九月末的时候,我在"阿索斯山"的第二年。就在三个星期前我刚刚跟他们分开,那年的夏天我是在哈瓦那度过的。当时我们正在上地理课,教学秘书突然打断了我们,说她想见见我。我俩走向教务办公区的路上她一声不吭,直到穿过院子的时候,就那么一小会儿我俩才感觉到了那一天的天气。

"天气真不错,是不是?还是那么暖和。"她说。

"是啊,是啊。"我着急地应和着,片刻间我注意到了天气。

她对事情一清二楚。回想起来我觉得当时她应该无权向我透露消息,可是她还是很想跟我说说话。

那天的天空万里无云,就像基督诞生的那一天,要不然东方三博士应该就找不到路了。马太、马可、路加和约翰没有记载在福音书里,可是我坚信十字架上的基督在忍受着剧痛的时候心里

---

① 译注:见《老人与海》。西班牙文 salao 正确的拼写应为 salado,意为加了盐的、咸的、苦的,引申为倒霉的、不吉利的。在 1997 年漓江出版社出版的赵少伟翻译的译文中保留了这个西班牙语词汇。对于 salado 之所以少了一个 d,赵少伟曾解释说"这是被古巴人念白了的一个词儿"。有观点认为这是古巴人吃音所致,他把 d 吃掉了,而这也正是海明威用这个不标准的西班牙语词汇的意图:显示古巴下层老百姓的身份。

想的应该是天气的问题——那天可真热啊,真希望吹来一丝微风,天上云起云落。在他承受剧痛的过程中所有的事情应该都是始终不变的——他的痛苦、士兵对他的奚落、天父对他的无视——只有天气除外。天气是我们日常交谈中最熟悉的话题,熟悉得就如同空气对于我们的肺一样,在谈论天气的时候其实我们无所不谈,因为天气见证了一切喜悦、一切悲哀,它就是映射出我们所有情感的镜子。在拐弯抹角地提到秋老虎的时候教学秘书跟我说:"真为你难过,小可怜,可怜的孩子。"

我惊讶地看到我的姨妈,母亲唯一的姊妹,跟校长在一起。我跟她一点也不熟,她只是圣诞节才会出现的熟人而已。她从蒙特利尔一路开车过来,随行的还有一个男人,那个人我也不认识。姨妈告诉我我的父母死了,当着那些天生就说英语的人的面她用法语告诉了我这个消息,那些人大概根本听不懂她说的话,不过他们都清楚她在说什么。她当时说的话我一句也记不得了,那天晚些时候我从广播里又听到了父母的死讯。那个男人来自外交部。他们还跟我说我的生活不会改变,父母的一部分抚恤金会发给我,而且他们俩都有一大笔人寿保险金。简单说就是,从物质方面而言他们对我的爱不会消失。后来我收到了五花八门的正式公证书,还定期领到一笔又一笔钱。我跟那个来自外交部的男人后来又见了三四次面,我的事情由他负责。至于情感,我就是坐在剧院里看大戏的看客。我坐在那里,心平气和地观赏,几乎可以说无动于衷。姨妈痛苦不堪,那位外交部的官员和校长轻轻地交谈着,他们全都以为我会号啕大哭起来。我竭力地向他们显示出我能应付这件事情,我不会哭,因为我已经是成年人了。我记得当时唯一令我动容的就是校长对我直呼其名。他没有用我的姓称呼我,这还是头一回。我突然对这个男人产生了深深的感激和爱,显然这就是斯德哥尔摩症候群的一个小案例。

他们问我想不想在葬礼结束后跟姨妈回蒙特利尔去。我大概就想要这样的安排,原因不言而喻,对于我将在那里待多久他们也心里有数。可是我说我不想去。那个学年才刚刚开始,我跟一位新舍友住在新宿舍里——不再跟"波士顿杀人狂"住在一起了,舍友换成了卡洛尔,我最要好的朋友——我还有课要上,有作业要做,半夜还有面包要烤煳,我有我的生活,我不希望自己的生活受到打扰。正如他们说过的那样,我的生活不会改变。不过,我还是要去蒙特利尔住上几天。我回宿舍去收拾行李了。

我父母的身上没有流淌过宗教的血液,因此死后也没有人为他们举行礼拜仪式,只是在渥太华的殡仪馆里举办了一场追悼会。父亲是独生子,所以全家人就只有三个人,实际上是两个家里人和一个外姓人:我,我的姨妈和她的丈夫。但是参加的人还是很多——以前是同事,后来成了朋友的,以前是朋友,后来做过同事的,以前是朋友,后来还是朋友的,熟人,老邻居,作家诗人,编辑,外交部的官方代表,就连国务卿都来了,还有古巴的政府代表和一大批讲西班牙语的大使。来的人太多了,渐渐地街上就停满了车,慢慢地还挤满了人,街道被堵得没法通行了,有人就报了警。警察到处看了看,问这么多人都是来干什么的,看到国务卿后就封锁了整条街。警车就横在街口。至今我还记得那位女警察无精打采地挥着胳膊,以免来往车辆拐进这条街。

所有人都爱我的父母。他们是无可挑剔的朋友、上司、同事、部下、联络人。来自拉丁美洲的一位大使滔滔不绝地说了大半天我母亲的优点,结尾时说了一句显然最发自肺腑的话,"pero liiiiiinda!"——"但是她很美丽!"那位大使长得就像是一只戴着角质框架眼镜、浑身长满肉瘤的癞蛤蟆,他让我觉得要是我的母亲给他一个吻的话,他登时就会升上蛤蟆世界的天堂了。一位秘书告诉我我的父亲是她在外交部供职三十二年里碰到过的最优秀最体贴的上司,她还听说我母亲的为人甚至比我父亲的还好。一个来自古巴的什么人交给我一封信,那个人带着三名随从。信是菲德尔·卡斯特罗亲笔写的,他在这封慰问信中说他的损失是双倍的,因为 "he perdido a una amiga que representaba a un país amigo"——我失去了一位朋友,这位朋友同时也是一个友邻国家的代表。

这一切令我很开心,来的人这么多,私人和官方向他们的致敬。别人流露出的悲伤那么强烈,似乎我的悲伤因此被淡化了。似乎悲伤能以公斤为单位计量似的,每个人分担一点,最终我的身上就只剩几克了。我的目光躲避着那两口棺材。最可悲的莫过于我很清楚棺材里空无一物。

在很多年里我一直在拒绝接受父母死亡的事实。对于一个已经成年的人来说,父母的死亡通常都是一个缓缓衰减的过程,先是其中的一位,然后是另一位,这个过程让他不断痛苦地意识到他自己的生命也是有时限的。周而复始的死亡。可是当时我却完全沉浸在那个愚蠢而无敌的阶段,就是所谓的"青春时期",父母突然在异国他乡身亡的事实对我的打击不像是钟鸣声,而是不断扩大,不断产生质变的生命的又一个阶段给我造成的冲击。

还有一个因素也让我的复原能力不那么冷酷无情了,这个因素就是环境的改变。悲伤和泪水不适合阿索斯山高中,那个地方绝对不会顾念我的损失。阿索斯山寄宿高中跟阿索斯山孤儿院没有什么区别,实际上后者反倒强一些。突然间,之前对我很冷漠的男老师们对我露出了笑容,关心起我的学习了。突然间,我的敌人和那些恶霸们开始自动退缩了。谁都碰不得我了。那一年是我在"阿索斯山"度过的最美好的一年。

那一年的感恩节就是一个例子,至今我还记忆犹新。姨妈不会照顾人,她对我的关心令我难以忍受,我可不想那么快回到蒙特利尔。我欣然地决定那个漫长的周末就待在人去楼空的"阿索斯山",跟卡洛尔和家远得不值得回去的迈克尔一起过。

不,刚刚失去双亲的孩子可不能这么过,校方是这么以为的。结果,由于我,学校安排我们三个人帮布劳顿先生看家。布劳顿先生的房子距离学校不到两公里,他跟家人外出了。他养了一群动物,驴、绵羊、山羊、小鸡,还有一只名叫莎士比亚的猫,我们三个得给这些家伙喂食。在给驴子喂草的过程中我发现麦秆和干草不是一回事。我喜欢小鸡叨米的样子,叨得那么快,那么机械,那么准确。我们三个人沿着安大略湖的岸边散好长时间的步,布劳顿先生的那所石砌房子里塞满了仔仔细细堆在一起的物件,只有"坐家"才能积累起那么多东西,这些东西甚至给一个空无一人的家注入生命。布劳顿先生有几幅加拿大艺术家戴维·布莱克伍德[①]的作品,作品描绘的都是令人过目难忘的艰苦景象,有些是纽芬兰渔民及其家人的艰难生活。这些作品都是由黑白线条精雕细刻出来的,其间夹杂着零星几抹鲜艳的色彩,例如用红色表现火中的房屋。一天夜里我们小心翼翼地把那几幅布莱克伍德从墙上取了下来,拿到了我们的卧室里,在房间里点起蜡烛,凝视着它们,看到最后我们几乎都被催眠了,感觉仿佛我们自己遭遇了海难,失去了方向,坐在救生艇上几乎就要饿死了,或者一路跑上山,一直朝我们失火的房子跑去。自始至终莎士比亚都温顺地卧在我的臂弯中。我在布劳顿先生的家里度过了美好的四

---

① 译注:戴维·布莱克伍德(1941—),加拿大艺术家,以凹版印刷作品著名。

天假期,每一分每一秒都那么不平淡,那么难以忘怀。

不管怎么说,我还能做什么呢?当着其他男生的面号啕大哭?男老师们刚刚才承认我的存在,我这就要扑进他们的怀里号啕大哭吗?我要用这种方式透支我刚刚拥有的不可碰触的身份吗?

只要一想起给我造成打击的那起悲剧,我就会告诉自己:"他们死在一起了。这个事实对我来说非常重要。这样的结局让他们的生命得以完整,完好无损,没有变成一堆乱七八糟的碎片。他们死得很快,这就是说他们并不痛苦。生前他们度过了幸福成功的一生。我再也不会见到他们了,可是我会永远记得他们,会在心里跟他们说话。这已经很好了。"

很多次站在滚烫、喧腾的莲蓬头下的时候我的眼泪就夺眶而出,不过大部分时间里我都把悲伤打发到黑漆漆的意识深处,任由它在那里漂来漂去,制造着弗洛伊德的信徒们乐于臆测的各种影响。

* * *

第三个学期,也就是最后一学期一开学我就意识到自己的流水线式学习生涯将近结束了。自由近在眼前,这比即将获得解放的事实更令我感到沉重,不过我能做到快刀斩乱麻。一个将要年满十八岁的少年在接下来的岁月里可以做的事情难以计数,我一样也没有考虑,打定主意继续完成正规教育。就像当初盯着寄宿学校的宣传手册那样我盯着大学校历看了半天,最终圈定了安大略的三所大学,然后仔仔细细地填好了计算机录入的标准申请表。我所拥有的自由受到了严格的限制,这样一来我感到舒坦多了。

* * *

作为一个无父无母的独生子,你是不会收到多少信件的。每天我都看着其他男生拿着厚厚一沓信,更糟糕的是有的人在胳肢窝底下还夹着包裹。我不再查看自己的信箱了。既然只会看到一个空空荡荡的世界,只会听到糟糕透顶的空洞的巨响,那我何苦还要打开它?管理收发室的是一位和蔼的女士,她很喜欢聊天,我们管她叫桑德斯夫人。每个星期桑德斯夫人都要指派一名男生在午餐时协助她分理信件,再将信件一一放入大家的信箱。轮到我的时候我请求她为我免去这项工作。

信件这个敏感的问题还惹起过一场麻烦,我本来不想提这件事情,可是就在那一天的晚上,在浴室里自慰的时候我首先注意到自己的阴茎不像以前那么坚硬了。

那天操场管理员在灌木丛里发现了姨妈发来的一封信,信很短,也没什么意思,可是对我来说它毕竟还是很稀罕的。邮戳是三个星期前的,信封也被拆开了。

我找到桑德斯夫人,问她那个星期是哪个男生在给她帮忙。

"三周前?让我想想……是阿瑟。"

"阿瑟是哪一个?"

"阿瑟·芬顿。"

芬顿?

关于芬顿就只有一句话:令人作呕的矮子白痴。在我的父母死后很长一段时间里同学们不再对我的肉体进行攻击了,芬顿却重新对我开战了。我对他恨得咬牙切齿,他对我也是如此。我相信我们两个人之间的关系完全体现了人们常说的"人格冲突"。幼稚、装腔作势、傲慢、被宠坏了——没有人喜欢他。他原本应该是学校里的一个彻头彻尾的小人物,格罗伊登的罗马马戏团里的一名基督徒,可事实上他也是一个碰不得的人,他的父母都是卑鄙小人,同时也是出了名的有钱人。(比如,有一次他们来学校参观,专职司机开着劳斯莱斯送他们来学校。他们的小阿瑟昂首阔步地走在他们身旁,指望着能够得到捐款的校长走在另一边。看着芬顿老爹,看着他那身让他的圆滚滚的将军肚和细窄的双肩显得干练、优雅的昂贵西装,看着他的丝绸领带扎得那么挺括、那么无可挑剔,那个领结就是在高声宣传着他拥有的大权,那一刻我突然明白了红色高棉领导人波尔布特竭力主张快速高效解决问题、红色恐怖主义取得一时胜利、苏联领导人约瑟夫·斯大林的肾上腺素急速涌动的感觉。啊,抓起一把以色列产的乌齐冲锋枪,把他们统统毙掉!)要是校长冲着他清一下喉咙,那芬顿准会放火烧了他的那条巴吉度猎犬比尔。

可我不在乎。我不害怕他,他又不是格罗伊登,我也比他壮,就这么简单。我要撕烂他的眼皮,我要扯掉他的耳朵,我要用锤子砸断他身上的每一块骨头,我要——我走出了收发室,脸红通通的,脑袋一阵阵地抽动着。

想象一下这样一出戏:

剧中人物:

  盛怒,十七岁的男孩

  讨厌的幼稚,十七岁的男孩

  配角,十七岁的男孩

内景:楼梯

(配角在舞台的一侧。讨厌的幼稚走下楼梯,等他走到楼梯口时盛怒攥着一封信出现在舞台上,并看到了他。盛怒一个箭步蹿上了楼梯,站在讨厌的幼稚正前方,挡住了他的路。两个人之间的交流十分紧张,愤怒的声音,但不是喊叫。)

盛怒(举着信封,怒气冲冲地盯着讨厌的幼稚):这是什么?

你干吗拿走信,还拆了信?

讨厌的幼稚:对这件事情我会完全负责的。

盛怒:我想知道你是什么时候拿走信的。

讨厌的幼稚:对这件事情我会完全负责的。

盛怒(把手放在讨厌的幼稚的胸口,慢慢地将后者推到了墙根):下不为例。

讨厌的幼稚:当心点,要不然我一拳就能让你飞到屋子另一头去!

盛怒:是啊,没错。

(盛怒走到舞台地面上。讨厌的幼稚跟在他身后。)

讨厌的幼稚:盛怒,你就是个混球!

(讨厌的幼稚一拳打在盛怒的脸上,然后掉头就跑。盛怒一把抓住讨厌的幼稚,将他拉倒在地,盛怒自己没有倒下,他看着对方,什么也没有做。讨厌的幼稚爬了起来。盛怒看着他,什么也没有做。)

配角(插了进来):你俩别打了。

(全体退场)

落幕

我不能打他。我那么愤怒,可我就是不能打他,尽管这完全违背了我的意愿。我把手放在他的胸口,把他推到墙根,他跟身后的墙只剩大约一英尺的距离,我也只能做到这个地步。我走下楼梯——躲开了他——因为我太慌乱了。他一拳捣在我的脸上,打在脸上就是打在心里,这一拳打的并不是肚子或腿这样的犄角旮旯,它打的是你的中心。尽管如此,我还是不能打他。我心想"现在我可以打他,我有这个权利"。其实我能做的就只是让他倒在地上。不是把他摔在地上,不是把他推倒在地上,只是让他倒在地上,我的胳膊让他顺势倒了下去。等他倒在地上后我注意到他的脑袋就在暖气片的跟前,我心想要是用膝盖去顶他的脸,他的脑袋就会撞在暖气上。可是我不能这么干。等他往起爬的时候我心想这会儿我能轻轻松松地踢到他了。可是我不能这么干。等他站起来后我心想这会儿我能打他了,他站起来了,现在公平了。可是我不能这么干。就这样一切结束了。

我去学校的礼拜堂独自坐了一会儿。我茫然,我得意。我不能打他。多么了不起的大发现啊!意外得令人难以置信!突然间我不再怨恨芬顿了。我认认真真地想了想他,回忆着我跟他最严重的几次交手,就是令我窝着一肚子火,促使我将他好好修理了一番的几次冲突。我飞快地回想了一遍,一点也没有感到苦恼。

在接下来的几天里我一直小心翼翼地躲着他,不出一个星期他就再也没有打扰过我了。在学校的最后一天我还跟他道了别。

在我俩发生冲突的当天晚上,在即将熄灯的时候我去洗了澡,任由自己沉浸在隐秘的快乐中。就在那时我注意到了这件事情。我确信当时我手上的动作比以前剧烈多了,可是突然我的脑袋里闪现出了一个念头——高潮太猛烈了,我觉得自己要晕过去了。两条腿打着摆子,要不是靠着墙壁我肯定就站不住了。平静下来后我的阴茎也软了下来,我能睡得着了。

* * *

毕业的日子来了,终于来了,来得这么快。我望着所有的家长。我转遍了学校的每一个角落,最后再看一眼那里的一草一木。我对那个地方厌恶极了。那个学校期末考试成绩的急剧下滑就能说明这一点。物理课我差点就没及格,传统的高中毕业庆祝活动我也没有参加。

阿索斯山高中之后呢？那所学校有那么多的缺陷，那么多的可悲之处，可它是我唯一拥有过的一个有组织的家。我静静地坐在宿舍里，已经空无一物的宿舍。我去卫生间看了看，长长的一排洗手池、厕所隔间、淋浴头，在那些淋浴头下流走了那么多水，那么多肥皂，那么多精液。我看了看教室、老体育馆和新体育馆、各种用途的球场、年久失修的水池、壁球场、餐厅，还有礼拜堂。我站在那座石砌的十字架跟前，从上到下将它打量了一番。记忆就是胶水，它能将你同一切，哪怕是你不喜欢的一切黏合在一起。

令人啼笑皆非的是，在我选择的大学中最终中选的是距离阿索斯山高中最近的那一所大学，只有半小时的路程，不过去那所大学上学的高中同学却是最少的。它就是规模不大，但是令人感到惬意的埃利斯大学。这样一来那年九月对我来说就不存在什么变数了，我一心期待着开学的那一天。不过，在毕业的那一天这种期待并没有给我多少慰藉。毕业和开学之间的夏天如同在我的脚下划开了一道鸿沟，我该拿这个夏天怎么办？这个问题令我不禁想到另一个问题，我该拿自己的生活怎么办？

我钻进了姨妈的车，透过后窗看着阿索斯山高中渐渐地消失了。

我想自己根本就没有做好面对生活的准备。

* * *

姨妈住在蒙特利尔的一个葡萄牙人聚居区，那里遍布着葡萄牙人经营的餐馆、商店和旅行社。到了姨妈家的几天后我无意中在一家那样的旅行社门前停下脚步，打量起那家旅行社。它跟我以前见过的旅行社大同小异：看起来也是一副不景气的样子，乱糟糟的，背景墙用石膏做了俗气的装饰，以传递出葡萄牙的气质，家具和广告招贴画看起来就像是六十年代印制的,坐在办公桌前的那三个人都带着一脸劳累过度,还时常被大材小用的疲态。橱窗里有一幅巨大的彩色葡萄牙地图,地图上标有代表各个风景名胜的照片和图画,景点和地图上的所在位置之间由黑色线条连接着。

我想促使我做出决定的是葡萄牙的国土呈长方形这个事实。我喜欢长方形的国家,在这样的国家里人类早晚会对原本的地势地貌进行干涉。我想倘若自己当时看到的是西班牙、法国或澳大利亚的地图,我就会留在蒙特利尔度过那个夏天。事实上,没有工作等着我去做,又不想跟姨妈待在一起,一个星期后我就坐上了葡萄牙航空公司飞往里斯本的飞机。当时我的心里压根就不存在"发现"自我这回事,去那里仅仅是因为那个国家的形状令我开心。

*　　*　　*

一开始我恨透了这件事。旅行,还是独自一人的旅行。每到一个新地方我都会焦虑一阵子,直到找到住的地方。在一天将近结束的时候尤其如此(也就是说一过正午的时候)。一想到半夜三更来到一个新地方我就感到恐惧。有一次就是这样,那次是去了托马尔。我紧张匆忙地走在路上,就好像是破坏了宵禁似的。找了一会儿之后我终于找到了一家看起来价格便宜的旅馆。我想当时我脸上那副绝望的神情应该会让旅馆经理狠狠宰我一笔,结果我惊讶地看到他只要了一个合理的价格,房间也很不错。很快我就看到房间外包了一圈走廊,四方形的走廊环绕着四四方方的房间,窗户全都朝向走廊,房间里很闷热,根本不通风。但它已经算是庇护所了。我终于安全了。

终于,我越来越能应付出门在外不得不面对的那些实实在在的小问题。白天带给我的快乐开始令夜晚带来的焦虑消退。葡萄牙是一个非常小的国家,尤其是北部。我对那里只有美好的记忆。如同在随后去其他国家的旅行一样,在葡萄牙期间我想起了有关那个地方的形形色色、五花八门的信息,一场视觉、听觉和味觉,文学、历史和政治,个人体会和共同经验的大杂烩。我早已慢慢地忘掉了那一切,此刻提起葡萄牙,那一切又浮现了出来——陌生的佩索阿[①]、阿尔法玛[②]、科英布拉[③]、纳扎雷[④]、航海家恩里克[⑤]、萨格里什[⑥]、卡蒙斯[⑦]——就像是芬芳的余味。独自旅行就是一场长久的白日梦。你一边浏览名胜,打量人群,欣赏风光,一边为自己虚构着旅伴和剧情。时间属于自己,节奏自己掌握。这是旅行的唯一方式,只要你能受得了长时间的寂寞。我就总是无法忍受那种寂寞。话又说回来,谢天谢地,在同行的人中间太容易找到友谊,一个小时或者三天的友谊,一顿饭或者一趟火车的友谊。这样的友谊就是为你提供旅行传说和实用信息的金矿,这样的友谊总是以"你从哪来?"开场,等你觉得该向左,而不是向右转的时候,只需要老老实实地说一声"拜拜",这样的友谊就结束了。

[①] 译注:费尔南多·佩索阿(1888—1935),生于里斯本,葡萄牙诗人与作家,以诗集《使命》而闻名于世,被认为是继卡蒙斯之后最伟大的葡语作家。
[②] 译注:阿尔法玛是里斯本最古老的城区,分布在圣若热城堡和特茹河之间的山坡地带。
[③] 译注:科英布拉位于葡萄牙中部,地位仅次于首都里斯本和北部重镇波尔图。
[④] 译注:纳扎雷位于葡萄牙的中部,隶属于莱里亚区。
[⑤] 译注:航海家恩里克(1394—1460),是葡萄牙和阿尔加维国王若昂一世的第三子,在萨格里什建立了全世界首间航海学校、天文台、图书馆、港口及船厂,为葡萄牙日后成为海上霸主奠定了基石。
[⑥] 译注:萨格里什位于葡萄牙法鲁区比什普镇市的一个小村(参见译注"航海家恩里克"条)。
[⑦] 译注:路易斯·德·卡蒙斯(1524—1580),葡萄牙诗人,被公认为葡萄牙最伟大的诗人,最著名的作品是史诗《卢济塔尼亚人之歌》。

* * *

那时她看着我,神情专注、坦率。我俩谁也没有说话,当时的情况不言自明。我俩的脑袋莫名其妙地凑向了对方,嘴巴撞在了一起。嘴唇多少有些粗鲁地寻找着合适的位置,舌头向前冲着,探索着。突然她就退了回去,我也去赶大巴了。

我已经触摸到了她。这是我的初吻。就在两辆大巴之间……一次散步……一座废弃的小公园……一个女孩从三楼窗口冲我笑着……她下了楼……一场微笑和哑谜多过言语的交谈……然后……

太了不起了。就像一颗陨星。

* * *

阴茎勃起得越弱,我的快感就越强烈。每天清晨我的胸口都在发痒。只要一挠,胸毛就大把大把地落在床单上。

* * *

巴塔利亚①有一座宏伟的多明我会修道院,是若昂一世②为了纪念自己在阿勒祖巴洛特战役中大败西班牙人的丰功伟绩于1388年动工建造的,正是那一仗确保了葡萄牙的独立。就在近在咫尺的地方我找到了一个房间。为了问路我进了一家餐馆,结果柜台里的女孩问我要不要住旅馆。我俩过了马路,来到一幢刷成白色的二层小楼。她带我看的房间在二楼,就在走廊的尽头。房间不大,望出去也看不到修道院,可是房间的布局很舒服,布置得也漂亮,又整洁。而且看起来整幢楼都归我一个人了。我没有自找没趣地跟她讨价,她开的价已经很合理了。

---

① 译注:巴塔利亚,位于葡萄牙的中部,隶属于莱里亚区。
② 译注:若昂一世(1357—1433),葡萄牙和阿尔加维国王,是葡萄牙国王佩德罗一世的私生子,母亲为特雷莎·洛伦索。

我在那个房间里住了三个星期，我在葡萄牙的任何一个地方都没有待过那么长的时间。

我的房间有着修道院式的朴素，能让人平静下来。它是长方形的，就像那个国家一样。门和窗户分别在长方形的短边上，门在一侧的正中，对面墙上的窗户靠左边一点。这个房间恰好有四个显著的特点：房屋中央偏左一点摆着一张逼仄的铁架子床，床垫疙疙瘩瘩的，不过还算过得去，而且一窝臭虫都找不到；再往前，就在角落里有一个一根筋只流得出冰水的水槽，洗漱的时候站在那里就能看到窗外；水槽对面，房间的另一侧有一个吱嘎作响的柜子，柜子上镶着一块斑驳的镜子，略微起伏的镜面把人照得有些扭曲了；最后，在水槽的斜对角，面朝水槽摆着一张没有抽屉的桌子和一把普普通通的椅子。房间的墙壁很朴素，到现在我已经不记得墙是什么样子了。石头地板很冰冷，只有一小块已经褪色的地毯还算温暖，它随着我在的位置、我手头在做的事情不停地被挪来挪去。

我爱这间光秃秃的房间，能在那里度过余生我就满足了。

每天大部分时间里我都安安静静地待在房间里，时间被分配给了床、书桌、水槽，还有柜子。我在床上读书、睡觉、自慰；在书桌前写日记（那是我唯一一次在旅行途中记日记，不出一年我就把那些日记扔掉了——我没法把点点滴滴的时光全都记录下来）；在水槽旁刷牙，把水泼到脸上；仔仔细细地在柜子的架子上摆了很多随身带的衣服，赤身裸体地站在柜子上的镜子前，凝视着自己。房间外的活动就是上厕所，每天早晨享受淋浴器里积存的一丁点热水，吃饭，参观那座修道院。我每天都要去修道院，下午我总是待在修道院美丽的回廊里，在一道道拱廊下溜达着，或者坐在一道拱廊下，不是读自己带的书（卡蒙斯的《卢济塔尼亚人之歌》),就是直勾勾地盯着整整齐齐地长满了各种花卉、灌木和小树的四方形院子。大黄蜂在金色的阳光中修道士们的一片祥和中嗡嗡嗡地飞来飞去。时光流逝着,能让人意识到这一点的就只有不停移动的阴影,游弋不定的无形的指针在悄无声息的嘀嗒声中改变着回廊的本质。

如果我必须回想一下当时的征兆——如果这么说没有错的话,就好像这是一种疾病——浮现在我脑海中的有四样事情:

(1)我的嗓音悄悄地变高了。

(2)我的嘴唇有点疼。在修道院的回廊里四处溜达,伸展身体会减轻这种疼痛。

(3)粉刺的问题解决了。一度粉刺的问题非常严重,比以前任何时候都严重,额头上的脓包令我非常头疼,我的喉头看起来活像是火鸡的喉咙。可是就在一两天的时间,粉刺消失得无影无踪。在葡萄牙期间,粉刺这种该死的病,还有随之而来的油腻都从我的生命中彻底消失了,从此我拥有了正常的光滑的皮肤。我记得当时我看着镜子,手指划拉着崭新的面颊。该死的日子结束了,该死的日子结束了。终于我能直视别人了。终于我能露出笑容了。从两种意义上而言我都是一个崭新的人。

(4)酷爱红薯。好笑的是生命中的重大变化是伴随饮食上的怪癖而来的。马路对面的那家小餐馆毫不做作,服务员只有两位。带着我去看房的那个女孩既是服务员,也是调酒师;另一位是女孩的父亲,他是餐馆的厨师。偶尔我还会见到女孩的母亲,不过我相信她在别的地方上班。菜单上的内容取决于父亲当天在市场上能找到什么,或者他想做什么。很快我就习惯在那里吃饭了,我们三个人培养起了靠着微笑和手语交流的友谊。我还在手语中夹杂着西班牙语。发现我是加拿大人后,父亲就决定试一试他理解的北美菜肴。

就在一两个晚上过后红薯出现了，仅仅作为配菜出现，只是出于提色的需要。红薯摆在盘子的一角，软软的，橘红色，就在几大块厚实匀整的猪肉和蘸水，还有一大堆土豆泥的旁边。要不是顾及父女俩那么友善又满怀期待地看着我，我大概连碰都不会碰一下红薯。我以前吃过这个东西，只是已经想不起来是什么时候的事情了，我猜这应该是因为以前我不喜欢它——现在也不会喜欢。结果我大错特错。刚尝了一小口，我就睁大了眼睛，情不自禁地大声喊了一声"嗯嗯嗯嗯嗯嗯嗯！"刹那间盘子里的红薯就消失了。这辈子我还从来没有吃过如此美味的东西。直到现在我还是认为嘴巴里的这一次味觉爆炸是我的味蕾在职业生涯中的巅峰。我滔滔不绝地恭维起父亲，一再强调他对红薯的处理太到位了。第二天我请求他在午餐的时候再上一点红薯。那天晚上我一直惦记着这种迷人的薯类，明亮的橘红色，细腻的质地，妙不可言的味道。真遗憾自己在早餐的时候没有点这道菜。接下来的一天，正午时分教堂的钟鸣声让我就像巴甫洛夫的狗一样流起了口水。我请求晚餐的时候再给我来一些红薯，要很多，求求您了。接下来的早餐依然如此。

我用红薯打发掉了巴塔利亚。没有开胃菜，没有主菜，没有配菜，没有蘸酱，没有甜点——将近两个星期的时间里我就靠红薯过日子了。当地人以为我精神不正常，这没错。不过，考虑到我是老外，所以他们还是迷惑不解地迁就了我。在二十世纪末期最重要、最经久不衰的神话——和问题——中有一些就是人们对外国人及其祖国的误解。就我而言，在很大程度上正是我引起了人们对我的祖国的误解。在梅西奥·杜坎普和他的女儿加布里埃菜的心里加拿大和红薯将永远联系在一起。

Cela s'est terminé au cours d'une nuit. Je me suis reveillée soudainement. Je ne sais pas pourquoi, ni à quoi je rêvais. Je me suis dressée. Tout êtait confus. Je ne me souvenais de rien, ni de mon nom, ni de mon nom, ni de mon âge, ni où j'étais. L'amnésie totale. Je savais que je pensais en français, ça au moins, c'était sûr. Mon identité était liée à la langue française. Et je savais aussi que j'étais une femme. Francophone et femme, c'était le coeur de mon identité. Je me suis souvenue du reste, les accessories de mon identité, seulement après un bon moment d'hésitation. Ce don't je me rappelle le plus clairement de cet état de confusion, c'est le sentiment qui m'est venu après, que tout allait bien. J'ai regardé

就在一夜之间一切都成真了。我突然醒来,不知道自己梦到了什么,凭什么我本来就该醒着。我坐起身,感到很迷惑。我什么都不记得了——我的名字,我的年龄,我在哪里——彻底失忆了。我知道自己在用英语思考这一切,我立刻就对这个事实有了清楚的认识。我的身份跟英语这种语言联系在一起。我也知道自己是一个女人,这也跟英语联系在一起。讲英语,女人。这就是我最核心的本质。至于其他的,那些身份的装饰物,片刻之后,在我的精神探索了一会儿之后它们都出现了。关于当时的困惑我记得最清楚的就是后来出现在我心里的那种感觉,那种一切都对了的感觉。我环顾着漆黑的房间。深邃的安详一点一点渗进了我的身体,深邃得就仿佛在我体内溶解了。我又睡了过去。侧躺着,将被单扯

la chamber autour de moi. Unsentiment de quietude m'envahit, profond, si profond, à en perdre conscience. J'étais en train de me rendormir. Je me suis allongée sur le côté, j'ai tiré le drap jusqu'à ma joue, et je suis retournée dans les bras de Morphée, le sourire aux lèvres. Tout allait bien, tout allait bien.

到脸上，微笑着回到了摩尔莆神（睡梦之神）的怀抱中。一切都没问题。一切都没问题。

这件事情发生在一个特别的夜晚。第二天清晨我起了床，赤裸裸地站在镜子前，打量着自己，心想"我是加拿大人，女人——选民"。

这一天是我的生日。我十八岁了。一名成年的公民。完全享有公民权了。

* * *

有关葡萄牙的最后一些记忆：

(1)法蒂玛。三个孩子——三名牧童——在1917年5月13日宣称自己见到了圣母马利亚。她告诉他们下个月的这一天她还要来跟他们说话。在指定的那一天他们回到那个地方。她又出现了，跟他们说了话，告诉他们下个月还要来。这种状况又持续了四个月。10月13日，在她最后一次现身的这一天七千人跟三个孩子一起来了，他们亲眼目睹了一场"非凡的太阳异象"。一个崇拜圣母马利亚的教派形成了。法蒂玛是天主教的一处重要圣地，如同卢尔德①,如同德孔波斯特拉的圣雅各之路②。法蒂玛的精华部分是一座不起眼的白色长方形教堂,教堂坐落在柏油广场的边上,被一圈兜售俗气的宗教艺术品的商铺包围着。我还从来没有见过如此广阔的柏油广场,那块巨大的地毯无边无际,没有指示箭头,也没有方向,在阳光下闪着光,纯粹的炭黑色。我发现它竟然有着一种惊人的美。(假如我是一位富有的当代艺术家,那我会用沥青当画具,充分利用它那饱满的黑色,诱人的摩擦力,以及它同太阳的相互作用。想象一下吧,在波浪起伏的萨斯喀彻温③平原上横亘着一片壮观的圆形柏油地。没有文明的妨害,没有虚无主义,只有感叹号的那个圆点,至于另一部分,感叹号上半部的那个竖直的长条,谁站在圆点之上,谁就是那个长条——就是你。)柏油广场有些凹陷,白色的长方形教堂显得更高了。从天主教的意义上而言有所希求的人钻进了这个巨型柏油碗里。他们走着,他们拖沓着步子,他们蹒跚地走着,他们坐在轮椅上,靠着自己的力量滑行着,他们在地上匍匐着。我看到一位上了年纪的妇女从大碗的另一头边缘缓缓地朝着教堂爬去,整整三百米的距离。她的背上背着两个满面愁容的孩子,我猜应该是她的孙儿,家里的其他人都走在她的身旁。她戴着手套,膝盖上套着护垫,看起来活像是一位登山家,在某种意义上而言她就是一位登山

---

① 译注:卢尔德(亦译作露德),法国西南部上比利牛斯省的一个市镇,是全法国最大的天主教朝圣地。
② 译注:圣地亚哥-德孔波斯特拉,西班牙加利西亚自治区的首府。相传耶稣十二门徒之一的大雅各安葬于此,是天主教朝圣地之一。自中世纪以来,前来此地的朝圣者络绎不绝,乃至形成了一条有名的朝圣之路,即圣雅各之路。古城于1985年被列为世界文化遗产。
③ 译注:萨斯喀彻温省(简称萨省或沙省),加拿大一级行政区,首府设于里贾纳。以农业与畜牧生产著称,是加拿大重要的产粮地区。

者，在天主教的大山上攀爬着，丈量着我这个无神论者的各种感觉甚至无法感知到的高峰。她一寸一寸地向前挪着，大声地祈求着，祷告着。每当她昏过去的时候——她时不时地就会昏倒——两个小孩子就跟着栽了下去，歇斯底里地尖叫着，其他人全都跪下来做祷告。休息了几分钟后，她没有接受任何人的帮助，拒绝了一切让她停下来的请求，继续向前爬去。

在教堂的左下方有一座小礼拜堂，据说那就是圣母马利亚当初现身的地方。礼拜堂带有一个类似于火葬场的区域，虔诚的信徒将实物大小的蜡塑人体部位丢进那里，那些蜡塑代表着令他们深爱的人饱受痛苦的身体部位。你能看到一座闪闪发光的大山，各种人体部位堆积起来的大山，各种尺寸，各种年龄，线条清晰，皱纹和毛发细致入微，大山在慢慢地熔化着，在熔化，在移动。一个脑袋滚落下来，在一条腿最细的地方跟腿熔合在了一起，形成了一个畸形的怪物，最终那条腿也失去了原本的形状。一个少年的胸口长出了三只耳朵。一只膝盖弯下去嗅着一只长着脚的手。乳房分泌着乳汁，直到最终化为乌有。两个男人的脑袋凑在一起，或许是要亲一口对方，最终其中一个脑袋上挨了重重的一脚，彻底被踩碎了。一个完整的婴儿啪嗒大叫一声，面朝下倒了下去，眨眼间就消失了，只有开着缝的小屁股还浮在上面，直到最后才消失。一个严肃的脑袋朝上支棱着，孤零零的，似乎是在说"这里发生的一切状况都不会出现在我身上"，直到命运强奸了它的旨意，让它哭号着走向了死亡。所有的一切汇成了河流。

面对这幅景象真正的信徒乱糟糟地唱着一曲大合唱。他们其中绝大多数都穿着黑色的衣服，绝大多数都是女人，她们悲鸣着，哀求着，哭泣着，祷告着，慷慨激昂着，轻声诉说着，歌唱着，动着嘴唇，一边不停地将新的肢体向山上抛去。与此同时，这个地方的监管者,那些牧师,带着一脸昏昏沉沉的平静走来走去。抽身离去之前我记住的最后一幕是一个跪在地上的女人从自己的束身胸衣里掏出一只很小的耳朵,她对着耳朵轻轻地说了几句,然后就把它丢进了火葬场。将耳朵扔出去的时候她失声痛哭了起来。她的小宝宝因为耳朵感染死掉了么?这个地方真是地狱里的费里尼[1]。

(2)杰克,我在科英布拉青年旅馆碰到的一个友善的加利福尼亚青年,我跟他一起度过了三天。他比我年长几岁,大概二十或二十一岁的样子,聪明,腼腆。那会儿他正在加利福尼亚一所著名的学校学习小提琴和作曲,就在伯克利或斯坦福之类的地方。他就想成为那样的人,他就是那样的人——作曲家。我俩聊着音乐。在火车站的时候——他要南下里斯本,然后乘飞机回家,我要北上波尔图[2]——他比之前任何时候都更羞怯。有时候道别会将所有的情绪压缩得最终只能失控地来一场大爆发,就像被狠狠挤压的橘子喷出来的汁液那样。杰克抱住了我,笨手笨脚做了一个亲我的动作,可是做到一半就停住了。

(3)又来到了里斯本,就在我回家之前。我十分讨厌到达葡萄牙的那一刻,我也十分讨厌离开它的那一刻。一来一去将近三个月的时间过去了。旅行就是一次加速运动,很难停下来,你也不想停下来。改变成了一种习惯,习惯很难改变。我四处走着,在一座古老的欧洲首府城市里探寻着一个个普普通通的街区。我买了新衣服,我觉得那些衣服在葡萄牙应该比在加拿大便宜。

---

[1] 译注:费德里柯·费里尼(1920—1993),意大利著名艺术电影导演,同时也是演员及作家,曾先后5次摘取奥斯卡金像奖。

[2] 译注:波尔图,葡萄牙北部一个面向大西洋的港口城市,是葡萄牙第二大城市和第一大港,兼波尔图区省会及北部大区的行政、经济与文化中心。

我在塔霍河两岸望不到尽头的河岸上把自己晒成了大龙虾。我搞到了新护照,多亏了领事馆里一位不太循规蹈矩的本地工作人员这件事情才不算太难。从头到尾我的脸上一直挂着笑容和一副糊涂相("他们出了岔子。在您看来我像男人么?"谢天谢地,我有一个雌雄莫辨的名字。要是我的头发长得再快一点就好了)。登上葡萄牙航空公司的金属舷梯时,我转过身,最后看了一眼葡萄牙的蓝天,心想:"我会回来的,虽然不会来这里,但我会回到其他地方的。中国?印度?南美?"

* * *

罗伊敦的埃利斯大学是加拿大规模最小的大学之一,我入学的时候全日制在校生还不到两千五百名。那会儿它的名声也不怎么吸引人,提起它的时候大家都会说:"入学很容易,C+就够用了。"它出名的地方就在于接纳了一大堆成绩平平的穷学生,这些高中毕业生都没能达到更优等、更有前途的大学的入学标准。埃利斯大学吸引我的也正在于它没有高人一等的优越感。从阿索斯山高中毕业后我原本准备去上阿尔巴尼亚的露天大学,可是那所大学好进难出,至少也得拿到一纸文凭。后来我对这种事情深有体会。结果,"埃利斯"才是最自由的艺术院校。

埃利斯大学采用了学院制,其中三个学院位于城外几英里外的现代化主校区,另外两个在市内,在安大略省的一个有着六万人口的老城(以加拿大人的标准看,建于1850年)城中心还有两个小校区。

1981年的秋天,我出现在位于市中心的一所学院,应该说是出现在学院的大门口。我的皮肤晒得红通通的,身上还带着股浓郁的葡萄牙气。我选择斯特拉斯科纳—米尔恩(被称为斯—米)是因为它是埃利斯大学最小的一所学院,而且看起来最不正规,最不传统(大概也是距离我能找到的那户人家最近的),这就意味着它就是一盆掺和着文学评论、剧院、诗人、刚刚起步的艺术家、地球热爱者、同志和拉拉,以及志在革命的各色人种的沙拉,大麻和夜生活成了清爽的调味汁。这里包容一切,允许你进行探索,允许你头脑混乱,我太喜欢这里了。

校舍也是大杂烩,主教学楼是一座肃穆的十九世纪大楼,里面设有一个小小的图书馆、餐厅、各种办公室和教室;五六座1920年代建造的房子,尽管已经被改造成教室和教授们的办公室,但是依然保持着家的舒适;几座现代建筑物,主要是宿舍楼,其中有一栋不起眼的黄色矮楼,对1950年代的建筑学可悲的致敬,后来我就住在了那栋楼里——没什么大不了的。无论走在主校区一段段水泥楼梯上,或者斯-米校区充满中产阶级情趣的古色古香的校舍,还是待在安静平庸的宿舍里,或者之间的某个地方——比方说,坐在校车上望着窗外的韦德河——任何一个地方都让我很开心。"阿索斯山"的束缚消失了。我可以随心所欲地生活了,想怎样就怎样。我相信我们这些小人物普遍都有这种感觉,欣喜地发现自己成了大人物。

我可不能忘了罗伊敦,申请"埃利斯"的时候我压根就没有考虑过这个问题。它可真是一个意外的收获,是我在继续求学的路上蹒跚前行时偶然捡到的一块钻石。树,很多树,房子环绕在树林的四周,没有人为了盖房子就把大树连根刨掉;连绵起伏的山岗,好一幅美景;一条河,河水流向一个美丽的湖泊,但是还在罗伊敦境内;一条条清爽宽阔的街道;带有人字屋顶的石头和木房子,还有红砖厂房,这些建筑物在功用和风格上形形色色,但是全都那么赏心悦目,都没有挥金如土的粉饰。还有天气——为了天气赞美一个城市太愚蠢了,但是天气就像是一位显赫的市民,一位对公共建筑颇有见识的市议员一样在城市生活中无处不在,有时候那么残酷,那么寒冷,让你只想从温暖的窗户里偷窥着它,有时候那么清新明朗,让你觉得眼前的景色是用玻璃吹出来的,有时候又那么热,那么绿,那么潮湿,那么巴比伦,让你只想脱光了衣服——天气,无论气温是多少度,天气中总是有一抹光,一点色彩,一缕风,一片云,一丝芬芳,一种情绪。

在经济状况复杂的时代,说不上繁荣,也不算糟糕,只能说是普普通通的时代,换句话说就是,艰难的时代,罗伊敦显露出一点衰败的迹象,我想是这样的。不过就算衰败也讨人喜爱,就像是你爱的那个男人扣错了外套的扣子一样。

* * *

我主修人类学,选了这个专业的一年级课程,还选了考古专业为二年级学生开设的入门课,这门课也对一年级新生开放。

心理学对我非常具有吸引力。我当然对思维的运作方式感兴趣。

英语文学(当代文学及其根源:勃朗宁、霍普金斯①、狄更斯、哈代、乔伊斯、劳伦斯、叶芝、庞德、艾略特)也是自然而然的选择。

至于第五门,也是最后一门课我有些拿不定主意。在新生入学适应环境的第一个星期里我听了好几场导读讲座,都是哲学、历史和政治研究方面的。奇怪的是,对于一个自认为对政治很感兴趣的女人,我最先从备选名单中划掉的是政治课。我全神贯注地听着教授的讲解,翻着在学校书店买到的厚厚的教材,可是这门课就是引不起我的兴趣。宏观的研究方法也不行,"系统"这个

---

① 译注:此处指的是杰拉尔德·曼利·霍普金斯(1844—1889),英国诗人,罗马天主教徒及耶稣会神父,最负盛名的维多利亚诗人。

115

词没有吸引力。我更愿意跟一个个的个体待在一起。

将我引向哲学的是我对母亲那把锤子的记忆(导读:柏拉图、亚里士多德、笛卡儿、洛克、柏克莱、休谟、康德、约翰·斯图尔特·密尔、尼采)。

除了人类学,其他几门课的编号都是一样的,101,这几乎成了一种常识。看上去这个数字就代表着所有知识的起点。①

住宿费包含了伙食费,星期一到星期六一日三餐,星期日早餐和午餐合二为一,周周如此。

学杂费里包含了公交卡的费用,拿着这张公交卡不光能搭乘学校的校车,罗伊敦的所有公交车也都能坐。学杂费还含有非常棒的运动中心的门票。

我的宿舍是黄色矮楼里面积最大的那种房间。一扇窗户,一道门,一个壁橱,一个五斗橱,一张书桌和一把椅子,一张床——几乎就是葡萄牙的那个房间。我们有一位可爱的宿舍管理员,伯克洛夫斯基夫人,她每周帮我们换洗一次床单。

我把零花钱省了下来(我记得这笔钱是从哪里来的。每一张电影票,每一次小小的挥霍都会让我想起那笔抚恤金)。

罗伊敦呈现出一派欣欣向荣的文化景象,除了大学,当地居民也让这座城市充满了活力。在大学和当地居民之间总是会发生点事情,一场有关美国文化帝国主义的讲座或者在帝国剧院上映的美国电影,在艺术空间的现代舞或者小联盟冰球赛,加拿大当地音乐人搞出来的"肯牧师和迷失的信徒"或者亨德尔的《弥赛亚》,奥地利作家彼得·汉德克或者英国演员及剧作家诺埃尔·科沃德,"找回夜晚"大游行或者"漫步历史小镇罗伊敦"活动。我用

---

① 译注:美国和加拿大高校中对入门课程的通用编号。

了"或者"这个词,其实对于大多数情况我都想用"和"这个字。

*　　*　　*

校园环境,课程,娱乐活动——我的学生生涯终于开始了。我全身心地投入了大学生活。我想自己就跟绝大多数同学一样,在某些方面很积极,在某些方面很孤独。我总是一大早就起了床,按照学生的标准来看算是很早了,很少错过早餐。我从来没有逃过课,即便是头天晚上熬到很晚,第二天早上的课或者讲座我也不会缺席。我是一个学习态度端正的学生,不过这并不表示我就是一名尖子生(我不是,我属于智力平平的学生),这也不意味着我不会拖到交作业的前一天晚上才动笔写论文,这种态度只表明我对装在脑子里的事情很上心。没过多久我就开始参加学校里的政治活动了,我被选为一年级新生代表去参加斯—米学生会,到了第二年我又入选学生理事会。我参加了游泳队和越野滑雪队,不过我游得并不快,滑得也不快。我是一个动作缓慢而优雅的游泳运动员,一个动作缓慢又难看的滑雪运动员。加入这些队伍更多的是为了乐趣和融入团队的满足感(大学时光留给我的一样始终没有消失的礼物大概就是我发现了运动最令人愉悦的一点:深呼吸。一圈接一圈地游下去,中途不休息,有时候甚至都不会数一下自己游了多少圈。我只听得到自己如同念诵咒语一样的呼吸声,四肢划水时一下一下溅起的水花声,这样的活动就是一种在运动中的冥想)。我还交到了朋友,基本上都只是一时的朋友,千真万确——我跟其中很多人都已经失去了联系——不过当时大家的交往真不错。

参加了这么多活动,我还是常常感到孤独,而且孤独感与日俱增。我过着忙碌的寂寞生活,活动很多,情绪很少。对于这种孤独艾琳娜起到了很重要的作用。其实不止如此,那个时候我开始感觉到绝望,绝对是绝望的感觉。几乎刚一起步我的大学生活就出了问题。我的症状名叫"存在危机",不过我不会在这里仔仔细细地讨论这个问题。焦虑不是一个很有说服力的借口。我们全都经历过这种状况,我们都应付过去了,或者说努力过,那我何苦还要唠叨这件事情呢?尽管这么说,其实我还是觉得当时自己的情况很严重。那时候我太那么迷茫了,无论多么合理的解释都无法消除我的迷茫,或者说至多就像柔声细语的安慰试图让一只刚刚被逮住的惊恐万分的猴子平静下来一样。我在"埃利斯"看过一部纪录片,在影片中科学家们——我相信人们是这么称呼他们的——给一只被关在笼子里的猴子播放录音带,先是火焰燃烧的声音,接着又是河水涨起来的声音,以测试猴子对这两种状况的本能恐惧。录音的音量一开始很低,低得几乎听不见(但是那只猴子还是露出了警觉的神色),到最后音量被开到了最大。令我感到震惊的是要想拒绝接受某种选择——烧成灰,或者任由自己陷入呼吸里只剩下河水的境地——一条鼻涕虫的智力就足够了,根本犯不着动用一只猴子机敏的头脑,这是多么显而易见的事情。实际上,在最大音量的时候——咆哮的林火,咆哮的激流——我看到了恐惧的化身,百分之百的恐惧,以前我还从来没见过那样的东西。不是在角落里缩成一团,成了一摊瑟瑟发抖的烂泥,急促的喘息,突然大小便失禁,而是那个动物的神情,它的沉默,张开的嘴巴,眼珠转动的样子。当我的学业脱离了正轨,当我那模糊却充满抱负的未来烟消云散的时候,当我竭力地想要抓住生命中的任何一点意义的时候,我都会想起那只猴子。可是这门课就是让我提不起兴趣,这么说绝对没错。

没过多久我就对人类学失去了兴趣。哥伦布发现新大陆之前的新墨西哥印第安村庄在我的想象中充满了魔力,可是在现实中却平淡无奇。人类学搞的那一套与殡葬业正好相反,后者为了死亡营造出一派欢天喜地的气氛,前者却让原本卑微衰亡的生命获得重生,从而粉碎了死亡带来的欢乐。一个个文明被浓缩成一幅幅附带着精描细画的房舍平面图和标明每一件手工制品、每一片陶器碎片、每一块骨头出土位置的文物遗址截面图,再加上对部落、语言分类和艺术发展水平进行推测的大段大段干巴巴的学术论述。比如"我的祖母——她是一位非凡的女性"这样的语言,以及破裙子和款式老掉牙的鞋子的实物图。我觉得有破衣服总比一无所有强,可这些东西就是不合我的胃口。(后来在土耳其、墨西哥、秘鲁,当我站在卡帕多奇亚石窟教堂、爬上乌斯马尔金字塔、沿着纳斯卡大地线条巨画奔跑时,我倒是又一次感觉到了那种魔力。)

我对哲学产生了兴趣。事实上,我怀疑要不是为了获得智慧,我在大学里可能都熬不到第二年。我发现哲学真的太刺激了。直到现在我还记得当初翻开柏拉图的《理想国》时感觉到的那种惶恐。笛卡儿激进的怀疑论和伯克利所说的"存在就是被感知"就更是令我感到惊讶。柏拉图的《理想国》是一部彻头彻尾的等级森严、与民主无关的论著;笛卡儿论述的出发点"或许我们只是一个恶毒的木偶师操控的木偶"完全符合妄想症的定义;闭上双眼,拒绝感知还从来没有帮助过任何人从迎面而来的卡车车轮下逃生。我一下子就接受了这些观点,但是相比于这些思想成果,哲学家们的思考过程对我的触动更大。我被这种谨慎而开放的思维方式给迷住了,这种经过全面思考才做出结论的思考方式正是哲学方法所独有的。这种思考方法既简单,又非常困难。我接受了挑战。我告诉自己我也可以变得很有理性。

*　　*　　*

几个月后我的初潮到来了。那个清晨,在经过了一整夜高烧、头疼和恶心的折磨后——我还以为自己得了流感——我在血迹斑斑的床单上醒了过来,之前一直对月经期怀有的兴奋和喜悦一下就消退了大半。我的反应只有恐惧和震惊。我就从床上跳了下来。床单上、床单下都染上了血,血正顺着我的两条腿往下淌,地毯上也落了几滴。还有那种疼痛——很疼,我觉得疼极了,下面也疼,脑袋也疼。这就是索尼娅一直说的那种疼痛。这股剧痛,活像是用橡皮筋扎住了睾丸一样。我疼得差点就要吐了。

我知道要来事儿了,这事儿必须来,可是对我来说这件事情就像死亡——世上最古老的事情,但还是让人感到很意外。你可以对我说:"哦,没什么大不了的。你已经十八岁了。是一个成年人了。有头脑,有韧性。设想一下在你十二岁的时候就来事儿了。只是一个小孩子。我还记得我那个时候是在朋友斯蒂芬妮的……"你可以跟我讲完你的情况。或许吧。铁定的。多谢您了。可是这根本帮不上我的忙。我悄声告诉自己不管别人编出怎样的一套说辞,把难以置信的事情说得完全可信——这种事情很正常,我应该为自己已经成为一个女人感到自豪,每个月只有一次,我只需要怎样怎样(我逛遍了以前跟索尼娅一起去过的药店)之类的话。与此同时我却在想"这样的混乱,这样的肮脏,这样的恶臭,这样的疼痛——每个月都要来一次!不公平,太不公平了!不要,不要,不要,不要,不要,不要,不要,不要,不要,不要,不要,不要!我不敢了。我不想有生育能力。让生孩子的事情见鬼去吧。我想转世投胎成一头骡子,我们家族到我这里就算结束了"。

我拼命让自己恢复正常,但是我相信当时我一直在抽泣着。我打开房门,手里抓着血糊糊的床单。我想去盥洗池洗掉血迹。除了伯克洛夫斯基夫人,这会儿走廊里还能有谁呢?每次见到我们伯洛夫斯基夫人总是满脸笑容,她拿我们就当自己的孩子,或许是因为她很想念自己的女儿们吧,不管怎么样,她不会对我们指手画脚,也不会干涉我们的私事。她的双手是我摸过的最温暖的手。

她转过身。我一动不动。那天还不到清洗床单的日子。

"亲爱的,出了什么事儿?"

有些话你只能看着别处说,冲着半空中说,而且你也很清楚自己说出来的全都只是空洞的音节。"我—只—是—来—例—假—了—我—搞—得——团—糟。"我感觉得到自己脸红了,意识到这一点只是让血液涌动得更快了。我差点就哭出来了。

"哦,没事的。"她走了过来,"好啦,都交给我吧。"我任由她把我的铺盖拿了过去,但是我几乎没有松开手。我把床单揉成了一团,把血迹藏在了最深处,可是一想到她可能会看到血迹我就害臊极了。"来吧,我给你一些干净的。"

当时我穿着浴衣,内裤里塞了六十五张纸巾,就这样走路的时候我还是战战兢兢的,就仿佛自己是保证阿斯旺大坝屹立不倒的最重要的一块砖似的。

伯克洛夫斯基夫人打开壁橱。壁橱的门有一人高,壁橱不是步入式的,不过里面的架子被截掉了,这样一来刚好容得下一个人站进去,还能把门关上。当时我就想这么做。那个壁橱有点特别的感觉,那么舒服,那么整齐,我感到了安慰。里面的一层隔板上码放着叠得整整齐齐的床单和枕套,另一层是一卷卷卫生纸的地盘,还有一层是清洁用品的庇护所,摆在上面的每一样东西都功能明确。壁橱的地上住着一台长着长鼻子和其他零部件的皮实的吸尘器,门背后的衣钩上挂着伯克洛夫斯基夫人出门时穿的外套。最后——也是最吸引我注意的——还有一层隔板上摆着一堆杂七杂八的东西。

一瓶阿司匹林。

安可康泡腾消食片。

一支温度计。

一些电池（AA和9伏的）。

两盒比克笔，蓝色和黑色的。

一次性剃须刀，蓝色和粉红色的。

一罐剃须膏。

一些针和线，以及其他一些缝纫小用品。

洗衣粉，都装在小三明治袋里。

几块象牙皂。

几块士力架夹心巧克力。

横线本，做笔记和写信用的。

信封。

邮票。

一瓶修正液。

透明胶。

一个订书机。

一盒回形针。

一大盒卫生棉条。

一大盒卫生巾。

所有的东西都摆放得看上去就如同从高处俯瞰的一座城市，一幢幢楼房，一条条街道，一个井然有序的小世界。

没有一样是拿来卖的。所有的东西都是免费的。

她给了我两条床单和一片卫生巾，卫生巾被她规规矩矩地放在床单上。我茫然地盯着那片卫生巾。

"唔，太感谢您了，伯克洛夫斯基夫人。我该给您多少钱？"

"哦，别说傻话了。"伯克洛夫斯基夫人笑了笑。

她关上了壁橱,锁上了门。

她用自己在业余时间里给别人看房子赚的钱囤积了一堆用来帮助学生应付紧急情况的物品。或者说是所谓的紧急情况吧。比方说,眼下这个已经十八岁了,可是发育还不成熟,面对自己的初潮手足无措的学生。

我去了一趟药店,很快就回来了,那一天剩下的时间都是在床上打发掉的。

我受够了垫着尿片的感觉,而且还湿乎乎、滑溜溜的,再加上我的脑子被月经期要面对的各种工作搅得乱七八糟,于是我换上了棉条。

那一年的圣诞节我跑遍了整栋宿舍楼,请所有人在一张大大的节日卡上签了名。卡片是送给伯克洛夫斯基夫人的。

我心想自己的状况应该算是有些特殊,不过最终我还是渐渐地喜欢上了月经。月经不值得你为其欢唱起舞,但是月经能让你感到非常心满意足,没错。这倒不是说因为这种血液我就感觉到自己和身体建立了联系。让我同自己的身体有了连接的是性、锻炼、极端的温度、饥饿、打在脸上的阳光。经期对我产生的作用恰恰相反,我感到它只是碰巧发生在我的身上,而不是我的身体自发产生的结果。它的存在清楚地让我认识到我的身体和我有多么陌生,多么割裂。

不过,它给我造成的感觉倒是同其他人产生了联系。月经就是未来之人没能来到这个世界的结果,每个月的这种时候我都会意识到我也属于某个物种,属于超越我的某种东西,无论我是否喜欢这个事实。这就像是我生活在完全与世隔绝的乡下,见不到第二个人,每二十八天里就只有在距离我家不远的马路上驶过一辆满载着吵吵闹闹的乘客的公交车时才见得到别人。我的月经就像这辆公交车,麻烦、有趣、讨厌、非凡。

  一个朋友向我指出农历上的月份周期和月经周期持续时间是一样的,当时我觉得这可真是天文世界赠予不靠谱的女性们的礼物。我想起了月亮在海潮现象中扮演的气场强大的迷人角色,还想到了地球是圆的,可是地球之上的海洋却是椭圆的。现在,再看到满月时我会想到月亮上也有潮起潮落,滚滚涌过月面。我几乎看得到那上面的潮水。潮水是红色的。

  还回到地球的话题吧。这个被叫作子宫的任性的存在物一旦使起性子,那可真让人遭罪。我记得在土耳其的时候,一天晚上在夜班车上我弄得浑身血糊糊的,直到现在我都无法相信当时我竟然没有醒来。那一次的经历正好能充分地证明这一点,子宫会给你造成真正的大麻烦,会大发雷霆(装着救命棉条、衣物和毛巾的大背包沉在车厢深处,而我穿的还是浅色的裤子)。值得庆幸的是我从来没碰到过剧烈到扰乱我正常生活的痉挛(不过我当然没有忘记痉挛,子宫绝对让我忘不掉这种事情);我的日子也规律得如同康德在哥尼斯堡的散步活动一样,血量也算适中,持续时间的长短也很稳定。我的一些朋友就被月经弄得什么都做不了。令她们疼得龇牙咧嘴的痉挛。轻微的发烧。一两天在家卧床不起。似乎没完没了的流血。以经前综合征为序幕的这种状况非常糟糕,每个月至少会出现一天,就在它们要"脱离现实"的时候。这是属于女性的日常困难,它会逼得所有人膜拜女神萘普生①。但是即便在这样的情况下,我依然认为这种负担始终是一种有意义的负担。它是你在长途旅行中必须带上的大行李箱。你痛恨它,它拖慢了你的脚步,可是等旅程结束,当你打开它的时候,里面已经装得满满当当,其中不乏一些闪耀夺目

---

① 译注:萘普生,一种非类固醇抗炎药,用于缓解普通或严重的疼痛、发热、发炎,对月经失调也有治疗效果。

的东西。或者这么说吧,想象一下自己听到了一个声音,只能通过其回声听到的声音,你该如何转过头,寻找它的来源?不妨再想象一下自己的身体里有一根双簧管,每个月它才演奏一次,而且只会发出不多的几个音调,从来不曾为你演奏出完整的旋律。噢,我不知道该怎么说,就是类似的感觉。

我之所以逐渐地喜欢上了月经还有另外一个原因——我越来越厌倦不喜欢它的感觉。我把棉条扯了出来,将它打量一眼,看看自己流了多少血,等到受够了对它的厌恶时就把它丢掉了,让它湿乎乎地化为乌有。我一心想要让自己的月经优美一点。"这种平淡的疼痛,它是身体健康的一种标志。"我又看了一眼红色的棉条,"我的身体运转正常。我运转正常。很好。"我的月经周期就像德语。旅行途中你会碰到德国人,数不清的德国人。美国人输出他们的文化,但是不会输出游客,而德国人正好相反。在巴布亚新几内亚的西塞比克腹地你都能碰到德国人。背过他们——有时候都不会背过他们——不讲德语的人在一起聊天时总会认定"德语是一种丑陋的语言",如同砂纸一样粗糙,几乎就是在狂喊乱叫(语言界世界小姐选美大赛中的常胜将军,冲着爱慕她的粉丝们挥舞着白手绢,欣喜的泪水顺颊而下的美女是意大利语)。好吧,这种愚蠢的废话我听得太多了。我竭力做出了相反的判断。德语词汇长得活像短篇小说,句法是中世纪的大教堂,语法则是爱因斯坦搞的那套科学,就这样德语成了我最中意的外语。在蒙特利尔我选修了一系列歌德学院的课程,在很多年里我的床头读物都是海因里希·海涅,每天晚上我都会读上弥足珍贵的几页。我也读过一点尼采的原文,令人蠢蠢欲动的明快而智慧的那类文章。

* * *

刚进"埃利斯"的第一天我就碰到了艾琳娜。她是美国人,有不少人来加拿大读书是因为这里的大学比美国的便宜,她就属于这种人。我们俩都住在斯-米校区。我已经记不得当初是谁介绍我俩认识的,最初对她有印象的时候我已经站在了她的面前。那天很暖和,她穿着一条新裙子,就是轻薄的夏装之类的。她光着脚站在宿舍楼之间的公共区域,感觉着裙子的面料,仔细地打量着上面的图案,撩起裙子,再任由裙子落下。我注意到她晒得黝黑的腿,那两条腿上长着一点点闪亮的金毛。她直勾勾地看着我。"嗨,我是艾琳娜。"她说。这句话一下子就击中了我的心。她的个子不算高,嗓音有些沙哑,浅棕色的头发经常扎成那种从头顶开始编起的法式辫子。她是一个地道的大美人。她很年轻——我觉得那会儿她还不满十八岁——可是她已经具有了一种很聪明的处变不惊的能力,甚至可以说就是一种高贵的做派,这令她显得比实际年龄大一些。我们两个人毫无拘束地聊了起来,一下子就成了朋友。我也一下子就爱上了她。在大学的两年里一多半的时间我都用来钻研学问,同时我的心一直在痛苦地狂跳着。我总是跟艾琳娜一起去游泳,目睹着我只能在梦中爱恋的身体,我还跟她一起在罗伊敦度过了新旧学年交替的那个夏天。这一切令我的悲哀变得无以复加。我选修了古代哲学(巴门尼德和爱利亚派[①]、赫拉克利特[②]、恩培多克勒[③]、柏拉图、亚里士多

[①] 译注:巴门尼德(约公元前515—前5世纪中叶以后),是一位诞生在爱利亚的古希腊哲学家。他是前苏格拉底哲学家中最有代表性的人物之一,也是爱利亚派的实际创始人和主要代表者。

[②] 译注:赫拉克利特(约公元前540—前470),是爱菲斯学派的代表人物,著有《论自然》一书,现有残篇留存。

[③] 译注:恩培多克勒(约前495—约前435),古希腊哲学家,著有《论自然》与《洗心篇》两篇诗。

德),艾琳娜则选择了中世纪爱情小说(她的毕业论文探讨的就是典雅爱情①。这可真是令人心痛、啼笑皆非的事情:她给我讲着这个话题,我这个对她一心怀揣着典雅爱情的骑士在一旁专心致志地倾听着)。

艾琳娜和其他五个学生住在斯—米校区的一幢房子里,这群形形色色的人是被学校办公室拼凑在一起的。其中一位室友是来自香港的华人乔治。乔治总是戴着帽子,不知道为什么——或许就是自发的慷慨吧——他主动当起了我的爱情管理员。在两年的时间里我同艾琳娜度过了数百个钟头的时光,没准会有数千个钟头,我们一起看电影,一起看演出,一起听讲座,一散步就会散上很久,我们还一起去多伦多共度了几个周末,可是我想她并没有意识到我爱上了她,也不会意识到这份爱有多么折磨我。(实际上我将自己的爱掩藏得很深。我选择了一种老到的做法。)然而,有那么两个星期乔治每一天都要在楼门口跟我打招呼,操着他那口饱含笑意的短促的香港中式英语对我说:"嗨。你看起来太棒了。这条裙子很配你。艾琳娜会喜欢这条裙子的。"做客结束的时候我满心痛苦和孤独,又饥肠辘辘的,这时他会陪着我一起出来,给我打打气,或者试图用"别放弃,给她点时间"这样的话来鼓励我。他太可爱了。

可是没过多久艾琳娜就跟乔纳森谈起了恋爱。乔纳森是个好人,我必须承认这一点,他是一个苦苦奋斗的演员,年龄比我们大,会吹萨克斯。相形之下我的爱有些差劲。

我的生活因此遭到了破坏。有一次,晚上很晚的时候我才走出学校里的图书馆,我痛苦得不知所措,只能狠狠地跺着脚。突

---

① 译注:中世纪的一种文学传统,描写骑士对贵妇忠心耿耿,但是徒劳无望的爱情。

然,"我太惨了!"从我的嘴里脱口而出。说出这句话的时候我的声音听起来那么陌生,毫不克制,或者说一点也没有压低音量。我被惊呆了,一动不动地站住了。有那么几秒钟表达出自己的情绪似乎解决了问题。痛苦冲出了我的身体,飘浮在半空中,勾住了树枝,浸透了树皮,渗入了草丛。转瞬间我又想起了艾琳娜——我看到了她,感觉到了她——我的痛苦随即又回来了。

当你已经放下了这份爱,它却仍旧那么真实,那么令人难以抗拒,它折磨着你,那么一厢情愿的爱恋。世上没有比这更难以想象的痛苦了。艾琳娜的人,艾琳娜的床,艾琳娜的房间,艾琳娜的宿舍楼,艾琳娜的街道,艾琳娜的公园——所有的一切都具有了其他任何事物所没有的一种意义。除了在她身旁,世上不存在其他任何地方。她身边的全部现实就只是薄薄的一层,下面掩藏着一个空白的世界,一片空洞。空洞的树。空洞的猫。空洞的我。我得了相思病,病得不轻。

有一天我待在艾琳娜的房间了,那时候已经是在学校里的第二年了,她跟其他几个学生住在一幢破烂不堪的大房子里。就在大约一个星期前她和乔纳森一起把她的房间刷成了美丽的蔚蓝色。房间里除了一张沙发床,什么都没有,典型的学生宿舍。硬木地板就是座椅,壁橱和书架合二为一,艾琳娜的腿就是她的书桌。衣服和书四处摊着。我注意到了那本《百年孤独》,又一个巨大的讽刺扑面而来。艾琳娜之前睡了一会儿,我去的时候她刚刚醒过来,头发乱蓬蓬的,整个人还在半梦半醒中。我们聊着天,不过基本上两个人都沉默着。我无法让自己的视线离开她的床。皱巴巴的床单和被子毫无保留地显示着那么亲密的关系。噢,在上面翻来滚去,在上面躺着!(亲吻她,与她同眠——这几乎难以置信。)可是我却不能躺在她的床上。她应该不会不让我躺下来，她应该会哈哈大笑起来，也会认为我很古怪。所以我还是坐在了地板上，距离她几英尺远的地方。真是生不如死。我们漫无目标地闲扯着，我的眼睛挤满了鱼。她觉得《百年孤独》太了不起了。

第二学年将近结束的时候我终于断定这辈子——当时我十九岁——我只得出了两个独创的见解（我早先在爱情方面得出的结论不算数）。我不清楚那会儿我为什么会选择这样的角度，大概是因为学习了哲学的结果。反正我就是得出了这么一个论断：只有两个。其他所有的想法都是从别人那里或别的地方学来的。除了这两个见解，我的脑子就是一盆毫无价值的大杂烩。

我独自得出的第一个见解就是对问句的本质的深入理解。所有说出来的话都会被归入两个类别：不是陈述句，就是问句。不存在第三类。陈述句的类型五花八门，说明性的或者祈使性的，简单的或者复杂的，可以理解的，或者毫无意义的，除了这些分别以外所有的陈述句都具有同一个特征，即自成一体。例如，"艾琳娜跟乔纳森睡在一起了"这个陈述句就是一个绝对独立的句子。这句话根本不在乎其他任何事实。而问句则不会自成一体，由于自身的属性它们的存在取决于其他事物，即回答。问句就是寻找舞伴的探戈舞者。我的理解就是只有当回答存在的时候问句才会成立。我的意思并不是说人们必须知道答案究竟是什么，我只是说人们必须知道答案是存在的。例如对费马大定理的证明——当正整数 n>2 时，不定方程 $x^n+y^n=z^n$ 没有正整数解——就是一个困惑了数学家们超过三百五十年的谜，但是这个问题始终是成立的，就是一名探戈舞者（假如孤身一人的话），因为至少在理论上绝对存在着最终的解答。回答究竟是两百页晦涩难懂的数学奥义，还是简简单单的陈述句"费马大定律无法证明"，这都无关紧要,反正问句和答案都能跟上姜戈·莱恩哈特①翩翩起舞。

世上还有一些问句,或者说是所谓的问句,这一类问句永远待在舞池的边缘,贴着墙根。它们或许看起来像是问句,或许听起来也像是问句,你可以像对待真正的问句那样对待它们,然而它们不是问句,因为不存在针对它们的回答。我的这一个见解的价值就在于这一点,倘若有办法剔除假性问题,人们就无须徒劳地寻找不可能找到的答案,也就是非问句的回答了。

只有在问句之外,即独立于问句存在着某种能够起到答案作用的句子时,问句才得以成立。而伪问句则会通过变成越来越庞大的伪问句而贪婪地吞噬掉一切可能的回答,直至吞下整个宇宙,然后就再也没有任何能作为回答的东西了。有时候同样一句话可能是问句,也可能是伪问句,这完全取决于语境。如果是医生在提到七岁大的乔吉时问道:"乔吉为什么会死?"那么医生就说出了一个成立的问句,对于这个问题"小儿白血病"则是有效的最终答案。

然而,假设乔吉的母亲说出了同样的问句:"乔吉为什么会死?"听听她的语调,她真的在问问题吗?"小儿白血病"是她想要得到的回答吗? 不是的。要是你给她做出这样的回答,她就会问:"为什么会有小儿白血病?"她真的想听你详详细细地解释骨髓机能失常? 当然不是。她会用更大的问题吞噬掉你能做出的每一个回答,每一个问题都会比上一个问题膨胀得更大。"为什么会有痛苦?""为什么会有存在这种事情?""为什么会有上帝?""为

---

① 译注:姜戈·莱恩哈特(1910—1953),出生于比利时的法国吉他演奏家及作曲家,属于世界最伟大的吉他演奏家之列,首位对吉他流派做出巨大贡献的欧洲爵士音乐家。

130

什么这一切会存在?"这些是问句吗？有人能带着这些问题跳完探戈吗？不会。乔吉的母亲提出的问题实际上只是具有伪装的陈述。"乔吉为什么会死?"在问这个问题的时候她是在说："我接受不了失去他。""为什么会有痛苦?"在问这个问题的时候她是在说："太伤心了。"躲在伪问句背后的陈述通常都产生自恐惧、痛苦或者迷惑。

有时候我们会花费大量时间寻找根本不存在的答案。还不如去了解我们的感受，以此为起点，不要问虚假的问题。

这就是我独自得出的第一个见解。这个想法的产生完全是我自己的功劳，与其他人无关。

第二个独到的见解就是我爱上了艾琳娜。这个念头来自于我的内心，就像是一股深深的潮水。我对她的理解与众不同，对她的爱也与众不同。对我而言我的这份情感是前所未有的。对我来说这很可悲，因为这份感情给了我痛苦。

这就是我独自得出的两个见解。它们像大坏狼一样呼哧呼哧地吹着气，吹起一股寒风穿透我，对于十九岁的我来说这是仅有的两个应该一直长存在我心中的事情。对于问句的一种理解，对一个女孩的爱。

问题是这两个见解相互否定着对方的存在。第一个见解告诉我应该判断出自己的真实感受，然后才提出问题。第二个见解告诉了我我的真实感受，可是却将我引向了"她为什么不爱我？"之类的问句。我首先要承认这个问题是无法产出答案的问题，这句话纯属伪问句，可是我还是一连几个星期几个月地竭力回答着这个问题。

* * *

在忙忙碌碌的校园生活中突然一切都开始出岔子了。不只是艾琳娜,至今我还隐约记得当时自己还念叨过其他一些问题(之前提到过的存在主义的猴子。虽然这么说会显得过于小题大做,过于学生气,可是当时我真的找不到生命的意义,找不到目标,找不到方向)。我开始意识到学业上的成功也变得越来越难实现了。我在第二学年选修的课程对我的学习劲头完全就是一场灾难性的打击。我坚定地为伦理学中的相对主义做着辩护(霍布斯、帕斯卡、克德沃斯、洛克、普莱斯、休谟、J.S.密尔、西季威克、G.E.摩尔、罗尔斯)。打消一切有关"人之初,性本善"的观念,拆除善恶交叉路口的每一块路标,这种诱惑看上去有着十分潇洒的魅力。我清楚地记得那时候和别人争论过将婴儿丢进火堆这种做法可以假定为无害的。更糟糕的是我还选修了一门有关存在主义哲学的课程,真是天大的讽刺。尼采、克尔凯郭尔、加缪、萨特、梅洛-庞蒂、海德格尔——那时候我坚定地认为他们都会告诉我些什么,可是他们什么也没说。至于十九世纪的哲学(费希特、黑格尔、威廉·詹姆士、J.S.密尔、马克思、尼采、C.S.皮尔士、叔本华),我则是一声不吭,满头雾水,浑浑噩噩地耐着性子熬完了。在那个阶段最令我发愁的事情就包括我的阅读能力出了问题。我还得写论文,思想家们的思想在等着我消化,然后按照时间顺序整理出来,可我却没有能力阅读这些思想家了,更不用说写出关于他们的文章了。在斯-米校区的图书馆里我直勾勾地盯着萨特或者黑格尔的书,一个钟头接着一个钟头沮丧地盯着一页。就连阅读文学作品的能力也几乎抛弃了我。我无力地坚持完了有关二十世纪早期的作家的一门课(康拉德、福特、福斯特、劳伦斯、纪德、托马斯·曼,还有活跃在第一次世界大战期间的诗人),只有萨松、欧文、罗森伯格、勃洛克与格雷夫斯的诗作让我提得起兴趣。我在第二学年的成绩不是老师大发慈悲给我的勉强及格,就是悲惨的不及格。我甚至考虑过退学。(可是退学之后又该上哪儿去?)

那时候早上和晚上我都要去练习游泳,每天三个小时,天天如此,好忘掉身体的存在,就这样寻找着慰藉。我靠着《纽约时报》上的纵横填字游戏消磨掉了一个又一个钟头。我还没完没了地散着步。

我退出了学生理事会,两年的任期还没过半;也放弃了当总理的野心(卡尔文·柯立芝说:"我决定不参加竞选。"威廉·特库姆塞·谢尔曼将军说:"即便得到提名,我也不会参选;即便当选,我也不会就职。")政治不适合内心饱受折磨的人。一旦你受着折磨,你就不再擅长搞政治了,你就该退出比赛了。要想负责地行使权力你就得顽固愚蠢地笃信一切事情,还得略有一点所谓的"远见"这种线性能力。敲敲陌生人的门,拉拉选票,站出来为支持自己党派做演说,确定什么是当务之急,制定决策——简言之,就是每一天都得四处兜售信念——要想做到这些事情你就得有远见。这种能力我从来不曾有过,现在也没有。

* * *

在第二学年的冬天我写了一个剧本。我一直有个想法,也对背景和舞台做了笨拙又细致的勾勒。脑袋里装着啰里啰唆的想法,眼前是没有情节的框架,一想到这两样我就感到必须把这个东西写出来,给这个舞台上填满人。结果我得到了一个可怕的、非常糟糕的独幕剧。剧情讲的是一名年轻女子爱上了一扇门,当她的罗密欧,也就是这扇门被一个自以为在做好事的朋友拆了下来,丢进了大海里后,这个女人自杀了。我把剧本拿给三位我敬重的长者。对于其中两位,令我肝肠寸断的这部剧得到的只是捧腹大笑,他们以为我是在恶搞悲剧文学。"但愿这不是你的自传。"一个人这样评价道。我也随着他们一起轻声地笑了起来,然而我的心受到了巨大的伤害。第三位读了这个剧本的是来自苏格兰的埃利斯大学常驻作家,读完后他发给我一封圆滑的简信,在信中对剧本的某些段落赞扬了一番,说这部剧是"理智上可以接受的传奇"。这种措辞的批评含糊得足以让我多多少少有些满足。这番评论让我在前两位读者那里受到的伤愈合了,让我能够勉强保持着镇静销毁掉这四幕剧本。不过,在创作这个剧本的过程中我得到了快乐,我把这份快乐保留了下来。在此之前,在此之后我都焦躁不安,唯独在写作期间我的脑袋集中起了注意力。这个剧本在我心中有多么重要就能说明创作这种工作究竟令我有多么痴迷。我的寝室可以被烧成平地,学校,整座城市都可以——只要能把一页页笔迹潦草的稿子抢救出来我就没事。在我创作这部剧的过程中,它成了我在世上最宝贵的财产。

有了第一次尝试,同时心里时刻想着那句尽人皆知的格言,我便竭力将自己局限在自己最熟悉的范围内,一个非常有限的范围。我完成的第一篇小说讲的是在我读大一时发生在一堂心理学课上的事情。当时我们——三百名学生——正等着讲座开始,教室里一片喧哗,每一个单独的声音都不过是窃窃私语、一下窸窣,或者是一声咳嗽,可是聚合起来就成了刺耳又整齐划一的一大团声响,似乎足有几百公斤重,就在这样沉重的嘈杂声中突然有人投进来几克重的乐声。一名学生脱离了我们所有人,在那台立式钢琴旁坐了下来,弹奏了起来。钢琴一直摆在那里,纯粹是一件家具,一个已经没有了生命的残骸而已。当第一个音符响起的时候,寂静就如同风一样让我们平息了下来。空气清澈了,空中只剩下那些音符。他弹了一两分钟,我只知道他弹的是那种清晰流畅、比较高级的曲子。接着他就停了下来,这时响起了一阵滚滚而来的掌声,教授恰好在这个时候出现了,在沉重的嘈杂声还没来得及重新响起时讲座开始了。接下来的那堂课上他又弹起了琴，不过反响没有之前那么强烈。我们在期待他。当他抬脚走向钢琴的时候教室里一下子就安静下来了，随之气氛变得有些紧张。他不太自信地弹出了一个个音符。随后的那堂课上他没有再弹琴了。我看着他，他望着钢琴，肯定是在考虑再来一次，可是直到最后他没有从自己的座位上站起来。自发的行为会产生最好的效果。

我把故事写成了三个部分的内心独白，三个部分分别代表三堂课。我思考的内容包括从一时兴起的情绪和漠然、傲慢和虚荣，到挫败感。故事以"我要演奏"开篇，以"我要倾听"结束。这个故事有些索然无味，我还没有写完就从头到尾读了一遍，心里说着"呃"，一边就把稿子撕碎了。不过我还记得当时我觉得自己在这个剧本里精准地捕捉到了情绪的变化。

我创作的大部分剧本和小说都在写了几页之后就流产了。在我的脑袋里，在空中那些念头全都那么优美，充满了力量，就像翱翔在高空的信天翁。一旦落在纸上——尽管它们似乎跟大型飞鸟在走路时一样步态笨拙——我就再也无法接受它们的陪伴了。落在纸上的已经结束了，我必须继续前进。在构思出下一个剧本或小说之前或许我就只能忍受着对艾琳娜的惦念，或许我只能忍受孤独对我的折磨。我不是为了写作而写作，而是为了找到一个伴侣，这是我为自己之所以开始写作找到的最接近事实的解释。

*　　*　　*

我打算在希腊度过二年级和三年级之间的那个夏天，从保险精算角度来看，机票价格也就相当于我父母的一根指头。我听说那个国家又便宜，又美丽，况且艾琳娜也不会待在罗伊敦。她要回家去。她和乔纳森进展得不好不坏,她又想不明白自己要在大学里做些什么。她不确定是否还会回到"埃利斯",我俩在街头道了别。我们抱着彼此,我感觉得到她的胸脯贴着我的胸脯,这是第一次,也是仅有的一次。我在她的两颊上亲了亲,就像法国人和充满热望的爱人那样。她把她母亲的住址留给了我。(曾经每当我翻看通讯录的时候这个地址总是能引起我的注意,现在它已经成了后花园里一块杂草丛生的墓碑了。)

比起以前去葡萄牙,这次前往希腊我的准备要充分得多。我读了大量有关这个国家的资料,买了一本非常实用的导游手册,准备了六公斤重的背包,而且我觉得在估测形势和讨价还价方面自己的能力增强了。总之,日落的景象不再那么可怕了。尽管如此,跟前一次一样,离开加拿大的时候我还是那么沮丧、孤独、紧张。我谁都不认识,谁也都不认识我,我要去哪里?我为什么要这么做?——来来回回就是这些事情。

希腊的色彩就是蓝色和白色,大海的蓝,大理石的白,在蓝色和白色的背后是闪耀着某种光芒的空气。身处在这样简单的环境中,我终于在抵达雅典的三天后重新找到了旅行的快乐。从首都出发,坐着大巴在阿提卡半岛走上几个钟头就来到了坐落在苏尼翁角的波塞冬神庙,这里有着最纯粹,最典型的希腊:在岩石嶙峋的海角上矗立着一座孤零零的多立克式神庙,海角下方是一片浩瀚闪耀的蓝色世界。我在那里待了整整一天,一直沉浸在痴迷而喜悦的梦幻中。一切都会好起来的,一切都会好起来的。

在希腊期间我成了一只格外青睐蓝色和白色的变色龙(还有黑色,成千上万从树上落下,遍布在丘陵起伏、干旱荒芜的大地上的橄榄所具有的那种黑色)。只要有这些颜色在,我就会变得平静、快乐。我的意思是我愿意什么也不做,只是聆听着时光流逝的脉动、窘窄、翻滚,这样的声音似乎不是标志着结束的嘀嗒声,恰恰相反,它让所有的时间都增强了,分分秒秒都汇聚成了一个整体。

我悠闲地旅行着,游览着重要景点,毕竟忽略这些景点有些愚蠢,我也会迷失在鲜有游客到访的那些角落。我读了卡瓦菲斯①的诗和卡赞扎基斯②的小说。

二十世纪末期的旅行存在着一个令人啼笑皆非的事实,除非你做过额外的准备,或者交了好运,否则当你去英格兰的时候你就会碰到澳大利亚人,去埃及的时候你会碰到德国人,去希腊的时候会碰到瑞典人,诸如此类。就我而言,在浏览希腊的光辉历史,嗅着它的气息,品尝着它的味道,踩踏着它的身躯时,我遇见了美国。

*　　*　　*

刚一抵达位于伯罗奔尼撒半岛西南部的皮洛斯,我就在城外的山坡上四处走了走。这座小城其实更像一个小村庄,人类聚居区和荒野之间的分界线在这里不太明显。那天早上一大早在卡拉马塔我同一个加拿大的鼓手和一个荷兰的建筑师分了手,他们要动身返回雅典。我们一道去过了米斯特拉和斯巴达,一路上三个人一直兴致勃勃地聊着,不停地笑着。在皮洛斯我感到有些受到排挤。我漫步在拥挤不堪的人群中和无数不知通往哪里的羊肠小道上,就这样打发着一个又一个钟头。

这天晚上我累极了,于是我决定就在自己住的小旅馆里吃晚

---

① 译注:卡瓦菲斯(1863—1933),最重要的希腊现代诗人之一,少年时代曾在英国待过七年,后来除若干次出国旅行和治病外,他都生活在亚历山大。
② 译注:尼可斯·卡赞扎基斯(1883—1957),希腊小说家、诗人、散文及游记作家、记者。著有《基督的最后诱惑》。

饭。旅馆是一家人经营的,餐厅与其说是适合就餐的空间,不如说是厨房的延伸物。菜单上有着 X 道菜品,其中的 X－1 道菜是不提供的。后来我从露丝那里得知当天供应哪道菜要么取决于家里人一时的心血来潮,要么就是因为那一天全家人心情不错,早上他们会在客人中间进行粗略的民意调查,民主有机会取得胜利的意见征询。在这家人心血来潮的日子里,住在旅馆的客人就能拿到菜单,这样大家就能白纸黑字地看明白自己能吃到——以及吃不到——什么。在实行民主制度的日子里,菜单就被省略了,反正客人们已经知道自己会吃到什么了,但是新来的客人不同,他们不得不从头到尾经历一次为了每道菜被训斥一番的过程。只有一道菜例外。结果,我在这里度过的第一个夜晚就碰上了这家人心血来潮。

需要说的就是这些:有人把菜单递给了我,我在心里首先就划掉了茄盒。我已经受够了配着肥腻腻、油汪汪的羊羔肉末的茄盒,可是最终我还是点了这道菜。

在我对着菜单进行筛选的时候,坐在我旁边一张餐桌旁的女人冲我微微地笑了笑,显然是一个游客。等那个男人带着客人注定要点的菜名离去后,她说:"其实还不赖。他们自己也吃这个。"

"很好——要死一起死。"

她咯咯地笑了起来。"你是美国人?"她问我。

"不是。是邻居。"

"啊。"她停了片刻,"早上好。您好。"她说的是西班牙语。

我看着她,脑子里飞快地想到了一连串反美思想。

她笑了笑。"我在开玩笑呢。我有个女儿,她现在就在不列颠哥伦比亚省上学。"

我哈哈大笑起来。该死的臆断,真该死。

那之前我已经很累了,累得随时随地都有可能睡着。就在那一刻我突然感到精力恢复了。很快,我们俩就从邻桌变成了邻座。她叫露丝,来自费城,四十多岁,孤身一人,并不是因为丈夫或全家人还没赶来吃晚饭。就在一个星期前她还和一个朋友在一起,他们从意大利的巴里乘船来到了希腊的科孚岛,然后一路南下。她的朋友从雅典返回了美国,为了承诺、亲情、责任;露丝的机票没有确定返程时间。有生以来第一次她决定独自上路,用她的话来说,"就像学生那样"。她也背负着承诺、亲情和责任,不过他们有能力"自己吃饭、自己洗脸刷牙、自己开车出门一次",她一边说,一边大笑了起来(不过她倒是很牵挂九岁大的儿子丹尼。她总是把他挂在嘴边)。

现在我已经想不起来是从什么时候我对露丝的生活就无所不知了。我们结伴旅行了两个多月,我擅于记住细节,但是记不清楚哪个在前,哪个在后。第一天晚上她对我来说还是一个陌生人(这么说多么奇怪啊——露丝对我来说是一个陌生人。很快我就怎么也回想不起来彼此还是陌生人时候的她究竟是什么样子的。最初的印象真是奇怪)。我们俩都喜欢科林斯,无论是新城、老城,还是古代的,她在伯罗奔尼撒半岛就只游览过这座小城,因为她从贯穿半岛的科林斯地峡坐着大巴直接去了皮洛斯,所以她觉得有必要把沿途的景点看个遍。她需要让自己下这样的狠心(后来我们一直走到了土耳其和伊朗的边界)。

茄盒端上来了,又被端走了,但是我们几乎没有注意到它的存在。临睡前我们约好第二天早上一起吃早饭。

我们在皮洛斯度过了接下来的几天。我们一起散步、聊天,还在我的小磁铁棋盘上玩着双陆棋。这是水到渠成的事情。在我们平时生活的环境中露丝和我绝对不会像我们在希腊的时候那样了解彼此。我们之间的差异会让我们形同陌路，可是在希腊，正是这些差异让我们对彼此产生了吸引力，不过露丝带给我的新鲜感要胜于我带给她的新鲜感。她的女儿，在西蒙弗雷泽大学读书的特尤兹德比我大一岁，另一个女儿桑德拉比我小两岁，继子格雷厄姆跟特尤兹德同岁。他们三个人，再加上丹尼，"全都是好孩子"。这是她的原话。她用了"孩子"这个字眼。我可不是她认识的第一个二十岁的人。

而我却惊诧地意识到以前我还从未真正地同成年女性交谈过，除了普遍的事实和工作中的接触之外还从未真正地了解过她们，从未和她们有过纯粹深刻的交谈。我不清楚这二十年来自己究竟都在和哪些人说话，不过似乎其中是没有成熟女性的。正是这一点将我拉到了露丝身边。在她的身旁我感到自己焕然一新，闪烁着光芒，同时又傻乎乎的。如果说她是一张憔悴沧桑的皮子，我觉得我就是一片塑料。她已经四十六岁了，外表看起来与年龄相符。她离过两次婚，有三个孩子和一个继子。十九岁那一年她嫁给了第一任丈夫，一位贪财的混蛋妇产科医生（我对这个男人的了解就这么多。显然，"混蛋"这个词充分体现出了他的精髓，所以无须多说什么了。有的词汇真是太贴切了）。对于她的那两个女儿来说他是一个十分冷漠的父亲。露丝的第二任丈夫曾经是她的至交的丈夫，一天好朋友和年纪尚幼的儿子格雷厄姆去游泳，结果被一股激流卷到了海里。朋友拼尽全身力气把儿子推到安全的地方，她成功了，最终格雷厄姆设法游到了岸上，这时她已经没有力气拯救自己了，最终被淹死了。在哀悼好友的时候露丝同她的丈夫走到了一起，最后她嫁给了他，这场婚姻更多的是出于对格雷厄姆的责任感，而不是对爱情的渴望。这个男人不是一个坏人，实际上他心眼不错，只是他很难焕发生气，还有酗酒的毛病。后来她离开了他,还带走了他很晚才馈赠给她的礼物,小宝宝丹尼。在一次次经历令人恐慌的变动时她隐隐地意识到早晚有一天她得自己赚钱,于是她去上了程序员的课程。她在一家承包公司上班,她的工作无足轻重,对她也没有什么吸引力,跟她是什么样的人毫无关系,只是能让她赚点钱罢了。为此她得将每周五天,每天白天八个小时的时间都花费在这份工作上。

这一切并没有蚀刻在她的脸上,毕竟四十六岁还不算太老,但是她的一举一动都带着生活的烙印。她显露出十足的生活经验,生活就像她走过的漫漫长路,这副样子令我渴望聆听她。我厌恶自己的年轻,话太多、见解太多、情绪太多流露出的年轻。我想要拥有她那样的平静,她思考问题的简单。后来我们吵过一架,更准确地说,是我生了她的气。那会儿我们在土耳其的马尔马里斯,我已经不记得我们为什么会吵架,是为了什么事情吵了起来。我一会儿大发雷霆,一会儿生着闷气,最后她走到了我的跟前,轻轻抚弄着我的小臂,三个指尖碰触着三块肌肤,还说着"对不起"。"对不起"这几个字她说得那么简单,又那么不可反驳。她的感受,她要说的话全都在这几个字里了。我反反复复地想了十遍该怎样向她道歉,心里伤感极了,手上还毫无意义地比画着。后来我走到她跟前,为自己生气的事情道了歉,我竭力想要做到她那样的真诚、简练。

露丝却不是这样理解问题的。她无法相信自己已经四十六岁了。她感到生命完全就是一个接一个的巧合,漫无方向。她非常缺乏安全感。就拿她的日记说吧,她从二十岁出头的时候就开始记日记了,可是她从未让我看过这本日记,她觉得自己在高中没有掌握正确的写作技巧。而我呢?她羡慕我,甚至一开始还觉得我有点令人生畏。这是她自己告诉我的。她觉得我那么聪明,那么勇敢,活力十足,热情洋溢。而且我还走过那么多地方。而且以那样的方式失去双亲该有多么悲惨啊。

通常剧情总是这样发展的。设想这样一场戏:

剧中人物:
  青春
  年迈
  滑稽的云

外景:伯罗奔尼撒西南部的一处海滩,炎热,晴朗

(大幕升起。青春和年迈躺在海滩上,面朝大海和太阳。)

青春:(以一百英里的时速喋喋不休地唠叨着,年迈倾听着。)

(滑稽的云从舞台右侧登场。)

年迈(伸手指着):那不是滑稽的云吗?

青春(看了看,笑了笑):没错,就是它。

(两个人一起看着滑稽的云,直到后者从舞台左侧飘走了。长时间的停顿。)

青春:(以一百英里的时速喋喋不休地唠叨着,年迈倾听着。)

(幕落。)

在参观了皮洛斯之后人们自然而然会前往迈索尼和科罗尼,这两个小镇都位于墨西拿半岛的尽头。伯罗奔尼撒的南部由三根"手指"构成,墨西拿半岛就是最西头的那根手指。同样自然的是露丝和我应该一起去这两个小镇。我们都有了旅伴,这令我俩都很开心。

在迈索尼为了省钱我们合开了一个房间。房间很大,粉白的墙壁很亮堂,朴素的家具散落在房间各处,随意得好像经过了精

心的布置。橱柜矗立在距离墙壁有三英尺的地方;两张床摆在房间两端的角落里,距离墙壁也有些距离,而且摆得有些歪斜,完全不符合希腊式的直线排列和对称。桌子的情况也差不多。我猜这样的摆放都是为了扫地和换床单的方便,不过这样一来倒是让每一件家具都凸显了出来,都有了自己的地盘。这种效果让房间具有了舞台的感觉。我拉开了百叶窗,光线一股脑地倾泻进来,仿佛是太阳这颗恒星进了房间。窗户四周环绕着枝叶茂密的藤蔓,四处蔓延的藤蔓上长满了香气馥郁的白花。我想自己还从来没有见到过这么满意的房间,这么明亮,明亮,明亮。

迈索尼比皮洛斯更美,露丝和我一整天都在四处溜达着。城里有一座城堡的废墟,旁边是沙丘和小径。到了傍晚我们感到有些累了,便回了旅馆。不知是谁提议揉一揉脚,结果我的两根大拇指捏着露丝温暖的脚掌,就这样我第一次产生了那种感觉。灵光乍现。

渴望。我想要靠近露丝,不只是在言语上,还要在行动上。

我站起身。突然我感到有些晕眩。房间里的光线那么强,感觉就像是液体,我漂在光上。我低头看着自己赤裸的双脚。地上的瓷砖冷冰冰的。我望着窗户,望着整个世界。可是那一刻外面的世界对我来说丝毫没有吸引力。

露丝仍旧躺在床上。我在她身旁坐了下来。我不紧张。相反,我警觉得不可思议。我坐在那里,什么也没有做,可是感觉似乎正在发生着很多事情。我的注意力忙得不可开交。

我们的目光交合了,两个人都目不转睛地凝视着对方。我突然使劲地回忆着 T.S.艾略特的一句诗。这个一闪而过的念头无关紧要,我只不过是又一次想要躲开自己的欲望,只不过是我在试图伸手抓住什么的时候让自己的目光躲开它。我俯下身子,我们

143

开始亲吻彼此。现在我十分惊讶当初自己竟会那么大胆,惊讶于毫无经验的我怎么会期待着经验十足的她主动迈出那一步。后来露丝告诉我要不是我,她绝对不敢这么做。

在两次亲吻的间隙露丝轻声说:"我在想……"她摆弄着我的头发,那时候我已经留起了长发,我的头发垂在她的脸前。

我想要不停地亲吻她。我不需要做什么准备。除了微笑,我的嘴唇一直以来都只是说话的工具而已。亲吻比言语好太多了,不知要好上多少倍。有一次露丝还取笑了我对接吻的热情("不过我很喜欢你的这种嗜好。"她说,说话时她的眼睛亮闪闪的,说完她又飞快地亲了我一下,因为当时我们身处的地方可能并不私密)。的确如此,亲吻她的时候我总是想要一直拖延下去。要做的事情太多了——左左右右,上上下下,照直向前。她的门牙平整光滑,上面的虎牙饱满而尖锐,双尖牙凹凸不平。要是神仙们也会亲吻大地,他们难道不会在山岗上逗留一阵子吗?接着还有她的舌头,那位忙碌、孤单的隐士,那个有趣的不可分割、个性十足的器官。我太喜欢亲吻露丝了,有时候她会扭过头,哈哈大笑着说:"我觉得自己太像个少女了!"说完我们又继续缠绵了一会儿。

在她的身旁我放松了下来。我紧紧地贴着她,她的一条腿夹在我的两条腿之间,我想要感觉到她的身体尽可能地贴在我的身上。我感到自己就像喝醉了一样。我想我还从来不曾有过这种感觉,几乎什么也不做,感觉却那么强烈。

"真不敢相信咱们在做这种事情。"她笑着说道,她的呼吸有些急促。

"很棒,太棒了。"我一边回应道,一边将自己的脸埋进了她的脖子里。

"前几天夜里我想着你自慰了。"她轻声地说。

"真的?"我抬起头看着她。她说出了这个词,我太喜欢听了。

"其实,在你提议咱们住在一起的那会儿我的第一反应就是:哦,不要,我得去哪儿自慰啊?"

我俩大笑了起来。太奇怪了,我居然没有想到过这一点。每天晚上入睡前我都要自慰,一般都是在床上。可是我根本没有考虑过跟露丝合住在一个房间会造成不便。我们又亲了起来。

我终于同艾琳娜决裂了。我终于对其他人产生了渴望。

"你跟别的女人睡过吗?"

"没有。就一次,老早以前的事情了,大概那时候你还没出生呐——天哪,我觉得自己太老了。"

"是么?"我用胳膊肘轻轻地捅了捅她。

"那个朋友和我接过吻,我俩在一起混了一阵子。就这样。"

我们陷入了沉默。

醉意让我变得十分激动,我感到自己已经欲火中烧了。我紧紧地夹着她的腿,在她的身体上轻轻地蹭着。我湿透了。

她笑了,心领神会的笑容,然后转过身,面对着我,用一只手肘把自己撑了起来。她撩起了盖在我脸上的头发,她的手指从我的额头轻柔地向下滑去,亲吻着手指经过的每一寸肌肤。她的手抚过我的身体,在我的乳房上徘徊了一会儿,又在我的两腿之间捏了捏。

突然她坐起身。"太亮了。"她说。她合起百叶窗,拉上了窗帘。亲密需要的幽暗。她又看了看房门,然后站在那里打量着我。我正跪在床上,提心吊胆又讨人喜欢地紧张着。

她再次靠近了我,在亲吻彼此的时候我们的手开始自由活动了。她的手缓缓地解开我的衬衣,脱掉我的胸罩,捧起我的乳房,抚弄了起来。我的手在空中划拉着,配合着她的动作,最后落在了她的肩头。我站在床上,她已经帮我脱去了裤子和内裤——我一丝不挂。她温柔地将我的一只乳房含进了嘴里,两只手滑过我的脊背,从肩胛的隆起到屁股的曲线。

与其说我在帮她脱衣服,不如说我只是在袖手旁观,等着她自己脱光。她刚一脱掉裤子和内裤的时候——至今我还能看到那一幕:她弯着腰,一只手摁着我的臀部,好让自己站稳,先脱掉一条腿,再脱掉另一条腿,然后就直起了身子——我的手就摸到了她的两腿之间。她的阴毛是淡棕色的,像丝一样光滑,比我的柔软。她湿了,我刚一摸到她她就湿了。多么不可思议的感觉,一模一样,却是另一个人。她喘了口气。

她一把将我推倒在床上,我们贴在一起躺了下来。一开始我们的皮肤有些冰凉,很快就变得滚烫了。我们几乎不说话,即便说,也都是简短实用的句子——嘴上的话只是我们的辅助语言。大部分时间我们都在用手说话,这种交流甚至具备了正常交谈的结构:她用她的手在说话,我的身体倾听着,不会插话,等她说完我的手在她的身体上做出了回应。

那么美好的交流方式,女性独有的方式——那么柔和,那么开放,那么灵敏。露丝的乳房不大,比我的小,乳头是那种已经喂养过两个女儿和一个儿子的乳头。她那婉转的肚子已经孕育过三个孩子,经历过二十七个月的辛苦,现在略微有些隆起,她十分痛恨这一点,我却十分喜欢。我总是把手放在她的肚皮上,就像把手放在地球仪上那样,其实我觉得她的肚皮就是一个地球仪,一道追溯着一段历史和地理的微微弯曲的弧线。一个代表特尤兹德星球的地球仪(那时候我年轻,急切,想把一切都用语言表达出来。我的比喻——在这个方面我十分花心思——让露丝翻了翻眼睛。"星球！噢,还有呢？大学生！"说完她就哈哈大笑起来,然后亲了亲我。总是有那么一个吻）。我的身体只适合简单的形容词：年轻、苗条、灵活。我很喜欢它,这不是反话。我的身体一直忠实于我——一对漂亮的乳房,不大,但是形状令人满意；两腿有些细,但是身材匀称,只是它太贫瘠了,无法产出丰富的比喻。我极度渴望得到一次性经历。

在我们的第一次基本上都是露丝在说话。我的意思是她用她的两只手说话（后来她用嘴巴跟我说话,天哪）。我仰面躺着,她侧躺在我的右面,她的两条腿蜷缩着抵在我的屁股上,被我的腿压在下面。她的手指漫无目的地游走着,最终滑向了我的欲望的引力中心。

等到我说话的时候,我就将两条腿紧紧地挤在一起,两只手压在她的手上,好让她停留在那里,在我的身上,在我的身体里面。难以置信,妙不可言。那种飘飘欲仙的感觉。

生命令我晕眩,令我迷惑。要是在那一刻我抓起一个灯泡,那个灯泡应该会亮起来。

"舒服吗？"露丝问。

我一下子笑出了声。只有这么一次我没有再试图用言语表达自己的感觉。我转过身,亲她,亲她的乳房,我的手向下滑去了。她那么湿,那么那么湿。我枕着她的胸脯,她的手——手指上都是我的气味——漫不经心地拨拉着我的头发,我逗弄着她的潮湿。她的呼吸越来越急促,我将她抓得更近了。她的身体绷紧了,突然间快乐冲出了她的身体,这时我闭起了双眼。在黑暗中我看到鱼在快速地游来游去。

我与露丝的第一次,就在希腊的一个旅馆房间里,在那样一个暗影流动的白色舞台上,在我的记忆中那一刻只有纯粹的欢愉。

*　　*　　*

迈索尼之后是科罗尼。科罗尼之后是卡拉马塔。卡拉马塔之后是米斯特拉和斯巴达。（"是吗？真的是吗？"露丝怀疑地说道，一边打量着快要被横生的杂草掩盖住的一截残余的石块，伟大、古老、充满阳刚之气的斯巴达的典型遗存。"没错。不过，用不着担心，你会喜欢米斯特拉的。拜占庭人十分了不起。"）接着我们又去了马尼。然后穿过半岛，去了莫奈姆瓦夏。每到一处露丝都更加开心地努力将机票延期。我记得我们没有讨论过要不要继续走下去，我们只会商量接下来去哪里。露丝经常给费城打电话，与特尤兹德、桑德拉和丹尼简单地聊几句（那会儿格雷厄姆在巴吞鲁日，跟父亲待在一起）。每次打过去电话，留在家里的三个孩子都有机会和母亲说上几句。"女管家"特尤兹德从西蒙弗雷泽大学回家过暑假，她告诉母亲只要有人想听，丹尼就会一字不差地把她说的话转述给对方。露丝说："我们在，呃，罗德岛，喜欢太阳神巨像，明天我们就走了，呃，乘船去一个叫玛莫雷德的地方，大概就是类似的名字，在，呃，土耳其。噢！那个地方叫马尔马里斯。"丹尼就会告诉所有人："妈妈在，呃，罗德岛，我们喜欢巨像，明天她就走了，呃，乘船去一个叫玛莫雷德的地方，大概就是类似的名字，在，呃，土耳其。噢！那个地方叫马尔马里斯。"即便独自一人的时候他也会大声复述着妈妈的话，特尤兹德说"妈妈的话就像是咒语"，直到露丝再打去电话，给他一条新的咒语。"他甚至都不知道土耳其在哪里，罗德岛的巨像是什么。"特尤兹德补充道。她的声音里透着一股怨气，露丝说。我估计他们这会儿正在琢磨他们的母亲究竟想要干什么，两个星期左右的旅行现在已经到了第二个月，而且根本看不到结束的希望。一提到"土耳其！"就一团糟，他们总是把这个名字读得好像后面跟着一个感叹号，就好像这是一个遍地都是渴望刺杀教皇的疯子和午夜快车①的国度。(露丝说:"可我既不是教皇,也不是毒贩子,土耳其人其实很好,比希腊人好,事实上我刚刚给你搞到一块漂亮的地毯。"露丝告诉我,特尤兹德说丹尼说:"可妈妈既不是教皇,也不是毒贩子,土耳其人其实很好,比希腊人好,事实上她刚刚给特尤兹德搞到一块漂亮的地毯。")尽管如此,她,我们还是继续着我们的旅行。等到了土耳其打给费城的电话就更长了,身为母亲的露丝把自己对丹尼的负疚感小心翼翼地包藏了起来,背负着这份愧疚继续和我走了下去。

我们听说那年夏天希腊的各个岛屿游客泛滥成灾,大多都是英国人,于是我们决定绕过那些小岛,直接前往克里特岛。我们从莫奈姆瓦夏原路返回,去了破烂不堪的港口城市伊希翁,在那里的一个小露天电影院里我们看了应该算是有史以来美国出产的最蹩脚的小成本影片《萨德兹大屠杀》。咔啦作响的放映机将影片投射在一条床单上。影片糟糕得令人发指,主演是一群金发碧眼的无名小卒。它就像伟大的艺术品那样留在了我的脑海中,好些年都挥之不去。从伊希翁我们坐上渡轮,去了克里特。

我们漫步走过一个个小镇,还租了电动车,突突突地骑着车去了偏远的山村(当时刚好还赶上一个小村子一年一度的节庆);我们看到了广袤、丰富、郁郁葱葱的美景,我们躺在荒无人烟的海滩上(有一处海滩很偏僻,我们甚至脱光了衣服,裸泳了一场);我们徒步穿越撒玛利亚大峡谷,参观博物馆和考古遗址,坐上喧闹拥挤的大巴,还在岛上最大的城市伊拉克利翁修好了露丝的相

---

① 译注:指的是根据真实事件改编的电影《午夜快车》。讲述的是1970年来自美国长岛中产阶级家庭的青年希斯与女友来到土耳其度假期间因为携带大麻而被捕入狱的事情。

机。每天夜里,每一天,我们都在廉价旅馆里做爱,同床共眠。

所有人都以为露丝是我的母亲,既然这样更方便一些,我们也就顺其自然了。每次碰到这种事情的时候露丝总是低声咕哝着:"我—不—是—你—妈。"渐渐地我俩开始不停地拿这件事情开玩笑。

我们从左端登上了克里特岛,等抵达右端的时候我们就得寻找新的目的地了。

提议去土耳其的人是我!那么近,那么大,而且肯定没有多少游客。可是我们有些犹豫,在那个年代这个国家的名声真的太糟糕了,不过最终我们还是决定去一趟。在罗德岛过了一夜后我们上了一艘前往马尔马里斯的小船,我们安慰自己一旦情况不妙,至少还有露丝的信用卡,那张信用卡就是带着我们离开那里的飞毯。

我们对过海关这件事情有些紧张,毕竟我们都看过《午夜快车》。结果,打开所有行李、接受仔细搜查的是土耳其乘客,海关人员冲我们却露出了灿烂的笑容,挥着手让我们过去了。我们的护照被狠狠地盖上了章子,盖章的动静大得似乎能让那两本护照彻底残废了。带着枪的毛茸茸的海关官员先生喜滋滋地给护照敲上了章子,那副神情让我以为他才应该去检查毒品。我们跨过了一道门,继续向前走了几步,暖融融的阳光落在脸上。就在这时我注意到一个年轻的男人,他正试图引起我的注意。

我任凭自己的目光被他吸引了过去。

"要找住的地方吗?"他笑呵呵地问道。他的笑容不吓人,也不恶毒,是很友善的笑容。

"没错。"我说。这是我在土耳其说的第一句话。

啊,好一个土耳其!那么大,历史又那么动荡,这样一个地方却能与我的心相契合,多么奇怪啊。

那个人带我们看的房间干净、朴素,床上和地板上铺着颜色鲜艳的床单和地毯。旅馆就是一个有着四百年历史的家族自己的家,门框只有五英尺高,房间价格非常便宜。

等到只剩下我们两个人在房间里的时候我们坐在一张床上。"真不错。"露丝说。

"没错。"我说。我已经第二次这么说了。

*　　*　　*

到土耳其的几天后我们有了一次很不愉快的经历。当时我们在一片安静冷清的沙滩上,几个美国大兵突然出现了。意识到我们在讲英语,而且其中一个还是美国人的时候,他们就走过来跟我们聊了起来。友善是一种优秀品质,但同时一个人还应该具备其他一些品质,否则它就只是包装成礼物的空盒子罢了。那些男孩驻扎在北约组织在土耳其的一处基地,当时正处在短短几天的"休整期",我管他们叫男孩,其实他们的年纪都比我大。他们都痛恨土耳其。没什么可干的,没什么可看的,想念我的姑娘,想念我的妻子,想念我的橄榄球赛——他们长着粗壮的脖子和应该大不过顶针的脑袋。有一个人尤其让我无法忍受,他大概以为我感到自己受到了排挤。为了让我确信我不是孤儿,我也是大美国家庭的一分子,他告诉我美国人和加拿大人没有什么区别。他来自密歇根,这就是他的证据。同样的语言,同样的电视节目,同样的文化,同样的一切。他戴着飞行员墨镜,我看不到他的眼睛;他还把白花花的骨瘦如柴的胸脯亮给我,仿佛那是米开朗琪罗的杰作;他的语调清楚地表明他正在讲的是绝对的宇宙真理。似乎这样还不足以让我火冒三丈,我竟然想不出有什么可以驳倒他那番消除边境的论调。我指出澳大利亚人和新西兰人都讲英语,但是他们的确来自不同的国家。没错,但是新西——他就是这样称呼那个国家的——完全可以成为澳大利亚的一部分,要是它乐意的话,就像塔斯马尼亚那样。或者像夏威夷并入美国。它们只不过是拿着太平洋当幌子,都想当个独立的国家罢了。要不就看看奥地利和德国,他执拗地说着,咄咄逼人地向我做着保证。我以前就被派驻在德国南部。这就是他的证据。那两个国家之间没有本质区别。或者说,顶多也就跟德国南北方之间的差异一样大。奥地利以前很有可能就是德国的一部分。真的。一样的语言,一样的文化,一样的国家,我的意思就是这个。他说。

我哑口无言。我在代表加拿大整体形象的符号中搜寻了一番,槭糖、河狸、友好、女皇、禁枪,试图找到一个与美国的本质区别,一个加拿大独有的特征,美国和加拿大在1812年不惜动用战争争抢的东西。可是我只想到一个不容否认的区别,那就是我想让自己不一样。我看着盛气凌人地安慰我的那个家伙,心里想着:

Je ne veux pas être comme toi, je ne veux pas être comme toi, je ne veux pas être comme toi, je ne veux pas être comme toi, je ne veux pas être comme toi, je ne veux pas être comme toi.

我不想和你一样,我不想和你一样,我不想和你一样,我不想和你一样,我不想和你一样,我不想和你一样。

我问他在部队里是做什么的,就这样转移了话题。

是空军。他纠正了我的说法。他是军用喷气机的机械师。

终于他们都走了。还带走了他们的飞盘、橄榄球、手提收录机,还有啤酒。他们请我们喝啤酒,我们说不用,多谢了。

"待在土耳其他们并不紧张,是不是?"露丝说。

"是的。"

她轻轻地拍了拍我的大腿。"我明白你被那个机械师搞得很闹心。"

"我不是美国人。"

"当然不是了。我也不是你妈。加拿大人在很多重要不重要的方面都跟美国人截然不同。我绝对不会把你误认成美国人。"

我咧开嘴笑了笑。"你这个骗子!咱俩刚遇见的时候你以为我是美国人。"

"噢。对的。"

我们哈哈大笑起来。

沉默片刻。寻找最根本的差异。

"你觉得咱们可以脱光上身吗?"她问我。

"不知道,"说完我朝四下里看了看,"我觉得不可以。"

"我想你说得没错。"她望着海水,爽快地说,"咱们还是回去吧。"她的眼睛里闪烁着光芒。

"好的。"

走回去的路上她说:"当然了,你是不一样的。你不可能是美国人,你都没有美国护照。而且,在魁北克你还讲法语。"我认识她那么久,她一直把魁北克读作"科维北克"。

我们在土耳其就只碰见过这么一次美国人。

* * *

在土耳其期间我们住过各式各样的廉价旅馆和公寓,有些非常独特,比如卡帕多奇亚的洞穴旅馆;有些非常朴素;有些只是很实用,让人转眼就忘了;有些肮脏不堪,床上铺着脏兮兮的床单,房间里散发着浓烈的臭气。在最后这一类旅馆中,我永远也忘不了一家旅馆。那个旅馆的房间墙壁已经发霉腐烂了,把手摁在上面的话,都能把墙壁往里推进几英寸,想来会让我们的邻居吓一大跳,要是当时有人住在隔壁的话。松开手,墙壁又缓缓地反弹了回来。要是巴斯特·基顿①住在隔壁的话,那我俩绝对没法开心的。决定我们住在哪里的是露丝,我是一个愿意接受挑战、喜欢尝鲜的人,在旅行方面我属于那种越粗鲁越有活力的那种学生,要是旅馆房间没有打败我,那它就会让我更强大。从很多旅馆房间里出来的时候露丝都会说"真是要了我的命"。可是这个女人有些不可思议,非常坚忍,她越来越能忍受脏乱不堪的房间了,忍耐力都赶上我的了。在旅行快要结束的时候我们已经能够瞄上一眼那些让猪猡都会逃之夭夭的地牢般的肮脏房间,露丝还会真心实意地蹦出一句"太棒了",说完就将自己的行李丢在了床上。这种态度对我们很有帮助,毕竟我们已经快把钱花光了。需要是宽容之母。

我们在库萨达斯买了两条床单,我们各拿一条。每天晚上我们都把两条床单拼在一起,再来一个水温只有几摄氏度的热水澡,我们就感到了幸福。

*　　*　　*

我们成了土耳其地毯的半个专家,了不起的砍价王,能灌下一加仑又一加仑的甜茶,能抵挡得住形形色色的笑容和五花八门的诡计,那些笑容和诡计无不是在诱惑我们购买我们并不想买的东西。露丝买的一条地毯有着复杂得难以置信的金色和绿色花纹。后来在费城看到那条地毯的时候,我的心里泛起一阵波澜。

---

① 译注:巴斯特·基顿(1895—1966),美国默片时代演员及导演,以"冷面笑匠"的绰号著称。

一条水汪汪的地毯,上面满是稍纵即逝的图像和默默无言的感情。我买了一条基里姆地毯,它成了我那间光秃秃的学生宿舍里的唯一一件装饰品,当它跟我讲起露丝的时候它就有了魔力。

*　　*　　*

在米利都的时候我对露丝说:"万事万物的种子都具有一种潮湿的特质。"

她抬起头,视线从自己的背包挪到我的身上。她斜瞟了我一眼,说:"那是什么?"当时她就坐在一头大狮子身上,那头狮子以前肯定又骄傲,又吓人,而现在它已经是一副衰老、疲惫不堪的模样了,半截身子已经埋在了沙子里。

"希腊哲学就是从这里起源的。一个名叫泰勒斯的人。他说万事万物都来源于水。"

她环顾了一圈。"嗯,他说得没错。"

米利都,这个海港小城曾经富足繁荣得足以养育哲学,现如今已经是一片荒漠,迈安德河积满了泥沙,海岸线退了下去。干涸,太干涸的地方。露丝掏出一瓶可口可乐。她是一个无可救药的美国佬。

"他还说过'万事万物充满了神灵'。"就在我说出这句话的时候露丝扯掉了可乐罐上的拉环。一股水雾喷了出来。"瞧。过剩的压缩神明。"

她哈哈大笑起来。"来点吗?"

我一如既往地露出受到冒犯的神情,然后喝掉了半罐。

只有我们两个人。露丝的一只手滑进了我的手里。我们四处溜达着,拽着对方漫无目的地走着。不为别的,只是为了享受知道对方就在身边的快乐。我们靠在一根柱子上亲了起来。万事万物的种子……真希望这会儿我们在房间里。

*　　*　　*

　　离开坐落在爱琴海岸上的以弗所古城后我们决定向东去。我们在帕穆克卡莱（棉花堡）的石灰华梯田歇息了一阵子，数千年经流不息的矿物水造就了这片盆地，一切都是纯白的，漫延着富含钙质的热水。露丝把泥巴堆在自己的脑袋上。

　　这片大地牵引着我们。帕穆克卡莱距离奇迹中的奇迹，早期基督徒们的庇护所卡帕多奇亚不远。当年信徒们在松散的岩石上开凿出一处处住所，世上再也找不到这样一片新月形的大地了。旋转起舞的托钵僧聚集的科尼亚就位于这两座城之间。继续往东一点就是有着不少巨石头像的山顶圣所内姆鲁特山（人头山）。从这里出发，下一个目的地显然就是多乌巴亚泽特，库尔德人的伊沙克帕夏城堡（以及旁边的大亚拉拉特山和小亚拉拉特山①）就坐落在那里。

　　在多乌巴亚泽特我们坐着一辆出租车去了边境，在那里偷偷瞄了几眼伊朗伊斯兰共和国。要不是两伊战争导致边境关闭的话，我应该会继续走下去的。露丝看了看我，说："好吧。没问题。咱们明天去。现在咱们还是坐着车回城里，把比基尼换成连体的吧，咱们得为去伊朗做好准备。"她把伊朗读成了"我跑"，她用的是第一人称单数。②就在我们来到多乌巴亚泽特的时候，曾在月球上行走过的美国宇航员詹姆斯·艾尔文（估计他发现月球上到处都有上帝的存在）和他的队伍把全城最好的那家酒店给住满了，他们正徒劳地在亚拉拉特山上寻找着挪亚方舟。"咱们去找那个疯子吧。"露丝说。不过，艾尔文先生在山上干得确实很卖力。

---

① 译注：大亚拉拉特山高5137米，小亚拉拉特山高3896米。
② 译注：伊朗这个国名在英文中拼写为"Iran"，拆开就是"I ran"（我跑）。

我们沿着黑海向西折回，一直走到了萨姆松，然后便朝着安卡拉进发了。遗憾的是我们没能看一眼坐落在古老的美索不达米亚平原，靠近叙利亚边境的乌尔法与哈兰，没有机会欣赏到地中海海岸线的全貌，不过原本我们的生活就像是被两股不同方向的力量左右着：空间浩渺无边，对于这一点我们有大量的例子可以证明；可是所有经验都告诉我们时间也是如此，在这样的经验面前空间也在转瞬即逝。

* * *

在土耳其期间我只写了一篇小说，就是在安卡拉写的。在一定程度上这个城市还算规划有序。一九二三年凯末尔选中了当时还只是地方小城的安卡拉建都，这样一来他统治下的这个欧洲帝国的都城就能在亚洲打下牢固的根基。这是一个繁忙的现代化城市，同时又保留着自己的记忆，自己的历史。在参观完这所九世纪就建立起来的要塞后露丝和我一路步行去了古城，穿行在狭窄曲折的坡地巷子里。巷子里满是低矮的房舍，有些房舍刷着绚丽的颜色。那天早些时候下过雨，我们进城的时候太阳出来了，空气中透着一股新鲜的清冷，一个个小水坑就像一面面镜子。我们漫无方向地走着，纯粹为了享受这种活动带来的快乐，自觉自愿地迷失在城里。在一盆花，或者蓝墙下的一抹阴影的召唤下我们拐来拐去。孩子们在街巷里玩耍着，对手头的游戏兴趣不太大的孩子会停下来，一声不吭地打量着我们，有些玩球的孩子在一接一抛之间用尖厉的声音冲我俩嚷嚷着。露丝或者我就会冲对方说一声："你好啊。"我们的问候多半会招惹来一阵整齐刺耳的喊叫和傻笑声，一声高过一声，全世界的人都熟悉的那种声音。一个不满三岁的小女孩被我俩的出现引起的这场骚动迷得神魂颠倒。她浑身哆嗦着，直勾勾地盯着我们，嘴角淌着口水，看上去就像是马上就要发作了。突然她佝起背,闭上双眼,尖叫了一声,那个声音响亮刺耳得都能把水晶击碎。"你这个小家伙可真能喊啊!"露丝一边说,一边弯下腰,瞪大了眼睛。瞬间我看待她的目光就变了。她对小孩子很熟悉,同他们已经有过三次亲密接触的经历了。我很少看到她会这样,即便在她提起远在费城的那几个孩子时也不会这样。尖叫的小女孩的母亲出来了,一把将她的小歌唱家揽到了怀里。她和露丝打量着彼此,笑了笑。作为女人她们语言不通,作为母亲她们说的是同一种语言。

其他人也看着我们,全都一声不吭。头发胡子修剪得很潦草的老头子们用目光跟着我们,当他们的目光碰到我们的视线时他们或许会冲我们点点头吧。

那条街道窄得容不下车辆来往。我们碰到一位坐在地毯上的女人,地毯就摊在一扇敞开的窗户下面,显然那是她自己的住所。在她的身旁躺着一个熟睡中的婴儿,她正忙着做针线活,瞥了我们一眼后就再没有注意我们了。

我们从她的身前走了过去,到了街角又看到同样的景象,只不过这次是两个人。两个老太太面对面地坐在两块地毯上,其中一人抱着一个婴儿,那个孩子安静地咕哝着,手里摆弄着一块布头。这些年迈的女人都层层叠叠地裹着颜色鲜亮的衣服,牙齿已经不剩几颗了。她们两个人聊得热火朝天,看到我俩她们挥了挥手,露出笑容,冲我们说了起来。我也冲她们笑了笑,指了一下前方,意思是我们还要赶路,要去前面。她们几乎同时陷入了沉默,看着我指的方向,仿佛我指的地方有问题,大概是因为恰好那会儿过来一辆运水泥的卡车。她们又转头看着我俩,两个人都比画着我的手势,没准她们也不清楚自己想要表达什么意思,只是为了逗老外开心吧。其中一个人还端起一个空玻璃杯,请我们喝茶。我俩坐了下来,喝起了茶,聊起了天。又一场这样的聊天,在土耳其的一路上我们一直在和当地的女人这样聊着,大家的话很多,没有一句话能让对方明白,可是基本上意思又都表达清楚了。露丝指着那个孩子,问:"你的孙子?"那个孩子随即就被送到了她的膝盖上,然后又被推到了我的膝盖上。我冲着那个咯咯笑的孩子说:"是利文斯敦医生吧,我猜。"

到了告别的时候了。用土耳其语重重地说了许多遍非常感谢你们——Teşekkür ederim——之后我们站起身,小心翼翼地走过两个女人身下的地毯之间空出的几英寸街道,继续赶路了。

可是这样的情况又出现,只不过变成了三个人、四个人、五个人。有时在左边,有时在右边,只要走到交叉路口就会碰上这样的景象:女人、婴儿、地毯。露丝和我互相看了看。"我觉得咱们闯进了别人的地盘。"她说。的确如此。我们感到自己不知不觉地从大街这样的公共区域走到了民宅这样的私密空间。我的小说就源自这种感觉。

故事讲的是一个男人沿着王府大街走着,这条街是安卡拉这座城市的主动脉,宽阔、繁忙、路树成荫的一条路。但是我们的男主角只顾着自己的事情,根本没有分心的工夫。他在想着一笔重要的买卖。他离开王府大街,拐进了一条比较安静的街道,就说这条路是动脉吧。我们的男主角拼命地琢磨着,对周围的环境毫不在意,眼下对他来说最重要的事情就是他脑子里想的事情。一辆轿车的喇叭声,一个小贩的叫卖声,总之就是有什么事情打断了他的思绪。他毫不迟疑地又改变了方向,这一次他拐进了一条小动脉。这下没有任何可以令他分心的东西了。没有车,没有人。他可以平静、聚精会神地走路了。他睁着双眼,可是那两只眼睛什么也没有看。只有他的两只脚能够意识到周围的变化。

直到我们的男主角恍然意识到自己已经停下了脚步,正盯着一张摆着一副眼镜的小桌子的时候他还是没有做出决断。他问自己这是什么,他还是有些心烦意乱。他想要继续走下去,继续琢磨自己的事情,可是他的双脚已经不知道该往哪里拐了。他意识到那张小桌子的旁边是一张带着天篷的大床,床没有被清理过。他注意到床单上有几滴血。他惊讶地看着血迹,然后转了个身。这时他已经在一间卧室里了。就说这是毛细血管吧。我在文章里交代了卧室的细节,因为房间里的家具很齐全。我们的男主角几乎大惊失色了。"我在这里干吗?我怎么上这儿来了?"他自言自语地问道。随即他就离开了房间,这时他发现自己在一所图书馆里,接着又来到了一间客厅。他又继续进入了一间餐厅。接着又是一间厨房。他打开一扇门,跑向了走廊另一头。接着出现了好几扇门,其中一扇通向一间浴室,另一扇通向一间卧室,另一扇通向一个壁橱。走廊的尽头有一段楼梯。他连蹦带跳地跑上了楼。可是同样的情形又出现了:客厅、卧室、浴室、厨房、食品储藏间、图书馆、餐厅、壁橱、走廊——没有一扇门通往外面,没有一扇窗户能让他翻出去。一个无穷无尽的蜂巢般的家。小说在男人的尖叫声中结尾了,他就像一个购物结束后发现自己找不到回家的路,只能在繁忙嘈杂的大街小巷漫无方向地游荡着的女人一样绝望。

在什么地方男性会感到局促不安?飞机驾驶舱、公交车总站、建筑工地、舞厅、电梯、林间小路、加油站、酒店、有趣的小巷子、垃圾场、公用电话亭、辞典编辑室、山上的牧场、新闻编辑室、牛津市、停车场、同性恋酒吧、餐馆、南美洲、出租车、地下通道、排球场、等候室、木琴培训班、牦牛儿童动物园、法国轻步兵征兵办公室、拍卖厅、大仓库、斗鸡场、废弃的地铁站、塑像焚化场、共济会会堂、政府办公室、医院、情报机构、耶稣会讨论会、马耳他骑士团的聚会、麻风病患者聚居区、电影院、私自执行的绞刑、鸦片馆、柏拉图的山洞、隔离检疫站、华美的妓院、阳光灿烂的粉红色海滩、公路边的小饭馆、乌托邦式的海岛、度假别墅、战区、圣诞晚会、年轻人经常光顾的地方、亚述人和巴比伦人的金字塔、军队司令部、棒球场、教堂、达·芬奇的画室、散文写作研习班、阻挠议会议事的长篇演说策划会、将军的床、各种爱好者大会、社会主义国际组织、毒窝、犹太乐队、图书馆、月球、夜间、北海的石油钻塔、教养所、安静的地方、彩虹的尽头、屠宰场、剧院、非美活动调查委员会、投票点、敬献花圈仪式、仇外示威活动、游艇、或者行动倒计时指挥部。不。在这些地方男人绝对不会因为他是男人就不受欢迎。

在那个年代这可不是一件容易的事情。在土耳其旅行困难重重，在充满异国风情的太阳底下旅行常常就变成了冒险。比起旅行，人们更愿意选择冒险，甚至会刻意寻求冒险。由于旅行所具有的这种古怪的矛盾本质，最糟糕的旅程——没完没了地坐在大巴上、滋生着几百万爬虫的床垫、墙壁又软又烂的旅馆——都成了最美好、让人最愿意记住的部分。尽管如此，现在回头看，当年碰到的一些大麻烦仍旧让我无法接受。这些麻烦有着共同之处——男人。公然地上上下下打量着我们的男人。一看到我们就龇牙咧嘴地笑了起来，然后朝自己的朋友转过去，一边指着我们，一边点着头的男人。在没有几个人的大街上从我俩身上蹭过去的男人。在没有多少人的街道上从我俩身上蹭过去，还用手摸着我们的胸部的男人。在安卡拉一条黑乎乎的街巷里从后面赶上来，掐了一把我的屁股，随即就消失了的年轻男人。在伊斯坦布尔同样的一个年轻男人。撞在我们身上的男人。撞在我们身上的小男孩。不管我们说了什么，不管我们的态度如何，不管我们有多么无动于衷，都觉得自己有权将自己对我们的虚伪而讨厌的注意力表露无遗的男人。还没等我们开口就已经断定自己了解我们需要什么，我们要去往哪里，我们在寻找什么商品、什么服务、什么价格的男人。看到我在最后一排座位上睡着了，就把车停在高速公路旁，走过来亲了我，害得我一醒过来就看到这个陌生人耸立在我的眼前，让我愤怒地一把推开他，大声喊着露丝，而他则笑眯眯地走回车头，自豪地哈哈大笑起来的大巴司机。在一个路边小站冲着我露出私处，一边龇牙咧嘴地笑着，一边打着手枪的男人。

这些人我们一概不予理睬。我们很强硬，我们渐渐地变成了这么强硬。坐上从伊斯坦布尔开往雅典的火车时我们已经成了战斗式旅行中的老兵。我们每天都要洗澡，可还是感觉像好几个月没有洗澡似的。我们没有被晒黑，只是饱经风霜而已。我们的肺、我们的脑子，都在高强度的户外活动过程中留下了疲惫不堪的痛楚。我们警觉，狡猾，什么都不信，动不动就跟别人吵架，对一切都不屑一顾。可是不会再有土耳其佬跟我们胡闹了。要是继续待下去的话，我们应该会养出一身走在街上时咣当作响的装甲。

可我们不是谢尔曼（M4中型）坦克。我们只是两个身着传统棉布衣服，游走在一个庞大的男性国家的女人。这样的旅行令我们感到沮丧，我们甚至没有意识到自己有多么沮丧。在土耳其有的门对我们来说十分重要：酒店房间的门。关上门，锁好门锁，我们不是为了守住露丝的相机，而是为了守住我们的庇护所。庇护所就是我们两个人能待在一起的地方——让我们在别处的地方。

这并不是说我们就没有碰到过土耳其的好男人。我们碰到过。还不少。他们很好,正派,礼貌,友善。只是这种说法——一些好土耳其人,一些坏土耳其人——根本就大错特错。我之所以这么说并不是为了描述土耳其人的总体特征,最触动我的并不是一个个的个体,也不是为了显示自己不那么武断,我想说的其实是一种态度,这种态度完全像大海那样在你的周围摇荡着,在一个男人身上掀起浪花,在另一个男人身上退去,在下一个男人身上又汹涌上来,无以计数。

我得说这种海水在土耳其又高又险。露丝和我毫无障碍地穿越了这片海水,可是我不知道土耳其姐妹们能怎样。在土耳其,像我们那样走在公共区域的时候,我们遇到的土耳其女人还不及土耳其男人的十分之一,而且没有几个女人的身边没有男人——在市场上、大巴上,或者安卡拉小巷子里的地毯上都是如此。她们跟我们攀谈,冲我们露出笑容,坐在我们身旁,触摸我们,我们用手语和频频的点头同她们交流着,跟她们在一起我们会放松下来,放下自己的戒备心。她们是幸福的吧,我猜。幸福是一种强韧得难以置信的植物,可是我相信她们的幸福有着严格的限制,就像生长在花盆里的植株。

在安卡拉我们碰到过一位在银行上班的女人,不是普通的出纳,她的职位还比较高,我们同她吃了一次饭。梅里尔告诉我们她绝对不可能在那家银行当上经理,绝对不会,因为她是女人。"六十年前比现在好一些,就是阿塔图尔克在的那会儿。他给了我们投票权。他相信女性。"她说。①

---

① 译注:由于穆斯塔法·凯末尔对土耳其共和国革命和建设的巨大贡献,1934年11月,大国民议会授予他以阿塔图尔克(土耳其国父)为姓。所以,凯末尔名字的全称是加齐·穆斯塔法·凯末尔·阿塔图尔克。土耳其人为了表示对他的敬重,一般都只用阿塔图尔克来称呼他。

这正是我在那篇讲述一个男人被困在一座蜂巢式房子里的小说中想要解决和努力消化的东西。

我把小说拿给露丝看。

"我太喜欢当家庭主妇了,我讨厌死上班了。谁需要上班?做家庭主妇的时候我唯一的麻烦就是我的丈夫。你真应该看一看小时候的特尤兹德。那会儿她可真是个滑稽的小傻瓜。丹尼最要好的朋友都是拉美裔的孩子,他们在教西班牙语。他说的英语里夹杂着西班牙语。这是最好玩的事情。我的儿子一旦对什么事情有了兴趣,他就会突然嚷嚷一声'我是潘乔·维亚!'①顶着假想中的墨西哥宽檐帽,别着假想中的手枪,大摇大摆地在房间里走来走去。我一下子就乐开了花。我跟杰里有一座带花园的漂亮的房子,我有自己的车。天哪,我随时都能当家庭主妇。只要给我一个好男人就行。"她说。

她的这番话只是在讲述自己的经历。只是我自己的见解,纯属一己之见——她的语调透着这种意思。

然而,她的话在我听来却很有分量。我虚构的故事很幼稚,这种稚嫩似乎同她决然的成熟形成了碰撞。我的小说呆板拘谨、过于简单,精雕细琢的部分又过于做作,整篇小说拙劣得一无是处。我得出的结论就是我太年轻了。我在故事里填满了激愤,这种情绪就如同丹尼的潘乔·维亚帽子一样招摇。在我当时尚未体会过的世界里——男人、母亲的角色、工作——我用各种想法构架出了一个宏大的框架。

我一直对安卡拉那些以街道为家的女人感到好奇,对男人在

---

① 译注:弗朗西斯科·潘乔·维亚(1878—1923),墨西哥革命中最重要的人物之一,活跃在墨西哥北方的土匪头子。随着民间传说的流传,潘乔·维亚逐渐成为墨西哥男人的代表。

土耳其的地位感到愤怒,不过我还是放弃了这篇小说。我心痛,沮丧。不是因为露丝,就是普普通通、不针对任何人的心痛和沮丧。我还记得在我有条不紊地把小说撕成一片片小方块的时候我还在琢磨为什么所有的事情都那么简单,又那么复杂。我发过誓,绝对不要孩子。我不要,绝对不要。绝对不会有一个男人来主宰我。

露丝说:"咱们去吃米布丁吧。"事情就这样结束了。土耳其人做的米布丁非常棒,奶油很多,肉桂很重。这往往就是我们解决问题的出路:感觉。米布丁,她的手对我的胸脯抚摸一阵,一盘茄子,或者我把她推倒在床上。

*　　*　　*

露丝和我没完没了地坐着大巴赶路,就在这样的一段旅途中我们遇见了他。大概就在开塞利和马拉蒂亚之间的那段路上。那条公路就像一条锃光发亮的黑蛇,蜿蜒穿过起伏不定,绿草成茵,却一棵树都找不到的安纳托利亚东部平原。一辆大巴,不存在车流。是农夫,我猜他是一位农民。属于土地的男人,娶了黑土为妻的男人。似乎是到了某个地方他凭空在车上冒了出来,到了某个地方又几乎突然消失了。就在两点之间我们相遇了,我们相互平行的生命交会了。他看上去将近三十岁,有着土耳其英俊男子所特有的那种粗犷、阳刚的相貌:干净、典型的土耳其五官、洁白无瑕的牙齿、清澈的眼睛、浓密的八字胡,还有肌肉结实、毛发浓密的身体。他的两条胳膊和躯干紧绷绷地包裹在衣服里,小臂毛茸茸的,我几乎看不到他的皮肤。就像失火的房屋的窗户里蹿出的烈焰一样,胸毛从他的衬衣领口蹿了出来。

我已经不记得我们三个人是怎么攀谈起来的。我猜应该跟往常一样,眼睛首先注意到对方的存在,因为他的相貌,因为他点了点头,笑了笑,因为他主动开了口。他会说的英语词汇屈指可数,应该是老早以前上学的时候学的。尽管如此,他还是一心想要跟我们交流,态度很坚决,那副样子几乎就像是耶稣的神迹——他让零星的几句英语拥有了丰富的内涵,就如同把几滴水变成了几大瓶水一样。他重重地念着我的祖国的名字,加—拿—大,他的庄重严肃促使我做了好久都没有做过的事情:以外国人的眼光审视这个名字,就仿佛第一次听到这个名字一样。多么奇怪的名字啊,听上去那么像一个毫无意义的词语,小孩子的胡言乱语,一个大写的"加"字和三个舞步一样的音节。

我们毫不掩饰自己的情绪,就像在远处冲别人招手一样。他频频露出笑容,偏偏脑袋。被打动时——他常常被打动——他就用两只手把自己的胸脯拍得隆隆作响。他是一个可爱的男人,就像十九世纪的小说一样正派体面。我们尽情地赞美着他的国家,他几乎就要热泪盈眶了。我说:"阿塔图尔克!"还摇晃着拳头,表示"伟大领袖!"他又拍得胸脯隆隆作响,欢呼着"阿塔图尔克!"我不知道他想要表达什么意思,不过肯定不是什么不好的意思。事实上,"阿塔图尔克!""阿塔图尔克!"是他下车之前我们握手时说过的最后两句话,仿佛我们都是阿塔图尔克复兴会的成员。

终于视野之内只剩下一个黑点,我们再也看不到他挥舞的手了,我们便又靠着椅背坐稳了。

"是个好人吧?"露丝说。

"没错。"我恍惚地回答道。我还在回味着他的美好,他的正派。漫长的几分钟过去后模糊不清的思绪才又自动清晰了起来。他是一个可爱的男人,是我渴望得到的男人。这个念头,脑袋里突然蹦出来的"渴望"这个字眼让我吓了一大跳。一个男人!他!跟他睡觉!这都是些什么念头啊!我合起眼帘,想着我渴望的对象。以前根本不曾令我欲望激荡的那些东西此刻都开始发挥作用了。体重、体毛、体味。我脱掉了他的衬衫，想象着他毛发浓密、肌肉发达的胸膛。想象着我的两只手滑过那个胸膛。我赤裸的胸脯贴着它，相比之下我的胸脯那么纤小、光洁。令我兴奋的就是这个——他暖乎乎、毛茸茸的身躯。当他用嘴含住我的一只乳房的时候他的脑袋那么大，头发那么蓬乱，那么深的褐色，那么不平坦。他的两只手，强壮有力，粗糙又温柔的两只手轻轻地游走在我的身体上，在我的阴蒂上徘徊不前。他赤身裸体地站在我的面前，勃起的阴茎那么醒目。我想象不出他进入我的身体时的情景，无论是真实的，还是幻想的，都想象不出。不过我的两只手还是抚过了他的大腿。我看得到自己握住了那个东西。吮吸着那个东西。

要是当时有条件自慰的话，我肯定会这么做。可是在大巴穿越安纳托利亚，继续向前驶去的时候，我只能克制住自己，用幻想凑合一下。

* * *

在安卡拉的时候我们俩就决定去坐从伊斯坦布尔到雅典的火车，从那一刻起我们就明白了我们的旅行，我们的这场漫长的冒险即将结束了。现实中的一切无不在进一步地明确着这个事实——预订火车票、预订机票，还有我们的节俭，以免在土耳其还得继续兑换旅行支票。

我们心不在焉地逛完了伊斯坦布尔。经过了已经将近三个月的"两周之旅"后，露丝终于打定主意要确定机票的日期了。这时的她一心只想见到自己的孩子。我们在大巴扎逛了几个小时，她买了一大堆大大小小的礼物，有些是买给朋友的，不过绝大多数都是给特尤兹德、格雷厄姆、桑德拉和丹尼的，似乎她离家在外

167

多少天，就准备了多少份礼物。我给露丝买了一枚镶了琥珀的漂亮的银胸针，胸针上还镶着琥珀。她一副兴高采烈的样子，因为她突然意识到自己有多么想家，意识到用不了多久自己就能回到那里了。对于重返罗伊敦这件事情我并不反感，只是我很难产生回家的感觉。

在我的提议下我们继续花很长的时间走过伊斯坦布尔的大街小巷。我想要在剩下的时间里尽可能多地和她一起旅行，可是在很多事情上露丝实际上都已经离我而去了。在床上我们更像是同床共枕的朋友，而不是爱人。她在无意中开始疏远我——坚决邀请我去费城过圣诞节。我们都没有公开表示过什么，可是现实已经越来越清楚了，我们来自迥然不同的两个世界，只是一时的旅行，一段有违常轨的时间和空间让这场爱得以绽放。这是一场无法在旅程结束之后继续上路的爱情。我们都变了，我们对感知现实的感知也随着这种内心的改变而改变了，只不过我比露丝滞后一些。我并不想让这一切听上去那么戏剧化，可是除了她，我真的再也找不到任何一个人了。整个旅行令人喜悦得喘不过气来，每一分钟都充满了喜悦和冒险。现在，我却只能倒吸一口凉气了。

乘火车前往雅典的路程漫长，明媚，悲伤。幸亏希腊的风光那么美丽。每一英里的路都吸走了一滴泪，到了机场我才露出了笑容。

在一起的最后一天我们在普拉卡溜达了一天。在为这场爱情特意确定的最后一刻，在帕特农神庙阴影下的一道门廊的庇护下，我们像天下所有的情侣那样亲吻了彼此。在机场的那一刻悲伤，又清醒。露丝时而欣喜，时而沉浸在回忆中，时而"我很快就要见到孩子们了"，时而"噢！我们在一起的这段时光太棒了！"我不住地点着头。我保持住了平衡。我的头脑叫我的心不要出声。

不知何故，那一刻她的眼睛里的那种绿色震撼了我。她转过头，找出了自己的美国护照，笑眯眯地把护照递给了那个穿着制服的男人。她吃力地把随身行李挂在肩头，然后穿过免税通道，朝前走了几步；回过头；我们冲对方挥了挥手，凝望着彼此；她走掉了。

那天晚上我住的是单人间。孤身一人躺在床上的时候我失声痛哭了起来。

将近八月末了。我在希腊待了几天，经历了土耳其之旅，在希腊太轻松了。我住在多人间，在雅典四处逛了逛，又去了一趟苏尼翁角的波塞冬神庙，然后就飞回了加一拿一大。

* * *

出人意料的是，重返罗伊敦居然令我感到开心。还没开学，学校里没有几个学生，我过了几天清静的日子。我一直以为自己会非常压抑，结果环境变了，我的情绪也变了。到了圣诞节我就能见到露丝了，我有她的电话号码，心情不好的时候我随时可以给她打电话，既然这样，我的心情怎么还会好不起来呢？再加上我还可以在暖和晴朗的罗伊敦独自一人散散步，想一想接下来一年的功课，艾琳娜也走了，这一切都令我振作了起来。艾琳娜不会回来了，她给我写了一封信，寄到了斯一米校区，她说她不知道自己干吗要学正在学的那些东西，所以她决定放弃了。她要工作一阵子，然后再看看自己究竟想做什么。

还没入夏的时候一伙朋友和我经过一番商量，在罗伊敦的城中心租下一幢房子，就是大街尽头的那一幢，坐落在山顶背后。拐过一个急弯，就在街尾有一片停车场。停车场是供我们隔壁的一家生产饼干、早餐麦片和麦片粥的工厂用的，工厂就在靠近山脚的地方,那里地势平坦。现在我似乎还能想得起那年秋天和第二年春天有时候空气中飘着烘燕麦的香气,不过我想这应该是我一厢情愿臆想出来的记忆。

那幢房子的前面就是罗伊敦的监狱,墙头用带刺的铁丝网和一个旋转摄像头围得严严实实。我在自己的书桌旁瞟了那堵墙一整年,我一直想知道自己会不会看到一名罪犯突然蹿上了墙头,在铁丝网底下慢慢挪动,然后落到地上,逃出监狱,奔向了自由。这样的越狱从未发生过,或者发生的时候我刚好低着头,困在我已经开了头的愚蠢小说这座监狱里。

我是第一个搬进去的人。房子空空荡荡,却又一片狼藉,我抽空花了几个钟头的时间劲头十足地胡乱打扫了一遍。我在捡来的旧床垫上睡了一段时间,床垫上还有以前别人失禁、来月经、做爱时留下的污迹。这些都没有令我感到恶心,污迹已经干了,都是老皇历了。只是那张床垫一点也不舒服,所以后来我才买了一张全新的白色沙发床。我将三楼的两个临街的小房间当作工作间,另一个更小的当作卧室。

我 散步就会散上很长时间,我惊讶地发现自己竟然那么不显眼,相比在土耳其的经历,在罗伊敦我完全成了隐形人。这种状况对我的士气很有帮助。走在街上,不引起别人注意,这样的散步令我感到精神焕发和解脱,没有人打扰我,我可以尽情地跟自己的白日梦交谈,话一出口,对方就明白我在说什么了,我可以打量四周,感觉自己融入了周围的一切。这是我的街道,我的公园,我的房子,我的地盘。他们都是我的人民,这些都是我的广阔的田产。

室友们陆续搬了进来。我们只是普通朋友,不过这幢房子也没有规定我们就必须是最要好的朋友,房子宽敞得完全有条件让我们保持距离,况且系统教育框架下的日常生活让我们都没闲着。不过,为了以防万一,我们还是筑起了罗伯特·弗罗斯特谴责过的能让邻居和睦相处的牢实的篱笆①。我们把冰箱一分为五(五块新鲜程度不一样的切达奶酪,五盒一模一样的一升装的乳脂含量为百分之二的脱脂牛奶,五个其他东西),我们还把厨柜也分成了五部分(五包意大利面、五盒金枪鱼、五个其他东西)。我想我们公用的食物就只有盐和胡椒。卫生间里有五块肥皂和一大堆洗发用品(也能分成五等份),卫生纸倒是公用的。我们之间的关系基本上也分成了五份,在五扇紧闭的门背后是五份欢乐和五份痛苦。我之所以说"基本上"是因为我们还有一个客厅,共同拥有的区域,我们无所事事地待在一起,一起聊天,听音乐,盯着萨拉那台笨重的电视机看,在一年的时间里我们中间还结成了几对情侣。只有在洗碗的问题上才会出现公开的摩擦,某个人放在水池里的一两个脏盘子完全可以促使大家恼怒地堆起高高一摞脏盘子。

我的室友有丹尼尔,聪明绝顶,历史论文总是能得 A+,后来还拿到了一个重要的国际奖学金,可是情感脆弱,脆弱到只有高温胶才能让他不至于崩溃;凯伦,活泼、独立,两年的时间里我看着她从一个可爱的小镇乡巴佬变成了一名能把奥菲莉娅演得令我惊讶的演员;玛莎,消沉、孤僻,又机智,大部分时间她都待在男朋友那里;萨拉,跟我最要好,漂亮、聪明、随和、有趣,跟我一样迷茫,上到一半就放弃了校园生活,一头扎进女招待的世界里;还有斯巴诺科皮塔,这个名字的意思是希腊菠菜饼,有这么一个了不起的名字,又

---

① 译注:参见美国现代诗人罗伯特·弗罗斯特所著的诗《补墙》,在诗中作者通过叙述者之口追问了两次补墙的意义,其邻居两次均以流传甚广的谚语"篱笆筑得牢,邻居处得好"作答。

长了一副了不起的长相(褐色和橙色夹杂的皮肤,肥胖的身体),其实它只是一只脾气乖戾的猫,从不理会我对它的深情。

　　直到现在我才意识到我们五个人唯一相似的地方就是迷惘,只是程度不同而已。似乎天生就能让自己快乐起来的凯伦是程度最轻的,其他人都自觉不自觉地在幸福的不同程度之间游移不定,有时快乐,经常郁闷。这大概就是正常的迷惘,是我们这个年龄阶段特有的,或许甚至是有益的。我绝对不羡慕学习贸易的学生面对一切表现出的那种笃定,急于毕业,在二十三岁的年纪就找定了六十三岁时要过的生活。要想做到这样的笃定并不容易,至少对我来说是这样的。记忆或者想象胜过亲身经历。我相信正是迷惘让我们无法靠近彼此,我们每个人都小心翼翼地守护着自己的迷惘。

　　　　　　　　*　　*　　*

　　自助式学习知识的一年开始了。我决定只选修三门课,比全套大餐少了两道菜。我有时候啃一点宗教哲学、早期的现代哲学(笛卡儿、斯宾诺莎、莱布尼茨、洛克、柏克莱、休谟、康德)和英语文学,也就是美国文艺复兴时期的文学(德·托克维尔、爱默生、梭罗、梅尔维尔、霍桑、坡、惠特曼)。在多出来的时间里我开始灰心丧气,同时又欣喜若狂地创作起一部小说了,我也很享受无所事事的快乐。

　　很多人都羡慕我的旅行。"土耳其!哇!我一整个夏天都在无聊地(比如说:贝尔维尔、伦敦、渥太华、伯灵顿、奥沙瓦、密西沙加)闲待着/当(比如说:救生员、油漆工、女招待、图书管理员、档案管理员、加油站工人)。"诚然,我当然更愿意在土耳其过暑假,而不是贝尔维尔,可我的心里还是想着:"那就杀了你爸你妈,直接把他们的汽车的点火器连到油箱上,把车给炸飞了,让他们变成焦炭，外面成了黑乎乎的一层硬壳，里面还是红色的液体。就像凝结的岩浆。就像我的父母出现在咸水里和鲨鱼面前那样，然后拿上钱，一走了之吧。"

* * *

几个室友和我之间最大的区别就在于他们都有牵挂。丹尼尔有伊莎贝拉，凯伦有詹姆斯，玛莎有劳伦斯，萨拉有好几个。不过我对这些爱情绝对没有半点嫉妒之心。玛莎的劳伦斯是一个自命不凡的蠢货。有一两次我看到当詹姆斯没有满足要求，凯伦就把自己变成了一个哼哼叽叽、甜得发腻的小猫，那个场面令人难以直视，詹姆斯却自得其乐，充分发挥着。萨拉有一次跟我说了一件事情，把我吓了一大跳，从十二岁开始她就再也没有经历过没有男朋友的日子。那年夏天她跟交往了几年的男朋友分手了，显然为了这件事情她很不开心，心理失衡了。我不知道她有没有让自己开心起来的能力。夜晚，躺在小卧室的沙发床上偶尔我会听到做爱的声响——左边的丹尼尔和伊莎贝拉，他们非常安静，基本上也就只有一两声激动的深呼吸；要不就是右边的萨拉和谁，他俩的动静有些让人欲火中烧。独立、没有牵挂只会令我感到开心。偶尔我会想到露丝，这种时候我就忘我地火速自慰一场，大部分时间我都惦记着我的小说，这样我就会睡得很熟，让第二天清晨毫无负担。

我把房间彻底刷成了白色——墙、地板、窗框、门、小书桌、椅子。待在房间里感觉就像待在一朵云里，尤其是望着窗外的世界时。在这朵积云里我给自己找到了一个任务，成了一个小小的女神。

我想写出一部实实在在的小说，充满恶臭的气味和粗糙的感觉。自从我找到自己的身体以来，三个月里在希腊和土耳其上过的厕所就一直留在我的鼻子里,它能给予我的全部快乐就在于恶臭包围中的美丽。还有一次放屁,它也是一种学者们热衷于探寻的事实和虚构之间谜一般的联系。有一次在学校本部,屁就要崩出来的时候我钻进了厕所,尿尿,无辜的尿。千真万确。我小心翼翼地放一个屁,仅此而已。我的胃还在适应从土耳其到加拿大的饮食变化,它就像开了火的加农炮一样隆隆作响,那种响动就好像自负得需要回声为它喝彩似的。"什么声音?"隔间外有人警觉地问道。一两秒钟的沉默,我确信在这段时间里对方注意到了我隔间的门。我听到几声克制的傻笑。我愤怒了。在土耳其的时候露丝和我说过我们的大便是必然会出现的东西,大便不只是粪便,它们还是一种公报,一种纪要。所以在它们被一缸水冲进下水道之前我会打量它们一眼,这样我们就可以读一读它们,对自己做一番了解。颜色、黏稠度、排泄量、气味——一部章节不算少的自传。在土耳其的时候,经过这种原子能式的肠胃胀气后我就会去跟露丝说:"露丝,我刚才就像加农炮开炮那样放了个屁,那种响动就好像自负得需要回声为它喝彩似的。""太对了!"她会这样回答我,全神贯注地看着我,还把一只手摁在自己的肚子上。"可是我感觉很舒服。好几个钟头我都没放过屁了。你也拉屎了吗?拉的是什么样的?感觉怎么样?你一直在打嗝吗?今天下午咱俩吃的是一样的吗?"我们会讨论上几分钟。在加拿大这种事情却令人感到害臊。在这种感觉出现前一分钟的时候我先有了其他感觉:我走进盥洗室——委婉的说法——令我震惊的是我的鼻子最先分辨出的气味不是尿,也不是屎,而是发胶。三个女孩,三棵圣诞树,正在镜子前抚摸自己,每个人都是自己的虚荣心的唯一一位演员和唯一一位观众。"这个地方应该很臭,不应该是化学味。"我心想,"应该闻起来就像大便。"我发誓我的小说一定要满是大便。

　　我还想要说一说上帝在这个方面的问题。有时候,安静下来的时候我注意到我们——你和我——把上帝忘掉了,我们没有像我预料的那样被交付给一个丰富的生命,因为虚假的存在是无法占据空间的,我们被交付给了真空的、糟糕透顶的虚空世界。这个虚假的存在能够占据一块必要的空间,一块需要被填满的空间？我并不会经常产生这种感觉,通常只是在想到父母的时候才会这样,一想到他们对我来说生命似乎就只是毫无意义地在很短的时间里拖着脚走过很短的一段路。这样的行走缺乏能将迈出的每一步变成步幅和节奏准确、步态优美的舞步的生命力。我过着在精神上无依无靠的日子,然而我的生活似乎对自己的这种状态提出了更大的质疑,对于这个事实我并不感到多少遗憾。只是偶尔直觉会告诉我倘若上帝存在的话,我的生命的脚步该会有多么豪迈。一想到他们上帝的存在究竟是真是假似乎也无关紧要了。它本来就是一部宏大的小说,为什么不相信它呢？只能让人感到虚无的真相会带来什么好处？在虚幻无穷的日常时光里没有上帝我也能活下去,可是在即将坠落的飞机上,我还是不会想念他吗？我不会创造出他吗？要是幸免于难的话,我还会再一次无视他的存在吗？我想在小说里探讨宗教精神,不是为了证明什么,只是想看一看在不考虑证据的前提下,保持信仰会出现怎样的情况。

　　我的小说,暂时取名为《疯狂的简》,背景设定为1939年的一个葡萄牙小村子,村子距离法蒂玛有几天的路程。这部小说就是一个用第一人称叙述的宗教寓言。为了配合需要我给这个小村设计了一片蛮荒的大山。故事里的人物很多,但是主角只有三个,牧羊人柯尔图,我给了他一只畸形的内弯脚；一个壮观的木雕十字架上的基督像,这是全村的骄傲,是十六世纪的葡萄牙雕塑大师乔·里贝拉·杜诺瓦("结构精确地重现了基督受难的躯体,好大一根饱受折磨的木头,被钉在一座十字架上,悬空着——看一看他的两只手拉得有多么紧!看一看他那气派的胸膛有多么扭曲!——同时优雅的神情却又极其神圣");叙述者,开篇第一页我们就会见到她,她就坐在村子里的大马路中间,可以说平静地望着小说外的世界,等待着我们,这就是柯尔图的狗,一条友善、信仰虔诚、唠叨个不停的杂种狗。小说大部分都是由这条狗叙述的。她会向我们打招呼("你好!"是我这部小说处女作的开篇第一个词),会在大马路中间拉屎("噢,再拉一条!啊啊啊啊啊啊啊,太欣喜了。阿门!"),她会把我们拉到一旁,给我们介绍这个村子和村民,四处撒尿,给我们这部小说圈定地盘。一条沾着粪便,又信仰宗教的狗("我一直觉得我属于某个宗教团体。我的生活烙印着祈祷者的召唤,从一大早的如露水一样新鲜、闪亮、满怀敬爱的晨祷,到轻柔、疲倦、如睡眠一样令人欣慰和兴奋的晚祷,这些就是我的至善。"[1]),令我感到震撼,这正是我一直在寻找的身体和精神之间的平衡。

故事基于一次朝圣之旅,为了让他们那位十字架上的基督得到法蒂玛大主教的祝福,村民们前往圣地。带着食物和水,轮流扛着十字架,他们就这样上路了,柯尔图的狗跟在后面,给我们传着话。旅途应该很轻松,就是聊天、欢笑、祷告交织的一次出行,夕阳西沉时大家还能喝喝茶。然而,朝圣者将在蛮荒的大山里迷路,还会出现恶劣的暴风雪,他们的粮食和柴火将被用尽。绝望

---

[1] 译注:至善,最崇高的善,西方伦理学广泛使用的范畴,通常指其他的善都包含于其中或者都来源于它的最高的善。

之下他们开始吃饿死或者冻死的同伴,每一次他们都会跪倒在地上哀求上帝宽恕自己。他们用十字架上的基督生火烤熟同伴,先是十字架("他们轻手轻脚地烧掉了我们在十字架上的救世主"),然后把基督也烧掉了,烧烤同伴的时候他们还要烤火取暖。到最后尸体也将被吃光,基督的躯体也将被烧光。作为最后采取的行动,饿得发了疯、渴望继续活下去的他们会把狗也吃掉,柯尔图会亲手杀死自己("像亚伯拉罕那样恸哭")。不过,她的死并不意味着我们就失去了叙述者。她的脑袋会被石头砸烂,再被串在棍子上,放在基督燃烧的脑袋上烤着,但是我们还是会听到她在说话。直到她被肢解开,被十二个活下来的村民分而食之的时候,我们才会听到她的声音变了,这时候她的声音分流到了十二个幸存者的声音中。小说就在这些声音中结束了。狗说出的最后一个字在一页的最下面,就是那个无所不包的词语"而且"("基督近在咫尺,却要放弃一条性命,这是怎么一回事啊?他转过了头。他在看着我。他笑了!噢!那么强烈的光!带我走吧,而且");接下来的几页是折页的形式,有十二个相似的段落,每一段的内容都不一样,但是都以"我"这个费解的词开头,像这样:"我得到了那条狗的右腿,说不上好吃,但是为我补充了体力,我感觉得到我那疲惫不堪的身体又恢复了一些体力,真希望这条腿的肉再多一点,要是……"或者:"我不太走运,拿到的是那条狗干巴巴的脑袋,令快要饿死的我感到难过的是,脑子在它被宰掉的时候散掉了,烤的时候眼睛也化掉了,我只能用那对酥脆的耳朵、难嚼的嘴巴和脸颊,还有舌头把自己给填饱,那条舌头竟然那么好吃,就是太小了。我还得补充一点,尽管我的肉体没有从这顿大餐得到多少快乐,但是它给了我另一种食物,因为手里捧着这个热乎乎的小圆球让我想起小时候我不想帮母亲干活,就悄悄溜掉,进了空荡荡的教堂,拿着圣杯玩,杯子就跟这个脑壳差不多大,我把杯子稳稳地放在张开的手心里,然后抛到半空中,又接住它,我知道要是把它弄破的话,那可就出大事儿了。我没有弄破圣杯。这段记忆给了我安慰和力量,足以……"每一个声音都以不同的方式讲述着同样的事情,就像《新约》的几部书那样:第二天早上,带着吃了狗肉获得的力气,这群人如何设法挣扎着,跟跟跄跄地走完了通往法蒂玛的最后几十英里下山路,到了法蒂玛,为了感谢暂时躲过死亡的命运,他们聚集在教堂里,唱起了赞美诗,他们的信仰不为所动,乔·里贝拉·杜诺瓦的十字架上的基督现在被刻在了最美好,也是最难处理的材料上,这就是空气。小说接着又对每个人在惨剧过后的经历交代了几句,最后这十二个声音就在同样的一个词语中结束了——"再见。"

将那条狗的声音分成十二个声音是为了在发言中加入民主的成分。在缺少了信仰,不存在一个至高无上的声音的情况下,我能做的就是让很多声音得到彰显,先是一个小小的声音,然后是十二个声音,接着就出现了更多的声音,声音的多少取决于变幻莫测的爱和分娩。我就想写一部复调赞美诗。

* * *

工作室的墙壁渐渐地盖满了索引卡,卡片就是我那部小说五花八门的组成部分——情节的转折;对文体的提示;零星的对话;描述性的说明;脑子里突然冒出来的词汇,围绕着这些词汇我能组织起一个长句子,或许甚至能写出一场戏("乞讨的神色");不应该忘记的话题;需要详加叙述或者放入适当的上下文中的见解;诸如此类。我给每张卡片都画上了整齐的边框,蓝色、棕色、绿色、黑色,或者没有颜色,也就是白色,颜色的不同取决于卡片上的内容对这个故事的重要程度。一开始我的书桌前只是乱扔着几张简略的笔记,创作的小帮手。到后来卡片就越来越多,渐渐地就形成了这部小说,以前是什么样的,以后还是什么样的。

这部地理上的法典一直向上生长着,直到几乎碰到了天花板,向下几乎碰到了地板。天地之间流淌着一条河,蓝色的卡片,卡片上写着将会直接用在小说里的句子和段落。在左边的房门拐过去一点的地方有一张卡片,卡片上写着"你好!"河就源自这里,然后一路向右绕了房间一圈,如同一幅全景画,最终在门框那里流进了十二个再见之海。在蓝色卡片的上方和下方是棕色的卡片,这就是河岸,都是给某个片断阐释意义的基本说明;再过去就是绿色的卡片,这个区域还不错,但是有些一般的想法。更远处就是价值更不明确的黑色卡片,或许应该说是开垦价值更小的地区,不过偶尔我还是会从这个地区取下一张卡片,重新抄一张,换上其他的颜色。最后,也就是对于这部小说来说最边缘的区域,这就是普普通通的索引卡,就像山顶的积雪一样白。至于无疾而终的构思,流产的角色,删掉的事件,我之所以没有销毁那些笔记只是出于可怕的囤积癖。我不清楚自己在做什么,也不清楚这些文字究竟有什么价值。

能够打断我继续憧憬的就只有窗户,一幅接着一幅的风景闯进了我的视野。当我寻找灵感,想要下定决心的时候,我就习惯盯着这第二处风景。

我把书桌和椅子摆在工作室的中央,腾空墙壁,这样我就能轻轻松松地滑行在这片起伏不定的大地上。我一个星期接着一个星期,一个月接着一个月地在这片大地上滑行着,每次都会一连滑上几个钟头。我用双眼盘旋在这片大地上……盘旋着……盘旋着,然后突然俯冲下去,抓起一张索引卡。我把这张卡片转移到书桌上，在卡片上写了起来，渐渐地笔下就蔓延到了另一张卡片上，或者另外两三张卡片上，尽管我努力把字写得小得不能再小。在墙上的有些地方我发现自己有很多话要说，可是空地却很少，于是大地就变得丘陵起伏，中间的那条河变成了激流和瀑布。

我真应该在房间墙壁最繁盛的时候拍些照片。"艺术家和她的工作室：写在十二张柯达彩色胶片里的小说"。

事实上，我根本不知道该怎么写小说。我就是一个把自己收集的令人瞠目结舌的人体部位堆在一起的弗兰肯斯坦医生，我甚至知道怎样才能让这些部件协调起来，哪个部位应该放在哪里，可是我就是不懂得生命的秘密。每隔一段时间我就感到自己还是没有构思出关键性的一幕。不过我不记得自己为了这个问题有过多少抱怨和焦虑。我是一个任性、快乐的观众。我大声地议论着，挥舞着双手，表演着剧情，突然想到一个绝妙的新点子，比如在空无一人的教堂里一条狗望着一个拿着圣餐杯的女孩这么美好的一幕，我就立即捉住它，仿佛它是一只从我面前飞过的蝴蝶，然后兴高采烈地将它钉在墙上。

我的小说就是一场梦——它和梦一样珍贵。它是一种排练。

* * *

经过三四次通过电话的商量（每次听到她的声音我都会有些惊愕，她的声音会让我陷入一连串的回忆），我去费城同露丝一家度过了圣诞节和新年。我见到了大名鼎鼎的特尤兹德、桑德拉和丹尼（没见到格雷厄姆）。他们每个人在我的心里早已有了一张清晰的照片，我把露丝的描述变成了一张张相片。事实证明露丝对自己这个小家庭的供述，其准确度就如同云朵的形状勾勒出的景观一样。无论是相貌，还是行为举止，她的几个孩子跟我之前想象的都完全不一样。头发的颜色、神情、身高、体重、穿着打扮、说话时的腔调——我的想象纯属虚构。由于完全听信了母亲的描述，我还以为他们都像孩子一样。单凭从第三方那里听来的信息，我以为他们的存在很被动，就像在土耳其期间他们在我的想象中那样，就是幽灵，一旦我俩不再谈论他们，他们就会立即消失。其实，特尤兹德和桑德拉绝对不是小孩子了，丹尼也不会招之即来，挥之即去。在这个家里——实际上不在费城城里，而是在郊区——显然生活着四个大活人。特尤兹德比我大一岁，比我高一级，她读的是看起来不会为那只存在主义的猴子所动容的经济和社会学专业。桑德拉在读高三，她为人友好，只是有时候有些焦躁，容易生气。丹尼是一个典型的十岁美国孩子，粗野，大嗓门，又喜欢发牢骚，有几次我真想弄死他。我是他们的母亲在希腊碰到后来结伴在"土耳其！"旅行的"朋友"。

我们之间的互动有些古怪。我应该跟特尤兹德最相像，我们聊着埃利斯大学和西蒙弗雷泽大学，聊着我们不同的专业、罗伊敦、本那比，还有电影，对于相同的校园文化的方方面面我们都交流了各自的想法，然而真正与我心意相通的还是她的母亲。当着特尤兹德的面，二十多年的时光——横亘在露丝和我之间的鸿沟——会消失，她的母亲在她的面前会变成一个陌生人。在聊起某一件趣事的时候就会出现这样的状况。我们聊得那么尽兴，我们哈哈大笑，我们打断对方，用带着幽默的怒气将对方轻微地驳斥一番，澄清问题，或者相反，为了达到戏剧化的效果故意夸大其词。床单脏得就像胶合板一样硬！冰淇淋就像口香糖，怎么都吃不完，只能吐掉！大巴一坐就是四十八个小时！花费四十八分钱！我们对彼此知根知底，我们的小怪癖，我们的优点，我们的痛处，我们的笑点都一目了然。突然间特尤兹德成了一个小孩子，露丝和我选择着话题，引导着聊天的方向，只要这个旁观的小孩子变得有些吵闹,我们就总是嘘的一声把她吓跑。她会恰当地评论几句,语气里带着一点讽刺的意味,就像有点恼火的成年人习惯的那样,露丝会做出反应,风景模模糊糊地改变了,河流改变了方向,风也转向了,一场感官无法感觉到的地震。在我的眼中露丝又变成了一个陌生人,她要扮演这个角色,欢乐和愤怒的源头,基本上这就是她对自己的定义。我默默地告诉自己:"她也可以当我的母亲了。她的年龄是我的两倍多。"我注意到她的皱纹,两只成熟的手,她的举止,还有我们之间的巨大差异。

还有圣诞节和一大堆鲜艳的礼品包装纸——露丝送给我一本讲述如何一边打工一边周游世界的书,去法国摘葡萄、在捷克斯洛伐克教英语、在以色列体验集体农庄、在日本当模特、在澳大利亚剪羊毛,无所不包;我送给她的是卡赞扎基斯的《希腊人佐巴》——丰盛的晚宴,外加一起吵吵闹闹地做饭——我做的是土豆泥,蒜味很重——在圣诞节和新年之间还去费城逛了几次。为了准备这趟费城之旅我读了奥克塔维奥·帕斯围绕杜尚的《被她的汉子剥得精光的新娘》[①]撰写的一篇冗长的论文。我去费城美术馆欣赏了这件作品,看到了新娘的巧克力研磨机和玻璃上的裂痕,裂痕是一场事故造成的,但是,噢,那么恰当,我甚至或许对几位汉子,对他们的意图也有一些认识,至于特尤兹德,我看得出她想走了。我可以一直待在美术馆里,可是她的母亲也对我不耐烦了。我们在一座商场里的电影院看了一场电影,商场大得像一座城,还有一个面积很大的停车场,电影院小得像一个鞋盒(意外的是电影很不错,也很有趣,是朗·霍华德拍的《现代美人鱼》,我笑

[①] 译注:杜尚创作的大型玻璃装饰作品,又名《大玻璃》,现收藏在费城美术馆。

破了肚皮）。我们做游戏，大人们凑在一起打牌，有丹尼的时候就玩《大富翁》，他每次都赢，你都不知道，就算我拿着大西洋、文特诺、马尔文花园、太平洋、北卡罗来纳、宾夕法尼亚、越洋广场和海滨帝国的酒店，还掌握着全部四条铁路还是赢不了他。露丝告诉我丹尼不喜欢当输家。

我始终感觉得到我的心里拨号盘在滚向999，即将清零。这并非是因为年关将至。

我的房间正对着露丝的卧室。这种安排或许有什么深层的意义，其实只是因为那一间就是客房。这个房间很小，光秃秃的米色墙壁感觉有点沉闷，唯一一扇窗户又高得让人得踩在折叠梯子上才能看到外面。我跟缝纫机共同占据了这个井底。之所以提到缝纫机是因为我发现这种机器很有趣，而且我对露丝的那台缝纫机记得很清楚。夜里，咔嗒一声拉灭床头灯，光从窗户渗进来，冲淡了房间里的黑暗，让我依稀看到了那台缝纫机。我会对着缝纫机寻思半天。多么奇怪，又不会让人认错的轮廓。一只机械啄木鸟。我读过有关缝纫机的文章，这种高度精密的工程装置，它的发展和进步有赖于大量独出心裁的设计。我想赚到了数百万美元的辛格有可能是缝纫机的发明人之一，谦卑勤劳的艾萨克·辛格的那个有些不成器的孙子，后者的发明将十九世纪的中产阶级女性从单调乏味的工作中解放出来，又将十九世纪的工人阶级束缚在了工厂里。不过我也不是很清楚，只是随便说说而已。我又琢磨了一会儿其他同样不太确定的事情，对于我的情绪我始终找不到确切的词汇，然后我就沉沉地睡去了。我没有自己的家，在别人的家里我总是睡得很香。

我到露丝家已经好几天了，这几天里每当其他人不会注意到我们的时候她和我就会飞快地瞟一眼对方，冲对方淡淡地笑一笑。有几次只有我们两个人，我们的目光变得坚定了，可是我们的谈话还是那么含糊。倘若这些轻轻掠过彼此的目光能说话，我不知道它们会说些什么，渴望？欲望？期待？永别？终于，在一个深夜，所有人绝对睡熟的时候，我们两个房间的门同时悄无声息地打开了，就像两只眼睛，我们站在各自的门框下，看着彼此。我穿着T恤，露丝穿睡袍。我无法说清那一刻究竟发生了什么。有欲望——倘若她有所暗示，我就会消失；我退回到自己的房间，一定程度上是希望能把她吸引进来——记忆中还有痛苦、释放和咸咸的肌肤，还有抵抗——我已经四十七岁了，是做母亲的人，我有家庭，不能这样；我二十岁，是一个学生，外国人，不能这样——在这个复杂的旋涡中还有着其他一些东西，是意外，一种细微却有所预示的情绪，它在我的心里低声说着话：矛盾。那一刻我看到了完完整整的露丝，不是在土耳其的情人，也不是在费城的母亲，而是完完整整的她。那个她，我想不要。

我们打量着彼此，有一分钟左右，谁都没有说一句话。一半是出于恐惧，唯恐只言片语都会吵醒特尤兹德。无论怎样，还有什么可说的呢？用眼睛问候了彼此之后，我们的目光游移了几秒钟后就恢复了往日的凝视，四目相对，笑容相对，记忆相对。然后我们就安详地用微笑道了别，回到了各自的房间，回到了各自的角色，她回到了那张异性恋的大床上，我回到了取向不明的单人床上。结束了。我们只能让一切就这样过去。我缩进了被单里。我的心里闪过一丝遗憾，瞬间就变成了泪水。你都干了些什么？你浪费了多好的机会！现在就去找她。爬起来，蜷缩起来。伸出你的右手，让它自然而然地滑下去。吻她。不。停。我倒在了床上。我的眼睛落在那台缝纫机上，我仔仔细细地考虑着自己的困惑。

我的拨号盘清零了。我回到了001的位置。

在新一年的一个寒冷的大晴天露丝开车送我去了汽车站,我们轻轻地在对方的嘴边亲了亲,平静地说了再见。我会永远怀着无限的柔情记住露丝,我只希望她和家人拥有幸福和好运。我始终没有见到格雷厄姆,这个可怜的十岁男孩在拼命坚持着,他的耳朵里回荡着"加油,格雷厄姆,加油!"的尖叫声,他的母亲坐在自己的座位上。对他的想象好几年一直萦绕在我的心头。

* * *

我跟一个女人又睡了一次,她找到我,我一时冲动没忍住,这件事情不值一提,我记住的就只有那一次无聊得让人想打哈欠。露丝和艾琳娜对我一直保持着性魅力,只是在我的记忆的博物馆里,在这里她们会令我会心一笑,让我闪现出柔情的光芒,而不是诱惑着我的手伸进两腿之间。

我不知道作为女人我为什么开始对男人产生了欲望。经过短暂的错愕,这种欲望变成了一种感觉,我不假思索地跟着感觉走了。对欲望提出质疑太奇怪了。

* * *

从外表看我的生活没有发生太大的变化,我比以前努力了一些,一想到有可能面临强制休学的惩罚我就感到头疼。我花了十六个小时读《大白鲸》,用我消耗殆尽的二流的思想完成了一篇三流的论文,结果得了D,因为交稿日期是圣诞节前(不过在第一学期对爱默生、梭罗和霍桑的热情让我免于不及格的命运)。我喜欢宗教哲学,只是对这门课有些忽冷忽热。柏克莱和休谟帮我熬过了早期现代哲学课。尽管这几门课程能够点燃我的头脑,可是我很难坚持下去。不知道为什么对我来说这些课程始终不合我的胃口。我需要的是别的东西。

我埋头于我的壁画,只用一阵接一阵的折磨它就让我感到心满意足。我的墙壁已经盖满了厚厚一层索引卡,我相信这些卡片比普鲁斯特的软木墙更能让我与世隔绝。①这一次我也还是没有太大的希望完成一部像样的小说,我从来不想做出这样的结论,然而我还是花了更多的时间盯着窗外。

在大学第一年,羞涩的处男们在我的宿舍里一待就是几个钟头,不想走,也不对我采取行动,这样挺好,我那时根本不想跟男孩睡觉,但是我喜欢他们陪在身边,他们能转移我对艾琳娜的注意力。其中最大胆,年纪最大的几个男生比较明显地表达了自己的想法,我捧腹大笑了一场,说了些幽默的风凉话,把他们打发走了。几次三番之后,他们就不再坚持了。我想大家都知道很难追到我。

时至今日我真希望他们中间有谁能回来,能想着从市监狱的那条大街走过来,来看看我。可悲的是,我的绝大多数朋友都是女性,而且她们都不是地道的同性恋。有一次我问乔他愿不愿意跟女人睡觉。

"恶心死了!多恶心的想法啊。"

"猪呢,乔?你干过猪吗?"

"没有。不过我试过一次跟一只挪威猎鹿犬肛交。在宿营地的淋浴房里。那条狗刚刚惨叫了一声我就松手了。当处男太可怕了。"

没有恋爱过的事实开始让我感到沮丧。独立——独立于谁?自由——为了什么?多么愚蠢啊。我突然意识到跟某个人

---

① 译注:由于失眠症状日益严重,为隔绝一切噪音,法国作家马塞尔·普鲁斯特在1910年请人将他卧室的墙壁全部加上软木贴面。

建立亲密关系才是唯一有意义的快乐之源。室友们多愁善感的爱情和甜腻腻的浪漫不再令我反感。我的爱情会与众不同，仅此而已，应该更接近乔和他的男朋友埃贡那样，恋爱中不存在既定的角色。

以前我从来没有对男人产生过渴望，我开始思考究竟他们有什么特殊之处令我心动。太奇怪了，这件事情。我归纳了一番，最后对男性得出了一个泛泛的结论，这个结论跟任何一个单独的个体无关。我开始寻找特殊的特体。我对男性的体形和对称性、男性的行为做派、笑容、步态、头发有了越来越清楚的认识。我仔仔细细地翻寻着自己的记忆，从一种新的角度审视记忆中的男性。我开始注意到男人投来的目光，男人投向女人的死死纠缠的目光。我琢磨着每一道目光，考虑一刹那就足够了，我想搞明白它们在表达什么样的意思。

在绝大多数情况下想象力都在滋养着我的幻想，就像一位贴身顾问在不断提供证词一样。在这件事情上我的幻想几乎等于零，在被点燃之前它首先需要一些燃料。它仅能为我的双眼提供的参考意见跟我在大巴上碰见的那位土耳其农民有关，强壮、体毛浓密、柔韧的身体，英俊的面容，充分勃起的阴茎，连阴毛都支棱着。我的想象为我提供的养料外形模糊，却对我产生了清晰的作用。这堆余火在我的心里闪耀着红彤彤的光芒。

*　　*　　*

我窝在学校本部图书馆里一把舒服的椅子上，腿上摊着一本书，我没有理会那本书。我注意到一个胡子潦草、头发蓬乱的学生，他正盯着架子上的书。他戴着一副小小的金丝边眼镜，穿着一身似乎被暴风吹来的，而不是他自己选择的衣服。刚过下午两点，我的一天在六个小时前就开始了，他看起来却像是一分钟前刚起床,四十五秒钟后才会醒过来似的。他站在地上,身体来回摇晃着,眼睛打量着书名。从他的表情上看,似乎那些书都在冲他狂喊乱叫。他身材修长,相貌英俊,一头带有浅褐色的金发乱糟糟的。也许是感觉到了我专注的目光,他把脑袋转了九十度,冲我露出了微笑。我也冲他笑了笑。他说:"还是在教堂更容易。只有一本书。"他几乎是在耳语。

我说:"你应该去游泳池看看。一本书都没有。"

他咯咯地笑了起来,然后又转过头继续找书了。过了几分钟,他拿下来三本书。走的时候他说了声"再见"。又露出了一个微笑。

我想着自己可以亲一下他,他也会亲一下我,我不仅能够想象得出这一幕,而且心中充满了渴望。直到这时我才意识到他已经走远了。吻他——不是抽象的男性,而是,特别的,是他。看着他赤身裸体,渴望我,不加掩饰向我表露出欲望。我的心扑通扑通地跳了起来。我把两条腿夹紧了。

我的想象就这样占有了男人。

* * *

罗伊敦开春的一个标志,或者说是我最先想到的一个标志,树上新发的嫩芽都位居其后,就是校园里出现了"加拿大映象"的海报和传单。色彩绚烂,配着精美图案的文字——大多都带有被胶片图样圈出的年份——告诉我很快冬天就要结束了。

加拿大映象是为期一周的电影文化盛会,埃利斯大学和城里所有能用的大街都是会场。它来去得就像春季里的一场阵雨。在一个星期的时间里云朵都是胶片构成的,在放映机猛烈喧闹的咔嗒声中,电影在全城倾盆而下。

每年我都要买一份节目单,仔仔细细地把节目单研究一遍,根据上面的文字猜想一下这一年的参展影片会是什么样的。这是一个排除的过程，有时候简单一些，有时候难一些。最终的结果会出现在一张大纸上，纸上写着紧凑的时间表，这是一个杰出的策略实战案例，兼顾了兴趣、交通和欲望的需要。随着电影节的进行，我有了理由不去上课，甚至不写论文，不去游泳，直接消失掉。每年到了这个时候白天都变得越来越长，越来越亮，实际上有时候从早上十点到晚上十点天会一直亮着，不过对我而言中午是黑夜。饥饿、疲惫、两眼发疼、快被尿憋死了，但我还是会坐着看完每一部毫无悬念的影片。加拿大映象的参展标准只有一个，影片必须是加拿大出品的。影片讲的是什么，有多长，这些全都无所谓。时明时暗地出现在银幕上的从一本正经的纪录片到稀奇古怪的文艺片，从现实主义到超现实主义，从一分钟短片到故事片，一切的一切都是在美国的阴影下在加拿大拍摄制作的。事实上故事片没有几部，这种管弦乐演奏会超出了大多数加拿大电影人的能力范围。活动期间放映的大多都很低劣，都是根据美国配方做出来的苍白穷酸的仿制品。参展影片大多都是短片或中等长度的片子，可以说都是独角戏和室内剧，创作这些影片的动力在于原创性和热情，而不是金钱。这些影片注定将被淡忘。除了一两个电影节外，这些影片就找不到其他地方公映了。

　　真是太可悲了。在加拿大映象期间我看到了最晦涩难懂的创作，自那时起这些影片一直在我的记忆中散发着光芒。

　　一个男人凑了过来，小声对我说："现在放的是我的片子。"他的影片名为《雪花》，没有情节，没有故事，没有音乐。坐在我旁边的这个男人对着雪花拍了很多特写镜头，然后把这些镜头剪辑在了一起。每秒闪过三四个镜头。把这些影坛新秀放得那么大，而它们在热切的目光下居然还没有融化，他是怎么做到的？我不知道。我只知道他做到了,就在大屏幕上,一个接一个地出现了:五百个雪花的大头照。每一个镜头都那么纯洁,那么清晰,那么精细,又强烈得打破了光,让色彩迷离的小点点在四处闪耀着。每一个晶体都一样大小,都有着六个角,但是相同点仅此而已。各种各样的结构——倒钩形、飞拱形、同心六边形——都是完美的几何图形,看起来形状变化无穷。变化无穷,我对此有所怀疑。每一片雪花真的都是独一无二的吗?真的没有任何两片是一样的吗?三分钟后影片结束了,我问身旁的制作团队是否的确如此。

"我不清楚。太多了。"他说。

他还在看着银幕,这时银幕上已经什么都没有了。显然他被自己的作品迷住了。有人鼓起了掌,没有大到掀起阵阵波澜的程度,不过我得说的确溅了几声非常响亮的水花。他似乎没有注意到掌声。我感到有些感动。他只需要自己这一位观众。他完成了作品,看到自己的作品那么美,他感到了幸福。一次受到严格限制的创造行为。灯光渐渐暗了下去,要开始播映下一部片子了。他站起身,要走了。我凑上前,说:"非常棒。我喜欢。"

"哦。谢谢你。"

他站定了片刻。

"现在我正在拍沙子。"他向我透露。说完他就趁着灯光还没有彻底熄灭发了疯似的跑上了台阶。我想说的是他有一份不错的正式工作,他是一名牙医,不过我也不清楚是不是真的。

另一部不到十分钟的好片子是《枪械对字典造成的伤害研究》,黑白片,颜色的缺乏似乎让影片中的物体清晰到令人的眼睛感到痛苦的程度。这是一曲弦乐,轻柔,内省,自始至终演奏得非常安静。但是乐曲声没有被覆盖掉,枪械开火的每一下咔嚓声或轰隆声都让乐声消失了,但自始至终它总会重新出现,就像是耳语声一样安静,也同耳语声有着一样充满磁性的坚持。

这部影片名副其实。在一块田里的一个托架上,《牛津英语小辞典》就像一名战士一样站在众人的目光下。一名身着实验室白大褂的男子举着一把猎枪,走进了我们的视线,在距离辞典大约四英尺的地方打爆了那本辞典。强烈的响声,压缩的咆哮,一头愤怒的雄狮,只有一秒钟的时间表达自己。那本书,足有十磅重,在空中飞过,最终撞在了地上。一堆震颤的纸蝴蝶朝四下里飞舞开去。爆炸又重播了一遍,只不过这一次换成了慢镜头,银幕上的长生不老药,让一秒钟活成了二十秒钟。一切都变得清晰了:猎枪反弹回来,男子面部拉紧并且不自觉闭起的双眼,枪口里冒出模糊的呕吐物,呕吐物飞向辞典,子弹裂开,辞典封面粉碎,震荡之下辞典沿着一条水平线崩飞出去,纸张爆裂,沉重而笨拙地撞向地面,这种撞击能击碎人骨。而乐曲声总是能重新响起。

在接下来的几分钟里我们又目睹了几场类似的枪决,猎枪、手枪、步枪,各种各样的枪。每一种枪械似乎都比前一次使用的更加可怕。最后一个登场的枪是某种机关枪,看起来更像是由电力驱动,而不是火药。那支枪有一个古怪的弹药匣,一个望远镜瞄准器,和你能想象到的最精致的扳机。开火的时候它只内敛地咔嗒了一声。

影片以负伤的辞典的特写镜头结束,每一本辞典都横陈在一张白色的桌子上,旁边摆着射伤它的那把枪。辞典的损害程度有所不同,有的成了一具没有脸的仰躺着的身体,有的被打碎了后背,难看地趴在桌子上。还有不多的几本似乎外观损伤不大,其实内脏受到了重创。最后一本辞典,向它射击的是扳机看起来毫无恶意的那把抢,这本辞典几乎就只剩下一个遭受毁灭性打击的封面,上面只连着几页纸,其余的部分,也就是能找到的部分,基本上都变成了粉末。

影片中的配乐是舒伯特的弦乐曲,这是演职员表上显示的。影片的最后出现了致谢辞——谨以此片纪念玛丽-法兰西·戴斯缪勒斯。①

就是在加拿大映象期间我遇见了汤姆。十分可爱的汤姆。我去特库姆塞体育场是因为埃利斯这座最大的体育场要连映三部中等长度的影片,赶到那里的时候灯光已经开始暗下来了。我想那一天是电影节的第三天,我不记得是几点,那会儿我的脑子已经习惯了冬季北极圈永恒的黑夜了。我飞快地扫视了一圈体育场,想找到一个座位。那天观众很多。我看到一只挥动的手。是乔,在他的旁边还有一个空座位。走到座位的时候场内已经彻底黑下来了,乔伸出手把我拉到了座位上。

"你好,宝贝儿。"乔小声说。

"你好,亲爱的。多谢啊,帮我占了个座。"

我们平时就是这样互相打招呼的。

"你好,亲爱的。"

噢,是埃贡。

"你好,埃贡。我没看见你。"

"我的命就这么可悲。"他回答道。

"嗨。"这时传来另一个小小的声音,这个声音我听不出来。

"嗨。"我冲着一团漆黑回答道。

电影开始了。一个有些诙谐的滑稽角色。一个年轻人向下

---

① 译注:此处指的是以影像表演艺术著称的法裔加拿大艺术家玛丽-卢·戴斯缪勒斯。

看着躺在床上的另一个年轻人。"弗兰克，"他一边说，一边叫醒了那个年轻人，"水池里有一个脏盘子。我受够了。留给你去洗吧。"

"什么？"弗兰克说。他把身子撑了起来，声音听上去毫不动容。他直视着我们，开始讨论人类关系的无常。土星的光环、剪掉的脚指甲、雄海马频繁地怀孕、高尔夫球上减少阻力的小凹陷、正确姿势的重要性、巴斯特·基顿的牙齿，以及炸面包圈在北美洲的发展史也都恰如其分地被提到了。

在弗兰克与苛刻的男朋友和下一部电影之间，场内的灯亮了几分钟。我终于看到了埃贡的邻座，那位突然向我打招呼的家伙，他就是汤姆。他伸出手，我俩握了握手。他从哈利法克斯过来，跟埃贡及其室友住在一起。他上的是达尔豪斯大学，在一家另类的电影院里打工，多亏了一家地方旅游机构给他资助了一些学费，那家电影院……这时灯光熄灭了。真奇怪，黑暗竟然会阻挡住说话，仿佛说出来的话是有颜色的。

一部电影播完了，没有之前的那一部成功，因为我已经彻底忘掉了它讲的是什么，我发现汤姆的那家另类电影院派他过来看一看当年加拿大电影的生产状况。他得尽量多看一些影片，为哈利法克斯·斯洛克姆－普科姆电影－嘘影院挑选一批片子（我向他问起了这家影院的名字。乔舒亚·斯洛克姆是历史上第一个单人驾船环游世界的人，在1890年代驾驶自己那艘三十七英尺长的"浪花"；他来自新斯科舍省）。汤姆的日程比我的排得还要满。我问他看没看《研究》那部片子，就在这时灯光又暗了下去，专横的乔嘘了一声，叫我俩闭嘴。

"关于辞典的那一部？"汤姆在愈来愈浓的黑暗中问道。

"没错。"

"我太喜欢了。我已经给制作人写信了。我们肯定要放映这部片子。"

乔和埃贡没有看那部电影,我们只能给他们解释了一番。他俩装出一副难以满足的样子,不过埃贡说他倒是喜欢舒伯特。乔五音不全,别人对音乐的了解和欣赏令他感到恼火,他反唇相讥道:"哦,比起牛津,我倒是更喜欢'韦氏'。我控制不了自己。我就是崇拜现代的东西。真抱歉。"说完他看了一眼埃贡,然后就把视线移开了。要是眼神能当钩子用,乔的眼神应该就是又大又尖的那种,上面还插着一条又肥汁水又多的虫子,虫子用大拇指指着自己的太阳穴,挥舞着手指,不停地叫喊着:"来吃我啊,喷—喷—喷—喷—喷。"埃贡睁大双眼,一口吞下了钩子,把鱼线和浮子也都吞掉了。"得啦,得啦,小乔,就因为你对音乐的了解跟一罐金枪鱼差不多,那也不代表你就得冲着牛津撒气啊。"他说道——这些话莫名其妙地从他的嘴里冒了出来。"乔鼓吹用途"对阵"埃贡鼓吹历史原则",另外还把可怜的舒伯特打了几拳,该我出面叫他们闭嘴了,下一部电影就要开始了。

我几乎没怎么看第三部影片。我的心思在别处。我想着汤姆。模糊、充满挑逗的念头。

电影放完了,我们四个人站起身。

"我想今天咱们的肚子里已经填满胶片了。"埃贡说。

"没错。"乔附和道。

有些迟疑地沉默了片刻后——或许只有我感觉到了——他们就走掉了,两个人因为对方的存在傻乐着,再也没管字典的事情。只是埃贡回过头,说了一声:"你带钥匙了,对吧,汤姆?"汤姆点了点头,露出了笑容,摆了一下手,跟他们道了别。剩下我们两个人站在那里。

"接下来你要看什么片子?"我问他。对于他的回答我已经准备好了答案——"哦,我也一样。"——哪怕得再看一部有关爱德华王子岛出产的土豆的纪录片也没问题。

"啊,"——他展开节目单——"我在考虑看一下《大战》。"

"哦,我也一样。"这个回答是真心实意的。这部电影属于当年那届电影节上呼声最高的影片,导演菲利普斯和作者芬德利都参加了电影节。片子要在城里上映。有一站路的距离。

"哦,不错。"

我们没有再说什么,就这样,一起上路了,迈着完全一样的步子。

我们聊起了天,开始了一场奇怪又费神的努力,遇见从未见过的人,努力从只言片语中推断出这个人的个性。他说自己非常有条理,他必须这样。每天将要结束的时候他会坐下来,给他想在斯洛克姆—普科姆放映的影片的制片人和发行商写信。我看到过他写的厚厚一摞信,有时候一个晚上能有十封,在一台手提打字机上他敲出斯洛克姆—普科姆的抬头。(乔舒亚还在他的船上,手扶着舵盘,不过,那艘船就是放映机,帆就是银幕。"这就是航海的《公民凯恩》啊。你是没法理解这个的。"汤姆说。)他用的是厚厚一本硬挺的信纸("公司赠品"),让信封变得厚实、膨胀。收到这样的信封会让《雪花》的制作人感到欣喜若狂。汤姆没有看那部影片,听了我的描述他觉得影片值得他提笔写一封信。我主动提出帮他舔湿邮票背面的胶水。

看完《大战》后(影片很一般),汤姆还要再看一部片子,我之前失误地说过电影节第一天自己就已经看过那部片子了。对我来说,若是时隔两天后再看一遍就显得不够随意自然了,于是我们就道别了。我还说明天自己可能还会撞见他,因为我俩对电影都那么狂热。

"那太好了。"他说。(我立即对他的回答权衡了一番。不是好的,也不是没准吧,而是那太好了。太好了。)

汤姆比我矮一点,有一英寸左右。他长着一头粗硬的黑发,一双明亮的黑眼睛,还有来得快去得也快的笑容。他有点矮胖,讨人喜欢的那种矮胖,他的肚子看上去不像是多余出来的东西,而像是某个东西的中心,是肚脐眼的背景。他的四肢安装得很牢固,很润滑,我的意思是活动起来极其自然,我始终没法做到这么灵活。他的年纪比我大,二十二岁,已经大四了,学的是政治学,他喜欢瑞典导演伯格曼、西班牙导演布努埃尔、法国艺术家考克多,一想到他的某种样子我的肚子里就飞舞起蝴蝶。

第二天他先看到了我。两点左右,刚看完加拿大著名演员唐纳德·萨瑟兰出演的一部糟糕透顶的故事片。只能是经济上的绝望才会诱使这么一位伟大的演员出演一名配了红黑色的装束和马匹的加拿大骑警。愚蠢的剧本、粗陋的对话、纸片式的人物、侮辱性的刻板印象、虚假的情节、不可信的表现、一看就很假的布景、闪闪发亮的额头、煽情的配乐,唯一令人高兴的就只有能看到萨瑟兰的脸,能听到他的声音。我认真地思考着这部电影的拙劣之处,有多么糟糕,为什么这么糟糕,就在这时一个声音,他的声音在叫我。我扭过头。两个笑容,他的,瞬间出现,瞬间又消失了;还有我的,停留得久一些。我们一下子就有了那么多话要说。他来晚了,所以我没有见到他。我们立即就热火朝天地聊了起来。他来晚了,所以之前我没有看到他。我们开始幸灾乐祸地批判起这部影片,用两个脑袋思考,我们找到了更多可怕的缺陷。马术!鞋!刀具!呵唷,这可真是有史以来最劣质的片子了!比《萨德兹大屠杀》更拙劣,我给汤姆讲了这部影片。

"不过,当然了,我还是得给斯洛克姆—普科姆搞这部片子。"他说。

"为什么啊?"

"唉,必须的。唐纳德·萨瑟兰就是新斯科舍人。"

啊,没错。后来,汤姆给我寄来了"斯洛克姆—普科姆电影—嘘影院月展嘘月刊"的节目单,封面简介上就写着"来看唐纳德·萨瑟兰的大烂片!一位伟大的演员出演一部可怕的加拿大影片。除了这位新斯科舍的孩子,影片一无是处。看天才的决然孤独。看天才的决然孤独如何对付垃圾。一部你不得不看的影片!"

我们俩的日程安排自然而然合上了拍,我们对电影总是有着相似的看法。碰到各执己见的时候,其实这样更好,我们就会像两条争抢一根骨头的狗那样拼命。汤姆有着非常喜欢争辩的性格,我得说他的这种性格跟我有的一比。我们对《资产阶级的审慎魅力》中用到的橡皮鸡大加赞美,为了《大幻影》、《巴黎的最后探戈》、库布里克、《铁皮鼓》和奥托·普莱明格吵得不可开交。

* * *

一个暖和的周五晚上我们没有看电影。那天晚上是导演克劳德·朱特拉斯的回顾专场,我们俩都看过《安冬万叔叔》了。我们去了埃贡的宿舍聚餐(至今一想到那天晚上,我还能记起当时我还带过去一口铸铁煎锅,后来再也没有拿回来)。参加聚会的有埃贡、他的舍友特里(直男)、乔、汤姆和我。埃贡用煎茄子、红辣椒和老山羊奶酪做了一张美味的比萨,我拌了一盆地道的恺撒沙拉,汤姆带来了三瓶加州红酒,乔烤了一张美妙非凡的焦糖山核桃派。多亏了特里的大麻,我们在半梦半醒中把五花八门的食物消灭得一干二净。那个夜晚太美好了。我一向不太合群,而且总是对计划好的充满友好气氛的时光感到畏惧,但是那个夜晚的友好气氛是发自内心的。

我们聊着绘画。乔是画家,在这方面他非常优秀。平时一讲起绘画,他的言谈间就总是带着一触即发和充满戒备的傲慢,还总是唠叨着一些毫无意义的胡话。不过那天晚上我们都变得平和包容了,而且还飘飘欲仙的,我们把沙发转了方向,面朝着乔最出色的一幅作品。色彩饱满的丙烯画,画的是一只耳朵。头一回乔说的话简单明了,又准确。那幅画以肉色、赭石色、焦杏色和黑色为基调,在耳朵的中心,也就是耳朵的深处,有一把极其细微的空椅子,乔说椅子寓言着期待,一把空椅子就是"一把满怀期待的椅子,一把怀念过去的椅子"。

快到凌晨两点的时候我们都快要在沙发上睡着了。我挣扎着站了起来,告诉大家我要走了。那会儿我已经几乎睁不开眼睛了。汤姆提出陪我走回去。我欣欣然地说好的。现在我已经不太记得当时我在想什么了,但是我肯定在想什么事情。

我们穿过罗伊敦安静冷清的街道,朝我的住所走去,一路上我们对彼此有了再一次的了解。空气凉爽舒服,我们停下脚步,看了看几座教堂。开始上山的时候——我就住在山坡背后——我的心狂烈地跳了起来。现在怎么办?我紧张得要命。

到地方了。

我看得见客厅里的灯光。有人还没有睡。我已经受不了难为情的感觉了。该拿我们之间的距离怎么办?该把我的目光落在哪里?我指给汤姆那座麦片厂和带着旋转摄像头的监狱,大半夜的这些地方没有什么可欣赏的,只不过那一刻沉默成了我们的敌人。

我们专心致志地聊着蒲公英这个迷人的话题,门前一小块草坪上长着五六株蒲公英,可我还是设法突然把问题抛了出来。

"你"——为什么我要用鞋的一侧蹭着人行道——"要进来"——看着他啊!——"喝杯茶吗?"

"很乐意。"

很好,可以暂时拖延一下了。我们终于可以闭上嘴,正常地聊聊天了。我们爬上水泥台阶。

客厅里不只有灯光,还有音乐,一支英国民谣摇滚乐队,萨拉的唱片。"《除了那个姑娘》。"汤姆说。"没错。"我回答道。不过客厅里没有人。萨拉有一套古董立体声音响,就是那种中间有一根长针和一个塑料杯,可以连续播放好几张唱片的音响。那套音响不贵,性能倒是很稳定。其实可以说很顽强,有时候会自动转起来,比如那天晚上。脾气糟糕的希腊菠菜饼摊在沙发上。萨拉最新,也是最喜欢的男朋友马丁不喜欢猫,他来过夜的时候那只猫就被赶出了萨拉的房间,通常它会上演一出三幕剧,喵喵叫几声,挠几把沙发,然后像游击队员在战斗中那样拉一泡(鉴于亲身经历,我总是把自己的房门紧紧地关上)。显然,我们擅自闯入了它的第二幕,希腊菠菜饼正在有板有眼地又揉又抓地折腾着沙发。

我首先想的是"这样难道不好吗",然后笑了笑。凌晨两点进了房间,进入四十瓦灯泡散发的红色灯光和迷醉喧闹的音乐营造的昏暗的魔咒中,身边还没有一个人,这样难道不好吗?只是汤姆开心地喊了一声"啊,猫",我立即做出反应,说如果我是他,就绝不会碰那个火冒三丈的家伙。

我清楚地记得"这样难道不好吗"。是一种细微的情绪自己在说话,它说的话淹没了我。我相信就是在那一刻我清楚地断定自己想要跟汤姆睡觉。我们脱掉鞋,穿着袜子轻轻地走在房间里,看到那一幕我太开心了。

我们去了厨房，例行公事地完成了简单、愉快的冲茶的活动。我们端着一壶茶、两个杯子，径直去了客厅。希腊菠菜饼没有让步，还在那里直勾勾地盯着前方，猫在图谋不轨的时候才会那样瞪着眼睛，于是我们就坐在了地板上。我靠着沙发。我们精神饱满，能继续熬上几个钟头。

音响一遍又一遍地播放着《除了那个姑娘》的 A 面，我们东拉西扯着，聊着一切，又什么都没聊，聊着未来的生活，过去的生活。我们突然聊到了父母的问题，在这个方面我无话可说，结果汤姆陷入了沉默。我说没关系，你的父母是做什么的，就这样打破了沉默。他的父亲是教师，母亲是哈利法克斯动物保护协会的主席。就在这时，就在提到"哈利法克斯动物保护协会"的一瞬间希腊菠菜饼从沙发上掉了下来，悄无声息地溜走了。第三幕得由我们俩完成了。我心想要是忘了关卧室的门，那只猫又要在我的枕头上拉屎了，第二天早上就得罗伊敦动物保护协会来拯救它了。

汤姆站起身去往茶壶里灌水。回来后他把茶壶放在我旁边的地板上，自己在沙发上坐了下来，腿舒舒服服地抵在我的肩膀上。

"嘿，我要给你做做按摩。"他一边说，一边把腿从我的头顶上跨了过去。他把身子挪到了我的正后方。

我感觉到他的两只手拢起我的头发，手指轻轻地掠过我的脖颈，我举起两只手臂，用手把头发摁在头皮上，露出脖颈和肩膀任由他抚摸。

随着一声喜悦的叹息，我接受了他的摁压、探测，徘徊不前的手顺着我的肩头和脊柱一圈一圈不停地画着十字。我挺直身子，让他靠得更紧了。我把两只手臂放在他的膝盖上。他朝着东西两边一直摸到了我的手臂末端,往北走过发际线一点点,向南沿着斜方肌一路画着圈,弄得我直犯痒,似乎是因为这些肌肉的存在世界才没有崩塌。太放松了,我感到身体这个指南针的四个端点在变大,身体以一种极其喜悦的方式被分成了四等份。自始至终我都很清楚游走在我的肩头的是他的手指。每一次那些手指跨过乳罩的一根肩带,我都在想此刻他在想什么呢。

过了好久,茶已经全都凉了,他停住了,两只手落在我的脖颈上,两根手指懒洋洋地挠着我。我的两只手臂猛地落了下去,抱住了他的双腿。

"累死了。"他说。他把手放在我的手上,下颌抵在我的头顶。我顶着他的下颌,保持着平衡,那幅景象就像第三世界的女孩顶着一灌水。

我的心原本一直满怀期望地等待着我采取行动,突然它抢在了我前面,开始非常剧烈地跳动了起来,它的节奏让我的全身都开始震颤了,就像是那种能让美国某座吊桥垮塌的细雨。我故意扰乱了节奏。

我轻轻地说:"要是愿意的话,你可以在这里过夜。"我希望自己的语调就像一只旅行箱,有着毫无倾向的外表,根据目的地的不同里面的东西可以随时改变。

"那就太好了。"说完他亲了亲我的头顶。我感觉这个吻就像一声回声。

我的心里震惊和狂喜各占一半。

"咱们去睡觉吧。"我一边说,一边拉起了他的手,没有看他一眼。

我的意识还在——要不就是正在迅速地消失——我还记得拔掉音响的插头。我们蹑手蹑脚地上了楼,我走在前面。楼梯口没有希腊菠菜饼,我的卧室门关着。

我开了门,我们走进房间,我把门在身后锁上了。咔嗒咔嗒的机械声默默地告诉我就是这样,就是这样。

我转过身,我们都笑了,他走到我跟前,亲在了我的嘴上。

他是男人。这是同性恋。我是一个同性恋。在楼下汤姆亲吻我的头顶时我的脑子里闪过了这个念头,现在我们的嘴唇碰在了一起,这个念头又飞快地闪现出来。我靠着墙,汤姆靠着我,不太使劲,但是意图很明显,一只手搭在我的左肩,另一只手摁在墙上。他的皮肤轻轻地蹭在我的皮肤上,他的身体贴着我的身体,他的吻同露丝的那么不同,节奏更快,戳得更热烈:他是男人。这是同性恋。我是一个同性恋。太疯狂了,我知道。我们在做纯粹的正常的异性爱,甚至有些平庸,但是这个念头还是冒了出来,一次又一次,他是男人。这是同性恋。我是一个同性恋,尽管偷吃禁果的念头阻止不了任何事情,只能让我的两条腿颤抖起来,让我需要空气。我打断了这个吻,挪开了一点,两只手却还在他的肩膀上。

"你有些紧张。"汤姆说。

"我"——停顿——"这"——"是我的第一次。"这么说有些不对,不过随即我又在心里说:"没事的。"

我又靠近了他,吻他,我的舌头伸了出来。

他的手抚遍我的身体。我将手放在他的胸膛上,毫不含糊的男性的胸膛。

他解开扣子,脱掉了我的衬衣。我解下了胸罩。

他脱掉了自己的衬衫。一缕打着旋的黑色胸毛。他是男人。这……

我们又抱在了一起,温暖的肌肤贴着温暖的肌肤。我的乳头挺了起来,每一次擦过他的胸膛它们都意识得到。他的头发软软的。他的一条腿挤进了我的两腿之间。我感觉到自己湿了,感觉到下边不停想要引起注意的古怪的感觉。真希望我的心脏不再跳得那么剧烈。真希望他能为我口交。他的脑袋垂到了我的乳房,两只手交替地抚摸着它们,他的手有点冰凉,接着又是他的嘴,突然温度就升高了。我的一只手向下来到了他的两腿之间,挤了进去。那里摸上去硬邦邦的。汤姆躲开了,开始脱起了裤子。他一下子就把外裤和内裤都脱掉了,一脚把裤子踹到了一边。他的拇指就像两个钩子,两下就把袜子脱掉了。

我无法让自己的眼睛不去注意他的一举一动。在一小片整齐茂密的黑色体毛下面矗立着一根直挺挺的阴茎。我的呼吸又浅又烈。我机械地伸出手。环绕着它。捏它。前前后后地抽动。它那么温暖!几乎有些烫手。我再也站不住了。如果没有床,我就要倒在地上了。

我立即脱掉了身上仅存的衣物,一把将床罩扯到了一边,然后就倒在了床上。他在我的身旁躺了下来。

我们在彼此的怀抱里翻滚着,将身体紧紧地贴在一起,抚摸着,亲吻着。烧灼硬挺的阴茎碰在我的身体上,每一次我都感觉得到。我再一次握住了它,抬起身子,打量起它。我轻轻地来回抽着柔软的外皮,它的头部时而露出来,时而又被掩盖起来。

"我没有避孕套。"他小声说。

"哦,我也没有。"

我的生育能力?这是我最不可能想到的事情。我可能会怀上孩子的想法似乎太不真实了。我甚至无法想象到那一幕。不管怎么说,这个东西插进我的身体里似乎都是一个疯狂的念头。无论我的下边多么湿,多么渴望引起他的注意,那东西都绝对太大了,我的身体不可能舒舒服服地容下它,他的求欢似乎不太可能带给我愉悦。一根指头,一条舌头,我只需要这些。

我想用嘴巴含住它。这个念头让我浑身哆嗦了起来。在我的嘴巴里。他的老二。噢!

汤姆的手如我期待的那样滑到了那里。噢,很好!我躺下了,合起眼睛。我放开他的阴茎,慢慢撑起身子靠向他,这样我就又能感觉到它顶着我了。

不能说他做得很老到,实际上他有些太快了,太使劲了,不够迂回,不过在这样极度的不完美中蕴藏着完美的瞬间。那是一只男性的手,点燃我的正是这个因素。

他停住了手。我睁开眼睛,有些惊恐。他不能现在停下来。不能在这么疼的时候。

"我只进去一点点。我保证不射。"

"好的。"这一点应该很有希望实现。

他在我的两腿之间运动着,向前俯下身子。我感觉得到他那个坚硬又圆钝的东西在狠狠地顶着我——太低了——就在那儿——那儿——我想是右边那一块——啊!太疼了!

那种感觉不像骨折,但是受伤了,被撕扯着,以往带给我极度快乐的地方现在让我蹦了起来,就好像一根电线刺激得我颤动起来。

"疼!"我急促地小声说道。

"对不起。我不会进得那么深。"

他又朝左右挪了大约一英寸的距离,我用两只手臂推开他,他向后退去。

最终他抽出去了。

"对不起。"我说。我不知道他是否会感到沮丧。

"噢,别担心。我不想弄疼你的。唉,我太累了。"

他笑了起来,一头倒在了我的身边。

我想为他做些什么,于是我又打算用嘴巴含住它。我向下挪去,用右手握住了它。我轻轻地上上下下地运动着。我已经忘记了阴茎端头那条滑稽的线条,那条线看起来活像是一直将阴茎封死在里面的缝合线。挤压的时候,裂口里就会蹦出一颗清澈的水珠。

我张开嘴,把它含了进去。一开始我吃到了自己的味道,接着就是一股比淡淡的酸味强烈不了多少的味道。我吮吸了起来。我喜欢它,淫荡的感觉让我兴奋了,只是吮吸并不轻松,这又减轻了我的兴奋。我的牙齿有些碍事,嘴唇很快就发痛了,有时候我的嘴还会被堵得严严实实。

汤姆的阴茎开始软下去了。我感到失望,抬起头看着他。

"告诉我,我该怎么做。"

"没事儿的。来吧,过来。"他的声音友好,没有丝毫的失望,他的双手伸给我了。我爬到了他的身旁。"听见鸟叫了吗?"他又说。

沙发床上方的窗户透出淡淡的灰蓝色,即将消亡的夜晚才有的颜色,零星几声召唤日出的鸟叫声。我把窗户开得更大了,我们跪在窗前。凉丝丝的微风扑面而来,很快天就亮起来了,只是依旧透着一种难以描述的微妙。我不记得上一次看到破晓是什么时候了,朦胧的光亮,越来越耀眼的各种颜色。那幅场景一直留在我的脑海中:汤姆和我一丝不挂地跪在我的沙发床上,胳膊肘撑在窗沿上,疲惫得已经麻木的两个人望着窗外新的一天。他的一只手轻轻地挠着我的后背。我们商量着穿上衣服,出去走一走,早早地吃一顿早餐,可是我们只有口头上的决心。结果,他瞟了一眼我的乳房,把嘴伸向了它们。

我们又倒在了床上,盖上被子,时睡时醒地折腾了几个小时。他从身后揽着我。就算没有抚摸彼此,我也清楚地知道他的存在。真高兴能知道这一点,可是这样我就怎么也睡不着了。

早上,或者说是上午,我们一起洗了澡,我太喜欢这样了。我们亲吻着,直到水变冷了。穿上衣服的感觉太奇怪了,看着汤姆消失在一件又一件衣服后面。正常的穿着回到了身上,我们走出我的卧室,仿佛从未发生过不同寻常的事情。穿上衣服的汤姆感觉像另外一个人。我想知道萨拉会怎么说。

可是当时家里只有凯伦,她从位于地下室的卧室里急匆匆地跑上楼,抓起早餐就赶去排练了。没准她以为汤姆才来了几分钟。没准她压根什么都没想。

我们喝了咖啡,然后去莫里餐馆随便吃了一顿早餐。然后就去看电影了,加拿大映象的最后一天。

*　　*　　*

接下来的一个星期汤姆和我一直在一起。在罗伊敦,在他不太常去的多伦多。就在那段日子里,有一天——现在我还能想得起那张床,那个房间,当时的状况,就是想不起究竟是哪一天——我破处了,解剖学意义上的处女之身,我要说这件重要的事情在生理上令人不舒服,不只是有点疼那么简单,多亏了有润滑剂的避孕套,再加上我们努力配合对方,才没有第一次那么痛苦,但是肯定也没有给我带来享受。我又流血了,出乎意料的多,第二天还在流,就像是一次短暂的月经。完事后,汤姆恍恍惚惚地躺在那里,我去冲了澡,血顺着我的大腿淌了下去。我记得自己当时心想"成了。我二十岁了,不是处女了",然后自顾自地耸了耸肩。

怦怦跳动的心脏草草地记录着我的往事,遇见汤姆,跟他的第一个夜晚,最后一个夜晚,跟他手拉着手走在布卢尔街,这些事情我记得更清楚。

不过,至少那个房间令人难忘。我们就在士巴丹拿路旁边一家酒店的小破房间里。房间简陋、肮脏,又令人兴奋。里面不臭,一点都不臭,一丁点臭味都没有,只是内部的颜色和地毯的质感,还有家具的成色和款式让人不禁有些多心。那个房间就应该臭烘烘的。

我们在那个房间里度过了五个夜晚,五个慵懒的清晨。我给汤姆打了几次手枪;一次洗澡的时候为他吹了三四次,效果有些改善,不过到最后他也没有射出来;多亏了我用寥寥数语制定的一套规则,我跟男人做爱终于有了高潮。按照我的规则,朝下捋他的前臂表示重一些,朝上表示轻一些;我们有条不紊地抓着、揉着对方;我们不厌其烦地聊着天,一阵接一阵地大笑着;我们亲吻;我们又做了两次,一次在最后一个晚上,第二天清晨又做了一次。

经过了第一次性交我更愿意休息一下,尤其是第二天,第三天,一直休息下去,但愿这个话题不要冒出来,多谢了,它挺着,汤姆的那个它,一直挺着,这令我俩都很开心,最后,尽管我一直在汤姆的前臂上弹奏着霍洛维茨的曲子——最强音!……钢琴……钢琴……最强音!——他还是提出了这个话题,我们该拿它怎么办。最终,在情欲即将崩溃的时刻我在心里念叨着,哦,见鬼。不在这些漂亮的手指上射出来,你也太可怜了,那就趁着那根淌着口水的鸡巴还没发疯的时候解决掉它。它进来了。只是这一次它没有弄疼我。仍旧没有快感,不过也不再撕扯我了,没有紧张的震颤,也没有令人心神不宁想着"就要完了"。身体和大脑的一阵放松。就是一个家伙以奇异的姿态在我的身体上进进出出地抽着。我安心地躺着,腿挪来挪去,好让自己舒服一些。我把那个俗丽的房间欣赏了一番,做了一会白日梦,听着汤姆的声音,抚弄着他动个不停的屁股。这一次,当他在我的耳边发出奇怪、垂死的声音时,我露出了笑容。我有可能会上瘾,要是这样做能让他那么开心的话。要是他真的什么也不曾为我做过的话,不曾为我做过神奇的手活,不曾为我口交——那时他还没为我做过,但是我必须要向他提出这种要求,那我就会说一句,噢!——在某种程度上这种滑溜溜的接触也给予了我一些东西。亲密、热烈,能产生热度的东西。还有牵挂。

他沉沉地、稳稳地趴在我的身上,我亲吻他,用双腿和双臂搂着他。我们睡着了。第二天清晨,一切又开始了。

然后他就走了。在车站我们等着大巴,他要去机场,这时他告诉我,啊咳,他不想对我隐瞒这件事情,啊咳,他很喜欢我,可是,啊咳,他在哈利法克斯有女朋友。这倒不是说他跟那个女孩的生活一直很好,只是,啊咳,她是他的女朋友,她是存在的。

噢,没关系,我说,我急着帮他解围,差点就要提到露丝了,然而她不是我的女朋友,她不存在,再也不存在了。我只能反复说着,没关系。在我们的理解中,坦率地邀请对方跟自己待在遥远的哈利法克斯和遥远的罗伊敦表示"只是朋友"。不管怎么说,谁提到过"恋爱"这个词呢?没关系。他笑了笑,车来了,他亲了亲我的嘴,跟我吻别了。我怦怦跳动的心将这个吻刻在了记忆里——他在我的嘴上坦率、毫不迂回的一吻,噘起的嘴巴。

在回罗伊敦的公交车上我想起带他参观我的工作室,我那个秘密的圣所,我的小说时他做出了怎样的反应。只是"哈"了一声,几乎无动于衷地往四下里看了一眼。没有凑近一步,仔细看看那些索引卡,好让我不得不说,别,别,别,然后假装惊恐地把他赶开。他有点自命不凡,把他那一套斯洛克姆－普科姆的自我看得很重。他始终没有为我口交过,这个自私的乡巴佬。谁稀罕在哈利法克斯过夏天?那还不如在贝尔维尔过呢。

等到在厨房见到萨拉的时候,她诡秘地笑了笑,说:"我们都以为你不回来了。"

"我回来了。"

"然后呢?"

"什么然后?"

"好吧,怎么样?过得开心吗?"

"还好吧。皇家安大略博物馆的展览挺有意思的。"

萨拉的马丁是另外一种男人,他把自己看得很重,这一次又把自己当成天主教工人阶级的英雄。萨拉有一次跟我说她彻彻底底地爱上了他。在她重重地说出"彻彻底底"这几个字的时候我看到她的脑袋摇晃着,丝绸般的黑发应和着脑袋的晃动。最终她会怀上他的孩子,因为他不在乎避孕的问题。同在一个屋檐下的我们几个人也不在乎马丁。至于汤姆,我告诉自己我绝对没有爱上他,没有彻彻底底地爱上他,就连一丁点也没有。他只是我为期一周的一场狂欢而已。必须回到我的小说去。

过了一段时间,一天夜里我给萨拉讲了汤姆那个"女朋友"的事情。她人很好,跟我说了一些表示同情的话。谢谢你,萨拉。

* * *

又交往了几个男人之后我遇见了罗杰(应该说是,再次遇见了他)。"又交往了几个"指的其实是三个,不过全都不值一提。怎么发生的,我们做了什么——每一次我的心都狂跳着,不过事后,在得到满足的欲望(基本上是他们的欲望)崩塌后,我的大脑又活跃了起来,就像蒙在笼子上的罩布被掀掉后笼子里的那只鹦鹉,它会对我说:"这个家伙是谁?你了解他吗?你想了解他吗?现在怎么不吭声了?算了吧,要我说,算了吧。"然后记忆就尽职尽责地把一切都抹去了。现在,令我惊讶的不是我遗忘了那么多事情,而是我想记住的事情竟然微乎其微。他们都是一瞬间的欢愉,就像焰火。除了欲望,没有更多的迷人之处了,没有什么可说的,没有什么可分享的。

我自动记住的就只有一幅画面,一次冲动:我在那个搞游泳的大块头的身子下,他像公牛一样愚蠢,不过有着游泳运动员的胸膛,上面覆盖着金色的胸毛,那天很热,我们的身体上都挂着晶莹的汗珠,他巨大得令我在他性感的胸膛下面感到那么孤独,他那两条笔直的胳膊就像科林斯石柱,我吊在他的身上,感觉就像树懒吊在亚马孙丛林里的枝干上,只不过我远远不如树懒吊得那么平静,因为这个搞游泳的家伙一直在哼哼唧唧,使劲地在我的身体里进进出出,实际上刺穿了我,那么强劲,那么美妙,越来越棒,我心想"我真的,真的会上瘾的,噢,没错"。

我一心想要再过上那样的性生活。每天夜里萨拉的呜咽似乎都在我的房间里回荡着,那是我的孤独的回响。

*　　*　　*

夏天来了,一学年也要结束了。学生们都四散回家去了。我决定这一次不出去旅行了。我无法想象自己还能碰到上一次的运气,我的小说给了我最好的理由:我就待在罗伊敦,写完小说。家里只剩下萨拉和我,其他房间我们都想办法转租了出去。入校第一年的第一个星期我就认识了罗杰,斯特拉斯科纳—米尔恩校区的所有人都认识罗杰。他曾经是学生宿舍主任,我与他相识的时候他还在积极参与学生宿舍管理工作。在他担任学生宿舍主任期间,学校考虑关闭那两个在城里的校区,把所有的院系都集中到主校区。这个想法激起了埃利斯大学历史上最接近武装暴动的学生活动。校园里出现了集会、游行、静坐抗议。在斯—米校区的主教学楼周围竖起了路障，有一阵还有专人在那里看守。原本这些活动都只是象征性的，对于学校来说可悲的是，学校里的参战人群都集中在了斯—米校区，他们开始怀着满腔的革命热情架设路障。那些路障看起来就像真的似的。在带刺的铁丝网里走上几英尺你才会意识到其实就是毛线而已。身着五花八门的假军装的学生们昼夜不眠，高喊着："听！谁过去了？你上那儿去干什么？"他们会走到通敌者的跟前，用木头步枪指着那个可怜的敌人的胸口。罪大恶极的敌人会被两名"士兵"押送回来，后者尽可能地让自己的工作变成一出令人捧腹大笑、面目可憎的闹剧。

负责策划活动、向校方提出要求、拒绝敌方提议、敦促校方、保卫城中校区的活动主谋之一正是罗杰。最终学校打了退堂鼓，校报《牛虻》上出现了一幅漫画，在画中罗杰坐在一架战车上，打扮成获胜的恺撒的模样，戴着枷锁的校长跟在他的身后。这一切都发生在我入校的两年前，但是事件对城中校区的激励和刺激久久没有消失。这件事情甚至演变成了传说：在我读一年级的时候艺术空间还上演了一出歌颂这一事件的戏剧。扮演罗杰的演员打扮得活像是切·格瓦拉。

我遇到罗杰的那一年他已经恢复了英语文学专业的正教授的身份，主攻约瑟夫·康拉德，不过他就是那种似乎无处不在的人，永远站在那里跟别人交谈着、在各栋校舍进进出出、在餐厅喝咖啡、在学校的酒吧里下围棋等等。人人都认识罗杰。

奇怪的是，没有人真正了解他，至少在学生中间是这样的。接近他以后我发现这位公认的革命家，巴士底风暴的制造者，耶利哥城墙上的号兵,玻利维亚丛林里的游击队员实际上是一个老派的唯美主义者,对任何形式的政治都毫不关心。用这种说法——老派——我没有贬低他的意思,只是这一点令我有些惊讶。这个词不应该存在贬义,毕竟回想我们当年的谈话时我发现当初我们聊的全都是艺术。我对罗杰最初的印象就是无意中听到他在跟别人讲康拉德的《诺斯托罗莫》,那时候我还没有读过这部小说。我和他的第一次交谈聊的是《间谍》,我吞吞吐吐地指出了一些细枝末节的问题,他突然打断我:"不。这是一部完美的小说。我找不出一丝一毫的瑕疵。这是一出没有交代起着驱动作用的核心事件的戏剧,一个不存在的存在,就像早就消失了,可是却激起了层层涟漪的石头,结构完整,中心却空无一物——我还从没见过这样的作品。"就这样结束了我们的谈话。引着我们睡到了一张床上的第一步就是在一个没有人的咖啡馆里我碰到了他,他正在思考《阿尔迈耶的愚蠢》中的一段。最后一次看到他的时候我在想,要是库尔茨的未婚妻相信马洛的谎话,她怎么会对库尔茨不知根知底?

这就是罗杰的开始、中间和结束:约瑟夫·康拉德,原名约瑟夫·西奥多·康拉德·科尔泽尼奥夫斯基,1857—1924。缠绕贯穿在他全部生活中的一个东西,从十二岁到四十九岁,比他与前妻和孩子的交往时间还要长。只有他的父母有资格宣称自己在罗杰的生命中存在的时间比康拉德更长久。罗杰属于那种发现自己可以靠兴趣爱好谋生的幸运儿。他喜欢的印第安那少年冒险故事后来成了他在牛津大学的博士论文的题目,再后来又成了他开始学术生涯的通行证。罗杰对康拉德的热爱随着他自己的改变而改变着。年轻时,坐在扶手椅上随着《水仙号上的黑鬼》,随着《台风》,随着《动荡故事》,随着《胜利》遨游大海。成熟到读得了《吉姆老爷》的时候,他发现接近并走进《间谍》令他感到焦虑,还有一点无聊。我认识他的时候,他的思绪正要整理一下对《黑暗之心》的关键性理解——很熟,但是没有理解多少——以及《诺斯托罗莫》这座丰碑和康拉德。如果说罗杰的生活中也存在着政治和革命,那也仅仅是他从《诺斯托罗莫》和《在西方的注视下》中读到的。他对混乱有着没有经过检验的厌恶,这种厌恶就来自康拉德对混乱检验过度的厌恶。康拉德身上缺少幽默细胞,罗杰也同样很少用幽默的方式看待事物,这倒不是说他是一个阴郁、严厉,或者沉闷的人,我想说的只是欢笑不是他喜欢的出路。他觉得笑是一种虚弱的情感宣泄方式。他是一个严肃的人,他的严肃是积极的。他是我碰到的第一个不怎么说讽刺话的知识分子。

至于拯救了城中校区的"十月革命",罗杰只说过:"事情出了,他们想要把校区关掉,有的人反对,我当时刚好是斯—米的宿舍主任,我只不过走在了游行队伍的最前面而已。"

康拉德是命令,是书籍,是道路,尽管他绝对不会这么说。令我对罗杰产生兴趣的就在于这一点。罗杰也教授其他作家,其他拯救了二十世纪的作家,对他来说他们的意义不只在于他读过的那些著作。我不相信上帝,在这一点上我很固执,但是我对世俗的宗教有着兴趣。罗杰通过康拉德理解着生活。康拉德就是他理想中的另一个自己。对先知的选择是一种主观的事情,完全有可能是卡夫卡、巴赫、马蒂斯,或者无政府工团主义、犹太复国主义、动物权益运动,或者棒球,这完全取决于某一天一个十二岁的男孩在做什么,令我感兴趣的正是这种主观性,——我们选择什么东西,选择何方神圣去信仰,并且让我们在十分有限的范围内对世界敞开自己的心扉。

罗杰和我走在罗伊敦的街头,我们转过街角,仿佛我们驾船在一条热带河流上拐了一个弯。我们或许会吓到一只正在水边舔水的豹子,绿色衬垫上的一件珠宝。或者瞥见和听到野蛮人和着手鼓的鼓点,围绕着一个肆意妄为的库尔茨在舞蹈。或者碰到一位一脸冷漠的市民,他平静得令人感到恐惧。罗杰让我看到罗伊敦不是一个安静闭塞的加拿大小镇,它是马来西亚的一条大河,总会出现疯狂、崩溃、暴发的景象。

现在我已经不太会想起罗杰了,不过我并没有意识到他对我的影响有多么深。后来铁托伤害过我几次,有一次他说有时候我有着保守主义的倾向。他对我的指责正是我曾经对罗杰的指责,那一次我难过极了。从积极的方面看,正是跟罗杰交往的日子里我头一次写出了能够出版的小说,一个有关假牙的故事,也是在那段时间里艺术和意义的概念迈着基本一致的步调向我走来。而且我们过着非常棒的性生活,这一点也得感谢罗杰,那是一段充满肉欲的炽烈的时光。

* * *

让我们俩走到一起的是有一次碰巧我们都很想吃核桃馅饼。那年夏天我为自己制定了一份严格的工作时间表:每天八点起床,出门之前必须完成三页小说。这种安排毫无意义。我的确在八点就起了床,但是三页小说总是会拖到第二天,因为当天我得做准备工作,在我的那幅壁画上忙碌一番,进行细微的调整。创作麻痹症折磨着我,这种病对搞创造工作的人来说既可怕又痛苦,但是对其他人则毫无意义,后者只忙着工作,然后享受生活。我猜我本来完全可以开始该死的工作,只需要坐下来,提起笔:

你好!怎么样?见到您,当你的基督教向导,为您介绍这部小说,我真是荣幸之至。我是一只六代杂交的杂种狗,这是我们村子,柯尔图是我的主人,基督是我的主。我们在葡萄牙,一个地理上的人类集合体,据我所知,你们会发现这是一个很有启发性的地方。自从他背负起我们的罪,已经过去了一千九百三十九年。这是一个清晨。正如你们看到的那样,这是村子的大马路。教堂就在你们身后,在左边。我们会参观教堂的,放心吧。教堂有着噢特别之处,正是这个特别之处给了我生命的启发。等一等!别走开!时间还早呢,我向你们保证。就让你的期望滋长吧,让它折磨你们去吧。期望得到满足带来的快感会更加强烈,你们的灵魂会飞得更高。说到期望,之前我一直对见到你们的前景那么兴奋,兴奋极了,真的,我都没能心平气和地拉出今天的头一泡屎。所以,就让我用这座小小的纪念碑来纪念我们见面的时间和地点吧。啊啊啊啊啊啊啊啊啊啊啊啊啊啊啊啊啊。噢噢噢噢噢噢噢噢噢噢噢噢噢噢噢噢噢。啊啊啊啊啊。噢再来一条!啊啊啊啊啊啊啊那么欢喜。阿门!来吧,我带你们去看看村子。可以说是,去划出咱们的地盘。你们必须跟村民们见见面。他们都是勤劳的好天主教教徒。等见到他们后,尴尬地闲扯上几句,像你们喜欢的那样笑一笑,握握手,然后咱们就去教堂,我会让你们在那里一声不吭地待上二十分钟左右。然后我就叫唤一声,喊你们结束祷告,咱们就要开始了解这出戏了。哪里,怎样,为何。一切始自牧师。始自牧师,始自圣城法蒂玛,它就位于你们往西看到的那片蛮荒大山的背后。你们当然都知道法蒂玛吧?不知道?好吧,那么咱们就得从法蒂玛讲起了。在我主纪年的一九一七年——啊,理发师来了。我说,理发师!来见一见咱们的读者。

可是我即使做不到。每次就要开始下笔的时候我就会被各种问题和犹豫团团包围住了。我要做的事情那么重要,那么有意义,总是需要我更深入的思考。我的冲动会无疾而终。我会把作品推到另一天。明天八点半的时候我就动手,绝对的。与此同时,在对明天的喜悦的期待中,我出门散步去了,然后读一会儿书。

就在这样的一天,我想是在六月中旬,午后,我突然很想吱嘎吱嘎地嚼一嚼甜甜的核桃派。出门走不了几步就有一家甜品咖啡店,一个安静舒服的地方,店里供应几十种茶。

罗杰在那里。店里没有其他人,只有他,拿着一本书,还有一名懒洋洋忙碌着的女招待。我得说直到那时我们也只是认识而已。偶然相遇的时候我们会向对方打招呼,时不时地聊上几句,一次又一次,只是大多都是和很多人在一起的时候。他对我有着大致的了解,我的父母和古巴,我曾参与过学生政治活动,我的专业是哲学,但是对英语文学感兴趣,我对他的一些基本状况也有所了解。我喜欢他,就是学生对老师的那种喜欢,虽然我从来没有上过他的课。

门铃丁零响了一声,我走进了咖啡馆。他抬起眼睛,我们冲对方说了你好。

"你还待在这里做什么?"他问道。

"我在罗伊敦过暑假。"

"系里忽悠我答应了在暑假带一门有关D.H.劳伦斯的课。《儿子与情人》《恋爱中的女人》《彩虹》《袋鼠》——我都快受不了了。"

我笑了笑。我不想告诉他为什么我要留下来过暑假。

"跟我坐一起吧。"他又说了一句。

我要了一份核桃馅饼,一杯香梨香草茶。

"你读过这个吗?"他一边说,一边拿起了《阿尔迈耶的愚蠢》。

"读过。"

"嗯,到了我这个年纪,这第一部长篇小说越来越被我看重了。这里有一段……"

他指给我一小段。他很赞赏文中对标点符号的使用,尤其是对分号的恰当运用。我们聊起了标点符号的问题。

障碍开始崩塌,亲密的关系开始建立了。崩塌的第一重障碍就是年龄,罗杰的年龄比我大一倍多,这个念头真叫人害怕。几天前我才刚满二十一岁,他已经四十九岁了。露丝也比我大很多,但是跟她在一起完全是另外一回事。从一开始,年龄似乎就不成问题。是因为外国的环境吗?因为我们都是女人?或者只是因为我们性格投合?我不知道,大概三个原因都有吧。跟罗杰在一起,一开始在每一刻,每一次交谈中我都能感觉到年龄的差距。我们各自的生活经验,各自的成熟程度和智慧的多少都表露无遗。以前同他交谈的时候我信心十足,现在我突然感到自己羞臊得说不出话来,一旦开了口,又说得语无伦次。我不停地说着,刚一说出口就立即想:"我干吗要说这个?"

言语抹消了年龄。那天我们聊得越多,在接下来的日子里我们貌似偶遇的次数越多,我愈发感到在某种意义上我们越来越平等了,性格潜移默化地改变着彼此。这种改变同我之前提到过的一件事情有很大的关系——罗杰没有对讽刺的嗜好。他对我很认真,我对自己也同样认真。

从很早的时候开始,那时候我们还只是普通朋友,没想过将来我们还会有着另外一种关系,至少我没有想过,我坦白地告诉他我在忙着写一部小说。我痛恨自己当时用了那种语调,可是话就那么冒了出来,一场坦白。要是能听到当时自己的声音,那我

217

肯定会翻翻白眼。可是罗杰却说:"真的?"停顿了片刻他又问,"写的是什么?"我向他讲了大体的轮廓,叙述的角度,一个声音分裂成好多声音,顽强支撑下去的信仰这个主题,理想与物质符号之间的关系,我还提醒他,也是为了保护我自己,我说我完全陷在里面了,我很想写一部小说,可是我想得多,干得少。

考虑了片刻后他说:"我这辈子还从没写过一个创造性的字。我的工作全都依附于其他人的创作。我一直旁观着书,旁观着妻子的怀孕,孩子的成长。你要知道,我并不感到遗憾。我很擅长当观众。我的要求很多。不过,我还是一名光荣的交警,我冲着坐在马力强劲、车身宽大的汽车里的人挥着手——这边!那边!他们呼啸而过,我静止不动。"说完他冲我笑了笑,带着"你能怎么样"的意味耸了耸肩。

第二天我带他去看了我的工作室。他看得很仔细,踮起脚,弯下腰,从河源游到湖泊。我真希望他没有注意到那些胡扯的索引卡。

"看起来真是惊人。可是你陷在里面了,这是你说的。"

"完全陷进去了。全都在我的脑袋里,在墙上,别的地方就没有了。当然一页纸都没有。"

"嗯,倒是造出了一件非常棒的雕像。"

"没错。"一声不咸不淡的"没错"。

他看了看我。"陷在里面毫无意义。这样只会让你毫无出路。要是你真的被陷入了,或许你就应该毁掉它,重新开始。"

一个简单、大胆的提议,我从来没想到过。

不在当时,甚至不在下一周,但也不是很久以后。简单得出奇。屋外有一个金属桶,麦片厂罢工工人以前在冬天生火用的。上一秒我的索引卡似乎就像恒河一样永恒,下一秒它们就在桶子里着火了,桶子内壁上的油漆也一起烧着了。那天的太阳很烈,我看不到火苗,只看得到卡片抽搐着,变黑,消失,冒出一缕烟。我感到了开心。我可以自由自在地重新开始了。

罗杰第一次去我的住处时,萨拉在家,我说:"萨拉,你认识梅姆林教授,是不是?"

"嗨,萨拉。"梅姆林教授说。

"嗨,罗杰。"萨拉说。

我感到一阵强烈的嫉妒,一阵愚蠢的强烈的嫉妒。

* * *

在一个热烘烘的夜晚,在他的办公室里,我们终于一拍即合了,令肾上腺素在我身上泛滥的撩人的一拍即合。在他难得一见的大笑过后我们紧紧地站在一起,蓄意的,又不曾有人公开承认的靠近,一种公开的秘密。我无缘无故地露出笑容。我们的目光撞在一起,然后又掉头跑掉了,相撞,再跑掉。他的一只手飘浮在空中,在我的肩膀附近盘旋着。那只手落下了。他吻了我。我伸开手臂抱住了他。

既然公开了,一切便都可以流淌出来了,一切的确流淌了出来,一直流淌着。开始接吻的几分钟里我把他推倒在他的小沙发上,跪在他的两条腿中间,拉开他的裤子拉链,掏出他那根肿胀的阴茎。罗杰长了一根漂亮的阴茎,笔直,硕大,但又大得不过分,颜色饱满温润,只要我在场它就总是一副全神贯注的样子。我一直吸到它射出来。那东西滚烫,黏滑,味道有些奇怪。不是那种在超市的冰淇淋区能买到的东西,是在我充满性活力的时候才出现的东西,在我的嘴里爆发的一阵战栗——他的老二一阵搏动。

我们经常在他的办公室做这事。这种事情纯属找刺激,不是必需品。他的家就在不远处。在功能性和公共性都那么明显的地方做这种事有一种美妙的淫荡感。罗杰在他的办公室里授课，办公室能容下九名学生，七个坐在椅子上，两个坐在沙发上，教授坐在他那把舒服的转椅上。那一年我选修了他给四年级学生开设的康拉德课。我一直坐在那张沙发上，对于这一点我很在乎，到了晚上我会赤裸裸地躺在上面，罗杰如庞然大物一样俯在我的身上，或者将脑袋抵在我的两腿之间的那张沙发上。上课的时候他表现得泰然自若，就像对待其他学生那样从容应对着我的提问和插话。甚至在目光接触、说题外话、表现出极度热情的时候他也能做到对所有学生一视同仁。可是，到了夜晚他就会向我诉苦，意外的勃起让他有多么不舒服。

罗杰就住在斯-米校区后面，也是山坡更高处的一条街上，一条没有人行道的颠簸的柏油路，那条路是几十年前罗伊敦在山丘上铺的，自那以后那条路就被人遗忘了。在这片被罗伊敦遗忘的角落的寂静中树木长成了参天大树，一座座房屋建了起来，除了那条路在不停地裂开之外就再没有什么新鲜事了。一棵橡树死死地长在那片开垦出的荒地上，无数根一样的膝盖骨从柏油路面蹿了出来，让路面看起来就像是手风琴的音箱。骑着自行车艰难地走在那条路上的时候我总是会想起剧作家爱德华·艾尔比的《动物园的故事》中的一句话："有时候人不得不走上很长一段弯路，这样才能正确地沿着一条短路走回来。"

罗杰那座贴着桃木墙板的房子夹在两座更靠近街道的大房子中间，就在一条裂开的水泥小路尽头，房子前面有一大丛灌木。走廊、大窗户和所有用木头做的东西让房子看上去更像是一座小木屋。那是一座沐浴在阳光下的房子，对于独居生活来说再理想不过了。我对那座房子一见钟情。房子不大，罗杰的孩子杰里米和利亚来看望他的时候只能合住在一个房间里。屋子里的地板是硬木的，家具全都是翻新过的老古董，房间里堆满了书和文稿。地板、床、桌子、椅子，所有的东西都吱吱嘎嘎地响个不停。来一阵风，或者一场暴雨，整座房子，所有的东西都会发出吱嘎的声响。你得让自己平心静气，这样才能听明白电话另一头的那个人在说什么，才能听清楚电视里在说什么。饱受折磨的木头呻吟着、叫喊着，那些声音为我对那个地方的记忆配上了背景音效。还有，两个人贪婪地干着彼此的呻吟和叫喊。

　　花园就像房子一样无人打理。多年前，在杰里米和利亚还未出生的时候，罗杰与妻子佩尼去了墨西哥，去了帝王蝶破茧而出的那片丛林。"几百万只。每一片树叶其实都是一只蝴蝶。你的身边全都是黑色和橙色，就像是在一团冰凉的火焰中。"罗杰说。他给我看了照片，不幸的是照片全都是黑白的，不是黑色和橙色的。在书中读到他的绿色草坪是一种对帝王蝶不利的单一植物生态环境后，他就把后院毁掉了，精心地开了一个夏天的荒，移栽了鼠尾草、蒲公英、紫菀、野胡萝卜花、蓟花、血根草、鬼臼、雪割草、银莲花、风铃草，只要是能在田野里找得到的他全都移到了花园里。看到第一只帝王蝶的时候他欣喜若狂，那是唯一的一只，试验性的一只。这是很久以前的事情了。从那时起那片荒地就找到了自己的指挥家和自己的曲目。每年夏天罗杰都要挥舞着镰刀清理出一片空地，不是在这里，就是在那里。在一条毯子上，包围在沙沙作响，不停地噗嗞嗞嗞嗞，噗嗞嗞嗞嗞，噗嗞嗞嗞嗞的大自然中，我们在那片荒地上也做过那事。

　　罗杰做了输精管结扎手术，他说过"我希望自己在快乐的同时不会留下后果"（我真应该用笔记下来），所以我们不用担心什么，只要愿意，随时随地都可以做。各种记忆，各种有关一个人，却没有混为一团的记忆，这多么奇怪。我至今还记得一位深刻的康拉德研究专家,这位学者在很多方面对我产生了影响,与他的相遇对我的头脑产生了影响;从另一方面而言,一切又截然不同,我记住的是一个终身色鬼和他那根强大而贫瘠的老二。我觉得在面对这两种人格的时候我感觉我始终是一个人。无论是一丝不挂,还是穿戴周全,我就是我。可是他——衣服可以改变一切。衣服,或者没有衣服,改变着那个男人。

沙发上,桌子上,地板上,靠着墙;客厅里,浴室里,走廊里,镜子前,厨房里,床上(比床垫的海绵多,比任何东西的海绵都多),花园里;还有一天夜里在斯—米校区的桑拿浴室里(他脸色煞白,几乎昏了过去。我只能把他拖出浴室,让他在那里休息了四十分钟);在一个电影院里他把一只手伸到我下面一摁就出水的地方,强行让我来了一次极其强烈的高潮,而我只能一动不动,一声不吭,完全就是一场酷刑;还有一次在小湖公墓里,不过那一次被别人打断了;有一次在还剩几分钟就要上课的时候口交了一次,课上自始至终我的嘴巴里全都是那股味道,我还一直对自己的呼吸感到纳闷,实际上就是担心;缓慢的;快速的;我们闭着眼睛;我们睁着眼睛——我们的皮肤肯定释放出一点化学物质,就是我们散发出的可燃的信息素。罗杰说过一次他希望我只有三英寸高,这样他就能把我装在他的嘴巴里,把我从头到脚舔个遍。就算不是三英寸高,他也还是怀着狗才有的坚定把我从头到脚舔了个遍。在我不可磨灭的记忆中就有我俩在他的床上的情景。床罩和毯子都不见了。我躺着,罗杰跪着,一只手摆弄着挺起的阴茎,另一只手紧紧地抓着我的右脚踝。他把我的脚趾含在嘴里,啃着,舔着,就像演奏口琴一样摆弄着它们。有时候脚的前半截完全消失在了他的嘴里,过后留在上面的牙印显示出他吃进去了多深。我的脚被唾液浸透了。我自慰的时候罗杰就如饥似渴地望着我,我也看着他。他带着一副《卡里加里博士的小屋》①中的表情,发出饥肠辘辘的食人族才会发出的声响。我就要高潮了,我忍住了。感觉就像被冰冻住,同时又融化了。房间黑了下来,不是因为出现了月食,是我任由高潮来了,眯起了眼睛。那一刻,随着一声汩汩的呻吟声,我的脚上狠狠地挨了一口,精液在我的上方飞了过去。我看到它就如同一颗流星。

我是否处在例假期对这件事不仅毫无影响,而且还会令他更加兴奋,一想到我来例假他就会兴奋,完事后打蔫的阴茎在根部会凝结一圈血迹,叉开的大腿内侧在床单上画出整整齐齐的两道血痕,在浩瀚的床单上那两道血痕看上去就像是一位亢奋的极简派画家创作的画作。

大多数时候他在上面。我喜欢这样,我能够感觉着,注视着,抚摸着。我们也从后面做。一开始我还有些勉强。他会看到……我会露出我的……我觉得那里是人最不能没有隐私感的地方。可是罗杰对肛门很迷恋。他丝毫没有装出一副好像那个地方不存在的样子,在我们的第一次他首先做的一件事情就是心满意足地说"好漂亮的屁眼",然后就把一根涂了润滑剂的手指插了进去。片刻的震惊过后我发现那种感觉非常愉快。等到完全插进来的时候我感到了双重的圆满,有一种近似于完全被占满的感觉。

我将后背拱得更高了,羞臊的感觉消失了。有几次他毫不客气地用涂满润滑剂的老二插了进来,我不太喜欢这样。我的括约肌想要关闭,他却要进来,这样很疼;等我放松了下来,括约肌张开的时候,那种感觉就像是我要拉屎,我发现我并没有跟他一起

---

① 译注:1920年德国出品的恐怖片。

做,我只是干等着。不过,与此同时这种事情下流得令我兴奋极了。

在我特别兴奋的时候,罗杰还在我的身上进进出出的时候我就会高潮。这种情况总是出现在他在上面的时候,就好像高潮从天而降一样。不过,通常都是在他射精前,或者射精后我的高潮才会来,靠着他的手指的拨弄,或者嘴巴的口水,这些才是真正的火山般的香槟酒瓶崩开的高潮。

我们反反复复地做着爱,每一次都能来高潮,经过一段这样的折腾后,有时候我的身体酸困得几乎没法走路了。

干得太多了,都把我干疼了。这都是老早以前的感觉了。

*　　*　　*

那年夏天我一直忙着读康拉德,忙着做爱。罗杰给了我一把他家的钥匙。这一次,每当萨拉说"我们都以为你不回来了",我就会大笑起来。新的学年又开始了,我们不得不谨慎一些,不过我还是会在他家待很长时间(过夜的次数少了很多,这一点很令人伤心)。只有在他的孩子来看望他的时候我才会彻底躲开他。利亚跟我同岁,杰里米比我大,面对他们比面对特尤兹德更尴尬。我最好还是不要出现在他们的视野中。也不要出现在别人的视野中。很多教职工和学生肯定都知道我俩的事情,不过在公开场合我们还是表现得几乎形同陌路,即便参加同一个社交活动,我们也不会有过多的交往。

就是在罗杰的家里,在他不在家的时候我写完了假牙的故事。我发现他的家非常适合创作,因为那些木头、那些书、那种安静,而且知道自己的时间有限,几个小时后,几分钟后他就会出现,我就得停笔了。他的工作间里的书桌太杂乱了,我在客厅里一张小小的写字台上写着小说。那张写字台顶面倾斜,顶端高出一截，很像是学校里的书桌，但是比后者精致多了，桌面上嵌着一块皮子的写字区，桌腿是狮爪形的。在抽屉里我发现了一些以前的信和一些信纸，一本精装版的小开本《拉封丹寓言》。书大约长四英寸，宽三英寸，已经散开了。我用透明胶把封面粘住，心里想着每天要背下一则寓言，直到完成我的小说。我背到了第三部分的第十五则寓言，这意味着我的小说已经写了五十六天了，每天的写作时间从几个小时到一整天不等，我还在罗杰的电脑上敲了两天。这一次我很小心，以免自己重蹈覆辙。我没有过度准备。我将新冒出来的想法潦草地记在随身带的便笺簿上，我还在草稿的旁边随时放着一张纸，把那些能让我立即回忆起某个构思的提示语写在这张纸上，或者我就直接在脑子里把故事构思好。

我发现自己写得越多，要说的就越多，一个念头引出下一个念头。结果这个故事发展成了一个很长的故事，有四十多页。一定程度上这样的成果来自于一次调查研究，通过调查我得到了一些能让我将自己的构想编织在里面的事实。我得感谢一家大型义齿清洁剂及黏合剂公司消费者关系办公室的一位女士，她给我寄来了大量的资料，资料上的信息完全就是一部配得上被收录进大英百科全书的假牙综合史。乔治·华盛顿的木牙、维多利亚的象牙假牙、二战后聚合物塑料假牙的发展、假牙和人造假牙的加工制造过程、对假牙的保养，我没想过要读这么多资料，我也不需要读这么多。事实、数据、见解、逸事——这位密歇根的女士把所有信息都给了我，每一封信里在一副闪闪发光的牙齿上方都写着一句格言，"我们帮您留住笑容"。

随着这篇小说我还清楚地记得自己构想出小说的那一刻，那一次跟罗杰的输精管结扎手术不无关系。有时候罗杰喜欢我从后面摆弄他的阴茎，我在他的两腿之间握着那东西。九月中旬的一天,不是星期六,就是星期天,我就那样尽情地玩着。我们都侧躺在他的床上,我在他的身后,位置比他低,我的胳膊穿过他的两腿之间,脑袋枕在他的身体一侧,眼睛看着自己的手摆弄着他的阴茎。已经有一点精液渗出来了,我来来回回的抽动把精液抽得起了泡沫。他射了。这样的过程——沉重的呼吸、内心深处发出的笑声和呻吟、痛苦的表情、他的身体的紧张和战栗——却只能得到一点点成果,或许只有三毫升,这样的结果总是让我感到吃惊。他躺在那里,正从快感中一点点恢复正常,我打量着床单上一坨坨的污渍。那一刻我心里想的是这一点点少得可笑的黏糊糊的东西竟然可以那么有力量,虽然这一次并不是这样,"没有牙齿"和"射精"这两个词在我的脑子里凑到了一起。

最终的成果跟输精管结扎手术和射精都无关,但是来源于这两者。

我的小说讲的是一个没有牙齿的年轻女子,她跟自己的假牙,以及一个年纪比她大很多,牙齿健康,后来成为她的情人的前首相之间的关系。我在脑袋里构想出一个没有牙齿的漂亮年轻女人和那位上了年纪的爱人在床上的画面,两个人都光着身子,像两把勺子一样躺在一起,两个人都看着一杯水,她的牙齿就泡在那杯水里。我将小说切分了章节,总共六章,每一章都有一个小标题。这样的格式让我能够转换叙述者。有几章是描述性的,以第三者的角度展开叙述,着眼于某一件事情——例如清洁牙齿,清洁药片嘶嘶作响,她一丝不苟地擦拭着牙齿。有几章采用了"我"的叙述角度,即不是他的,也不是她的。还有几章几乎完全是对话。我在故事的核心制造了一种简单的张力:这场恋爱必须保密,因为年轻女子的情人很出名,很老,这个秘密越来越令她感到心烦。她感到自己软弱无力——这正是假牙所象征的意义。

这是一篇完美的小说，之所以这么说是因为我在谦逊地表示小说里的一切都有着明确的意图，一切模棱两可的地方都得到了精确的限定。看到这样的结果我很开心。

我不敢期望获得全世界的关注。我挑中了美国的一本著名的文学评论杂志，把我的小说寄了出去，我觉得小说能发表在那本杂志上很了不起。小说被敷衍了事又清楚无误地拒绝了，就在我把信封放进邮筒里的第八天，我收到了一封只有一段、日期是橡皮印章敲上去的、以"亲爱的作者"开头的信，这封信让我觉得自己射出了一杆拙劣的老箭，箭飞越了边境，扎进了美国丛林里，片刻之后一颗反击的子弹嗖地从我的脑袋旁边呼啸而过。编辑们急于把我的小说驱逐出美国，以至于他们甚至没有按照规矩给我随信发过去的写好回寄地址的信封贴上当地的邮票。在加拿大买不到美国的邮票，所以我就用回形针在那个信封上夹了一张国际邮政券，邮政券可以在任何一个邮局换到适用的邮票。编辑们没有在这种小事上花功夫，寄回来的信封上贴的仍旧是那张邮政券，它成了我那篇小说回家的通行证。他们用胶带纸把那张最不像邮票的绿纸片贴在信封的一角，贴得很难看，我之前还以为那个角上会贴着星条旗或者美国秃鹰。我又试了试美国的其他几家评论杂志，有重要的大型杂志，也有规模不大、但是声誉卓著的杂志，没有一本杂志在速度和粗鲁方面赶得上第一本杂志，我真后悔给第一本杂志投了稿。几个月过去了，我心爱的小说杳无音信，我意识到比起没完没了地排着队等死，私刑处决遭的罪还少一些。后来那篇小说不仅在加拿大发表了，而且还被收入了文选集，在那之后很久我在蒙特利尔收到了一张发自密西西比的明信片，这张慢条斯理、其间还改变过路线、对一切都毫无热情的明信片友好地通知我他们不接受我的小说，对此他们感到遗憾，但是我还可以继续给他们投稿。

　　结果,我在祖国的运气还不差。不列颠哥伦比亚省的一家文学评论杂志对我表示了认可。一封正式的公函,信中的空格已经填好了,就像是告知我我出生了的出生证明,信上还有一段手写的备注,对事情做了详细的说明。校样,还有发表后会拿到的一小笔稿费令我非常开心。现在我有了最基本的资格,可以称自己是作家了。我没有把这件事情告诉学校里的任何一个人,就连罗杰都没告诉,我只是从蒙特利尔给他寄去了一本杂志,不过在我的想象中这件事情会成为传遍全城的大新闻。名为《加拿大最佳短篇小说》的年度文选集——一家货真价实的出版社出版的一本货真价实的书——转载了这篇小说,我有了那种青史留名的满足感,作者死去了,但是她将永世长存,只要在一本文选中的一篇小说里就行。

　　我想把小说献给"罗·梅",献词甚至写进了校样里,可是那时候我已经离开了罗伊敦,我和罗杰也结束了。我不厌恶他,只是我觉得没有理由去奉承他,哪怕是这样微不足道的方式。我还是把献词删掉了。

　　为了拿到学了三年的学士学位,我还得再修两门哲学课程(我选了语言哲学,以及哲学与科学),此外我还选了罗杰的康拉德课。一整个夏天的活动——康拉德和做爱——就这样延长成了一整年。因此悄悄进行的创作,再加上必不可少的睡眠、吃饭和少量的游泳,这一年我一直忙得不可开交。

*　　*　　*

　　结束和开始的天气是一样的,一样看上去人突然少了很多:一个在酷热潮湿的夏季里没有学生的罗伊敦。他也又一次被"忽悠"着带了一门暑期课程。我知道最早他也不会在晚上九点之前回来,我塞住浴盆和洗脸池,堵上排水槽,然后拧开了热水龙头。罗杰家的水压非常大,水龙头完全就是在往外喷水。当走廊里的红色地毯颜色加深的时候,我用剃须膏在他的床上写下了"去你妈的"。我还没确定要顺走哪些书——我要尽可能地多拿走一些,包括小开本的《拉封丹寓言》——楼下的楼梯口已经成了喷泉的一部分,泛起一圈圈的涟漪,看上去太美了。赶在发大水之前我就走掉了。你或许会觉得坦白这些幼稚的行为是因为我感到愧疚。恰恰相反。那时候我太年轻了,没有胆量烧掉他的房子,这才是我唯一的遗憾。对一个冷酷、自私的男人来说,一把火才是唯一和他相称的惩罚。等他回家看到的最糟糕的情形也就是家里泛滥着一条刚果河,当他踩着水花穿过房间上楼去的时候,膨胀的地板终于不再吱嘎作响了。我确信他丝毫也不会注意到冰冷的水曾经滚烫过。

  我不会说他是一个骗子,但是忍受智力和肉体激情之间那么大的差距就意味着一个人是不完善的。我应该不只对其他人来说是一个秘密,对罗杰本人也应该如此。我不能被他的家人、教授们、学生们看到,最重要的是,我不能被约瑟夫·康拉德看到。我就是被罗杰顺手从脑袋里删除得一干二净的东西,对他而言我最多也就是非常棒的性爱。他的激情最多也就蔓延到了他的私处,他的心里绝对没有,这正是他想要掩藏起来的事实,残酷的冷漠和狂野的放纵之间的鸿沟,他的感觉和他的行为之间缺乏沟通的现实。康拉德当然不会对此表示认可,他仔仔细细地描写过人类可以让自己经历何等扭曲的波折,同时他却稳妥地把自己拴在妻子杰西的身上。穿上衣服的罗杰在全世界面前,在他自己眼中都像模像样。他穿上文明、自省的外衣,这件剪裁精致的外衣显示出人类生活在遥远的马来群岛——而不是罗伊敦——的交易点和船上有多么愚蠢。在这里，一切都井然有序，一切都由他来决定。我们根据他的日程表做爱，在他绝对方便的时候。他不只对参观游览，比如说南美洲，毫无兴趣，一想到去南美洲旅游我的脑袋就进入了梦想超速运转的状态，他甚至没有兴趣偏离自己的既定道路哪怕一英寸。要是罗杰出去买牛奶，我在马路对面，而且我之前就告诉了他我会在那里，如果他不过马路，那我们就彻底结束了，他会大喊一声"不了，我要去买牛奶"，然后就继续忙他的事情去了。

而我却没有意识到我就如同一公升乳脂含量百分之二的脱脂奶一样随时可以被别人取代，我全心全意地扑在了他的身上。我一直不觉得自己在妥协，因为跟他在一起总是那么快乐。我是一个不守纪律的学生，总有闲散的时间用来守着他。直到我明白了我对他的磁力有多么小，其实根本没有，我才意识到一直以来我都在妥协，才明白我们之间从来没有平衡过，只是主人和他的宠物，一个点和围绕它的圈。我们的性爱无与伦比，我不能否认这一点，有关性的记忆仍旧如同干柴烈火一样在我的心里噼啪作响。然而，几乎就在一瞬间我从"下一次是什么时候？"变成了"再也不要了"。在最后一次无忧无虑的做爱到我几乎毁了他的房子之间只隔着几天的时间和一次谈话，那次谈话是从我在床上转身对着他开始的，当时我们在看书，已经完事了，我问他，那还是我第一次问他，"罗杰，我们算是什么？我的意思是，你跟我，咱俩算是什么？咱俩是什么关系？"他非常不愿意面对这样的谈话。文字，有着精确的含义，即便回避它，收回它，它还是能让他落入圈套。这次的谈话也不例外。我一声不吭地把注意力转回到手里的书上，盯着那一页，心里飞旋着两种感觉：惊讶和确信。我的大脑忙着回想过去的事情，重新审视我们的谈话，试图弄明白一切。

从那以后我就再也没法做了。他的老二还是那根老二,可是我变了。他是一个俗人——你怎么能操庸俗呢?

我不爱他,这一点我必须说明。无论爱情小说怎么说,爱情其实就像任何一个活物,看到哪里有未来才会在哪里落脚。我从来不认为罗杰和我有未来。我从来没有设想过跟他在罗伊敦安顿下来,安顿在一些永久的家庭事务中。我们有太多的差异,与其说是我们的差异,不如说是我们的生活有着差异。他五十岁,我二十二岁;他功成名就,我一事无成;诸如此类。所以我们俩也就是一时的寻欢作乐而已。我的错误就在于相信他相信一时的欢乐。然而他不信。他的输精管结扎手术,他的阴囊留下了一道小小的伤疤,这一切不只反映在他的阴茎产出的东西上,他的心所输出的东西也有所显示。如果我不在那里,如果我淹死在韦德河里,他还会给自己找到另外一个新鲜的嫩屄。不过,我觉得她不太可能拿到他家的钥匙。

* * *

一跺脚,一眨眼我就离开了罗伊敦。我带着一堆书从罗杰家走回了我的宿舍,一路上只停下来一次,把他的钥匙丢进了韦德河。(他觉得我会留着钥匙吗? 他把门锁换掉了吗,唯恐我还会回去?)我收拾好行李,匆匆地写了几封告别信,打了几通电话,跟萨拉道了别,放弃了夏季剩余的房租,把沙发床贡献给了下一位住进来的租客,以一首歌的价格把桌椅卖给了马丁,把一些旧衣服留在那里,让它们自生自灭。我往一辆出租车里塞满了行李,出租车满得就像一头骡子,可是司机不愿拉我的自行车,我只好骑着自行车去了车站,出租车的乘客座位上空着。就这样我去了蒙特利尔。

只有在你年轻的时候,或者生活在火山边上,你才会在不到三个小时的时间里就背井离乡了。我来到蒙特利尔的姨妈家,这不是一场灾难,只是一切完全在我的预料之外,而且当时我又疲惫不堪。我没有在那里停下来,等到终于喘过气,又能思考的时候,我已经到了墨西哥,仓促之中我找到的最便宜的异国他乡。

(对于我对自己唯一一个在世的亲戚短暂的拜访,有人或许会感到惊讶。我的姨妈没有孩子,她的行为举止一看就是没有子女的样子,就像她的丈夫。她是一个传统的女人,她的生活如同水泥一样流动着:只在还新鲜的时候才会改变,一旦生活落定了,她也就固定下来了。对她来说生活就是铸模,而不是蜕皮的过程。我记得一天早上我下了楼,看到她在帮我熨几件衣服。她告诉我她在熨狗的冬装,她觉得趁机也可以把我的几件衣服弄平展。两件格子呢的狗(苏格兰梗)外套旁边放着一两件仔仔细细叠好的女式衬衣、一条裙子、一条裤子和一件男式衬衣。她把这些衣服分成两摞:女式衬衫和裙子在一摞,裤子和衬衣在另一摞。等她熨完最后一件女式衬衫,我向她表示了感谢,然后直接把她的两摞衣服堆在了一起,把我自己的衣服拿走了。这种事情亲密得就好像我们聊着聊着突然就说起了各自的性生活一样。我们的笑容就是能够挂住面具的胶水,在她的笑容背后是一个受到震惊和冒犯的老女人,我的笑容背后是一个对自己的身份心满意足的年轻女人。姨妈的丈夫,一位退休的工程师,基本上一直在房子的另一半世界里忙乎着。)

在坎昆机场,"我在这里究竟要干什么?"这个问题狠狠地击中了我。我想到了赶紧回到罗伊敦,努力跟罗杰重修旧好,不过我还是稳住了自己。我在玛雅人的土地上度过了两个半月的时间。我遇见了法国女人弗朗索瓦,我们一道探访了我们听说过,或者是从书里读到过的每一处玛雅遗迹。由于公共交通的严重不足，再加上很多规模较小、不那么出名的遗迹都在偏远的地方，我们在这段旅行中走了很多的路，有时候还要一直向偶尔经过我们的卡车、小汽车或者骡子挥手，有几天晚上我们还在睡袋里露宿野外。有一次我们跟一群被驱赶着去种田的农场工人一起坐在一辆卡车的后车斗里，我们的出现逗得那些友好、谦和的男人露出了微笑，甚至羞涩地笑出了声。这种说法将他们理想化了，但是我的确觉得他们过着简单、完整的生活。他们站在大地上，他们的脚趾就是根，当他们手握锄头高举过头的时候，他们触摸到了蓝天。我羡慕他们的生活。

我对玛雅文明最挥之不去的记忆是一处偏远孤寂的遗迹，我已经不记得它的名字了，它只是在丛林里挣扎着幸存下来的几座废墟而已。弗朗索瓦和我独享着那里的风景。在一座小山的山顶上坐落着一座方形寺庙的遗迹，腐烂造成的危害致使一楼的四面墙壁已经塌陷了，只有房间的四角还支撑着，二楼除了一面宽大的墙壁，其余完全坍塌了，结果，我看到了一座非常像一把巨型椅子的建筑，一把神的椅子。我想起了乔的那幅画。然而，在那样的环境中，自己一个人在一座小山上仰望着天空，周围全都是令人窒息的丛林，这把椅子，已经空了几个世纪，它让我觉得它不是期待的符号，它代表的是死亡。在我们到过的其他玛雅遗迹，我根本想象不出曾经在那里忙进忙出、在周围忙碌着的人们。然而，看着这座废墟，它已经变成一种新的、意外的、超大型的东西，这时我强烈地感到了时间无休止的流逝，以及被时间抛在身后的人们的沉默。

在梅里达北部的一个小村子里我们见到了一起暴行。在坐大巴回城之前我们得打发掉几个小时，当时我们还觉得自己的运气不错，居然赶上了一次 fiesta taurina，就是斗牛节的意思。弗朗索瓦和我都很激动，这场盛会是对那座朴素安静的废墟完美的补充。我们热情地和周围的人交谈着。噢，不，我们的西班牙语没那么好，不过，谢谢你啦……一个月……去了梅里达，然后去了金塔纳罗奥州……哦，漂亮，我们太喜欢那里了。"坎—纳—大"这个词弥漫在我们身边。我的祖国的境遇总是比弗朗索瓦的强一些。一声拙劣的小号声划破了天空。

事实上这个 fiesta taurina 不是一个节日，只是一场活动而已，在我们到了那里之后不久，就在太阳落山的时候活动开始了。它跟斗牛也没有关系，因为活动中既没有斗牛士，也没有斗牛。在这个临时凑合的斗牛广场里没有长着能杀死人的犄角，怒气冲冲地在满场横冲直撞的恐怖野兽，这里只有一头不知所措的家养的公牛，一头脖子上长着驼峰一样的一大块肥肉的牛，一头吃草的牛。它迈着小碎步跑进了场，巴吉度猎犬一样的耳朵上下呼扇着，然后它站住了，惊讶地看着那么多人，听着那样的喧闹声。它用湿润的黑眼睛使劲打量着四周，我猜想那双眼睛应该有些近视。它垂下脑袋，大概在寻找青草。至于普遍存在于人们想象中的斗牛士，在这场活动中实际上不是一个人，而是很多人一起面对一头牛，而且他们穿得并不像负责对牛发出最后一击的大斗牛士，而是打扮成一群女人的样子。这群对牛纠缠不休的小胡子斗牛士都画着夸张的妆容，穿着长裙，屁股里垫了布，身上挂着大大的气球乳房，乳房不停地移来移去，以男性为主的观众席上无休止地闹腾着。斗牛士们把那头牛推来揉去，踢它，扯它的尾巴，朝它的眼睛上吐口水，什么都干得出来，只要能刺激得它向前猛冲。可是它只是咆哮着，摇晃着，略微蹦上几步，它的战斗能力仅限于此，现场因此从斗牛变成了牛仔竞技表演：要是牛不往前冲，何不试试谁能在它的身上坐得最久？等人们清楚地看到这头畜生的性格中野马的性子比斗牛的强不了多少的时候，当天的看点就变成了"多少人"。三个，四个，五个人爬上了牛背，那头牛的步子蹒跚了起来。等到第六个人试图爬上去的时候，它倒在了地上，场内发出一阵哄笑声。这时一把匕首亮了出来，一个身着女装的男人把刀扎进了那头畜生的脖子里。随着心跳的节奏红色的血液冒了出来。这样就能让它动弹起来了。好哇！好哇！好哇！人们叫喊着。的确如此。那头反刍动物吼叫着，摇晃着，仿佛之前它从不曾这样吼叫和摇晃过。它甚至挣扎着向前冲了几次，但是每一次都停住了脚步。它的举动引来一阵喧闹。裙子飞旋起来。一把剑出现了。那头畜生将如同真的斗牛那样被处死，剑刃猛地扎进它的两肩之间，正对着心脏。好哇！好哇！好哇！白手绢挥舞着。只可惜那坨讨厌的肥肉刚好挡在半道上。没关系，不管怎么样他都要继续下去。他转移到公牛的正前方，摆出大斗牛士的姿势，然后一头冲了过去。可是这么做，这么扎过去，只是让他的剑卡在了那坨肥肉里。公牛尖叫了起来。它双眼崩开，嘴上滴着口水，气势汹汹地把自己甩在一辆卡车上，那辆卡车也起着围墙的作用。它蹦跶着把车顶到了一边，跑走了。成年男子和小男孩踢踏着，开心地大笑着。就在这时我们站起身，走掉了。

我感到一阵恐惧的寒流——真的，胸膛里的温度下降了好几华氏度。恐惧和心痛令我们在空无一人的大街上失声恸哭了起来。一座房子门前站着一个女人，她注意到了我们，关切地打量着我们。我们转身走了，直接去了车站。

在旅途中偶尔我会开始新的创作。我的生活一直没有组织性，没有模式可循，似乎只是从一次心跳猛地蹿到了下一次心跳。写小说会让我的生活稳定一些。我还记得在令人愉快的梅里达期间,在一个旅馆房间里,我趴在一张摇摇晃晃的小桌子上写小说的情景,那张桌子正对着一堵用石灰水刷过的白墙。纸、笔、一些想法——还有我,又是独自一人。

* * *

我原本可以继续走下去,可是九月已经过完了,我的思维仍旧是学生的思维:九月是一切秩序和纪律开始运转的季节,尽管我已经不考虑在埃利斯大学继续待一年读一个荣誉学位的事情了。

我回到了蒙特利尔,我决定留在这里,最大的理由也就是飞机在那里落地了。我给自己找了一个舒服的小窝,皇家山高地区的一套公寓,在房间里摆满了从安大略街上淘来的小物件,从大街另一头的一家犹太商店买到的炊具,在圣丹尼斯街上买到的一张又薄又硬的沙发床。那张床是我自己扛回家的。这还是有生以来第一次我自己一个人住一套房子,虽然我以为这个地方很沉闷,不过我还是很高兴住在这里。这是我的地方,古色古香的煤气灶只为我一个人点燃,浴盆只为我一个人装满热水,邮筒里的信也只是寄给我一个人的。

我的邻居是典型的加拿大式民族融合体。我的对门住着一位年迈的波兰女人,面色苍白,脸上满是皱纹,驼着背,她不讲法语,也不讲英语。她是一个酒鬼,一副老态龙钟的模样。有时候我在浴室里会听到她在喃喃自语着。每次在楼梯下碰到她,我都会帮她把购物车搬上去。我总是在想,她在那里等着有人路过等了多久呢?每隔一段时间,不算频繁,一个中年人,她的儿子,就来探望她。他腼腆,不太友好,我也不太肯定,有几次我碰巧在如同呕吐物一样绿的走廊里碰到他,但是他从来不跟我打招呼,就连看都不看我一眼。我只跟他说过一次"你好",没有得到回应。他是一名管道工。

从门卫那里我知道了那对母子的一些事情,门卫是一个喋喋不休的海地人,同时还是一名小事故不断的出租车司机。

我的楼上住的是一对印度或者斯里兰卡的夫妇,他们有一个小宝宝。过道深处的对门住着一对同性恋,他们来自母语是英语的国家,我跟他们建立了不错的邻里关系,见面能打打招呼,闲聊上几句。楼道拐角住着一个来自加勒比海地区的年轻男人,一名快餐店的厨师,他的母语也是英语。

楼里还有其他一些人,我跟他们的交往只是点点头而已。一个小胡子像车把的男人。一个严肃的葡萄牙中年妇女,她总是一副匆匆忙忙的样子。一对夫妇,我想应该是希腊人,每次见到他们的时候丈夫总是为着什么事情大惊小怪。还有几位邻居毫无特点,难以描述,都在二十和三十岁上下。

我们周围就是高地,也就是说,在这个地区商店招牌写的是法语,进了铺子听到的除了法语,有可能还有希腊语、葡萄牙语、意第绪语、西班牙语、阿拉伯语和其他各种语言,在这里沃拉普克语(一种世界语)常常发挥着作用,破旧的英语被添加了无数形形色色口音。在各种平等共处的种族之间这种大混合似乎很容易实现,以英语为母语的大学生、嬉皮士、很酷的家伙、野心家、讲法语的魁北克人。或者说,在我看来似乎是这样的。我最多可以跟其中三种人群产生同感,所以我不太觉得自己是一个变色龙那样的杂交品。跟别人交谈时我会根据对方改变自己的形象,不幸的是我的魁北克口音始终不够好,因为小时候我住在法国,所以有时候我根本融入不进去,只是愈加显得突出了。有时候,我失礼地用英语跟一个魁北克民族主义者讲话,听到的回答是法语,这会让我的法语说得更像法语,这样我从一个该死的英国佬变成了一个该死的法国佬。用西班牙语闲聊的时候,就像有几次我在附近街拐角的一家小商店里那样,我令年长的人们感到开心,同时又冒犯到了年轻人,他们大概以为我在质疑他们的法语能力。这就是生活在边境附近的痛苦和快乐。

缓缓燃烧的存在危机(我只在前面提到过,那只猴子,记得吗?)会造成一个必然结果,这就是渐渐地任何一条职业道路都消失了。让自己潜心于某一门知识,比如说让自己得到民族音乐学的训练,或者比较文学、科学史、罗马与希腊,任何一门学科,只要不是牙医学,我就应该能获得纯粹的快乐。在接下来的几年里我周期性地强迫自己查看大学校历,文明的黄页,彻底被里面编号整齐、高度综合的知识药丸给蒙蔽了。"古典历史 205:希腊世界(约公元前 500—前 146)的国际关系","文化研究 260:现代文学的形成","经济学 361:工业革命经济史","历史 472:药物社会史","数学 225:几何概论","社会学 230:自我与社会"——每一个似乎都比前一个更加有趣。我要去上多伦多大学,以人类学家的身份毕业。不,麦吉尔大学,成为俄国文学专家。剑桥,沉浸在希腊人的世界里。或许还可以重新开始学习哲学,只是这一次要去牛津学,而且一直读到哲学博士,专攻霍布斯。不。在新西兰的坎特伯雷大学读数学专业。要不就在塔夫茨大学学作曲。只是这些兴趣最多也就持续了一两天。碰上心情好的时候,我会觉得这种让兴趣遍地开花的方法非常全面,近似于文艺复兴;心情不好的时候,就觉得这种方法太肤浅了。实际上,最终我再也没有上过学,再也没有学过任何新的技能。

我把生活交给了写作,这不是我的首选项,而是最后一项。这是唯一没有辜负我的事情。

我在墨西哥动笔、在蒙特利尔完成的小说是一篇短小的虚构传记，主人公是一位挪威王储。王储的双亲由于飞机坠毁而过世了，王储陷入了一种令人晕眩的痛苦中。他的父母死得那么痛苦，然而他极其清楚地意识到将来自己的孩子会死得更加痛苦。他发誓决不要孩子。可是国王必须留下子嗣，他决定如果要孩子的话，那就要很多，他希望这样一来他就可以减少对每一个孩子的情感投入。这位国王不断通过人工授精的方式跟挪威女人生着孩子。在位期间他成了大约九千个孩子的父亲，他们全都是陌生人，因为这样的数字让任何程度的亲密关系都不可能存在。一天，他得知自己的一个儿子在骑马的时候遇难身亡了，正如之前他所盘算的那样，他不觉得痛苦，这时他感到了恐惧。

这篇小说的结构类似于假牙那篇小说，全文分成了短小的章节，每一章都有单独的标题。这篇小说发表在了加拿大西部大草原地区的一家文学评论杂志上。

接着我开始动笔创作一部长篇小说了，在几个月的时间里我摘抄了莎士比亚、但丁、柏拉图、亚里士多德、歌德、斯威夫特、西塞罗、卢克莱修、贺拉斯、陀思妥耶夫斯基、高尔斯华绥、维吉尔、乔叟、果戈理、奥维德、拜伦、阿里斯多芬、吉本斯、塞勒斯特、伊壁鸠鲁、埃斯库罗斯、恺撒、欧里庇得斯、欧文、伊拉斯谟、塞内卡、薄伽丘、彼特拉克、平德尔、培根、阿奎奈、皮兰德娄、屠格涅夫、伊索、芝诺（埃利亚）、泰勒斯、阿那克西米尼、阿那克西曼德、笛卡尔、普鲁斯特、勃洛克、弥尔顿、哈姆逊、海涅、亨利·詹姆斯、普希金、马多克斯·福特、伦敦、爱默生、梭罗、帕斯卡、希罗多德、查拉、鲍尔、哈森贝克、史维塔斯、葛尼、曼、霍桑、哈代、康拉德、斯宾赛、《圣经》、黑塞、卡蒙斯、萨松、易卜生、托尔斯泰、梅尔维尔、叔本华、狄更斯、切斯特顿、奎勒－库奇、阿尔托、卡夫卡、洛克、柏克莱、休谟、雪莱、莱布尼茨、圣奥古斯丁、霍布斯、尼采、亚伯拉德、霍普金斯和伊本鲁希德(阿威罗埃斯),这些人全都已经死了,但是绝大多数都还活跃在出版市场上。我专找那些不太引人注意的措辞和句子。不是文学世界的皇族王室——"是一把我从未见过的匕首","叫我以实玛利","在很长一段时间里,我都是早早就躺下了……"①——而是卑微的临时工,是只当过配角,从未当过主角的J.阿尔弗雷德·普鲁弗洛克们②。这些只言片语——有些语言平庸甚至有两位作家都写到了(剽窃!),有的倒是独一无二,可还是老生常谈的那一套——我要拼命将这些语言编织成一部小说,这部小说将会像羊毛毯一样顺滑、均匀。

我想讲述的是一个有关一个家庭的简单的故事。在1914年的夏天,一个女人已经成年的儿子得了重病,她带着他去了海边的小木屋,住在那里照顾他。他死了。"今天,就在几分钟前,我的约翰死了。"她回想着他在病中的日子,临死前最后一个星期,从这里她开始回顾起以往,一年接一年。成年的儿子成了一个闷闷不乐的叛逆的少年,一个难以管束的小孩子,一个焦急的蹒跚学步的小宝宝,一个漂亮的婴儿。小说将以他的出生结束。"今天,我的小约翰出生了。"

驱使我写下这部小说的是我对历史的一种愤怒。我打算将普遍存在同个人经验整合在一起,然后任由这个结合体死去,换句话说就是,将记录消除得一干二净。这样一来就只有母亲说的话是独创的,完全是我自己的话。我从书里摘录的片断全都放在了儿子的身上,融进了他的思想、他的言语、他的举动、他看到的、

---

① 译注:以上三句分别出自《麦克白》《白鲸》《追忆似水年华》。
② 译注:指的是现代派诗人T.S.艾略特早期的重要作品《J.阿尔弗雷德·普鲁弗洛克的情歌》中的主人公。

他吃到的。我发现当时达达派的作家和我读到的很多内容,尤其是查拉和鲍尔的作品,触动了我的心弦。我的小说里不存在"达达",对儿子的塑造绝不是史维塔斯那样的,但是达达主义的作品中激荡的绝望在某种程度上激励了我。现在,我真想知道当初自己为什么要不辞辛苦地整合出一种没有人看的模式。

我一直坚持写着这部小说。始终没有陷入过瘫痪。一天天地,它落在了纸上。

* * *

最终我要谈到铁托了。铁托·伊米拉克。之前我甚至提到了煮胡萝卜、给人以慰藉的洗衣服仪式、眼睛之鱼的食物这些事情,现在我只想加快脚步往前冲,赶到铁托出现的时候。

我在一间餐馆遇到了他。当时我是女招待,第一次上班,值的第一班,当时我就想好了那也将是我值的最后一班。

之前我撞在了丹妮拉的身上,丹妮拉是丹尼的简称。她上的也是埃利斯大学,跟我同级,同一个专业,但是在学校的时候我俩的关系不算亲。我觉得之所以这样是因为我们从来没有以一种适当的方式相识。我们都忙着操心不切实际的学生生活,从来没有花费过一分钟试试看我们能不能合得来。直到在圣劳伦特相遇我们才等到了这样的机会,这种奇怪的心理事件类似于一种爆炸,通过这种过程一个人在人群中认出了一张面孔。"丹尼!"我几乎嘶喊了起来。她惊讶地看着我,冲我笑了笑。交谈随即就出现了,那个重要的一分钟。等到分手的时候,我要去上德语课,她要去上班,攥在我手里的纸上写着她的电话号码,这张纸并不算是出于礼貌的结果,而是一种温暖、宝贵的东西,它立即就被记住了,一首七个数字的诗。丹尼是我在蒙特利尔交到的第一个真正的朋友,我们之间的友谊就是那种时间和空间上的分离只意味着我们的交谈暂停了一段时间而已。

丹尼在一家时髦的小餐馆上班,那家餐馆提供豪华的特色早餐,还有贵得要死的汉堡包配豪华薯条。他家的汉堡包一目了然,还都有恰如其分的名字——"加利福尼亚",配的是牛油果和苜蓿芽;"罗曼诺夫",配了红酒和蘑菇汤;等等。每一份薯条上都插着一面小小的比利时国旗,那是过度疲劳的女招待怀着美国士兵把国旗插上硫黄岛的那种热情插上去的。薯条还配了上等的番茄酱、蛋黄酱或四椒酱。餐馆灯光充足,装修得有一种说不出来的魅力,令人流连忘返,即便走了也还愿意再回来。那里是一个吃饭的绝佳去处,对于在那里上班的人却糟透了。餐馆老板阿兰是一个和蔼的矮胖子,他知道自己的生意很好,也懂得如何让生意继续这么火下去。他对自己的女招待很随和,也很体谅。

冬天的一天上午,丹尼给我打来电话,告诉我现在他们缺人手,我何不试试看,不要再把自己成天到晚关在家里写小说。我说,我吗?女招待?我干过最接近这种职业的活就是从冰箱里给自己拿点吃的。

没关系,丹尼说,你能干成一个很出色的女招待。

就这样,一时兴起——我告诉自己父母的抚恤金不可能永远花不完,我也很开心地想到终于有一个强有力的理由让我走出公寓,离开小说,穿上丹尼的黑裙子和阿兰的白衬衣,去面对巨大的压力——在一家忙碌的餐馆里,请顾客再说一遍,用草书字体把一切写下来,弄错一切,站在错误的一侧给客人上菜,同时还要问这位顾客——穿着休闲,讲英语的顾客——他想怎么吃他的——对不起,他的路易斯安那堡——鸡肉堡。我低头看着他,圆珠笔冲着记事簿,他也抬头看着我。他笑了笑。和善的微笑,我机械地注意到了,这时候焦虑对我穷追不舍。"弄成蓝色的。"他说。

"谢谢您。呸!"我一边说,一边急匆匆地把那张纸送了过去,又给某个人的空杯子里倒满了饮料。我觉得在我转过身的时候他冲我招了招手,想引起我的注意,我告诉自己过一分钟我就回来。令人惊诧的是,不说当一个出色的女招待——天哪,我还从未有过这么强烈的愿望——只是当一个称职的女招待都那么困难。叫你看一看薯条是用什么油炸的男人;想在汉堡包上浇蜂蜜的小孩子;想要一个不夹肉馅的罗曼诺夫的女士("太容易让人发胖了"——然后她又点了一块巧克力蛋糕);对东张西望的热情大于点餐的两个家伙;心急火燎地催要账单的高倍自负的总经理;等着点餐的时候不停地用手指敲桌子,等你站到他们的餐桌旁他们又开始犹豫,等你记下他们点的东西后他们又改变了主意的夫妇;希望不夹番茄的汉堡里没有加量番茄的家伙,由于这些人的存在,这份工作就成了一种混乱不堪的活动,充满了心痛、愤怒、焦虑和粗鲁,就像一场战争。

我对餐馆的第一印象其实挺好的,丹尼从容地伺候着几个一边呷着咖啡,一边读着报纸的顾客,同时还带着我四处看了看,告诉我东西都放在哪里,如何冲卡布奇诺。多棒,多轻松的赚钱门路啊,我心想。

分针只向前蹦了几毫米之后,很快,而且很突然,就在一眨眼的工夫,一百个上班的市民全都吵吵嚷嚷着要汉堡包。丹尼去哪儿了,我问自己,我的声音越来越慌乱。可是她自己也开始跑来跑去地忙个不停了。她没有成熟的女招待能让时间慢下来,或者让那些人都走掉的魔杖。对阵他们的人是我。我心想我肯定得号啕大哭起来的。

又一次钻进厨房,给汉堡包上插比利时国旗的时候,一个穿着白褂子的男人对我说:"嘿,你,玛丽-露,怎么回事儿?那家伙要生着吃他的路易斯安那?"

我看了看单子。"告诉我,在意大利他们生吃鸡肉吗,路易吉?"

"不,我们熟着吃。我不叫路易吉。"

"我也不叫玛丽-露。另外,那个家伙当然要吃熟的汉堡,但是他还要配一杯啤酒。"

"噢。"他又吃力地盯着点餐单,"你应该再给他配上一杯烈酒。"

"加拿大人犯错,意大利人原谅。"我一边说,一边平稳地把两个加拿大和两个罗马放在我的胳膊上。

走出厨房,我未来的真爱和我的目光穿过餐厅碰到了一起,我们俩都露出了笑容。我又一次注意到了他的笑容很和善,这一次我的反应就没有那么机械了。我走到他的桌子旁,说:"真抱歉。"

"没关系。应该我说抱歉。那就是一个傻乎乎的玩笑。"

忙着应付其他桌子顾客时我一直努力再看他一眼,每一次我们的目光都能碰在一起。

等端来他的路易斯安那,我说:"新鲜出炉的。"他哈哈大笑了起来。

这之后就没有什么了。人类永远的羞涩。眼神和微笑。久久没有喝完的咖啡。计算精确的百分之十五的消费。缓慢地、犹豫地,却又无法回头地离开了餐馆里的喧嚣。

不过,什么也没有失去。我向丹尼打听了他的情况。"那个发型古怪的家伙?我见过他。他来得很频繁。不过,基本上不来吃午饭。通常都是下午、傍晚来。他点了一份路易斯安那?"

"没错。"

"配热芥末?"

"没有。"

"哦。我想就是那个永远都要热芥末的家伙。"

这个怪癖自动印在我的记忆里。

阿兰问我感觉怎么样。那一刻我的感觉里百分之九十九是疲惫,百分之一是兴奋。"还好。"我说。我没有理会将近两个钟头挥着手打完的那场闪电战。

"很好。你运气不错。今天午餐时间很安静。政府里的人都放假了。"

我看着他,"开玩笑。"

"不。你真应该看看昨天的景象。那叫一个疯狂。"

我的疲惫值升到了百分之九十九点五。要不是铁托,我的女招待生涯肯定在那一刻就结束了。因为他,当阿兰提出让我正式上班的时候,我就答应了。我忘掉了数百个吹毛求疵、抱怨连连、笑得色眯眯的、着急赶时间的、小气的、粗鲁的客人,一心只惦记着那一个笑容温暖的人。

接下来的好几天我一直想着这个陌生人,玩味着对他的惦念。在我忙于小说,沉浸在生病和过世这些事情的时候,他就像喷着水浮出水面的鲸鱼一样浮现在我的脑海中,我的脑袋充满了湛蓝的大海和闪亮的鱼。直到我强迫自己重新回到手头的工作上。"你连他的名字都不知道!"我冲自己呵斥道。

再次看到他的时候我的心雀跃起来,三个大平盘差点就落到地上摔碎了。他那么帅!我不只是说他在我眼中的形象,我说的还包括他给我的感觉。那种感觉就仿佛是我身处在一个身体上的偏远地区,比如说边缘处的脚拇指,铁托的到来就是从大城市、心脏、赶来赴约,那么突然,几乎令人难以置信,原先的承诺迟迟没有兑现,到了这会儿已经比一个流传已久的传言好不了多少,这个承诺就是新鲜血液就要来了。他一进来我就看到他了,他身上厚实的冬装、他沉重的跺脚、他环顾四周的目光、他通红的脸庞,我感到自己又充满了活力,恢复了体力。顷刻间,给那群脾气暴躁、打扮入时的蛆端上腐肉——把食物放在餐桌上的时候我就当那些吃货都是双目失明、身体软塌塌、没有腿的蛆,他们的外形由他们的功能所决定,他们只是一根消化道,身上的一个孔盘旋在餐桌上方,等着摄取食物,另一个孔,下边的那个孔,等着排出食物——伺候着一群又一群蛆的工作变得容易了,在海明威都会为之惊叹的压力下我摆出了一副优雅的姿态。我没有看他,因为我感到紧张。我任由他自己找一张桌子坐下来。我期望着,祈祷着,他能坐在我负责的区域里。

他没有。我想在餐厅这一头冲他大喊一声:"对不起,先生,您不能坐在那里。不能,要是您希望我们认识一下的话。"可是他偏偏找了一张在我的区域之外的桌子。我对丹尼说:"我来负责怪发型,怎么样?他坐到你那里去了。"丹尼往那里瞟了一眼。"没问题。"等他坐下来我朝他走了过去,但是没有看他,假装忙着照顾另外一桌。然后我转过头,直视着他的眼睛,露出了笑容,说:"嗨!"再递给他一份餐单和一杯水,杯子是透明的,上面挂着新鲜的水珠。然后我就走掉了,他的"嗨"从我身后追了上来,另外一个感到惊讶的顾客看到了我满脸洋溢的笑容(我也得到了一大笔小费)。那一刻我对世界,对世界的喧闹和忙碌都感到了开心。

"还是一份生的路易斯安那?"再一次经过他的时候我说。

"是的。"他回答道,又一次露出了笑容。

这时候我和厨师已经永远是彼此的玛丽-露和路易吉了,所以我对路易吉说:"路易吉,做一个路易斯安那巨无霸,好吗?给一个朋友的。"他说:"马上就好,玛丽—露,马上就好!"

等到超级至尊路易斯安那出现在我面前的时候我想起了一个小小的细节:"路易吉,能在纸杯里倒一点热芥末吗?"我真开心自己能记得这件事情。

"给你,玛丽—露。"

"多谢啦。"

我检查了一下给他的比利时国旗有没有插歪。真是疯了,我对自己说,你都不认识那个家伙。他完全有可能在过去的十年里已经结婚生子了。

之后我们又有了一个回合,然后就没什么了。不过没关系。我们的问候和微笑就像是在两地之间往来穿梭完成使命的外交官,他们得到的谈判结果显示出了不错的前景。

大概过了四天,感觉过了很长一段时间,我又看到了他。那是在一个午后。我已经忙了好几个钟头了——真正的工作,我的小说——就出去散步。天蓝得令人错愕又心痛,空气中透着一股深深的清澈的冰冷。距离上班——赚钱的工作,当奴隶——还有一个半小时的时间,我沿着雷切尔街走着,朝皇家山走去,通常我会一直走到瞭望台那里。那时我的心情不错。没准在我当班的时候他会来餐馆。

就在想到那个念头的时候,在我前面一条街的拐角拐了过来的正是那个男人。隔着一段距离我们就看到了对方。走近时我们从对方身上扫过的目光和嘴角半露的笑容都承认我们将要相遇了。我们停下了脚步。

"你好。"他说。

"嗨。"

停顿了片刻。多么尴尬、美妙的一刻。可是我们必须说点什么。我想到了天气。他抢先说了出来。

"今天真美,是不是?"他说。

"嗯嗯嗯嗯,是的,太美了。"我看了看周围,"上班前我要散会儿步,享受一下这样的天色。"

"上山去?"

"没错。"我应该邀请他吗?我当然想了,可是这样不是太主动了吗?毕竟他还是一个陌生人。我都不知道他的名字。最好还是他提出跟我一起走一走,这样不就太好了吗?尽管这种可能性微乎其微,从他的角度而言这样太大胆了。不过,要是他真这样做了,我们就可以聊啊聊啊聊啊,一路聊到山上去。我喜欢他的声音。他的英语毫无瑕疵,不过他还是带着一种口音,一种不寻常的音色,我也不知道这种音色来源于哪种母语,而且他说话的时候很平稳。他说话不像大脑匆忙把思绪堆成杂乱的一堆那样,而是一个字一个字地慢慢说出来,每一个字都带着尊严和特权,可以说那就是一场听觉盛宴。我把他说的一字一句都记住了,就连附属的"那个"与"和"也不例外。听他说话,我不仅知道他在说什么,同时也意识得到我们说的这种语言,就好像我是外国人,生平第一次听到英语一样。他的外衣纽扣系错了,所有的纽扣都高于扣眼一个位置,看上去有些滑稽。我想伸出手,把错误改正过来。对不起,先生,您的外套看上去就像是一条地质断层线。您一定是一位好笑、心不在焉的先生。眨眼间这一切就做完了。"每天我都要爬到瞭望台去。当女招待就是为了找乐子,让自己振作起来。"

他望着皇家山,听到我说出女招待那句话的时候他扭头看着我,大声笑了起来。

"很忙吧,是不是?"

"忙得难以置信。"

"好吧,晚点见。我想今晚顺路去喝杯咖啡。"

"那太好了。"哎呀,这也太大胆了。

我们迈开了脚步。结束了。

"你叫什么?"他问道。

就在这时我得知他叫铁托。匆忙穿过珍妮·曼斯公园,朝着山上走去的一路上,我几乎有些疯癫了,知道了他的名字令我心花怒放。铁托,铁托,铁托,铁托。多有趣的名字啊。就像南斯拉夫的陆军元帅铁托,只不过这是他的名字,他不姓铁托。南斯拉夫这个国家瞬间就令我心驰神往了,尤其是它被夹在苏联的霸权和肆意蔓延的西方势力之间这个事实更是为它增色不少。我努力回忆着组成这个联盟的都有哪些国家。铁托,铁托,铁托,铁托,铁托。杜布罗夫尼克和斯普利特应该是它最骄傲的两座城市。①我读过劳伦斯·达雷尔写的一本不太厚的有趣的书,书里讲的故事发生在萨格勒布的外交圈里。我还听说过伊沃·安德里奇写的一部小说,名叫什么河上的桥,②应该是一部伟大的小说。铁托,铁托,铁托,铁托,铁托。

可是,铁托的祖籍是匈牙利,不是南斯拉夫。他说他是一个马札尔人③。

他真的来喝咖啡了。七点左右。餐馆里非常安静,顾客没有午饭的时候那么着急。随便聊几句的机会很多,尤其是他还坐在吧台前,每次拿点心、冲咖啡、冲茶、冲巧克力我都得回到那里。

---

① 译注:这两个城市位于现今克罗地亚境内,克罗地亚已于1991年从南斯拉夫社会主义联邦共和国独立。
② 译注:此处指的是伊沃·安德里奇的代表作《德里纳河上的桥》。
③ 译注:马札尔人为匈牙利主要民族,因此又称匈牙利人。

我给了他一块核桃馅饼,最好吃的一种馅饼。我没有把馅饼记在账单里,这是女招待最棒,也是非法的一项权力。我们交换了一点对传记的看法。我不断地念叨着他的名字,这个名字已经成了我最喜欢的一个匈牙利词语,我的舌头最珍视的一个词。有几次他说到了我的名字,我表现得就像一条狗,无论当时在捣鼓什么我都几乎要停下手,抬起头,仿佛一直在等待着他的召唤。

他有着匈牙利的血统,但并不来自匈牙利。他出身于生活在捷克斯洛伐克境内的一个少数民族,就在斯洛伐克西南部。1968年,就在苏联入侵后不久他和母亲就过来了,那年他十五岁。他们在多伦多落了脚。(他没有提起自己的父亲。后来我得知他的父亲留在了国内,一个自由党党员,满怀希望,境遇堪怜,最终死于癌症。回忆、几封信、几张照片——他给铁托留下的就只有这些。)动动指头就能算出铁托有三十三岁,比我大十一岁。

我是两位外交官的女儿,所以我把自己的根装在一只手提箱里,随身带着,只不过这只手提箱最初是在魁北克组装起来的,不过对于这一点我没有太强烈的感觉。我以前在埃利斯大学学哲学,就在罗伊敦(他点了点头,他知道这个地方),那之后我就搬到了蒙特利尔。我——犹豫了好久,我想给他留下好印象——我写东西,之前写过一个啰里啰唆的短篇小说,发表在《加拿大最佳短篇小说》上(那时候我还没有接到有关挪威那篇小说的任何消息)。

"小说写的是什么?"他问。

"假牙和爱情。"

"假牙?"

"没错。你知道的,人造牙齿。"

"人造牙齿和爱情?"

"没错。你得读一读。你是做什么的？"

他的脸上浮现出一种恍惚、沉思的迷醉。我想知道他会怎样解释他怎样打发白天的时间。在我的问题和他的回答之间隔了好几次点餐和送餐。

"我靠……"他的咬字很小心，有些打着拍子说话的感觉，"当隐形人谋生。"

我迷惑地看着他，露出顽皮的表情。"可是我现在就能看到你啊，铁托。"

"谢谢你！"他笑了笑，伸出胳膊，好像刚才表演了一个小魔术。

把卡布奇诺和一点食物分发出去的时候我心里想，多棒的小丑啊。

"我总是一大早就起床了，"他说，我又回到了柜台，"我不知道是为什么。我的身体就得有一个早起的闹钟。我还记得我们刚来加拿大的时候——大概就在我们来到加拿大一个月左右的时候——一天早上我出去散步。肯定是六点左右，六点三十。直到现在我还是不太了解那个地方，那个地方到底有多富有。西尔斯百货里的东西比全布拉迪斯拉发的都要多。总之，我走着走着就看到了那个加拿大小男孩……"餐桌那里有人正望着我这里，想要吸引住我的目光。

再次回到他的身边时他说："对不起，打扰你了。"

"别说傻话，铁托。一点都没打扰。继续说。"

"那个男孩正在做的事情很奇怪。我跟上了他，我想知道他要干什么，可我又不想问他。你也知道那样的传说有多少，兜里揣着二十美元就移民来了美国的移民。嗯，我母亲和我比这个强一点，可是我俩的脑袋加起来大概也就只会二十个英语单词。在布拉迪斯拉发的时候,在家里我讲匈牙利语,在学校讲斯洛伐克语,我在那儿学过的外语就只有俄语,还有,因为我父亲为党工作,后来我还学了德语。不过最后我还是追上了这个男孩,设法问清楚了他究竟在干什么。他奇怪地看着我,说他做的事情一目了然啊——送报纸。在捷克斯洛伐克没有这样的工作。我跟自己说:'我也可以干这个活。送报纸用不着英语。'男孩给了我电话号码,我让我的叔叔伊什特万打了电话。我拿到了一条送报路线,开始给《多伦多星报》送起了报。这就是我当隐形人的第一份工作。"

我必须做这个,做那个,做各种各样的事情。

"没错,继续。"

"我叔叔伊什特万是开计程车的。到了十八岁我又开始在放学后开车了。那个时候我的英语已经说得很不错了。开计程车是我当隐形人的第二份工作。"

那天晚上铁托走的时候,我还是不知道他当时是什么样的隐形人。他给我讲了一些计程车的故事,就是乘客跟他说话,他悄悄地变成了真实存在的人。那些人钻进他的计程车就像是进了忏悔室。一个男人想要解释清楚自己和妻子的矛盾。一个男孩在去看牙的路上一想到等待自己的命运就感到恐惧,就这样变成了一个话匣子。一个对自己的工作、家庭和自己的人生都感到挫败的中年男人,一坐进铁托的车就将自己表露无遗得令铁托感到既震惊,又难过,那个人一路上一直在抽泣,还用两只手捂着脸。一个老女人对铁托说"你可真年轻",话音中掺杂着羡慕和傲慢,铁托问她生命是什么,她说:"生命?生命就是上超市去买吃的。"不过这种人并不多,很罕见。大多数乘客都没什么可说的,铁托也只是一台机器里的一个幽灵,用匈牙利语说就是 egy szellem egy gépben，两只眼睛偶尔从后视镜里瞟一眼乘客，琢磨着他们是什么样的人，他们和他们的生活。

在那个寒冷又幸福的冬天，我在接下来的几个星期里逐渐了解了铁托。渐渐地他几乎天天都上餐馆来，有时候来吃饭，有时候只喝杯咖啡，通常都是在午后，这时候餐馆里很安静。跟对方开口说话的时候我们再也没有迟疑过了。我会跟他说别坐在那边，坐这里。

"我开伊什特万的车开了好几年。高中毕业后我上了多伦多大学。我拿到了匈牙利研究的学士学位。那个系很小。事实上，我的车的前排座位，也就是我旁边的座位就容得下整个系，也就是阿尔帕德·弗伦兹教授。我喜欢他。他常常上我家去吃饭。"

我突然想到我对匈牙利还一无所知，只知道报纸上写的一些事情，作曲家巴托克、音乐教育家科达利、音乐家李斯特，仅此而已；我还知道匈牙利语是一种古怪的语言，跟那个地区的其他语言都没有关系，只跟芬兰语有关。我在百科全书里查过，匈牙利语属于乌拉尔语系的兰—乌戈尔语族中的乌戈尔分支。乌戈尔分支中的其他语种也就只有奥斯蒂亚克语和沃古尔语，只有西伯利亚西北部的奥伯谷一带有人使用这两种语言。有关匈牙利的词条就是人名名单和大事列表，我对那些人名和事件的熟悉程度就跟我对奥斯蒂亚克语和沃古尔语的了解一样。

"匈牙利研究的学士学位在加拿大没什么太大的用处，所以后来我就安心在计程车上读书了。"

我已经跟他认识了，所以我成天到晚地想着他。当我想起他的时候，换句话说就是，在我写小说、等着客人点餐、去副食店买吃的，或者洗澡的时候想着他，我总是惊讶地想到自己真应该忘掉他,哪怕忘掉片刻——也只可能忘掉片刻,因为他,"铁托"这个词本身就能在我的心里激起一阵幸福的感觉,一阵淹没了我全身的滚滚波涛。我经常陷入白日梦一样的混沌状态,这种状态一点也不会令我感到不安,餐馆里粗鲁的客人不会,银行里停滞不前的队伍不会,不耐烦的图书管理员不会,交通大罢工不会,在超市里一罐泡菜掉下去摔烂也不会,什么都不会令我心烦。一条丑陋的大街上排成行的瑟瑟发抖的妓女让我想起人与人的接触那么性感。一个没有刮胡子,裹着一条毯子,用塑料袋当过冬靴子的乞丐让我想起生命可以那么轻快。一个跟跟跄跄的醉汉就是赤裸裸的酒神。在一切事物中我都看到了幸福,要不就是即将到来的幸福。这是这个世界自然的、固有的状态。纯粹的悲剧——邻居的死亡,那个波兰老女人,她滑了一跤,臀部摔裂了,最后死在了浴室里,据估计是三天后;萨斯喀彻温省一个七岁的小女孩的死亡,她在抄近路回家的时候迷了路,加拿大军人和数百位志愿人员组成的一个个搜索队坚定而疯狂地搜寻了好一阵子,直到她已经开始腐烂的尸体从一片沼泽露了出来人们才停止了努力;非洲饥荒的照片,通过一个被抱在母亲羸弱的手臂上的皮包骨头,看不出性别的孩子体现出的非洲饥荒景象,母亲和孩子都如同周围的自然景色一样干枯;飞机坠毁;原本应该让我的内心感到灼痛的景象——只会令我感到有些困惑,然后就从我的脑子里淡出了。只有在我的小说里我才会承认痛苦和悲伤的存在,而且这些情感都被精确地控制在一定范围内。稳定,自信,就在这样明媚的心情中我的小说反而写得更顺利了。

"有一天我看见一起车祸,"铁托对我说,"没人受伤,只是货物损坏了。一辆卡车撞上了另一辆卡车。那辆卡车是邮车,邮袋全都撒在了路上。那天风挺大。我开着车突然就穿过了一场席卷起来的龙卷风。我没停车——车上有客人。几个小时后下起雨了。我打开了雨刷。出现在我眼前的,被雨刷卡住的,只有一封信。我看着它刷来刷去。因为雨水手写的地址开始模糊了。我停下了车,取下了信。在通风口上烘干了它。地址还看得见,只是很难认了。我仔仔细细地把地址又描了一遍,然后顺路去了一家邮局,把事情解释了一下。柜台里的那个男人接过信,把信丢进了一个装信的箱子。接下来的几天我一直惦记着那封信,它到达目的地之前经过了这么奇怪的一条路。没过多久我就去邮局找工作了。"

"现在你在邮局上班。"

"是啊。"

"你是邮递员。"

"邮差。没错。我作为隐形人的第三份工作。"

"你喜欢这份工作吗?"

"噢,喜欢。冬天有时候不太喜欢,但是我喜欢出门,大清早的时候外面特别安静。通常下午两点我就完工了。"

铁托身材魁梧,走路的姿势很特别,略微向前倾斜,总是在跟想象中的迎头风较量着,他脚步坚定,仿佛每一步都是哥伦布在占领新的领土。他长着一个圆钝的大鼻子,从父母那里继承了一头蓬乱的头发,还有一双明亮饱满的褐色眼睛。他的皮肤很干净,属于长不出太多胡须和小胡子的体质,他的牙齿洁白无瑕。他的身上带着一股为五官注入生命的劲头,脸庞因此散发出充满活力的灵气,带着一种热情、专注、生动的机敏。同时他的性格又很矜持,我的铁托啊。他不是一个适合当伴侣的人。我不太有把握能用语言描述清楚这种品质,他矜持得几乎不适合同其他人待在一起。这并不是说他在跟人交往的时候很笨拙。一点也不。只是他那种谨慎的交谈方式不适合一群人像机关枪一样嗒嗒嗒地交流。我指的不光是他说话的方式,而是他的个性,他的气质,那种只能个体对个体交流的优雅。就连他的手势似乎都只是为你一个人而存在。我的铁托就是只有一个座位的剧院(属于我的只有一位选民的选区)。只有在匈牙利人中间他才会有些合群。

"你听说过明晚上演的这出剧了吗?叫《汉德雷特》。"

"你是说《哈姆雷特》?匈牙利著名编剧威格姆·萨克斯伯里写的?"

"没错,匈牙利著名编剧威格姆·萨克斯伯里写的,不过是改编的。是一出木偶剧。听上去挺有意思的。你想去看吧?"

"没错。"

要是只用一个词形容我跟铁托在一起的时光,这个词就是:没错。

去看《汉德雷特》的那个晚上,也就是我们俩的第一次约会,我发现为一个男人穿衣打扮既快乐,又痛苦不堪。

我们走在积着雪的大街小巷,一路上不停地互相撞来撞去。如果科学家用温度记录仪器监测我们的话,我们的每一次碰撞都会显示为一道五彩缤纷的闪光,一道能量巨大的光。

《汉德雷特》很精彩:两位英国木偶师改编的《哈姆雷特》,他们在电视机大小的舞台上用四只手呈现出所有角色和所有情节。当奥菲莉娅淹死自己的时候,一只穿着长袍的手从高处一头扎向舞台,随之发出一声尖叫,我们听到咔啦—啪嗒一声,那个声音让人想到一头大象一头栽进了池塘里。观众笑得前仰后合。有时候舞台上又极其严肃,我们都陷入了沉默和痴迷中。木偶师有着表现力超凡的嗓音。汉德雷特，一位微型侏儒丹麦王子，迈着我看过的任何一位哈姆雷特那样的步子。宫廷小丑尤里克就是一个顶针大小的头骨，可是没有一个观众发笑。

那天大雪覆盖了整座城市。雪还在继续下着，下得很温柔，一丝风也没有。一大团一大团的雪花扑面而来，或者沉沉地落进地毯般的积雪中。我们走在一条积雪还没有被清理的街道上，雪没到了我们的膝盖上，不过雪并不瓷实，我们轻松地踢开雪前进着，飞起来的雪闪闪发光。一切声音都消失了，除了我们的声音。我感觉得到心里的激动越来越强烈。在我的眼中雪并不是雪，而是金粉。路灯也不是路灯，而是在夜里闪烁的钻石头冠。其他的一切色彩不只是一种颜色，而是珍贵的宝石。铁托提议我们去喝杯咖啡。更多的宝石。爱情就是一种童年，在这样的童年里我们又能够完全痴迷其中，有能力相信那么多事情，相信得那么容易，那么认真。铁托和我喝着热巧克力，聊了好几个钟头。然后我们继续走着。终于走到我的住处时天已经晚了，已经到了深夜，我们在门外徘徊着。我们等得起，我们都有这种感觉。我们把自己的电话和住址留给了对方，然后便优雅地离开了对方。"再见，铁托。明天见。"因为眼睛里的鱼，我几乎看不到他了。这种事情我这一辈子只碰到了两次。密密麻麻的天使鱼、小丑鱼、金鱼、老虎鱼、海星，悬浮在水中的海草，徐缓前行的一队队海马。

我关上房间的门，靠在了门上。"今天我找到了可以去爱的人。今天我找到了可以去爱的人。今天我找到了可以去爱的人。"这个念头在我面前展现出无穷无尽的未来。不是承诺，不是希望，不是妄想，就是一个简单、清晰、笃定的事实。

我还从未这样笃定地踌躇过。不要跟我说习惯会让人疲劳，总有一天早上醒来你对床上的那个男人只剩下一颗冰冷的心。这些事情绝不会发生在我的身上。我跟铁托一起过了差不多三年。后来，有一次我数了一下日子，结果是一千零一天，于是我把计算方式从白天换成了夜晚，既然白天同夜晚一样重要，两者加在一起总数就变成了二千零二个白天和夜晚。大清早的这段时光也同样重要，下午他下班之后也一样，于是这个数字又成了四千零四个白天和夜晚和大清早和下午。我专心致志地改进着计算方法，让一个不可分割、没有穷尽的东西的总数增加着。自从我把头靠在公寓门上，反复告诉自己"今天我找到了可以去爱的人"的那个夜晚开始，这个东西就一直没有结束，也不曾减少过。

"你们为什么要搬到蒙特利尔？"

"是我母亲。她再婚了，对方住在蒙特利尔。佐尔坦·罗德诺蒂，一个退休的电业承包商。他人很好，你会看到的。我经常上这儿来看望她。我喜欢这个城市，有欧洲的感觉。可是这个地方太疯狂了。学了那么些年英语，又读了英文书，我的英语终于变得流利了，然后我就决定搬到魁北克。那是1980年，就是全民公决的那一年，当时似乎每一个以英语为母语的人都打算离开那个省。有时候我觉得我把一辈子都花在语言课上了。"

铁托的法语不只是日常应用的水平。送信过程中碰到的任何情况他都应付得了，进餐馆和商店他也没问题，看没有字幕的法语电影他几乎都能听得懂。不过，连珠炮似的魁北克法语就难住他了。如果说他赤手空拳可以对付匈牙利语，戴着皮手套对付英语，戴着棒球手套应付斯洛伐克语，用刀叉应付德语和俄语的话，那么他是在拿着筷子对付法语。

第一次是在我的住处。他解开我的衬衣纽扣。解的时候庄重又细致，先从我的裤子里拽出衬衣，然后从北往南解开扣子，把每一个扣子从扣眼捅出来后又轻轻地自东向西翻开领口。我感到自己纹丝不动，仿佛处在绝对的平衡中，每一种感觉都保持着平衡。我的胸罩，袜子，裤子，内裤都以同样的方式脱去了。每一次碰触，每一下轻轻的吻，落在我的肌肤上的每一口呼吸我都能感觉到两次：一次是在接触到的时候，第二次就是最轻微的回响，那是我的阴门有些痒痒了。这样的扩散多么甜蜜。我伸手摸到了他的胸膛，摸得有些粗暴。我们上了我的床，他为我口交了，刺激得我几乎无法承受。我将他拽了上来，让他翻过身子，跪在他的面前，然后慢慢地把他装进了我的身体，能有多深就有多深，直到最核心的地方，我不想让他离开那个地方，永远都不要离开，即便他已经高潮，用匈牙利语喃喃着。我们睡了过去。那一刻的光线是阴沉沉的冬日才有的那种明亮的白光。

我又一次没有多想生育的问题，我的月经几天前就来完了。铁托向我道歉，因为他没有跟我提起保护措施的问题，我只是伸出一只手摆了摆，又扬了扬眉毛，那种表情是在说"这都是别人才会出的事，我的身上出不了"。他的精液充满了精子，威力强大，结满了果实。不过，那时候我很幸运——我一次次地吃着避孕药，吃的时间还不固定，有时候延后，有时候提前，有时候甚至错上一整天，然后就不得不吃上两片。我的子宫会像以往那样感到疼痛和抽搐，让我清楚地知道自己终究还是没有怀上孩子之外，粘在身上的那坨黏液会消失的，除此以外就没有更多的结果了。

现在我真后悔当时自己那么幸运。尽管那样，有时候我还是矛盾得令自己感到困惑。经过震惊、悲痛，经过一整天苦恼地想着"就是这样。你要有孩子了。姑娘,你一直在浪费生命",血还是像奴隶得到了解放一样流了出来,我释然地长出一口气。"我得救了。"可是悲伤还会放射出残光。你又在拖延生育,心里的某个角落低语着。你又没有全心全意地投入生活。要是你敢的话,要是你敢的话……! 可是,正如我说过的那样,我总是很幸运。等运气耗尽的时候,一切已经太晚了。

在随后的几星期、几个月里,我们一起探寻着彼此的领地。他的街坊,我的街坊,他的朋友,我的朋友。他的床,我的床。

我让匈牙利语陪着我度过了无数个小时。我见到了曾经的伊米拉克夫人,现在的罗德诺蒂夫人,很快在我面前又成了朱迪特。铁托的母亲把我当成了自己的女儿,她是一个热情、体贴的女人,很爱笑,绝对就是她儿子的亲生母亲。她的头发上有宽宽的一溜灰发,完美地衬托出她与生俱来的优雅。她说的英语很古怪,法语则根本谈不上——即便来到加拿大已经将近二十年了,她始终只在匈牙利社区里搬来搬去。她跟儿子说话的时候,我听的是他们的声音。他们

"我们到了,你终于看见蓝胡子城堡在你眼前。它不像你父亲的城堡叫人快活。尤迪特,你来了吗?"

"我来了,我来了,蓝胡子。"

"站住,尤迪特。你要回去吗?"

"没有,只是我的裙子被

钩住了。上好的丝绸裙子。"

"瞧，门开着。"

"这真的是蓝胡子的城堡。没有窗户？没有阳台？"

"没有。"

"太阳照不到这里？"

"照不到。"

"总是冷冰冰，黑乎乎？"

"冷冰冰，黑乎乎。"

"你的城堡太黑了。墙壁湿漉漉的。蓝胡子，为什么我的手上有水？这个城堡就是一座坟墓！"

"尤迪特，在你父亲的城堡岂不更加快活？阳台长满玫瑰，阳光在房顶跳舞。"

"不要伤害我，不要伤害我，蓝胡子。你不必伤害我。你不需要阳光。你不必伤害我。你的城堡多么黑暗啊。可怜的蓝胡子。"

"告诉我，尤迪特，你为什么来这里？"

"我要用嘴唇擦干这流泪的石板。我要用身体温暖这冰冷的大理石。让我干吧，让

说的我一个词也听不懂，我听得懂的就只有他们的情绪。他们的一举一动随和、专注、恭敬。他们似乎永远不会突然打断对方。显然，母亲信任儿子，儿子也信任母亲。罗德诺蒂先生——"求求你了！叫我佐尔坦吧。你让我听上去就像是老头似的。我才六十四岁"——为人的确很不错。他是一个有趣、不装腔作势的人，有本事能让妻子总是哈哈大笑起来，显然妻子的笑声会令他感到心满意足。

至于我见到的其他匈牙利人，什么年纪和身份的都有。越年轻的一代，法语和英语就讲得越好，这是自然而然的事情，只是每次碰见他们一伙人待在一起的时候，出于社交的需要他们讲的肯定是马札尔语。我还记得自己当初的情况，跟父母用英语说话完全就是难以想象的事情。我们的关系就是

我干吧,蓝胡子!我要照亮你凄凉的城堡。我们要扒开墙壁,让风穿堂而过,让阳光射进来。你的城堡会像黄金光芒闪耀。"

"我的城堡里没有什么能够闪耀光芒。"

"温柔的蓝胡子,带我看看整个城堡。啊,我看见七扇关闭的大门,七扇大门都关着,插着门闩。为什么所有的门都关着?"

"谁都不准看到里面。"

"打开,打开!打开它们,把门闩拔下!让风吹进来,让光射进来!"

"你要记住那些传言!"

"打开!打开!打开!"

"祝福你的小手,尤迪特。"

"噢!"

"你看见什么?看见什么?"

"镣铐,匕首,刑架,钳子,烙铁!"

"这是我的刑室,尤

讲法语的关系,用其他任何一种语言交流都有损于这种关系的本质。对于匈牙利裔的加拿大人也是如此。铁托担心我会感到厌倦,因为在这种场合里我显得傻里傻气的。我向他保证我不厌烦这种场合,事实上我真的不感到厌烦。坐在一屋子匈牙利人中间就等于是去了苏联的邻邦国家旅游了一趟,静止不动的旅游。马札尔语难以理解到了惊人的程度。它的字母同罗马字母的相似,以及讲话者的穿着和举止都会蒙蔽你,但是突然它就爆发了——你还不如去中国。在那里没有一个词素会令你感到费解。第一次听到铁托轻松、开心地用自己的母语说话的时候,我都"掉了下巴",后来我就是这么对他说的。似乎我的眼前出现了一个新的铁托。他的神态变了,音域也同以前不一样了,表情和手势都是我从来没有见过迪特。"

"你的刑室叫人害怕。蓝胡子,恐怖,恐怖!"

"害怕了?"

"城堡的墙壁沾满血污!你的城堡在流血!"

"害怕了?"

"不!我不害怕。看,天亮了!鲜红的太阳升起了!看,美丽的霞光!"

"鲜红的河,血染的水。"

"我们必须打开所有的门,让清新的风飘扬而过,每一扇门都要打开,打开!"

"你不知道门背后有什么。"

"所有门都要打开!所有的门!"

"尤迪特,你为什么要这样?"

"因为我爱你!"

"小心,一定要小心,尤迪特!"

"我会小心,轻轻的,轻轻的,轻轻的。把大门的钥匙都给我!"

的。我不确定自己真的认识这个铁托。我只能轻轻地拍一拍他的肩膀,说:"铁托,是你吗?"他大笑了起来。"是我,当然是我。"他又是铁托了,我的护照上又多了一个签证章。即使是三年后我依然对他那么流畅的胡言乱语感到惊奇。

在我不想去旅行,在脑子开小差的时候,马札尔成了一片海滩,能让我的白日梦飘浮其中的令人感到安慰的背景音。总之,不管是免费乘坐奥地利航班,还是坐在那片海滩上,我都不会孤独得太久。不是这个匈牙利人,就是那个匈牙利人不停地用我能理解的语言打断我的白日梦。年纪大一些的匈牙利人很喜欢我。至今我还记得伊姆雷,一个不到五英尺高的老寿星,他的眼睛深深地嵌在皱纹的旋涡中,看到铁托的这个印欧语系的女朋友他就感到开心。他会在

"你不知道门背后有什么。"

"我来到这里是因为我爱你。我来了,我属于你。现在我要去各处看看。现在把门全都打开吧。"

"尤迪特,尤迪特,美丽温柔的尤迪特,你散发出新鲜的活力。"

"打开最后的第七扇门。哎呀,你的秘密泄露了。"

"尤迪特!"

"蓝胡子,别说了,别说了。"

"我王国的财富属于你。"

"噢,噢,蓝胡子,脱掉我身上的斗篷。"

"你太美丽了,你太美丽了,你比别的女人美一百倍。你是我最美的女人。从此只有黑夜……黑夜……黑夜……"①

我旁边坐下来,两只脚吊在座位上晃悠着,那双幸福的眼睛落在我这对印欧语系的奶头上,他跟我用英语聊着天。还没聊上几句,由于无心的模仿,我的英语就变得跟他的一样破烂了。我想除了铁托,最爱我的人就是他了。

只要你愿意,咱们待多久都没问题,我总是这样对铁托说。不要因为我离开这里。

于是一切就继续了下去,这位马札尔人——说着、喊叫着、大笑着、低语着。

从一开始我们就一直在一起过夜,这种生活毫无问题,没有

---

① 译注:这段对白摘自匈牙利语歌剧《蓝胡子公爵的城堡》,该剧是作曲家巴托克唯一的歌剧作品,这部仅60分钟的独幕歌剧创作于1911年,1918年5月在布达佩斯国立歌剧院首演。作者对这一段内容有所删节和改动。

他的夜晚就是一张冷冰冰的床,就连睡着后两个身体都无法容忍之间存在着距离。我们会在各自那块小小的领地入睡——摩尔莆神似乎成了一个胆怯的猎人,只会追逐孤独的猎物——不过我觉得从来没有一个晚上我们会彻夜不向对方探出自己的身体。清晨醒来的时候我们的身体总是至少有一处贴在一起,一条腿、一只手,或者一只手臂,他搂着我,或者我贴着他的后背。就好像我们的肌肤都是爱道是非的人,都热衷于在夜晚的寂静中继续闲聊着。

我们俩无论是谁感到瞌睡虫就要放肆起来的时候,他/她就会挣扎着说一声"晚安",探过身子亲一下对方,还算清醒的对方就会做出回应。直到说出这两个词,那个吻结束,我们才会允许自己进入梦乡。"晚安"和最后的吻正式表明我们的一天结束了。

铁托住在帕克大区的北头,在城里活动的时候我们就去我家过夜。到了周末,或者清静的夜晚我们就待在他那里。他的公寓比我的大,东西比我的齐全。

现在我的生活有了时刻表,每个时间段里的安排都必须完成,我只能疲于应付。我有奴隶上班时段、小说写作时段、杂事时段,还有铁托时段。我不得不尽量把这些时段纳入我的日程里。我采用了铁托天生就有的早起的生物钟,早上六点他就必须赶到仓库区分拣出当天的邮件,大部分工作日我都跟他一起在五点就醒了。这种生活听上去很痛苦,其实只是习惯问题。对亲眼目睹到的每一次日出我都心怀感激。这样一来我们就能在午后幸福地小睡一会儿。通常我都用上午的时间写作,在餐馆值午餐那一班,下午两点或两点半同铁托见面,打会儿盹,晚上或者继续写我的小说,或者跟他做些什么,怎样度过晚上的时间取决于我们的心情。早班和晚班让这个时间表有些变换。通常我们都在快到十点的时候就去睡觉了。

矛盾的是,与其他资源不同,时间这种资源越紧缺,我就越不会惦记它。结果,跟铁托在一起的时间似乎眨眼就没了,我也很难记住事情发生的先后顺序,在我的记忆中过去时和现在时计量出的并非是时间序列,而是在感情上的分量。我无法忘记的一切就一直以现在时态重复着。

第67卷胶片:我缓缓地恢复了意识,感到海滩上有人在召唤我结束深蓝色的漂浮。我不情愿地浮出水面,猛地睁开一只眼睛。非常肯定的是,铁托和他的那两只睁得大大的眼睛距离我只有几英寸的距离。他撩开盖在我脸上的两条深褐色的海草,将海草丢在了枕头上。"醒了吗?"他郑重其事地说。我断然拒绝回答他的问题,那只牡蛎一样的眼睛啪地一下就闭住了。我继续沉浸在珍珠般的睡眠中。我知道这一天是星期六,我们用不着起床。

我侧躺着,面朝他。被单隆起了——他在看着我。我感到一根探寻的手指顺着我的大腿爬了上来,来到了顶峰,也就是屁股,又向下滑到了马鞍一样的腰上,顺着一道道肋骨走了上来,最终不出意料地停在了我的乳房上,另外四根手指也跟上来一起享受这份欢乐。接着,一根孤独的手指冒险去了南方,在我的肚子上徘徊了一阵,一头扎进肚脐眼,然后去了下面轻轻地扒拉着那里的毛发。一个荡妇一样的乳头出卖了我,它硬了起来。"你知道吗,已经下午一点了。"铁托说。"怎么了?"我悲叹了一声。我上当了。我费劲地翻了个身,眯着眼睛看了看闹钟,又沉沉地陷进了枕头。"早上六点。你把闹钟放倒了。""噢,对不起。"他说。我躺平了身子。他凑了过来,同我的身体契合在一起。"昨晚起了沙尘暴。"他说。他轻轻地抚摸着我的眼角,擦去了上面的沙粒。他的手,这一次是一群快乐的手指,又一次温柔缓慢地走过我的身子。我的手碰到了他的阴茎,一把抓住了已经硬起来的阴茎。我叹了口气。"吾儿,亦有汝焉。"据说恺撒倒下去之前对他曾经信赖的朋友布鲁图说出了这句话。铁托笑了起来。我用疲倦、模糊、充满爱意的双眼看着他,伸了伸懒腰。他把脸埋进了我的脖弯,贪恋地吻着我。接着又把嘴伸到了我的耳边。突如其来的一声低语,全是风和滚烫的喘息,他就这样提了一个下流的要求。我大笑着点了点头。他的脑袋消失在了被单里。

夜就这样被打发掉了。太阳就这样升起来了。

第15卷胶片:我们散着步上了山。这一天春光明媚。小路上出现了一个男人,他用绳子牵着一条狗,嘴里咕噜个不停的硕大的斗牛犬,长着粗短蜷曲的前腿,没有脖子,一张平板的脸,一个可怕的地包天嘴巴。我突然爆发出一阵笑声,径直朝它奔了过去。我弯下腰,摆弄着它层层叠叠的皮肤,那个家伙鼓起的眼睛欢喜地瞪圆了。它的主人亲切地认可了我对他的宠物的关注,他肯定早就习惯这种情形了。那条狗巨大的胸部和那么小的臀部保持着平衡,真叫人吃惊,它居然没有朝前栽过去。我轻轻地拍了拍它的脑袋,它的后腿就狂乱地在空中踢腾着。

离开他们后铁托说:"多可怕的怪物啊。我简直无法相信你会喜欢它。"

我看着他,笑了起来。

"怎么了?"他问道。

"嗯,我在想老二的事情。"

"不明白。"

"你瞧,"我仍旧笑个不停,不过我还是勉强说了下去,"阴茎,那么难看,你难道不同意这种说法吗? 在冷冰冰、皱巴巴的时候它看起来就像上了年纪的W.H.奥登①;烫乎乎的时候它又滑稽地上下左右地呼扇着;兴奋的时候又看起来那么痛苦和急切,你会

---

① 译注:奥登(1907—1973),出生于英国的美国诗人。

267

觉得它要号啕大哭起来了。还有阴囊！对物种的生死存亡起着至关重要作用的东西,生物体上一半的原材料就来自这个东西,尽管这些材料全都不起作用,这么重要的东西就被装在一个毫无防御能力的皮肤包成的小袋子里,随意地挂在身体上,这可真是难以想象。扇上一巴掌,咬上一口,一爪子抓下去——而且这东西的高度刚好适合正常体型的动物,狗、狮子、剑齿虎——就是这样,没了。你难道不觉得这个东西应该得到更好的保护吗？比如说,在一些骨头下面,就像我们自身一样？还有什么东西能比我们逐渐变细,又不失美观的入口更适合？这样的安排又谨慎,又不乏格调,所有的东西都巧妙而紧实地装在身体里,没有一样会吊在正在关闭的地铁门能够轻易触及的地方；此外,它的上方还有一片三角形的整整齐齐的毛发,就像路标,假如你迷路的话——真是完美。阴茎的设计就是这么蹩脚。纯粹是北欧风流行之前的产物。甚至是包豪斯风格之前的东西。

"不过,当我想到老二又那么可怜,那么不完善的时候,我同时也在想它还是有讨人喜欢的一面。你会情不自禁地想要对它温柔一点。你明白我的意思吗？就在这条狗出现的时候我一直在琢磨这个……"我又哈哈大笑了起来,"这个,就是这样,太完美了。一条行走的老二。还有一大堆包皮。"

我乐弯了腰。铁托装作一副深受伤害的样子。

第193卷胶片:乔在一封信里告诉我他和埃贡的艾滋病病毒检测都呈阳性。他们"没事儿",他说。我不知道他指的是情绪上,还是身体上没事。铁托的衬衣前胸被我的泪水打得湿透了。

第125卷胶片:我的圣诞礼物。

第242卷胶片:大热天骑着自行车走在乡下。在一棵树的树荫下,周围没有别人,铁托在我的T恤下用手捧起我的乳房,就像他说的那样,他发现我的乳房如同酸奶一样清凉。"长着乳房的感觉是什么样的?"他问我。

"就像有一对小小的暖融融的伙伴。"我说。

第1卷胶片:"真想象不出和男人睡觉是什么样的。"我们刚刚在一家专门放映老电影的影院看了一部电影。这不是电影里的台词——是坐在我们前面的一对夫妇的对话。当灯光暗下来的时候,一个年轻的男人转过头,嘴对嘴亲了一下他的男朋友。那个吻短暂,安静,但是激情四射,两个脑袋转动着,眼睛紧闭着。在他把身子转回来,在座位上坐定的时候,他的目光和我的目光碰在了一起。他很开心。他恋爱了。说出这句话的时候铁托丝毫没有对他们评头论足的意思。

"真的?"我笑了笑,"你想象干男人的感觉?吮吸他?你想象不出亲男人的感觉?"

"想象不出。我想我这辈子是不会生出同性恋的念头了。"

我大笑了起来,挽起他的胳膊。我们走了。

第186卷胶片:我们去渥太华逛了一天,开着铁托那辆割草机一样的拉达车去参观了新的国家美术馆,这还是我们头一次去那里。真是一座漂亮的展览馆,无论是建筑本身,还是馆藏品。这一天我们过得美妙极了。

第54卷胶片:"什么意思,你不喜欢热芥末?"

"我只是对这个东西兴趣不大。"

"我还以为你很喜欢吃热芥末。"

"不,我不喜欢。"

"那你干吗一直吃它?"

"因为你一直在买啊。"

"可是丹尼说你很喜欢吃热芥末。"

"她怎么可能知道？"

"你是在告诉我你不喜欢吃热芥末吗？"

"是的。"

第118卷胶片：那个男人又把外套的扣子系错了。有时候我真想知道他把自己的脑子丢到哪儿去了。我走到他跟前，解开扣子，然后系好。"好啦。"

他看着我，嘴角又泛起了笑容。"有时候你好像把我当成十岁的孩子了。"

"十岁？别臭美了。七岁还差不多。"

我的记忆档案馆里收藏着无数卷这样的胶片。

* * *

相识的第一年夏天我们就住到了一起，一九八六年的夏天，确切地说是七月一日，对于蒙特利尔的绝大多数房屋租约来说是一个至关重要的日子，大多数爱情和同舍之情正式开始或者结束的一天，这一天似乎全城都在搬家。我搬出了我一直十分中意的脏兮兮的小窝，搬进了铁托在多彩多姿、不太发达、名声不太好的帕克大区的家，渐渐地我也喜欢上了这个社区，住在那里的街坊邻居很友好，他们坐在自家的门廊上聊着天，希腊人、印度人、斯里兰卡人、意大利人、非洲人、西印度群岛人，我们也别忘了还有一些匈牙利人，大家都和加拿大人有来有往，也可以撕破脸地竞争。

我在以前的公寓楼里保留了一个房间当自己的工作室。我想在家外面有一个能让我开展工作的空间，在那里什么都不做，只是工作。那栋楼距离餐馆和铁托上班的路线都不远，无论是去见铁托，还是上班前和下班后去工作一会儿都很方便。

列奥，公寓楼管理员兼车祸不断的计程车司机带着我看了一间很难租出去的工作间。房间已经空了一年半了,其实就是一个有窗户的小盒子,窗户通向安全出口——一个可以住人的笼子,又是一个能让我的想象力自由奔驰的好地方。房间就在我以前住的那套公寓再上一层楼,但是在走廊的尽头。厨房不太实用,更像是概念上的,也没有冰箱,不过倒是有一个煤气灶,卫生间里有一个小小的浴缸。我把月租砍到了一百二十五元,铁托和我用油漆把房间重新刷了一遍,油漆钱是房东出的。为了保持绝对的宁静,我选择了不装电话。我用煤气灶给房间取暖,而不是昂贵的电子地热系统。能比这种工作间更便宜的也就是公园的长椅了。而且,这是属于我自己的房间,经过一段象征性的短途旅程之后我为了唯一的目标——写作——进入这个房间。

一开始,出于纯粹的工作原则,我决定不把我的那张沙发床摆在房间里,可是在书桌上做爱太不舒服了,而且会把我的稿子弄得乱七八糟,况且地板也不适合午睡。我心一软,房间就变成了我的工作室兼午休室。

冬天,我经常把煤气灶的火力开足,毕竟最不利于创作的就是寒冷的温度。我们把墙壁和天花板都刷成了金黄色,无论屋外多么寒冷,待在我的工作室里永远感觉像是待在太阳里面。

* * *

我写完了小说。一部拙劣的小说。没什么用。不过我还是把它寄出去了,寄给一家规模很小,因此也很挑剔,非"商业"的出版社。我希望他们能够看到我自己没有看出来的天赋。我一直没有收到回复。我又试了另外一家出版社,同样的一家小出版社。不到五个星期我收到了退回来的小说,还有一封信,在信中对方感谢我让他们读了这部小说,他们读得"很愉快",只是他们接下来两年的虚构文学出版计划都排满了。扎住稿件的那根粗粗的橡皮筋还原封不动地勒在我把稿件寄出去时勒的那一行字上，我夹在二十和二十一页之间的那张粉红色小纸片，如同附在情书里的一片玫瑰花瓣，也仍旧夹在原处。

渐渐地我放弃了，一开始我向自己保证回头我还会重新开始，接着我打捞出其中的一些部分，把它们糅进了下一部小说里，然后我又撕掉了稿子，把它们变成了几个短篇小说，到最后我告诉自己这部小说就应该被压在所谓的箱子底。

铁托小心翼翼地偷窥着我的小说，就像是金鱼从悬崖边上偷偷地望着一片深渊，而我就在深渊里像鲨鱼一样忙活着。写的时候我没有告诉他我在写什么，写完后我也不会让他知道。我担心一旦铁托读了，我就再也没有什么秘密了，我会痛苦地在他面前变成一个透明的人，更糟的是最终只会暴露出我的平庸，他就再也不会爱我了。最终我还是让他读了，他说的全都没错：这个小说实际上不像假牙和挪威的那两部小说那么精彩，不过有些部分还是很出彩的；小说的立意很大胆，很棒；我还年轻，二十三岁，他随即就补充了一句，但是这并不意味着不成熟，只是我的技艺还处在起步阶段——哪些作家在这样小的年纪就起步了？兰波、梅勒，还有其他一些人，没错，不过这些人要么很快就黯淡下去，要么就彻底销声匿迹了；况且我又不是只构思了这么一部小说，现在我完全可以开始新的创作了；而且他当然还爱着我。这是什么问题啊！

每次一头扎进他的怀里我立即就哭了起来，我自己一个人的时候我也哭了几次。然后一切就结束了。

* * *

就像任何一次恋爱时一样，我们也有退缩的时候，也有略微疏远的时候，不过这都是事情发展的常态，这种反应并不表示怀疑和厌倦。这就像是画家退后一步，好完完整整地看清自己的作品，然后又凑上前去，继续创作。

有时候上床睡觉的时候我感到疲惫、空虚，就希望对方不要碰我。这种时候铁托就会很安静，甚至有可能睡着了，不过我们还是互相道了晚安。我沉浸在一片孤独中。有时候，等到享受够了，浑身充满了孤独感的时候我就挪到下边，轻轻地抓起铁托温暖、蛰伏的阴茎。阴茎胀起来一点，铁托的脸还是毫无反应，呼吸还是那么沉，那么从容。我就抓着他的阴茎入睡了，仿佛那根阴茎是一把画笔，我在描绘他的两腿之间的一处细节。

*　　*　　*

我的圣诞礼物送来的时候被装在一个有洞的盒子里，盒子呼噜呼噜地叫唤着。一只小斗牛犬。带着褐色和白色的斑点的小家伙丑得那么美。我尖叫了起来。"从舍布鲁克的一个养狗的人那里找到的。我向你保证，绝对是那窝里最丑的一只。要是还能见到比这只更丑的，那你肯定就是在科幻小说的世界里了。"铁托说。外星人冲我蹦了过来，像一头有着女中音嗓子的猪一样哼哼着。我情不自禁地笑了，脑袋里立即冒出了它的名字。"无花果叶。咱们就叫它'无花果叶'。"

"无花果叶？"

"没错，无花果叶。过来，无花果叶。"

无花果叶在地板上尿了一泡。

第一次带无花果叶出门散步的时候，一对夫妻从我们身旁走过。"好可爱的狗！"那个女人说。她俯下身子。我也俯下身子。无花果叶发了疯。那个男人看上去一脸的不以为然。"的确是一只很好的狗。看到自己有多喜欢它，尤其是等它大了以后，你自己都会吃惊的。"铁托说。

"哦,我相信。"那个男人礼貌地说。

无花果叶在匈牙利人聚居区里成了香饽饽,他总是突然说出一大堆莫名其妙的话。他甚至能让伊姆雷的视线从往常的目标上转移开。

无花果叶太不擅言辞了,我的意思是他似乎能发的音不多,我怀疑他的骨骼就是一根骨头构成的。他下楼的时候我会担心。他很少像其他的狗那样一步迈两条腿,下一步再迈另两条腿。碰到很陡的台阶时,他的惯常步伐是依靠螃蟹的方向感让身子同第一个台阶平行,斜着跳下去,这个动作的幅度有点大,就像跳楼或者跳崖自尽那样引人注目,彻底没有了束缚,最终他安然无恙地落到下面一个台阶上,四只脚同时着地,接着他又毫不耽搁地弹到再下面一个台阶,就这样用自杀式的跳步一路下了楼。他下楼快得令人难以置信,哪怕楼梯是带拐弯的。他从来没出过事,可是我还是一直会担心由于过度自信他在蹦跳的时候会判断失误,那样我就只能看着他失控地翻起跟头,让他那个不可分割的只有一根骨头的身子断裂成三四截。

不幸的是,无花果叶上楼的步伐同他下楼时采用的"克尼维尔"①步伐不相称。他不会上楼。显然上楼对他来说很费力,可是宇宙中就是存在着楼梯这种东西,你不可能一直下楼,这就是生活。可是铁托和我犯了一个错误,在无花果叶又小又可爱的时候,只要一碰到台阶我们就抱起他,让他在我们的臂弯里摇来荡去地上了台阶。幼年时期接受的这种调教让他习惯了一辈子,等他变得又大又可爱的时候,他还是这样,无论我们对他的态度跟

---

① 埃维尔·克尼维尔(1938—2007),美国冒险运动家,特技明星,以表演驾驶摩托车飞越障碍物闻名于世,并被誉为"世界头号飞人"。他一生做过多场惊心动魄的特技表演,这些表演导致他至少433次摔断骨头。

当初有多么不同：口头上的鼓励、上三个台阶就给上一小口吃的、威胁，什么都试过。我不止一次大发雷霆，吼叫着："那你就待在下面饿死算了，你这头肥猪！"我还跟自己发誓说无论如何我也不会抱他上来。我的这种态度只会促使他开始像打游击战一样地哼哼起来。他的叫唤声不大，也不激烈，可是没完没了，就是一头猪在哼哼，每六秒钟哼一声——我数过一次。楼里的人全都能听到，哪怕在壁橱里也听得到。叫声越微弱，就越令人恼火。"今晚咱们就拿那条狗当晚饭好了，再配上苹果酱。"我自言自语地咕哝着。我对他的叫声愈发充耳不闻，完全埋头于手头的事情。

可是，他会像任何一名优秀的游击队员那样挫败我。我会想起后来认识的一位波兰邻居，后者也习惯在楼梯最下面等着。一个人生下来就没有关节，那你还能拿他怎么办？我瞄着楼下，心中的怒火开始摇晃起来。他就在那里，抬头望着我，一动不动，一声不吭，或许冻坏了，或许饿坏了。内疚感压倒了我。我下楼，搀起他，把他扶上楼。他吃饭的动静很大，我相信这样做的目的只是让我更加感到负疚，吃完饭他就在我的脚边坐下来，开心地看到跟我又相聚了，我也一样开心。

无花果叶的垂直运动那么古怪，但是水平运动一点都不奇怪。他在平地上走得很顺溜。当时在蒙特利尔皇家山高地，住在圣丹尼斯西边，罗伊街和雷切尔街之间的居民当时或许会记得一位邮差，大家渐渐地不再对他视而不见，因为在那一带转来转去的时候他总是随身带着一条斗牛犬。当有狗胆敢冲着主人瞎叫唤的时候，无花果叶就会突然火冒三丈地发出一阵呼噜声，那种恼怒的样子可真是名副其实的蝇王式的愤怒。

*　　*　　*

我开始创作一部新的小说了。一天，我把一杯茶洒在了分类辞典上,我那本新的《罗热英语同义词汇及短语辞典》,字典式的装帧,修订版,已经售出六百万册,那还是我在埃利斯大学一年级刚开学的时候买的廉价简装本,后来我把爱尔兰早餐浇在了书上,这本书就更不耐用了。我心想,哦,好吧,所有的书终归是要散架的。是时候买一本新辞典了。

几天后我站在一家二手书店里,眼睛盯着两本同义辞典。七角五的那本就是我之前有的那个版本,另一本是厚厚的精装本,我草草地翻了一遍。这是一本不太一样的同义辞典,对我来说有些新奇。在这本辞典里词语和同义词排序并不是看上去符合逻辑的字母排序法,在这本辞典里词条被归了类,类型又被编上了号码,每一类的结尾处还附上了标有数字的参见条目。词条的分类遵循的也不是字母原则。但是书页的排序又遵循着一定的顺序;奇怪的是,对于一本同义辞典来说,词条竟然是按照反义词排列的:高处后面跟着洼地,听力后面跟着失聪,希望后面跟着无望。除此以外就看不出更宏观的排序了,或者说没有能让我匆匆瞟过一眼就立即领会到的排序。这本辞典的结尾处有一份索引,占了四百多页,显然是进入这个迷宫的入口。

我向经营书店的人问起了这本同义辞典。"这是老版。是原来的排序方法。词条分了类,在索引部分你可以查找你要找的词条。查起来有些烦琐,不过更全面。"

我买了这本辞典,这样我就可以说这部小说的诞生让我破费了八块钱。

我读了新买的排序烦琐、版本古老的老罗热同义辞典的序言,这个版本肯定没有卖出去多少册。辞典是1852年的原始版本,序言是一位彼得·马克·罗热先生用一种快乐、精致、噢,而且还那么维多利亚的英语重新撰写的,文中的一个个句子就像河流一样涌流着,详尽、松散,逗号就像水闸的大门,分号就像大坝,文中还洋溢着一股如大河般的自信,相信自己是在灌溉一个贫穷的世界——哎哟,一位渔夫乘着小船过来了,一块大田里有几位农民在辛勤劳作着,未来难道还不光明吗?在序言的结尾处罗热表示希望自己的工作有助于促成最伟大的良性交流的产生:一种世界性的语言——从而实现世界和平,"不同民族和种族团结一心、和谐共处的黄金时代",这是他的原话。

在此之前我还从来没有对同义辞典做过这么多的思考。对于那些只会完全信赖自己手中的辞典的人而言,这是一本会令他们皱起眉头的参考书,不过我发现有时候这本辞典还是很有用的。总体而言,它是这一行的小工具,一份面面俱到的同义词词表,仅此而已。我突然想到即使按照当时高倍的乐观标准来看,这种希望有助于实现世界友爱的心愿也充满了堂吉诃德式的空想。

我又翻到了彼得·马克·罗热的生平简介部分,我想看一看这个充满空想的书呆子究竟是什么样的人。

罗热生活在维多利亚时代,是那种一生圆满得不可思议的人。他出生于1779年,于1869年逝世。一位医学博士。伦敦一家慈善诊所的创办人,在诊所里无偿服务了十八年。伦敦大学的创始人之一,这所大学的生理学教授。杰出的医学及其他学科讲师。伦敦一个供水委员会的主席,该委员会公开谴责过伦敦同时将泰晤士河当作排污管道和饮用水水源的现象。英国皇家学会会员,并担任学会秘书二十多年,以及医药及外科学会会员。"大英百科全书""大都会百科全书""里氏百科全书"和"通俗医学百科全书"的撰稿人。实用知识传播协会的联合创办人。权威著作《参考〈自然神学〉论动植物生理学》、两卷本骨相学论著、发表在各个地方的无数文章的作者。一种特别的计算尺的发明者。国际象棋棋迷,在《伦敦新闻画报》上发表过一些难以破解的棋局,还设计了最早的口袋棋盘。

似乎上述这些还不够,他还是那部同义辞典的编纂者,在他之前"辞典"这个词指的仅仅是知识宝库,因此其范围涵盖了辞典和百科全书,但是罗热将自己的大名同这个词牢牢地捆绑在了一起,由此确保了他所编纂的英语语言得以流芳百世。他在七十一岁高龄的时候开始了这项工程,在九十一岁的时候过世了。约翰·路易斯·罗热负责修订了后来的版本,后来彼得的孙子,塞缪尔·罗密利·罗热也对这部辞典进行了修订。

罗热家族社会改良家公司。

我放下了书,自己一个人轻轻地笑了起来。

一个星期后彼得·马克·罗热——尽管他的名字那么辉煌,毫不悲惨——仍旧在我的脑袋里徘徊不去。他的实用知识传播协会从反面让我想起库尔茨和他胡乱写下的"消灭这些畜生!"①

我又拿起那本辞典,仔细地将它审视了一番。罗热在序言中说得很明确,直到这时我才突然发现了这个显而易见的观点:他的这本书列出的词汇和短语并不是像通常的词典那样按照拼写方法分类,而是按照它们所表达的含义。按照单词的拼写排列,你只需要一张字母表,按照含义排列,你就必须找到类似于字母表的一种概念列表——这就是罗热的成就。在仅仅一千多个类别中,从(1)存在到(1042)宗教建筑,他描绘出了语汇世界的地图,人脑表达得出的所有概念,无论词汇或短语的本质是什么,无论是明确的,还是模糊的,无论是香肠,还是悲伤,词条都能被归

---

① 译注:参见约瑟夫·康拉德的《黑暗之心》。

入他划分的某一个类别。语言是一千个大家庭组成的小村庄,每一户家庭都由兄弟姐妹构成,也就是真正的同义词,以及远远近近的表亲和姻亲。

我大为震惊。我突然对这本书赞叹不已,原先在我看来它显得那么乏味。罗热的成就对我的震动就如同上帝对巴别塔造成的打击一样大,但是其影响同后者相反。上帝在分裂,在制造混乱,他在整理,在让一切相互协调。而且他的努力也不仅限于一种语言。他想通过自己构想的多种语言超级同义辞典"多语言辞典"(英语和法语是排在最前面的两种语言,"这两种语言的每一列都对等地并列在一起")体现出每一种语言不只是由家人和亲属交织构成的,而且它的旁边还有一套双胞胎兄弟姐妹式的语言,一套同义词,他希望从语言这种成双成对的排列方式中产生那种有助于促进之前提到的世界和平的国际语言。

这样带有种族优越感的毫无节制的乐观精神一旦碰到刚果河的河岸、库尔茨嘶哑的叫喊声"恐怖! 恐怖!"就会粉身碎骨。尽管如此,他的幻想仍旧令我着迷。这本书具有多么不朽的高贵品质啊!

我假想着罗热在街头观察一对夫妇,扭头看了看一排房子,瞟了一眼一家书店的橱窗,抬头看了看太阳和天空,跑了几步,然后低头看了看自己的双脚,笑了起来,跟妻子和孩子打招呼,坐下来写作——他自始至终、无时无刻不在想着"同义词"!

我要写一部有关彼得·马克·罗热的小说,小说就叫《同义词辞典》。就像《黑暗之心》一样,故事发生在泰晤士河里的同样一艘船上——巡船小艇"奈莉"号。这将是一部短篇小说。一个心情非常愉快,对生活的统一性深信不疑的男人一生中的一个夜晚。

*　　*　　*

　　我们开始了旅行。去了厄瓜多尔、秘鲁和玻利维亚。去了印度和巴基斯坦。去了埃及。去了纽约。坐了飞机、火车、船、大巴和小汽车，还有步行。六个月，三个月，一个月，一个星期。每一次无花果叶都被打发到了匈牙利寄宿学校。

　　要讲的故事可多了！印加王国的丛林小路，缓缓爬到山顶，看到马丘比丘突然出现在眼前。在南迦帕尔巴特峰来一场艰苦卓绝、神圣庄严的徒步。拂晓时绕着巨大的胡夫金字塔散散步。现代艺术博物馆的马蒂斯。印度各座城市里的牛，生活在城市里的牛就像"大苹果"（纽约）的街头毒贩子一样疲惫迟钝，又具有极强的城市生存能力。加拉帕戈斯群岛的巨型乌龟，它们的壳就像圣彼得大教堂的圆顶，傲慢的面孔就像红衣主教的脸。吃住在印度的火车上。在南美洲的大巴上。在尼罗河的一艘三桅小帆船上。在玻利维亚西部城市拉巴斯的瓦拉纳西度过的大清早。加尔各答的逐步衰败，亚马孙流域的逐步衰败。萨克塞瓦曼的石墙。拉达克浮屠下的田野。卡纳克神庙。铁托对我说"你真的建议我再修一门语言课程？"时的声音和神情，当时我提到有一个好办法可以帮我们应对拉丁美洲之行。旅程结束的时候他的西班牙语已经说得跟我一样好了。

　　这些记忆，不多，不过是万花筒转动了九十度而已，只是对无穷无尽、丰富多彩的世界瞟了几眼，然而就像霍华德·卡特对卡纳冯勋爵[①]所做的回答，"没错，都是奇迹。"

　　如果我只能记住一个地方，只能珍藏一样美景，那就应该是

[①] 译注：霍华德·卡特（1874—1939），是英国考古学家和埃及学的先驱，在1922年乔治·卡纳冯勋爵出资进行的埃及"帝王谷"的挖掘活动中发现了图坦卡蒙王陵墓及覆戴着"黄金面具"的图坦卡蒙王木乃伊。

只有那个只靠一只从天花板上吊下来的没有灯罩的灯泡照亮的房间,那段背景风光激动人心的烂路,那座从火车上看到的飞驰而过的绿色村庄,那条有水牛在里面打滚的河湾,或者那家用热茶迎接客人的摇摇欲坠的餐馆——要是你向我打听其中某个地方怎么样,我就会说"上那儿去吧——这样一来你就旅行过了",要是你想知道传说中的南美黄金国在哪里,我会说那个地方在旅行者中间随处可见:就是一个前不着村,后不着店的地方。

随时我都可以重返那个地方。背着我久经沙场的蓝色旅行背包,有铁托陪着,一直陪伴我的眼睛,一直陪伴我的皮肤,一直陪伴我的渴望。

渐渐地我们习惯了以夫妻的身份示人,披上这种传统的外衣是为了在男女朋友关系不太被接受的地方办起事来容易一些。一开始,把铁托称为"我丈夫"的时候我感到太奇怪了。太老套了。我告诉同行的旅客"其实他不是我丈夫",他们就点点头。渐渐地就没那么难了。我们的关系让这种称呼名副其实,我喜欢这个事实,感觉成熟又长久。在被别人一次又一次称为"伊米拉克太太"后,我甚至开始玩味起这种称呼,这原本是婚姻行为中最应当受到谴责的部分。我终于看到了存在于这个称呼中的身份,它正是我的身份的一个重要组成部分。

我们憧憬着下一次去中国,去天朝旅行。

* * *

1989年年初——确切地说就是一月十八日,七点四十分的早班飞机——铁托去了亚伯达省的班夫开会。经理、职员、分拣员、邮递员、司机,加拿大邮政集团在全国各地的所有中坚力量都要参加,他是幸运入选的邮递员之一。他去参加会议是为了大山,而不是为了上电视。他还从没见过洛基山。

他要离开一个星期。

我有一个秘密,可是我不能说出来。我要等到他回来后再说。

我再也没有见过他。

我在餐馆值完了中午的班,买了一些副食。我站在工作室的门前,在外衣口袋里摸着钥匙,我的脚边堆着两个装满食物的塑料袋。那一年的第一场大暴雪下完了,天气寒冷,天空清澈,阳光灿烂(很像三年前的天气,那时候铁托和我刚刚走到了一起,只是那时候是夜里,而现在是大白天,将近下午三点)。我之所以提到天气只是因为天气反映出我的情绪:灿烂。这跟我站在哪里无关:当时我就站在没有窗户的呕吐物般的绿色走廊的尽头,走廊上只有一盏行将熄灭的、灯光忽闪个不停的霓虹灯。我已经不记得当时自己在想什么。我的脑袋没有理由像法庭速记员那样专心。我已经开始想念铁托了,没有铁托的七天意味着我有很多时间写小说,意味着在思

  铁托

  宝宝

  铁托
 铁托 铁托 铁托 铁托
铁托 铁托 铁托
  铁托
  铁托
  宝宝

念过后再见到他时有多么喜悦。我很确定自己已经怀孕了。那个月我吃药吃得很马虎。我相信那时候我试图把怀孕的原因归结为我真心希望出现的意外。月经已经晚了三天,对于我的铯原子钟循环系统来说这还是前所未闻的事情。我有感觉。铁托不在身边,我能搞清楚。怀孕的可能性令我恐惧,又令我兴奋,非常像是一个被包在可怕的包装纸里送来的美妙非凡的礼物。无论去哪里我都不带棉条。我就希望如果没有怀孕,经血就报复性地在不方便的时候流出来,在大街上,或者在餐馆当班的时候。我模模糊糊地记得就在一个文件柜的背后放着一份保险单,保险单上签着大名鼎鼎的堕胎医生亨利·摩根泰勒的名字。①在时而开玩笑,时

宝宝

宝宝　铁托

宝宝

宝宝

铁托

铁托宝宝

---

① 译注:亨利·摩根泰勒(1923—2013),出生于波兰的加拿大医生,以倡导堕胎权著称。由于"他对扩大女性卫生保健机会所作的贡献,对影响加拿大公共政策所作的坚持不懈的努力,以及在人道主义和公民自由权利组织的领导工作",他在2008年被授予加拿大最高荣誉——加拿大勋章。

283

而认真地提起"小铁托宝宝们"的话题时,我们俩不曾支付过这笔保险费的事情就凸现了出来。

"嗨。"他说。他从走廊另一头朝我走过来。

"嗨。"我回应了一声,一边把钥匙插进了锁眼里,打开了我的房门。

他是邻居。长着海象式八字胡的那个男人。三年里我们也就是互相点点头,打打招呼,偶尔聊上几句的熟人。我甚至都不知道他叫什么。

"你就住这儿?"他说。

他站在我旁边,朝房间里打量着。

"不,我只是把这里当工作室。"

"我可以瞧瞧吗?"

"没问题。"我觉得他有些冒昧,不过这也没什么。他迈出了脚步,他就是闲得无聊才这么好奇,他一直很友好——我想的就是这些事情。我也没有注意到他等着我先进去,然后自己才进了门。"地方不大。"我又补充了一句。

他朝四下里打量了一下。

大约一分钟后我说:"嗯,我得工作了。"他没有动弹。

"你出去吧。"我的声音很轻,手还挥了挥,就好像他是一个任性的孩子。

他看着我。

"把衣服脱掉。"他一边说,一边关上了门。

他说得不动声色。我被吓了一大跳。瞬间我似乎就动弹不了了。

"什么?"

"我说把衣服脱掉。让咱们瞧一瞧货色怎么样。"

事先毫无征兆。刹那间原本正常的一切就错得那么离谱了。我无能为力。我没有时间思考,没有时间做出反应,没有时间采取措施。没有。我甚至还把靴子脱掉了,一进门就脱掉了。

一场漫长的侵犯。感觉持续了好几个钟头。不然我

………………………………
………………………………
………………………………
………………………………
………………………………
………………………………
………………………………
………………………………
………………………………
………………………………
………………………………
………………………………
恐惧……恐惧…………………
………………………… 恐 惧
………………………………
………………………………
……………恐惧………恐 惧
……恐惧…………………………
……恐惧…………………………
………………………………
………………………………… 疼痛
………………………………
…………………疼痛…………
……疼痛……………………疼痛

怎么可能说得清楚那么强烈的恐惧？恐惧能凝结吗？它能像几滴食用色素一样进入你的生活，像几滴红色色素啪嗒一下滴入你的生活，冲淡、玷污你的整个生活吗？强奸的问题在于它会毁了你的生活，你的余生，因为恐惧会蔓延。回想起来，他或许在我的房间里待了二十分钟。

　　他没有刀，也没有枪。他不需要这些东西。他最多也就是用尽全力撕扯我的头发，扇巴掌，捶打我，踢我。

　　他的拳头突然飞了过来，狠狠地砸在我的面颊上。我一下子蹲到了一边，跌倒了。

　　"起来。"

　　我机械地站了起来。

　　"现在把你该死的毛衣脱掉。"

　　我开始抗议，祈求了，我不记得当时自己是怎么说的。他一把攥住我的喉咙，把我狠狠地顶到了墙上。

　　"听着，你这个贱货，现在

················
···········疼痛············
················
················
················
················
················
················
················
··········恐惧疼痛恐惧疼痛
恐惧疼痛恐惧疼痛恐惧疼痛
恐惧疼痛恐惧疼痛恐惧疼痛
恐惧疼痛恐惧恐惧恐惧恐惧
恐惧恐惧恐惧恐惧恐惧恐惧
恐惧恐惧恐惧恐惧恐惧恐惧
恐惧恐惧恐惧恐惧恐惧恐惧
恐惧恐惧恐惧恐惧恐惧恐惧
恐惧恐惧恐惧恐惧恐惧疼痛
恐惧疼痛恐惧疼痛恐惧疼痛
恐惧疼痛恐惧疼痛恐惧疼痛
恐惧疼痛恐惧疼痛恐惧疼痛
恐惧疼痛恐惧疼痛恐惧疼痛
恐惧疼痛恐惧疼痛恐惧疼痛
恐惧疼痛恐惧疼痛恐惧疼痛
恐惧疼痛恐惧疼痛恐惧
················
················

把衣服脱光，否则我就宰了你。你以为你是谁？"

他的手掐得我快窒息了。每喘上一口气，我都得抗争一番。我害怕极了。我觉得自己要死掉了。我发出低哑的声音："好吧，好吧！"

我脱掉了毛衣。

"把衬衣脱了。"

我的两只手哆嗦得太厉害了，解纽扣都变得吃力了。

"现在把剩下的都脱掉。"

我看着他。他朝我挪了过来。

"好的，好的。"

我脱掉了T恤。然后脱掉了胸罩。

他直勾勾地盯着我。在裤裆上揉了起来。

"把剩下的全都脱掉。"

"噢，求求你了。"我做不到。我就是做不到。他的手又一下子蹿向了我的喉咙。

"好吧，好吧，我脱。"

我脱掉了衬衣和厚厚的长筒袜。

·· 恐惧
·· 恐惧恐惧恐惧
··
··
··
··
··
··
··
·· 恐惧恐惧···恐惧
恐惧恐惧恐惧恐惧············
··
··
··
·· 恐惧
··
······疼痛············
疼痛············
·· 疼痛
··
·· 恐惧
··
··· 恐惧············ 疼痛
··

287

他走上前，一把揪住我的内裤，粗野地把我的内裤扯了下去，指甲把我抓破了，在我的下腹上留下了两道红印子。这是留在我记忆中的第一次剧烈的疼痛。

我已经一丝不挂了。我一直盯着地板。我的胃抽得有些疼了。我不停地想着"我要死了，我不想死。我要死了，我不想死。我要死了，我不想死"。

他在我的脸上结结实实地扇了一巴掌。我不明白。他要我做的我都做了。他又扇了我一巴掌。我举起手，护住了脸，他又用拳头狠狠地砸在我的脸上和身上。我倒在了地上。他一把抓住我的喉咙，一边往死里掐我的脖子，一边把我的脑袋重重地撞在墙上。我喘不上气了。我想我要死了。可是，他突然收住了手。

他站了起来，穿上了衣服。我没有看他。我的嘴里

……恐惧……疼痛……………………疼痛……………………疼痛……………………疼痛疼痛疼痛疼痛疼痛疼痛疼痛疼痛疼痛疼痛疼痛……………………………………恐惧疼痛恐惧疼痛恐惧疼痛恐惧疼痛恐惧疼痛恐惧疼痛恐惧疼痛恐惧疼痛恐惧疼痛恐惧疼痛恐惧疼痛恐惧疼痛恐惧疼痛恐惧疼痛恐惧疼痛恐惧疼痛恐惧疼痛恐惧疼痛恐惧……………………………………………………疼痛……………………………………疼痛

有一股血腥味。他一把揪起我的头发,把我从地上揪了起来。疼痛狠狠地折磨着我。他把我拽到了沙发床跟前,一把将我摔在了床上。

"疼吗?"

我说出疼的时候他似乎很开心。他跪在我旁边,又抓起了我的头发,狠狠地把我的头发缠在了他的拳头上。

"你让我怎么做我就怎么做,什么都行。求求你,不要杀我。"

他粗暴地揉搓起我的乳房。

他用他那根还不太硬的阴茎操起了我的嘴巴。无法形容的恶心。我尽量在他和我之间填充上足够多的血和唾液。我想吐。不过,口交总好过他直接操我。我想保护我的宝宝,我不想让他的老二玷污我的阴道。

他插得太深了,我被噎住了。

我推开了他松塌塌、白花花的肚子,一口吐在了沙发床

……………… 恐惧恐惧恐惧恐惧恐惧恐惧恐惧恐惧恐惧恐惧恐惧恐惧恐惧恐惧恐惧恐惧恐惧………………………………

疼痛………………………………………………………………………………

…宝宝………………………………

……疼痛………………………………

……疼痛…………疼痛疼痛疼痛疼痛恐惧恐惧恐惧恐惧恐惧………………………………………………

…恐惧恐惧恐惧恐惧恐惧

上。吐得太疼了,我无法呼吸了。

"真恶心,"他说,但是他还大笑了起来,"哈,哈,哈,哈,哈。"他笑着。

我看到了他的双眼,随即就把目光移开了。

他在我的两腿之间挪动着。我抗拒着。

他反复捶打着我的脸。我必须活下去,只能这样。死亡才是唯一的损失。我张开了腿。

"你他妈的就看着你自己吧。"他说。

他往我的两腿之间吐了两口,润滑剂。可是他几乎没法让那个东西挺起来,只能勉强把阴茎前端塞进我的体内。他小心翼翼地抽动起来。他用胳膊撑着自己的身子,目光死死地盯在我们的腿之间。他温热的皮肤蹭着我的身体,碰到的每一处在肌肤下面都向后缩去。

我听得到咆哮。地铁?

……………………………………
……………………………………
……………………………………
………………………………宝宝
…………………………疼痛恐惧疼痛恐惧疼痛恐惧疼痛恐惧疼痛恐惧疼痛恐惧疼痛恐惧疼痛恐惧疼痛恐惧疼痛恐惧疼痛恐惧疼痛恐惧疼痛恐惧疼痛……恐惧恐惧恐惧恐惧恐惧恐惧恐惧恐惧恐惧恐惧恐惧
……………………………………
……………………………………
……………………………………
……………………………………
……………………………………
……………………………………
……………………………………
……………………………………
……………………………………
……………………………………
………………………………恐惧恐惧恐惧恐惧恐惧恐惧恐惧

是我的心脏。它跳得那么剧烈,剧烈得难以置信。

他的阴茎滑了出来。他挺起身子,跪在那里。

他什么也没有说。我想说点什么,可我什么也说不出来。

他站了起来,揪着我的头发,把我在房间里拖来拖去。拖着我从桌子上翻了过去,把我狠狠地撞在墙上。每次我试图站起来的时候,他就猛地扯上一把,让我失去了平衡。疼得太厉害的时候我尖叫了起来,他一脚踹在我的脸上,说:"不许叫!我说了不许叫!"

他把我摔在了沙发床上,跪在我的两腿之间。现在他硬了。

他又插进了我的身体。这一次他猛烈地抽动着。他昂着头,眼睛紧紧地闭着。我盯着别处。经过了口交,经过了被揪着头发拖来拖去之后,现在的这种状况令我松了一

恐惧恐惧恐惧恐惧恐惧恐惧
恐惧恐惧恐惧恐惧恐惧恐惧
恐惧恐惧恐惧恐惧恐惧恐惧
疼痛疼痛疼痛疼痛疼痛疼痛
疼痛疼痛疼痛疼痛疼痛疼痛
疼痛疼痛疼痛疼痛疼痛疼痛
疼痛疼痛疼痛疼痛疼痛疼痛
疼痛疼痛疼痛疼痛疼痛疼痛
疼痛疼痛疼痛疼痛疼痛疼痛
疼痛疼痛疼痛疼痛疼痛疼痛
疼痛疼痛疼痛疼痛疼痛疼痛
疼痛疼痛疼痛疼痛疼痛疼痛
疼痛疼痛疼痛疼痛……………
…………………………………
…………………………………
…………………………………
……疼痛疼痛疼痛…………
…………………………………
…………………………………
…………………………………
…………………………………
…………………………………
…………………………………
…………………………………
…………………………………

口气。

我注意到了一些古怪的事情。就在我躺着任人宰割的时候,我心烦地感到耳朵里直犯痒。眼泪积在了耳朵里。

我拼命撞着地板,这样别人就能知道出了可怕的事情。可是,我猜没有人听到我的声音。我猜是因为我撞得不够狠,我太害怕他会注意到。我猜我只是轻轻地敲了敲地板。

他射在了我的体内,然后哈哈大笑了起来。

他站起身,在房间里走来走去。我死死地躺在那里,纹丝不动,没有看他,只是用眼角留意着他。他去了卫生间。他撒了尿,没有冲水,然后洗干净了自己。走出来的时候他用我的毛巾擦着身上的水。

他在我的副食袋里翻了翻,找出了橙汁和饼干。我缓缓地抬起了身子,只是用胳膊肘撑着。我的目光仍旧避开

………………………………
………………………………
………………………………
…………恐惧疼痛………
………恐惧………………
………………………………
………………………………
………………………………
………………………………
……………………………恐
惧………………………………
………………………………
恐 惧………………恐 惧
………………………………
………………………………
………………………………
………………………………
………………………………
………………………………
………………………………
………………………………
………………………………
………………………………
……………………………恐
惧………………疼 痛
………………………………
………………………………

了他,我流起了鼻血,滴答,滴答,滴答。

"你的钱包呢?"

"我没有钱包。我把东西全都装在口袋里。"

他搜了搜我的外套口袋,掏出一把皱皱巴巴的钞票和零钱,我一天的收入,五十块钱左右。他把钱放在地板上,数了数,把五元面值的都揣了起来。他似乎是想把剩下的钱留下。重新考虑了一下,他又拿起了两元面值的。然后又拿起了一元面值的。他打算把零钱都留下,接着他又把二十五分的硬币都拿了起来。

他一边吃着我的饼干,一边打量着房间里四处散落的纸片。"你是学生?"

"不是。"

"这些纸是干什么的?"

"我在写书。"

"不会吧。作家。你的书讲的是什么?"

"一部有关一个男人写了一种新型辞典的长篇小说。"

恐惧恐

他朝我走了过来,"是一部同……同……同……同……同义词词……词……词……辞典。就是一个无聊的故事。成不了畅销书那样的东西。我不太会写。我……"

"嗯,你自己都这么说了,我估摸我是不会买了。"

他在我旁边跪了下来。他的阴茎软塌塌地吊在他的两条腿之间。我看着别处。

"噢,求求你,别杀我。求求你,别杀我。我对你什么都没有干过。求求你,别杀我。咱们是邻居啊。求求你,别杀我。"

他大笑了起来。"我干吗要杀你?"

他的嘴里发出刺耳无情的声音。他朝我的脸上吐了一口。

我理解不了他的举动。

对我干了那些事情后,他可以这么做,朝我的脸上吐口水。

他似乎感到无聊了。

惧恐惧恐惧恐惧恐惧恐惧恐
恐惧恐惧恐惧恐惧恐惧恐惧
惧恐惧恐惧恐惧恐惧恐惧恐
恐惧恐惧恐惧恐惧恐惧恐惧
惧恐惧恐惧恐惧恐惧恐惧恐
恐惧恐惧恐惧恐惧恐惧恐惧
惧恐惧恐惧恐惧恐惧恐惧恐
恐惧恐惧恐惧恐惧恐惧恐惧
惧恐惧恐惧恐惧恐惧恐惧恐
恐惧恐惧恐惧恐惧恐惧恐惧
惧恐惧恐惧恐惧恐惧恐惧恐
恐惧恐惧恐惧恐惧恐惧恐惧
惧恐惧恐惧恐惧恐惧恐惧恐
恐惧恐惧恐惧恐惧恐惧恐惧
惧恐惧恐惧恐惧恐惧恐惧恐
恐惧恐惧恐惧恐惧恐惧恐惧
惧恐惧恐惧恐惧恐惧恐惧恐
恐惧恐惧恐惧恐惧恐惧恐惧
惧恐惧恐惧恐惧恐惧恐惧恐
恐惧恐惧恐惧恐惧恐惧恐惧
惧恐惧恐惧……………………
………………………………
………………………………
………………………………
………………………………
………………………………

他穿上衣服,对着镜子梳了梳头,自顾自地消磨着时间。过了一会儿他抄起我买的两袋吃的,说:"回头见。"然后就走了,出去的时候还关上了门。

我在地板上慢慢地爬了过去,向上伸出手,把门锁上了。

我躺在地板上,什么也没有想。干躺在那里。

我站了起来。我几乎站不住。我去了卫生间。我的脸看起来不像是挨过一顿暴打,而是被剥了皮。我已经认不出自己了。

我就像机器人一样挪着步子。我不在那里,我在别处。我把那张脸冲了冲,我不知道那张脸是谁的。我用一条干净的洗碗布把那个身子擦干净了,我不知道那个身子是谁的。他的精液散发着一股恶臭。

突然,恐惧攫住了我,我害怕他还在这里,还在楼里。

…………………………
…………………………
…………………………
…………………………
…………………………
………… 恐惧恐惧恐惧
恐惧恐惧恐惧恐惧恐惧恐惧
恐惧恐惧恐惧恐惧恐惧
…………………………
…………………………
…………………………
…………………………
…………………………
…………………………
…………………………
…………………………
…………………………
…………………………
…………………………
…………………………
……恐惧恐惧恐惧恐惧恐惧

镜子里我的双眼大睁着。我的五脏六腑都僵住了。

我穿好衣服,把围巾裹在脸上,穿上外套,在头上罩上帽兜。我抓起自己的小说,把小说塞进外套口袋里。地板上到处落着我的头发。我从窗户翻到了安全出口。

人行道似乎没有尽头。我绊倒了好几次。我不停地想着他在跟着我,可是我太害怕了,根本不敢转身看一眼。我绕道回了家,每次一拐过街角我就沿着街道跑了起来,一路上不停地往小巷子里躲。

我回到了家。回到了用一贯的粗暴的开心迎接我的一条狗的身边。

我摘下围巾,他立即就不吭声了。

我进了卫生间,开始洗澡。

恐惧恐惧恐惧恐惧恐惧恐惧
恐惧恐惧恐惧恐惧恐惧恐惧
恐惧恐惧恐惧恐惧恐惧恐惧
恐惧恐惧恐惧恐惧恐惧恐惧
恐惧恐惧恐惧恐惧恐惧恐惧
恐惧　恐惧　恐惧　恐惧
……………………………
……………………………
……………………………
……………………………
……………………………
……………………………
………　恐惧　恐惧　恐惧
……………………………
恐惧……恐惧…………………
……………………………
恐惧……………………………
……………………………
……………………………
……………………………
……………………………
……………………………
……………………………
……………………………
……………………………
……………………………
……………………………
……………………………

我在卫生间里待了几个钟头。一直在热水下哆嗦着。什么也没有想。只是着迷地洗着澡。

我的身上满是瘀痕。头很痛。脸也感到疼。脖子又僵又痛。每吞咽一口,喉咙深处就有一只爪子狠狠地抓上一把。只有眨眼不疼。我甚至没法跟无花果叶说说话。无花果叶就坐在卫生间的角落里,几次试图跟我聊聊天。我酸肿得没法碰,一碰就疼;不只是我的阴道——所有的地方。肥皂不管用,可我还得洗,不得不洗。

走出卫生间的时候我几乎寸步难行。我去了厨房煮茶。

我想起了无花果叶。我还没让他出门呢。在我自己

················
················
········疼痛·······
········疼痛·······
·····疼痛········疼痛
痛·········疼痛 疼痛
················
·············疼 痛
················
················
················
················
················
················
················
········疼痛·······
················
················
················
················
················
················
·········恐惧······
················
····恐惧··········
················

的浴袍上我又裹上了铁托的浴袍。我小心翼翼地朝四下里看了看,下楼打开了门。门开得只够让无花果叶挤着身子出去。他在楼梯口停了片刻,可是我摇了摇头,他明白自己得单独出去了。我关上门,上了锁,等待着。

等他进了家,我就爬上了楼。上到最高处我转过身,看着他,他抬头看着我。"来啊。"我用嘶哑的嗓音轻轻地喊了一声。他爬上了楼。

电话响了。

"铁托!"我已经听不出是自己的声音了。

一阵沉默,然后电话就被挂断了。

不是铁托。他会说话的。或许拨错了。

可是,也有可能是他。

我放下电话。门上了锁,窗户关着,窗帘放下来了——

············疼痛············

············恐
惧············
············恐惧恐惧恐惧

可是亚历山大·格雷厄姆·贝尔①会把他放进来。我突然感到一阵恐慌。

我一把扯掉了墙上的电话线。

我仍旧闻得到他的精液的臭气。我又进了卫生间,把自己又清洗了一遍。

我穿上衣服,准备睡觉。我穿了一条铁托的运动裤,一件T恤和一件毛衣。睡觉的时候我让灯亮着,虽然黑暗跟灯是否亮着无关。

我锁上了每一道门,又在每一道门的背后顶上了一把椅子。我爬起床,把每一扇窗户检查了一遍又一遍。我还在床边放了一把刀。

恐惧恐惧恐惧恐惧恐惧恐惧
恐惧恐惧恐惧恐惧恐惧恐惧
恐惧　恐惧　恐惧　恐惧
⋯⋯⋯⋯⋯⋯⋯⋯⋯⋯⋯⋯⋯⋯⋯⋯⋯⋯
⋯⋯⋯⋯⋯⋯⋯⋯⋯⋯⋯⋯⋯⋯⋯⋯⋯⋯
⋯⋯⋯⋯⋯⋯⋯⋯⋯⋯⋯⋯⋯⋯⋯⋯⋯⋯
⋯⋯⋯⋯⋯⋯⋯⋯⋯⋯⋯⋯⋯⋯⋯⋯⋯⋯
⋯⋯⋯⋯⋯⋯⋯⋯⋯⋯⋯⋯⋯⋯⋯⋯⋯⋯
⋯⋯⋯⋯⋯⋯⋯⋯⋯⋯⋯⋯⋯⋯⋯⋯⋯⋯
⋯⋯⋯⋯⋯⋯⋯⋯⋯⋯⋯⋯⋯⋯⋯⋯⋯⋯
⋯⋯⋯⋯⋯⋯⋯⋯⋯⋯⋯⋯⋯⋯⋯⋯⋯⋯
⋯⋯⋯⋯⋯⋯⋯⋯⋯⋯⋯⋯⋯⋯⋯⋯⋯⋯
⋯⋯⋯⋯⋯⋯⋯⋯⋯⋯⋯⋯⋯⋯⋯⋯⋯⋯
⋯⋯⋯⋯⋯⋯⋯⋯⋯⋯⋯⋯⋯⋯⋯⋯⋯⋯
⋯⋯⋯⋯恐惧⋯⋯⋯⋯⋯⋯⋯⋯⋯⋯
⋯⋯⋯⋯⋯⋯⋯⋯恐惧⋯⋯⋯⋯⋯⋯
⋯⋯⋯⋯⋯⋯⋯⋯⋯⋯⋯⋯恐惧⋯⋯⋯⋯
⋯⋯⋯⋯⋯⋯⋯⋯⋯⋯⋯⋯⋯⋯⋯⋯⋯⋯
恐惧⋯⋯⋯⋯⋯⋯⋯⋯⋯⋯⋯⋯⋯⋯⋯⋯
⋯⋯⋯⋯⋯⋯⋯⋯⋯⋯⋯⋯⋯⋯⋯⋯⋯⋯
⋯⋯⋯⋯⋯⋯⋯⋯⋯⋯⋯⋯⋯⋯⋯⋯⋯⋯

---

② 译注:亚历山大·格雷厄姆·贝尔(1847—1922),美国发明家和企业家,获得了世界上第一台可用的电话机的专利权。

可是，现在他会从我的梦里钻进来。我站在长长的走廊尽头。他朝我走了过来。不是他——是他的脸。巨大的脸，占满了整条走廊，成了第四堵墙。我感到空间、灯光、空气都被压缩了。他的脸一直朝我逼近着，永远不会停下。我尖叫一声醒了过来，心怦怦地跳着。

我没有吃饭。

有东西流了出来。不是血，是淡黄色的。我保住了我的宝宝。受伤的地方酸肿得更厉害了。小便的时候也会痛。

无花果叶不再叫唤了，可

……………………………………
………………………………恐惧
恐惧恐惧恐惧恐惧恐惧恐惧
恐惧恐惧恐惧恐惧恐惧恐惧
恐惧恐惧恐惧恐惧恐惧恐惧
恐惧恐惧恐惧恐惧恐惧恐惧
恐惧恐惧恐惧恐惧恐惧恐惧
恐惧恐惧恐惧恐惧恐惧恐惧
恐惧恐惧恐惧恐惧恐惧恐惧
恐惧恐惧恐惧恐惧恐惧恐惧
恐惧 恐惧 恐惧 恐惧 恐惧
……………………………………
……………………………………
……………………………………
……………………………………
……………………………………
……………………………………
……………………………………
……………………………………
……………………………………
……………………………………
……………………………………
……宝宝……疼痛…………
……………………疼痛………
……疼痛…………………疼痛
……………………………………
……………………………………

我还是揍了他一顿。一巴掌打在他的脑袋和脖子一侧,其实就是连起来的一大片。他栽了过去。他又站了起来,匆匆跑开了。他原本美丽又丑陋的神情——通常都是一副无忧无虑的样子——一片茫然。他吓坏了。他拐过墙角,消失了,趾甲匆匆地划过地板。我意识到已经两天忘了喂他了。他等了这么久才开始抗议。

　　过了几秒钟我哭了起来。我任由自己缓缓地倒在了地上。

　　噢!噢!

我为什么不反抗？我在书上读到过只需要几磅的力量就能把人的耳朵扯掉。我为什么没有这么干？趁着他痛苦和惊诧的时候我就能绕过那第四堵墙。

绝不再这样任由自己受侵犯了。绝不了。

* * *

这一次出现变化的时候我的脑袋感到了一阵剧痛，疼得都要裂开了。我想尖叫，可是一整夜我只是躺着，两只手捂着脑袋，流逝的每一分钟我都意识得到。第二天清晨，我的两个乳房中间的金色绒毛颜色加深了。

若不是这样的话我就不可能确定疼痛来自哪里。我的乳房变平了，阴门闭合了，接着那里长了起来，身上的每一个细微的部分都变了。不算太难受，只是感到了一种令我痛不欲生的恶心。我吐了几次。毛发长了出来，有些痒，我挠着胸脯和腿，挠得都出了血，不过这都是我自己造成的疼痛。已经冒出来的阴茎在反抗我，这又是一种自己造成的疼痛。

我失去了我的宝宝，我的孩子，我的未来。或许这正是恶心的根源。惊恐地发现通往世界的正常出口关闭了，我的宝宝，它便北上了。它在我的内脏周围游动着，钻过了我的胃，来到了我的心脏，它顺着我的器官滑了上去。停在了我的脑袋里。对于这一点我很确定：当人们发现我已经死掉了，必须进行尸体解剖的那一天,他们会看到在我的脑袋里,就在记忆的旁边,有一个苍白、悲哀的胎儿,脐带不再将它同胎盘相连,那个胎盘也早就耗干了,但是脐带让它同我的脑子相连,我的脑子向它不断地输送着血液、氧气和言语,在我的余生中它将一直栖居在那里,让自己适应环境,就像我们所有人都必须适应环境一样,一个黑暗、孤独、狭小的环境,被一个骨骼和皮肤构成的光滑曲面同阳光照耀的世界分隔开,无可逃避的分隔。不能说我同这个孩子进行着交流——就连它的性别我都不知道——可是它就在那里,它就在那里,就在我的脑袋一侧,就在左侧,不过有时候我会感觉到它朝前挪动到了我的额叶。

在体内肆意涌动的荷尔蒙旋涡的帮助下,我的伤口很快就愈合了,我的外伤。愤怒和伤心之下,靠着刚刚拥有的体力我愚蠢地毁掉了铁托的几只可怜的盘子。无花果叶在角落里缩成一团。我流着泪打扫干净了房间。

睡着就像醒着一样清晰。或许是夜里的一些噩梦变成了白天的噩梦。整整一个星期里我顶多总共睡了十个小时。冰箱里有什么我就吃什么,到最后就连不新鲜的面包我都抹着蛋黄酱吃掉了。

我想到了自杀。

我剪掉了头发。我的思维已经死了,平静下来了,我的手却在颤抖。

对他来说我一点也不值得尊重。我已经卑微得一无是处,我这个人,我的所有感觉,全都故意漠视着我的存在。你无法想象从这样堕落的底部重返自尊的斜坡有多么滑,多么艰难。你不停地向下滑去。你不仅对别人疑神疑鬼,对你自己,对你的身体,也充满怀疑,你生活在恐惧中,永远不会离你而去的恐惧,永远不离开你。永远。你常常陷入惶恐。你的身体变成了某种陌生的东西,超过了你的控制能力;它常常呕吐,一直在感冒。你患上了偏头痛。睡眠成了敌人的地盘,那里到处都是你最恐惧的事情。

我不知道为什么人们把这种事情叫作强奸。在我看来这就是谋杀,在那一天我被杀害了,从那以后我就只能在心里拖着死神兜圈子,在我五颜六色的体内一团灰色的东西在四处漫游着;有时候死掉的是我的胃,有时候是脑袋,有时候是肠子,大多数的时候都是我的心脏。

* * *

我手忙脚乱地突然离开了蒙特利尔——离开了我的生活。我把自己写的小说和衣服塞进了旅行背包里(想都没想就把棉条也塞了进去),然后就走了。我没有跟餐馆、匈牙利社区、丹尼、其他任何人说什么。至于我亲爱的铁托,只有一张简短的潦草的字条,我写过的最狠心的话。只有满心疑惧的无花果叶亲眼看着我走掉了。我带他出去散了最后一次步,取出了足够的食物留给他,还轻轻地拍了拍他——可是他知道出事了。我关上楼下大门的时候他大声地哼哼了起来,他还从来没有哼得这么大声过,叫声让我的心都碎了。我从投信口把钥匙塞了进去,我的脑海中留下了一幅画面:无花果叶扁扁的鼻头探出了投信口,拼命地嗅着我的手,用鼻孔祈求我不要走。夜幕降临了,这令我的心中充满了恐惧。我必须在天色完全黑下来之前离开这座城市。暴风雪也刮起来了,雪会越下越大。无花果叶只需要坚持一天。铁托明天就回来了。我跟跟跄跄地往汽车站走去了。

* * *

这件事情消耗了我四年的生命。四年的漂泊和迷惘。至今还在继续。

有时候我会忘掉这件事情。基本上都是在入睡后,在我设法让自己睡着之后。我睁开眼睛,看着打在墙上的几何形阳光,有几秒钟的时间我会敞开心扉接受那一天。随即我的情感就苏醒了，记忆的那本书在成千上万页中就偏偏翻到了那一页，它(还有恐惧、焦虑、噩梦、失眠的夜晚、惶恐、沮丧、迷惘、悲伤)就又回来了，那一天又成了一场折磨，五种感觉和脑袋里的一个声音组成的陷阱，那个声音从未沉默过，只是有时候会换成了另一种语言。

我坐着大巴去了多伦多，第二天一早就到了，我记得接下来我又坐上了一辆西行的十八个轮子的大货车。我相信自己是在苏必利尔湖沿途搭上了那辆车，那个巨大的泪水库形似在半空中弓起身子的一尾鱼，一尾被捉住的马林鱼。我之所以记得这段顺风车只是因为有一个路标一直烙印在记忆中。那辆货车的驾驶室很宽敞，设备齐全，赫然耸立在公路上，让我觉得自己就坐在低空飞行的飞机上。驾驶室里很暖和。我麻木了。半个身子靠在椅背上，半个身子靠在门上，眼睛没有直视前方，假装看着别处，这样就能用眼角的余光盯着司机。司机不太吭声，他咕哝出的最后一句话就是"马上就到马尼托巴了"。他的注意力都集中在外面的暴风雪上，一阵又一阵麻木的白色狂风在怒吼声中吞噬着一切。司机的两只手都握在像地球一样又大又圆的方向盘上。我不怎么看窗外，但是在一片空荡荡的世界里突然出现了一个路牌："伍兹湖"①。我走得越来越远了，走进了冰冷的世界。我麻木了，那么麻木，天哪，那么麻木。我走得越来越远。就在我们咆哮着一路穿过得墨忒耳的怒火所到之处时我睡着了。②

---

① 译注：伍兹湖是美国明尼苏达州，也是美国最北部的一个县(因为更北的阿拉斯加州并无县的建制，只有自治城市和人口普查区)。
② 译注：得墨忒耳是希腊神话中的谷物女神。女儿普西芬尼失踪后，她悲痛欲绝。得知是冥王哈得斯在宙斯同意下劫走其女儿后，她愤然离开奥林匹斯神山。从此大地荒芜，处处饥馑。

*　　*　　*

一天我在一家渔具店看着一张地图,我进那家店是因为从外面我看到了那张地图,然后我就进了店,凑近了看着它,我惊讶地看到在大草原地区竟然有那么多湖泊。大地上遍布着好几百个湖,很多都没有名字,绝大多数都难以接近,只能坐飞机靠近它们。

那片土地距离大海那么远,空气那么干,可还是有那么多湖泊。

后来,等我干得嘴唇开裂,皮肤就像干涸的泥滩时,我在一家药店的橱窗里看到加湿器在打折出售。"超声波的"。这个词本身似乎就给了我安慰。我买了十升容量的大号加湿器,急匆匆地回了我刚刚租到的公寓。我仔细地读了说明书,给两个容器里装满了水,把旋钮调到了最大。喷嘴里冒出来一股清凉、瞬息即逝的雾水。我呼吸着湿度适中的空气,让肺里填满了这样的空气,湿润着已经干透的内心。我觉得自己的身体已经恢复了,恢复得非常充分。这就是解决问题的方法。三天后,因为水量不足机器咔嗒一声停止了运转,我就再也没有给它加水了。我忘掉了它,尽管它花费了我一百二十多块钱。

它就跟我想着拯救自己而买下的其他任何一样东西落得同样的下场。

*　　*　　*

我留在了大草原。现在我还在这里。一只居无定所的存在主义的猴子。我买了一辆破旧的轿车,从温尼伯搬到班夫,然后又搬了回来,穿过了沿途的每一个大城镇和许多小镇子。

我曾在一所夜校教法语。在一座商业大楼里看过门。大部分时间都在刷盘子,我喜欢当洗碗机。通常在打工的餐馆里我跟任何人都不说话,我努力让自己相信我的困境只跟肥皂、热水和一摞摞的脏盘子有关。我喜欢从肮脏到洁净、从水花四溅到盘子吱嘎作响的转变过程。我喜欢腾腾的热气和潮湿,还有用不完的热水。我是一个出色的洗碗机。从未被人投诉过,从未放出去一把油腻腻的勺子。

* * *

他给了我乙型疱疹。每年生日都会爆发一次。

* * *

你不会相信强奸会吞噬掉多少东西。你的味蕾。你的声音:你只剩下细弱、嘶哑的耳语声(而你的大脑却在苦苦思索着)。你的性欲,彻底不再跳动,激不起片刻的欲望。你的想象力:你的现实走到了尽头,你梦想的世界成了墓地(只剩下嘶喊着穿透你的噩梦)。睡觉的能力几乎荡然无存。你的活力:刷盘子就能消耗掉你的每一盎司脑力和体力。

想象一下这样一出戏:

剧中人物:
　　一个拿着一袋食物的老妇人
　　一个好心人
　　一个稻草填充的假人,画着一张不开心的面孔
外景:人行道旁的一把长椅
(假人坐在长椅上。老妇人出现了,沿着人行道缓缓地走着。)
老妇人(冲着假人点了点头):你好。
假人:(一声不吭)。
(走过长椅十五英尺左右的时候老妇人滑了一跤。她重重地倒在地上,就像一本受伤的字典。手里的吃的散落了一地。一个

柚子滚着……滚着……滚着……滚到了假人的两只脚中间。)

老妇人:噢! 噢!

(好心人出现了。)

好心人:噢,天哪! 您没事吧? 需要我帮忙吗? 您伤着了吗?

(好心人帮了老妇人一把。扶着她爬了起来。捡回了落在四处的食物。只是那个看不见的柚子除外。假人把身子朝前探去,凝视着柚子。老妇人紧紧地抓着好心人的胳膊下了舞台。停顿了好长一段时间。假人将一只脚踩在柚子上。感受着柚子弹性十足的反抗。假人踩烂了柚子。动作结束后,通过音响观众听到了经过放大的柚子被压烂的声音,听了三十秒钟。一阵暂停后,观众再次听到了那个声音。然后又听到了一次。假人拖着脚步从左侧退出了舞台。好心人从舞台的右侧又出现了。朝四下里打量。看到被踩烂的柚子。看着舞台左侧。从舞台右侧退出。)

好心人(在舞台下):找不到它。

老妇人(在舞台下,声音颤抖着):我想应该是那个年轻人捡走了。

(幕落)。

有时候我会以为自己已经到了精神崩溃的边缘。有时候我心神错乱得做动作都会让我感到极度的痛苦,就连简单的保持平衡也会这样。我只能躺下。有时候我会试着数到十,绝望之下随意选择的一个测量精神正常的指标。不过我还是尽量地数着——相信我,我数了一遍又一遍——可是怎么也数不到十。我听到自己轻轻地念着一……二……三——三……四——四……或许还有五,可是从没有念出过六。我忘记了后面的数字,要不就是我的思维不知道接下来该数什么了,游走到别的事情上去了。仿佛我的意志力已经荡然无存了。我干躺着,意识清醒,毫无生气,只不过还在喘息。我描述不清楚这些纯粹的剧痛,只会一遍又一遍地说着,我数不到十。

* * *

老人扯了扯嘴里的烟。黑暗中闪耀的一个红点。他站起身。"真是一个悲惨的故事啊,马洛船长。"说完他就走掉了。

"那个人是谁?"马洛说,之前他并没有注意到老人。

"是罗热博士,"贸易公司的董事说,"是个好人,马洛。他为咱们的这条泰晤士河做了好多大好事。为城里的许多病人、穷人也做了很多事。我想你应该没听说过他的那本辞典。"

"就是他?"

"是啊。他下棋也下得非常好,大概跟你不相上下。"

罗热博士和瘦削、严厉的马洛在"奈莉"号上的棋才刚刚开了局——马洛的国王麾下的马处于劣势——我的小说就陷入了沉默。

稿子变成了一堆令我的麻木的脑子感到陌生的破纸。我看着稿子,用两只手捧着稿子,把稿子装在口袋里,可是我的脑子怎么也产生不了创作的冲动。

* * *

我一直想着铁托,想着我们在一起度过的八千零八个珍贵的时刻。我还用想象为记忆中的现实补充了更多的内容:和他一起散步、交谈、去餐馆吃饭、游览博物馆、玩游戏、做爱。在我虚弱的想象世界中,一切都如从前那样继续着,未来依然存在。

有时候痛苦会在微不足道的地方冒出来。我摊开双臂和双腿,在雪地上一张一合。随即我又停下了。张开两条腿令我思念起了铁托。

我开始梦见爸爸妈妈。我看到他们,听到他们的声音,完全就好像他们就在我的眼前。我开始在睡梦中哭泣,醒来时还流着泪。

*　　*　　*

我每天都能看到他,在大街上,餐馆里,公交车上,加油站里。在每一个男人的脸上我都能看到他的面孔。我拐过街角,恐惧地哆嗦起来,因为我看到一个陌生人,对方也看着我,一脸的惊恐,然后便匆匆走掉了。

还有噩梦。整件事从头到尾分毫不差地一遍遍重现着——我在工作室的门口,他走了过来——只有我的尖叫声才能打破梦魇。要不就是那个事件的各种演化版:他在追我,我锁上了门,他在门外,可那只是一扇纸糊的日式推拉门。或者是那种痛苦的各种演化版:我一头栽进了一个装满了水的桶子里,怎么也出不来,我淹死了,直到醒过来为止。要不就在床上,我醒了过来,因为从正对我的窗户外钻进来一股红色的烟雾,我窒息了,我砸着床边的墙壁求救,结果我意识到那不是墙,而是他巨大的手掌,我窒息了,直到醒过来为止。

*　　*　　*

又一次我从广播里听到了自己的名字。"二十六岁,女性,五英尺七点五英寸……"旋钮被转动了,有人在搜索音乐。那是在街角的一家小店里。旋钮又被转了回来。"能讲两种语言。最后被见到是在……"有人将波段转到了头,可是还是没有找到好听的内容,于是那个公共信息台又出现了,"如果有人看到该女子,或知道任何有关信息,请联系RCMP电台……"

*　　*　　*

只有一次在噩梦中我导演了一出暴力事件。一杆弩箭穿过黑暗、清澈的空气,正中目标:扎进了他的脊髓。击中他的时候箭啪的一声发出了裂开的声响。我在考虑应该把第二支箭射到哪里。哀求的手,还是乞求的嘴?还是打爆一颗眼球?我会放过他的心脏,生命之泵,爱的象征物。最后,我的两只手脱离了我的躯体,把他掐死了。至今我仍然清楚地记得杀死他的感觉,尤其是他脸上的惊恐,蒙在他脸上的势不可挡的恐惧。他害怕得五官都开始融化了。被勒在我手里的只剩下一张脑袋的外皮。醒来的时候我还在掐着他的脖子。

大多数时候我都害怕得不敢表露出愤怒,哪怕是在梦境中。这个世界就是潘多拉的盒子,我的眼皮就是盒盖,每次眨动,邪恶和恐惧就会从那个世界里逃逸了出来,一下子就蹿进了我的眼睛里。

事实很简单——我害怕男人。

*　　*　　*

深夜我走在里贾纳的大街上,那是一条商业街,街上已经没有了白天里的喧嚣忙碌。我走得很快,突然就赶上了一个摇摇晃晃走在我前面的男人,一个印度人,醉得让自己前进的每一步都成了克服重力的胜利。他看起来就像一个蹒跚学步的孩子。他醉得太厉害了,我觉得他已经不能把我怎么样了。他的反应能力应该很迟钝,协调能力也很差。我觉得自己更壮实,更强硬。要是出事,那也应该是他出事,不是我。我放慢了脚步,跟随着他的脚步。他拐了个弯。我继续跟着。奇怪的是,他一声不吭,没有唱歌,没有喊叫,也没有自言自语,只有费劲的呼吸。在一堵砖墙旁他停下了脚步,举起一只手,扶在墙上,好让自己站稳当。他一半是自动靠了过去,一半是栽了过去,就这样靠在了墙上。我也站定了,仔细打量着他的轮廓,就在距离他大约二十英尺的地方。

"我想杀了整个人类。"我这样想着。我的嘴巴分泌出了唾液。突然我想要呕吐,我真的吐了,喷出了一大堆白花花的东西,很快就吐完了。我的心脏狂跳着。

我向前挪着脚步。我踹了踹印度人的脚底。他沉沉地倒在了地上。

"嘿?"他说。他的脸又肥又圆,五官厚实,露出一副愚蠢、迷惑的神情。我被激怒了。

我一脚接一脚地踢他。自始至终他没有说出一句完整的话,只是一些音节而已。

"噢!噢!"

我感到自己不可战胜。我完全可以把印度人从地上揪起来,一把将他甩到马路对面去。

最后我又朝他的头上踹了一脚,这一脚凝聚了一切,然后我就跑了。我几乎有些希望他能爬起来,追我,这样我就能跑啊跑啊跑。可是他就那样躺着。

* * *

他说:"你是个雏。让我吸你的鸡巴。让我给你美美地吸上一场。噢,真是个好鸡巴。让我把它放进嘴里……"

我靠着树,膝盖哆嗦着。那天很冷,不过裹在敞开的外套和被解开的裤子里我还是挺舒服的。他是一个长着一把白胡子的胖男人,音色很高,嘴巴咂巴得湿唧唧的。他看上去就像圣诞老人。他的腰太粗了,只能靠在树上,好减轻膝盖的负担。我来来回回晃动着屁股,直到他吐出我的阴茎,说:"别动。让我吸。"于是我不再晃动了,他的脑袋上上下下地抽动起来。我勃起的阴茎在他暖和的嘴巴里越来越大。

等我的高潮结束后,他说:"谢谢你,你让我今天过得很快活。"他一边说,一边吃力地站起身。我系好自己的衣服扣子,然后就走了。

他是许多人中的第一个。面对其中一些人,欲望促使我让他们含住了我。面对其他一些人,我会跪下,把他们含进嘴里。我沉迷其中。等他们在我嘴里射了,幻觉破灭了,我才会醒来。有的人会操我。肛交很难让我得到快感,不过我还是试着在肛交带来的哪怕一点快感中体味到我曾经从铁托那里得到的欢愉。

有一次,也只有那么一次,一整夜我都跟一个男人待在一起。他的眼睛和走路的样子都令我激动地想起了铁托。他指引着一切,他的欲望完全在他的控制下游走着。他操得我出了血,在毫不恐慌、极度兴奋的被动中我努力忘掉了自己。就这样直到清晨。

我从来不曾当着这些露水爱人的面吃过东西,我太紧张了,有一阵子我一直不愿意跟任何人回家。我觉得一进门自己就被困住了;恐惧,就像恶心,就像窒息,会紧紧地攥住我。汽车,公园,对我来说这些地方就已够封闭了。我常常跟中年男人出去,我想要是出了什么事,面对中年男人总比面对年轻男子对我来说活下来的希望更大。

我还记得有一个温柔忧郁的男人一边甜蜜、使劲地吮吸着我,一边抚摸着我的屁股。他是一个安静的男人,五十多岁,头发花白。我在一个公园里碰到了他,他邀请我去他家。恐惧突然裹挟住了我,走到前厅我就不想继续往里走了。我们习惯了就在那里办事——我去了他那里十次左右——就在一堆棉衣和靴子中间。完事后他就坐回到地板上,最多说一说"谢谢你"这样的话,再点上一根烟,仿佛我们刚才是在做爱。我觉得他绝对不会伤害我。

他在我的记忆中存留了很长时间,对我来说在那段地狱般的日子里他是唯一一个跟我发生恋爱关系的人。我对他怀着一种悲伤的柔情。一天晚上,这种感觉发展到了极致。他温柔地让我转过身,一边舔着我的屁眼,一边帮我手淫着。等我靠在了门上的时候我感到的不只有性高潮,我的情感也达到高潮了。我感到整个身体都充满了泪水。只要只言片语,只要轻微一动,眼泪就会夺眶而出。他一言不发地抽着烟,盯着自己面前的一团空气沉思着。我小心翼翼地压低了身子,亲吻着他的嘴。

这些情绪那么不相容!孤独、欲望、欢愉、喜悦——接着又是沉默、陌生、恐惧、孤独,还有幻灭时的混乱。每一次到最后我都一无所有,只有脑袋里循环往复的恐惧,"你不是铁托。你不是铁托。你不是铁托。"我想有些事情必须结束,不能再这样继续下去了。可是什么也没有结束,一切仍然在继续着。

* * *

我丢下自己的车,沿着浩瀚的麦田中的一条小路上走着。假如你从未到过萨斯喀彻温的话,那我不妨这样告诉你,萨斯喀彻温的南部平坦得让大地变成了明显的圆形。白天,高高在上的苍穹空荡得仿佛自成一体,云朵如同山岗一样庞大,太阳却像一个小盘子,天空色彩饱满,常常呈现出一种粉笔一样的蓝色,那么像蓝粉笔的颜色。夜里,这片给人以慰藉的蓝色帘幕拉起了,这时你才会明白自己究竟身处何方——无边无际的世界的门阶上。平坦的大地正是大山想要实现的目标:让你尽可能地身入外太空,与此同时还能让你的双脚站在这个星球上。

风是大平原的语言。它带着甜蜜和芬芳,带着大地的富饶。它是预言者,通报着暴风雪的到来,四季的交替。风会说话,当你走在平原上,一阵阵的话语吹进你的脑袋,越过这个星球表面的话语。那天晚上,风低声向我讲述着命运。

太阳已经沉下去了。地平线缓缓地崩裂,喷发出一股鲜红色和深橘色。麦田和夕阳的光芒不再和谐了,它蒙上了一层凶险的色调,看上去似乎有鲨鱼出没其间。很快麦田就消失在了黑暗中。如果没有星星和银色的月亮,就连那条田间小路光秃秃的轮廓都会荡然无存,我也会变成盲人。

我平躺在路边的砾石上。过一阵就有一辆小车呼啸而过。每辆车的前灯都一分为二。靠前面的部分大一些,是纯净的刺眼的白光;后面的部分不太显眼,是结结实实的金属。呼啸声也被均匀地分成了两部分。每一辆车都促使我想到了那个问题。我从砾石路上把身子撑起来几英寸,就那样悬在半空中,肌肉紧绷着。生存,还是毁灭?我在生命的边缘摇摆不定,纯粹被一种大脑里的化学波动折磨着。我明白这种波动是怎样工作的:全速起跑——猛地蹿到了被照亮的死亡的门槛——灯光的冲撞,金属和肉体——思维和记忆在搏斗——有些疼痛——接着疼痛就消失了,一切都消失了。

我躺在那里,一辆车接着一辆车过去了,砾石路面让我冰冷,让我刺痛。现在呢?这一次呢?

不。

不。

不。

不。

不。

不。

我跨过了边界。突然,活下去的欲望被掏空了。

我全速跑了起来,随即我又瑟瑟发抖地站住了,在车灯的灯光中什么也看不见。我闭起双眼。一声尖叫划破夜晚。任何时候——现在!现在!现在!现在!现在!——我期盼着狂虐的解脱。可是,尖叫声停止了,令人作呕的寂静出现了。我听到了那个声音,所有人都熟悉的声音,车门打开的声音。我睁开双眼。体内的一切都扭作一团。一辆车歪斜地横在路上。车的一侧出现了一个公牛一样的男人,他面红耳赤,五官扭曲。在副驾驶的座位上坐着一个女人,她的两只手放在仪表盘上,眼睛大睁着。"你疯了吗!我差点就撞上你了!"男人吼道。他绕过汽车。我突然害怕他会让我称心如意——杀了我。我几乎无法控制自己的两条腿,不过我还是撒腿就跑了。他在我身后嚷嚷着。我不停地跑着。

我听得到他的汽车声。他追上来了。我坚信他想撞到我。我一头扎进了麦田。

直到漆黑的寂静让我确信周围没有别人了,我才停住了脚步。他就在远处,以一辆亮着灯的车的形式存在着。他还在叫喊吗?他想干什么?我对他做了什么?

我在田里守了一整夜,清楚地听到了生命的每一声窸窣声。风在我头上,在麦田上吹过,仿佛是幽灵在天空中徘徊不前。第二天一大早,我偷偷地钻进了自己的车里,精疲力竭,惴惴不安。我永远都忘不了当时汽车发动的声响。

*　　*　　*

我坐在墓地里,双手捧着脑袋。

悲伤渗进我的身体,触摸着每一个角落。我的脚悲伤着。我的手掌悲伤着。我的眼皮悲伤着。

我听到一个女性的声音钻进了我的耳朵。似乎是从几英里外传来的。其实她就在我的面前。

"你也喜欢墓地?"

我抬头看着她。

"哦,对不起,"她继续说,"你好伤心。我没想打扰你。"

"不,不。不打扰。嗯,没错。不过,没关系。"我的声音粗哑生硬,我清了几声嗓子,"我的确喜欢墓地。"

"我也是。那么静谧,那么美丽,而且有些墓志铭那么优美。你看见那边用的法文铭文了么?"

"看到了。"

这是常有的事情。围绕着一个话题聊上几句就引出了另一个话题,一开始有些尴尬,当不再受到我们的左右时谈话就轻松多了。我感到说话是一件奇怪的事情。那么费劲,又那么快乐。她在我身边坐了下来。我告诉她我为自己的双胞胎姐妹感到伤心。她没有死在这里。事情发生在东部。一场车祸。

我们走在墓地里,我将一些法文的墓志铭翻译给她听。她叫凯茜。

第一次我们赤裸相见的时候我有些害羞。她把我的阳痿理解成是因为我还在伤心。她耐心地摆弄着我的阴茎,想让它硬起来。我是一个冷淡的女同性恋。不过,我的心里渐渐地感觉到一种更深入的满足。冰冷了很久之后的一股暖意。来自同性的安慰。没有恐惧。我们温柔、平和地做着爱。

有一次凯茜对我说:"你是我见过的最难过的人。"

我从未跟她讲过铁托的事情,也没有提到过他。我们相遇在现在时态中,又向未来走去。可是,该怎么解释我的恐惧?揭露真相不会减轻麻木,只会因为她的痛苦令我痛上加痛。我的灵魂就像蓝胡子的城堡:里面有几个紧锁的房间。①

她比我大。她三十七岁,我二十九岁。她对自己的年龄没有

---

① 译注:蓝胡子是由法国诗人夏尔·佩罗创作的童话,同时也是故事主角的名字。曾经收录在《格林童话》的初版本里,但是第二版之后被删除。故事讲述的是有个很有钱的男子,因为他有着蓝色的胡子,大家都叫他蓝胡子,他的城堡里有一些不准妻子进入的上了锁的房间。

过多的想法,只是在生孩子的事情上有些顾虑。对于这一点她很清楚,如果要孩子的话,就得抓紧了。

* * *

凯茜和我去了泰国旅行。这个地方是她选择的,她喜欢那里暖融融的阳光。鲍勃和本,两个穿着"鲍勃和本全性爱之旅"T恤的澳大利亚人,碰见我们的时候他俩的荷尔蒙正超速运转着。出卖身体的女人的奶头、肚子、屁股和腿都说着他们想听的话。

我们在一个酒吧里看了一部《开膛手杰克》的片子,影片在我的心里激起的只有害怕。我不由自主地对那些走在伦敦大雾弥漫的街巷里,丝毫没有意识到死亡将至的女人充满了同情。我以为任何一个女人都会产生同样的感觉,可是酒吧里的女人们跟男人一样饶有兴趣地看着电影,没有任何抗拒的表示。

我们待在一个偏远的小岛上,实际上只有我们。我喜欢那座岛。太阳。美妙的潜泳。我们打牌,玩填字游戏。

* * *

她侧躺着,眼睛闭着。我看着她,看着她的乳房。我没有乳房,我心想。我躺了下来,一只手从身后摸上来,轻轻地抚摸着我的臀部。我朝她凑了过去。我感觉到她的乳房贴在我的后背上。我凑得更近了,她的乳房刺进了我的身体——我有过乳房。她想要给男孩取名亚当——她想要一个男孩。我睡着了。

第 二 章

我三十岁了。体重一百三十九磅。身高五英尺七点五英寸。我的头发是褐色的,卷发。我的眼睛是灰蓝色的。我的血型是O型阳性。我是加拿大人。我会讲英语和法语。